Universale Economica Feltrinelli

Marguerite Yourcenar nacque a Bruxelles nel 1903 e morì negli Stati Uniti nel 1987. Cresciuta nel nord della Francia e a Parigi, trascorse poi la maggior parte della sua vita all'estero, in Italia, Svizzera, Grecia e Stati Uniti. Eletta all'Académie Française nel 1981 (prima e unica donna), è stata autrice di raccolte di versi, poemi in prosa, racconti, lavori teatrali, saggi, traduzioni, e si è conquistata una fama mondiale con i romanzi *Alexis* (1929, Feltrinelli 1962), *La moneta del sogno* (1934, Bompiani 1984), *Il colpo di grazia* (1938, Feltrinelli 1962), *Memorie di Adriano* (1951, Einaudi 1963), *Fuochi* (1957, Bompiani 1984), *L'opera al nero* (1968, Feltrinelli 1969), *Anna soror...* (1981, in *Come l'acqua che scorre*, Einaudi 1983). Ha lasciato una testimonianza narrativa delle proprie radici in *Care memorie* (1974, Einaudi 1981), *Archivi del Nord* (1977, Einaudi 1982), *Quoi? L'éternité* (1988, Einaudi 1989) e ha dettato un autoritratto intellettuale in *Ad occhi aperti. Conversazioni con Matthieu Galey* (1980, Bompiani 1982). Ricordiamo inoltre i saggi *Mishima o la visione del vuoto* (1980, Bompiani 1982) e *Con beneficio d'inventario* (1962, Bompiani 1985).

MARGUERITE YOURCENAR
L'OPERA AL NERO

Feltrinelli

Titolo dell'opera originale
L'OEUVRE AU NOIR
© Editions Gallimard, Paris 1968

Traduzione dal francese di
MARCELLO MONGARDO
Edizione riveduta da Gabriella Cartago

© Giangiacomo Feltrinelli Editore Milano
Prima edizione ne "I Narratori di Feltrinelli" novembre 1969
Prima edizione nella "Biblioteca dei Narratori Feltrinelli"
novembre 1982
Prima edizione nell'"Universale Economica" marzo 1986
Ventiseiesima edizione luglio 2001

ISBN 88-07-81062-X

Parte prima

La vita errante

Nec certam sedem, nec propriam faciem, nec munus ullum peculiare tibi dedimus, o Adam; ut quam sedem, quam faciem, quae munera tute optaveris, ea, pro voto, pro tua sententia, habeas et possideas. Definita ceteris natura intra praescriptas a nobis leges coercetur. Tu, nullis angustiis coercitus, pro tuo arbitrio, in cuius manu te posui, tibi illam praefinies. Medium te mundi posui, ut circumspiceres inde commodius quicquid est in mundo. Nec te caelestem neque terrenum, neque mortalem neque immortalem fecimus, ut tui ipsius quasi arbitrarius honorariusque plastes et fictor, in quam malueris tute formam effingas...

PICO DELLA MIRANDOLA, *Oratio de hominis dignitate*

Non ti diedi né volto, né luogo che ti sia proprio, né alcun dono che ti sia particolare, o Adamo, affinché il tuo volto, il tuo posto e i tuoi doni tu li voglia, li conquisti e li possieda da solo. La natura racchiude altre specie in leggi da me stabilite. Ma tu che non soggiaci ad alcun limite, col tuo proprio arbitrio al quale ti affidai, tu ti definisci da te stesso. Ti ho posto al centro del mondo affinché tu possa contemplare meglio ciò che esso contiene. Non ti ho fatto né celeste né terrestre, né mortale né immortale, affinché da te stesso, liberamente, in guisa di buon pittore o provetto scultore, tu plasmi la tua immagine.

La strada maestra

Enrico-Massimiliano Ligre procedeva a piccole tappe sulla via di Parigi.

Dei contrasti che opponevano il Re all'Imperatore, ignorava tutto. Sapeva solamente che la pace conclusa da qualche mese si sfilacciava già come un abito indossato troppo a lungo. Non era un segreto per nessuno che Francesco di Valois persisteva nell'adocchiare il Milanese come un amante sfortunato la sua bella; si sapeva da fonte sicura che si adoprava in silenzio a equipaggiare e adunare sui confini del duca di Savoia truppe nuove, per mandarle a raccattare a Pavia gli speroni che vi aveva perduti. Alternando a frammenti di Virgilio gli scarni racconti di viaggio di suo padre banchiere, al di là dei monti corazzati di ghiaccio Enrico-Massimiliano si figurava file di cavalieri scendere verso vasti paesi, ridenti e fertili come una visione: pianure rossastre, sorgenti gorgoglianti ove si abbeveravano bianche mandrie, città cesellate come scrigni, traboccanti d'oro, di spezie e di corami, opulente come empori, maestose come chiese; giardini popolati di statue, sale colme di manoscritti rari; donne in vesti seriche, affabili col grande capitano; ogni sorta di raffinatezze nelle vivande e nel vizio, e, su tavole di argento massiccio, in caraffe di vetro veneziano, lo splendore vellutato della Malvasia.

Alcuni giorni prima, aveva lasciato senza rimpianti la casa natia di Bruges e il suo avvenire di figlio di mercante. Un sergente zoppo, che si vantava d'aver militato in Italia al tempo di Carlo VIII, una sera gli aveva rievocato a gesti le sue imprese e descritto le donne e i sacchi d'oro di cui era riuscito a far man bassa nel saccheggio delle città. Enrico-Massimiliano lo aveva ricompensato di tante fanfaronate con una bicchierata all'osteria. Tornato a casa, disse tra sé che era giunto il momento di mettersi un po' in giro a dare un'occhiata per il mondo. Il futuro conestabile fu in dubbio se arruolarsi nelle truppe dell'Imperatore o in quelle del re di Francia; finí col rimettere la decisione a testa o croce: perse l'Imperatore. Una fantesca rivelò i suoi preparativi di partenza. Enrico-Giusto lí per lí picchiò il figliuol prodigo, poi, intenerito alla vista del piú piccino in vesticciuola lunga, che, sorretto alla vita, muoveva i primi passi sul tappeto del salone, augurò scherzosamente al giovinotto vento in poppa tra quegli scervellati dei francesi. Un po' per viscere paterne, molto per vanagloria e per dimostrare a se stesso di avere appoggi dappertutto, si ripromise di scrivere a tempo debito al suo agente lionese, Maître Muzot, affinché raccomandasse quel suo ingovernabile figlio all'ammiraglio Chabot de Brion, che aveva grossi debiti con la banca Ligre. Enrico-Massimiliano poteva ben scuotersi dalle suole la polvere della bottega paterna, non per nulla si è figlio di un uomo che alza o abbassa i corsi delle derrate a piacimento e che dà denaro in prestito ai principi. La madre dell'eroe in erba gli riempí le tasche di viveri e gli regalò di nascosto il denaro pel viaggio.

Passando per Dranoutre, dove suo padre possedeva una residenza di campagna, persuase il fattore a lasciargli scambiare il proprio cavallo, che già zoppicava, con la piú bella bestia della scuderia del banchiere. La rivendette appena fu a San Quintino, un po' perché la splendida cavalcatura come per magía portava alle stelle la cifra dei conti sulla lavagnetta degli osti, un po' perché quella montura di lusso gli impediva di gustare a fondo il piacere della strada maestra. Per farsi durare il peculio, che gli sfuggiva tra le dita piú celermente di quanto si potesse prevedere, mangiava coi carrettieri il lardo rancido e i ceci delle misere locande, e, la sera, dormiva sulla paglia, disposto a perdere in bicchierate e alle carte le somme che risparmiava su alloggi migliori. Ogni tanto, in una cascina isolata, una vedova caritatevole gli offriva del pane e il proprio letto. Non dimenticava le belle lettere; s'era riempite le tasche di volumetti rilegati in pelle d'agnello, tolti in anticipo sull'eredità della biblioteca dello zio, il canonico Bartolomeo Campanus, che faceva collezione di libri. A mezzogiorno, disteso su un prato, scoppiava dal ridere per una facezia latina di Marziale, oppure, in vena di malinconia, sputando pensosamente nell'acqua di uno stagno, sognava qualche dama modesta e virtuosa, alla quale avrebbe dedicato in sonetti alla maniera petrarchesca l'anima sua e la vita. Era assopito; le sue scarpe puntavano verso il cielo come campanili; l'avena alta era una compagnia di lanzichenecchi in casacche verdi; un rosolaccio era una bella ragazza dalla gonna gualcita. In altri momenti, il giovane gigante sposava la terra. Lo svegliava una mosca o il campanone della torre di un villaggio; col berretto sull'orecchio, i capelli gialli cosparsi di fuscelli, la lunga faccia angolosa, tutto naso, arrossato dal sole e l'acqua diaccia, Enrico-Massimiliano marciava allegramente verso la gloria.

Scambiava qualche battuta coi passanti, e s'informava delle ultime novità. Dopo la tappa di La Fère, un pellegrino lo precedeva sulla strada, a una distanza di un centinaio di tese. Andava in fretta. Enrico-Massimiliano, annoiato di non avere con chi scambiare due parole, accelerò l'andatura.

"Pregate per me a Compostella," disse il Fiammingo gioviale.

"Avete indovinato," rispose l'altro. "Vi sono diretto."

Voltò il capo di sotto il cappuccio di stoffa bruna, ed Enrico-Massimiliano riconobbe Zenone.

Il ragazzo magro, dal collo slanciato, sembrava cresciuto di un cubito dopo la loro ultima scappata alla fiera d'autunno. Il suo bel volto, sempre cosí pallido, pareva emaciato, e c'era nella sua andatura una sorta di scontrosa precipitazione.

"Salve, cugino!" fece con gioia Enrico-Massimiliano. "Il canonico Campanus ti ha atteso tutto l'inverno a Bruges; il Rettore Magnifico a Lovanio si strappa i capelli per la tua assenza, e ti si ritrova al varco d'un sentiero tra i campi, come chi non oso dire."

"L'Abate Mitrato di San Bavon a Gand mi ha trovato un impiego," spiegò Zenone con prudenza. "Non ho in lui un protettore onorevole? Ma dimmi un po' tu, piuttosto, come mai fai il vagabondo sulle strade di Francia?"

"Ne sei forse in qualche modo responsabile" rispose il piú giovane dei due viandanti. "Ho piantato in asso il banco di mio padre come te la Scuola di teologia. Ma ora che da Rettore Magnifico eccovi ridotto ad Abate Mitrato..."

"Hai voglia di scherzare," disse lo studente. "Si comincia sempre con l'essere il *famulus* di qualcuno."

"Meglio portar l'archibugio," fece Enrico-Massimiliano.

Zenone gli lanciò un'occhiata sprezzante.

"Tuo padre è abbastanza ricco per comperarti la migliore compagnia di lanzichenecchi dell'Imperatore Carlo," disse, "sempre che siate tutti e due d'avviso che il mestiere delle armi sia un'occupazione onorevole per un individuo."

"I lanzichenecchi che potrebbe comperarmi mio padre mi attirano quanto le prebende dei tuoi abati attirano te," replicò Enrico-Massimiliano. "E poi, del resto, solo in Francia si servono bene le dame."

Lo scherzo cadde nel vuoto. Il futuro capitano si fermò per comperare da un contadino un po' di ciliege. Si sedettero sul bordo della scarpata per mangiarle.

"Eccoti travestito da pagliaccio," disse Enrico-Massimiliano, osservando con curiosità l'abito del pellegrino.

"È vero," ammise Zenone. "Ma ero stufo delle ciance dei libri. Preferisco compitare un testo che si muove: mille cifre romane e arabe; caratteri che si rincorrono tanto da sinistra a destra, come quelli dei nostri scribi, quanto da destra a sinistra, come quelli dei manoscritti orientali: cancellature che sono la peste o la guerra. Rubriche vergate con sangue vermiglio. E ovunque segni, e, qua e là, macchie, più strane ancora dei segni... Quale abito più adatto a percorrere la mia strada inosservato?... I miei piedi si muovono per il mondo come insetti sulla costa di un salterio."

"Benissimo," approvò distrattamente Enrico-Massimiliano. "Ma perché recarsi a Compostella? Non ti ci vedo a cantar col naso, seduto tra quei fratoni."

"Uh!" esclamò il pellegrino. "Cosa ho da spartire con quegli ottusi poltroni? Ma il priore dei Giacobiti di León è un amatore d'alchimia. È stato in corrispondenza col canonico Bartolomeo Campanus, nostro bravo zietto nonché insulso idiota che talvolta, come per caso, s'avventura oltre i limiti del concesso. A sua volta l'abate di San Bavon l'ha persuaso per lettera a mettermi al corrente di ciò che sa. Ma è vecchio e devo far presto. Temo che fra non molto perda cognizione del suo sapere e muoia."

"Ti nutrirà di cipolle crude, e ti farà schiumare la sua zuppa di rame insaporita di zolfo. Tante grazie! Io intendo conquistarmi a minor spesa pietanze migliori."

Zenone si alzò senza rispondere. Enrico-Massimiliano allora, incamminandosi, mentre sputava gli ultimi noccioli:

"La pace ciurla nel manico, fratello Zenone. I príncipi si contendono i paesi come gli ubriachi all'osteria si disputano le pietanze. Qui, la Provenza, torta al miele; là, il Milanese, quel pasticcio d'anguilla. Cadrà pur una briciola di gloria da tutto ciò, da mettermi sotto i denti."

"*Ineptissima vanitas*," disse secco secco il giovane dotto. "Forse tu dai ancora retta a panzane di questo genere?"

"Ho sedici anni," replicò Enrico-Massimiliano. "Fra quindici, si vedrà se per caso io non sia pari ad Alessandro. Fra trenta, si saprà se valgo o no quanto Cesare di buona memoria. Dovrei passare la vita a misurar tele in una bottega di via dei Lanaioli? Si tratta di esser uomo."

"Ho vent'anni," calcolò Zenone. "Nel migliore dei casi, ho davanti a me cinquant'anni di studi prima che questo cranio si muti in teschio. Prendete pure le vostre chimere e i vostri eroi da Plutarco, fratello Enrico. Per me, si tratta di esser piú che un uomo."

"Vado in direzione delle Alpi," disse Enrico-Massimiliano.

"Io," disse Zenone, "dalla parte dei Pirenei."

Tacquero. La strada piana, bordata di pioppi, spiegava davanti ad essi un frammento del libero universo. L'avventuriero della potenza e l'avventuriero del sapere marciavano fianco a fianco.

"Vedi," rispose Zenone. "Al di là di questo villaggio, altri villaggi, dopo questa abbazia, altre abbazie oltre questa fortezza, altre fortezze. E dentro ogni castello d'idee, ogni casupola di opinioni, costruiti sopra alle casupole di legno e ai castelli di pietra, la vita imprigiona i pazzi e dischiude un pertugio ai savi. Oltre le Alpi, l'Italia. Oltre i Pirenei, la Spagna. Da un lato il paese di Pico, dall'altro quello d'Avicenna. E, piú lontano ancora, il mare, e al di là del mare, sull'altra riva dell'immensità l'Arabia, la Morea, l'India, le due Americhe. E, ovunque, le valli ove si raccolgono i semplici, le rocce ove si celano i metalli, ciascuno dei quali simbolizza un momento della Grande Opera, le formule magiche infilate tra i denti dei morti, gli dèi, ognuno con la sua promessa, le folle tra cui ogni soggetto si pone come centro dell'universo. Chi sarà tanto insensato da morire senza aver fatto almeno il giro della propria prigione? Lo vedi, fratello Enrico? sono veramente un pellegrino. La strada è lunga, ma io son giovane."

"Il mondo è grande," disse Enrico-Massimiliano.

"Il mondo è grande," disse gravemente Zenone. "Piaccia a Colui che forse È di adeguare il cuore umano alla dimensione di tutta la vita."

E di nuovo tacquero. Dopo un momento, Enrico-Massimiliano, picchiandosi la fronte, scoppiò a ridere.

"Zenone," disse, "ti ricordi del tuo compagno Colas Gheel, l'uomo dai boccali di birra, tuo fratello secondo San Giovanni? Ha lasciato la fabbrica del mio buon padre, dove del resto si crepa di fame; è ritornato a Bruges; si aggira per le vie col rosario in mano, biasicando paternostri per l'anima del suo Tommaso, al quale le tue macchine hanno turbato il cervello, e ti dà del tizzone d'Inferno, del Giuda e dell'Anticristo. Quanto al suo Perrotin, nessuno sa dove sia; se lo sarà preso Satana."

Una brutta smorfia deformò il viso del chierico, invecchiandolo:

"Frottole," disse. "Lasciamo perdere questi ignoranti: sono quel che sono, carne bruta che tuo padre trasforma in oro, e tu lo erediterai un giorno. Non parlar di macchine né di squilibrati, ed io non ti parlerò di giumente stremate prese a credito al cavallaio di Dranoutre, né di ragazze traviate, né dei barili di vino che sfondasti l'estate scorsa."

Enrico-Massimiliano senza rispondere prese a fischiettare una canzone d'avventuriero. Non parlarono piú d'altro che dello stato delle strade e del prezzo degli alloggi.

Al primo bivio si separarono. Enrico-Massimiliano scelse la strada maestra. Zenone prese una scorciatoia. All'improvviso, il piú giovane dei due ritornò sui suoi passi, raggiunse il compagno; posò la mano sulla spalla del pellegrino:

"Fratello," disse, "ti ricordi di Wiwine, quella giovinetta pallida che proteggevi quando noialtri ragazzacci le pizzicavamo le cosce all'uscita di scuola? Ti ama; dice di essere legata a te da un voto; ha rifiutato proprio in questi giorni la proposta di uno scabino. Sua zia l'ha presa a schiaffi e l'ha messa a pane e acqua, ma lei tiene duro. Ti attenderà, se occorre — dice — fino alla fine del mondo."

Zenone si fermò. Un attimo di perplessità gli attraversò lo

sguardo, e vi si perse come l'umidità d'un vapore in un braciere.

"Peggio per lei," disse. "Che cosa ho io in comune con questa giovinetta presa a schiaffi? Un altro mi attende altrove. Io vado da lui."

E si rimise in cammino.

"Chi?" chiese Enrico-Massimiliano stupefatto. "Il priore di León, quello sdentato?"

Zenone si volse:

"*Hic Zeno*," disse. "Me stesso."

L'infanzia di Zenone

Zenone era venuto al mondo vent'anni prima a Bruges, nella casa di Enrico-Giusto. Sua madre si chiamava Hilzonde, e il padre, Alberico de' Numi, era un giovane prelato di antica stirpe fiorentina.

Messer Alberico de' Numi, sotto la lunga chioma, nell'ardore della prima adolescenza, aveva brillato alla corte dei Borgia. Tra due corride sulla piazza San Pietro, si era dilettato a conversare di cavalli e di macchine da guerra con Leonardo da Vinci, allora ingegnere di Cesare Borgia; piú tardi, nel cupo splendore dei suoi ventidue anni, fu uno dei pochi giovanetti di nobile casata che l'amicizia appassionata di Michelangelo onorava quanto un blasone. Ebbe avventure che si concludevano a pugnalate; iniziò una collezione di pezzi d'arte classica; una relazione condotta in tutto riserbo con Giulia Farnese non nocque alla sua fortuna. A Sinigaglia, la sua scaltrezza, che contribuí a far cadere nel tranello mortale gli avversari della Santa Sede, gli attirò il favore del papa e di suo figlio; gli fu quasi promessa la diocesi di Nerpi, ma la morte inattesa del Santo Padre ritardò questa promozione. Il disappunto che gliene derivò, o forse un amore contrastato il cui segreto non trapelò mai, lo immerse per qualche tempo nella mortificazione e nello studio.

Si pensò dapprima che la svolta fosse dettata da ambizione. Eppure, quell'uomo sfrenato era in preda a un impetuoso slancio ascetico. Dicevano che si fosse stabilito a Grottaferrata, nell'abbazia dei monaci greci di San Nilo, nel bel mezzo di una delle piú aspre solitudini del Lazio, dove preparava, in meditazione e in preghiera, una traduzione latina della "*Vita dei Padri del Deserto*"; ci volle un ordine esplicito di Giulio II, che aveva in alta stima la sua intelligenza tagliente, per indurlo a seguire in qualità di segretario apostolico i lavori della Lega di Cambrai. Appena giuntovi, nel corso delle discussioni si conquistò tale autorità da superare quella dello stesso legato. Gli interessi della Santa Sede allo smembramento di Venezia, ai quali non aveva forse pensato una sola volta in vita sua, l'assorbivano ora intieramente. Ai conviti che si tennero durante i lavori della Lega, Messer Alberico de' Numi, ammantato di porpora come un cardinale, mise in valore quella inimitabile prestanza fisica che lo faceva soprannominare l'Unico dalle cortigiane romane. Fu lui che, nel corso di una accanita controversia, mettendo la sua eloquenza ciceroniana al servizio di una foga sorprendentemente persuasiva, strappò l'adesione degli ambasciatori di Massimiliano. In seguito, poiché una lettera di sua madre, una fiorentina attaccata al soldo, gli rammentava certi crediti da incassare dagli Adorno di Bruges, decise di recuperare senza indugi quelle somme, tanto necessarie alla sua carriera di principe della Chiesa.

Si stabilí a Bruges presso il suo agente fiammingo Giusto Ligre, che gli offrí ospitalità. Era un pezzo di uomo tanto appassionato delle cose d'Italia da immaginarsi che una sua ava, durante una di quelle vedovanze temporanee cui sono esposte le mogli dei mercanti, avesse prestato un orecchio compiacente ai discorsi di qualche trafficante genovese. Messer Alberico de' Numi si consolò di non esser pagato altro che con nuove tratte sugli Herwart di Augusta facendo ricadere sull'ospite la spesa dei cani, dei falchi e dei paggi. Casa Ligre, attigua ai propri empori, era condotta con opulenza principesca; vi si mangiava bene; e meglio ancora vi si beveva; e sebbene Enrico-Giusto non leggesse che i registri del suo commercio di tessuti, ci teneva a possedere dei libri.

Trovandosi spesso in viaggio a Tournai, a Malines dove prestava somme alla Reggente, ad Anversa dove si era recentemente associato con l'avventuroso Lamprecht von Rechterghem per il commercio del pepe e delle altre mercanzie d'oltremare, a Lione, dove ci teneva a saldare il piú spesso possibile personalmente le sue transazioni bancarie alla fiera di Ognissanti, affidava la casa alla giovane sorella Hilzonde.

Messer Alberico de' Numi si innamorò presto di questa

giovinetta dai seni delicati, dal volto affilato, vestita di rigidi velluti che sembrava la tenessero su, adorna, nei giorni di festa, di gioielli da far invidia a un'imperatrice. Due palpebre di madreperla, quasi rosa, le incastonavano i chiari occhi grigi; la bocca leggermente tumefatta pareva sempre pronta a esalare un sospiro, o la prima parola di una preghiera o d'un canto. E forse non veniva la tentazione di spogliarla solo perché era difficile immaginarla nuda.

In una serata di neve che maggiormente induceva a sognare caldi letti in camere ben chiuse, una fantesca prezzolata introdusse Messer Alberico nella stanza da bagno dove Hilzonde si stropicciava con la crusca i lunghi capelli crespi che la ricoprivano come un mantello. La giovinetta si coprí il volto, ma abbandonò senza lotta agli occhi, alle labbra, alle mani dell'amante il suo corpo pulito e bianco come una mandorla mondata. Quella notte, il giovane fiorentino bevve alla fontana sigillata, addomesticò i due capretti gemelli, insegnò a quella bocca i giochi e le moine dell'amore. All'alba, una Hilzonde finalmente conquistata s'abbandonò tutta intera, e, al mattino raschiando colla punta delle unghie il vetro della finestra bianco di gelo, vi iscrisse aiutandosi col brillante di un anello le proprie iniziali intrecciate a quelle dell'amante, incidendo cosí la sua felicità in quella sostanza sottile e trasparente, fragile, sí, ma poco piú della carne e del cuore.

Ai loro piaceri si aggiunsero quelli della stagione e del luogo; musiche sapienti che Hilzonde eseguiva sul piccolo organo idraulico che le aveva regalato il fratello, vini fortemente aromatici, camere riscaldate, gite in barca sui canali ancora azzurri pel disgelo o cavalcate di maggio sui campi in fiore. Messer Alberico trascorse ore gradevoli, piú soavi forse di quelle che gli concedeva Hilzonde, a ricercare nei tranquilli monasteri olandesi antichi manoscritti dimenticati; gli eruditi italiani ai quali comunicava le sue scoperte credettero di veder rifiorire in lui il genio del grande Marsilio. La sera, seduti davanti al fuoco, gli amanti osservavano insieme una grande ametista portata dall'Italia su cui si vedevano Satiri abbracciar Ninfe, e il Fiorentino insegnava a Hilzonde le parole che al suo paese designavano le cose d'amore. Compose per lei una ballata in lingua toscana; i versi che dedicava a quella figlia di mercanti avrebbero potuto adattarsi alla Sulamita del Cantico.

La primavera passò; venne l'estate. Un bel giorno, una lettera di suo cugino Giovanni de' Medici, in parte cifrata, in parte redatta su quel tono faceto con cui Giovanni condiva ogni cosa, politica, erudizione e amore, recò a Messer Alberico un resoconto particolareggiato degli intrighi curiali e romani dai quali lo sottraeva il soggiorno in Fiandra: Giulio II non era immortale. Ad onta degli stolti e degli assoldati già devoti a quel ricco vanesio, Riario, l'astuto Medici veniva preparando con anticipo la propria elezione nel prossimo conclave. Messer Alberico non ignorava che i pochi abboccamenti avuti con gli uomini d'affari dell'Imperatore non erano bastati a scusare agli occhi del Pontefice regnante l'indebito prolungamento della sua assenza; la sua carriera dipendeva ormai da quel tanto papabile cugino. Avevano giocato assieme sulle terrazze di Careggi; Giovanni l'aveva in seguito introdotto nella sua raffinata ristretta compagnia di letterati un po' goliardi e piuttosto intriganti; Messer Alberico s'illudeva di riuscire a guidare quell'uomo astuto, ma effeminato; lo avrebbe aiutato a farsi strada verso il soglio di San Pietro; sarebbe stato, un po' in disparte, in attesa di miglior sorte, l'ordinatore del suo regno. In un'ora fu pronto per partire.

Forse non aveva un'anima. Forse, i suoi improvvisi ardori non erano che lo sfogo di una incredibile forza fisica; forse, attore magnifico, non ristava dal saggiare nuove possibilità di sentire; o piuttosto non era che un succedersi di atteggiamenti violenti e superbi, ma arbitrari, come quelli che assumono le figure del Buonarroti sulle volte della Sistina. Lucca, Urbino, Ferrara, queste pedine sullo scacchiere della sua famiglia, gli fecero scordare d'un tratto i piatti paesaggi di verde e d'acqua dove per un momento aveva acconsentito a vivere. Ammucchiò in bauli i frammenti di manoscritti antichi e le minute dei suoi poemi d'amore. Infilati gli stivali, gli speroni, i guanti di cuoio e un cappello di feltro, piú che mai cavaliere e meno che mai uomo di Chiesa, salí da Hilzonde a informarla che partiva.

Ella era incinta; lo sapeva e non glielo disse. Troppo remissiva per ostacolare le sue mire ambiziose, ella era anche troppo orgogliosa per valersi di una confessione che la vita sottile, e il ventre piatto ancora non denunciavano. Le sarebbe dispiaciuto essere accusata di menzogna e, quasi altrettanto, rendersi importuna. Ma, qualche mese piú tardi, avendo messo al mondo un maschietto, Hilzonde non ritenne piú di dover nascondere a Messer Alberico de' Numi la nascita del loro figlio. Sapeva appena scrivere; impiegò alcune ore per comporre una lettera, cancellando col dito le parole inutili. Quando finalmente ebbe portato a termine la missiva, l'affidò a un mercante genovese di cui era sicura e che era in procinto di partire per Roma. Messer Alberico non rispose mai. Benché il genovese le assicurasse in seguito di aver consegnato personalmente quel messaggio, Hilzonde preferí credere che l'uomo che aveva amato non l'avesse mai ricevuto.

Quel breve amore seguito dal brusco abbandono aveva saziato la giovane donna di delizie e di ripugnanze; stanca della propria carne e del suo frutto, sembrava estendere al suo bambino la riprovazione annoiata che provava per sé. Dal suo letto di puerpera, guardò con indifferenza le domestiche mentre fasciavano quella piccola massa brunastra al chiarore della brace del focolare. Mettere al mondo un illegittimo era un incidente tutt'altro che insolito: non sarebbe stato difficile ad Enrico-Giusto combinare per sua sorella un matrimonio vantaggioso, ma il ricordo dell'uomo che non amava piú bastava a distogliere Hilzonde dal pesante borghese che il sacramento avrebbe potuto porle accanto sotto l'imbottita e sul guanciale. Si trascinava senza provare alcun piacere negli abiti splendidi che il fratello faceva tagliare per lei nelle stoffe piú costose, ma per rancore verso se stessa piú che per rimorso si privava dei vini, dei piatti ricercati, del tepore del fuoco, e spesso anche della biancheria. Assisteva puntualmente alle funzioni religiose; la sera, tuttavia, dopo il pasto, se capitava che un commensale di Enrico-Giusto denunciasse le dissolutezze e le prepotenze romane, ella interrompeva il ricamo per udire meglio, spezzando talvolta macchinalmente un filo che poi riannodava in silenzio. Poi, gli uomini deploravano l'insabbiamento del porto, che impoveriva Bruges a vantaggio di altri lidi piú accessibili alle navi; si burlavano dell'ingegnere Lancelot Blondeel che pretendeva, ricorrendo a canali e fossati, di guarire quella renella. Oppure, circolavano volgari facezie; qualcuno sciorinava un racconto arcinoto di amante avida, di marito beffato, di seduttore nascosto in un tino, o di mercanti furbi matricolati intenti a ingannarsi l'un l'altro. Hilzonde si recava in cucina per controllare la servitú che rigovernava; dava appena un'occhiata al figlio che golosamente poppava al seno della balia.

Una mattina, Enrico-Giusto, di ritorno da uno dei suoi viaggi, le presentò un nuovo ospite. Era un uomo dalla barba grigia, cosí semplice e cosí grave che faceva pensare al vento salubre su un mare senza sole. Simone Adriansen temeva Iddio. La vecchiaia imminente e una ricchezza che dicevano onestamente acquisita imprimevano a questo mercante di Zelanda una dignità da patriarca. Era due volte vedovo: due massaie feconde avevano successivamente occupato la sua casa e il suo letto prima di andare a distendersi l'una a fianco dell'altra nella tomba di famiglia addossata alla parete di una Chiesa di Middlebourg; i figli a loro volta avevano fatto fortuna. Simone era di quegli uomini nei quali il desiderio suscita verso le donne una sollecitudine paterna. Accortosi che Hilzonde era triste, prese l'abitudine di andare a sedersi presso di lei.

Enrico-Giusto aveva per lui una fervida riconoscenza. La ricchezza di quest'uomo lo aveva sostenuto in momenti difficili; rispettava Simone al punto di trattenersi dal bere smodatamente in sua presenza. Ma la tentazione dei vini era grande. Il vino lo rendeva loquace. Non attese molto a rivelare all'ospite le sventure di Hilzonde.

Mentre ella lavorava nella sala, sotto la finestra, un mattino d'inverno, Simone Adriansen le si fece accanto e solennemente disse:

"Un giorno, Dio cancellerà dal cuore degli uomini tutte le leggi che non siano quelle dell'amore."

Lei non capí. Egli proseguí:

"Un giorno, Dio non accetterà altro battesimo che quello dello Spirito, né altro sacramento del matrimonio che quello teneramente consumato dai corpi."

Hilzonde incominciò a tremare. Ma quell'uomo severamente dolce prese a parlare del soffio di sincerità nuova che stava aleggiando sul mondo, della falsità di ogni legge che complichi l'opera di Dio e dell'avvicinarsi di un'epoca in cui la semplicità di amarsi sarebbe uguale alla semplicità di credere. Nella sua lingua immaginosa come le pagine d'una Bibbia, le parabole si intrecciavano al ricordo dei Santi che, secondo lui, avevano dato scacco alla tirannia romana; parlando un poco piú basso, e non senza aver dato un'occhiata per assicurarsi che le porte erano chiuse, confessò che esitava ancora a fare pubblicamente atto di fede anabattista, ma aveva ripudiato in segreto i riti vani e gli ingannevoli sacramenti. A dargli retta, i giusti, vittime e privilegiati, formavano attraverso le epoche una ristretta compagnia indenne dai crimini e dalle follie del mondo; il peccato era solo nell'errore; per i cuori casti la carne era pura.

Poi, le parlò del figlio. Il bambino di Hilzonde, concepito fuori delle leggi della Chiesa, e contro di esse, gli sembrava designato piú di ogni altro a ricevere e trasmettere un giorno la buona novella dei Semplici e dei Santi. L'amore della vergine presto sedotta per opera del bel demone italiano dal volto d'arcangelo diveniva per Simone un'allegoria misteriosa: Roma era la Prostituta di Babilonia cui l'innocente era stata bassamente sacrificata. Talvolta un sorriso credulo di visionario si disegnava sul quel gran volto austero e in quella voce pacata si sentiva l'intonazione fin troppo perentoria di colui che tiene a convincersi, e spesso a ingannar se stesso. Ma Hilzonde non era sensibile, davanti a quel forestiero, che alla sua tranquilla bontà. Mentre tutti coloro che circondavano la giovane donna non le avevano manifestato fino a quel momento che derisione, pietà, o una bonaria e grossolana indulgenza, Simone diceva parlandole dell'uomo che l'aveva abbandonata:

"Il vostro sposo".

E ricordava gravemente che ogni unione è indissolubile davanti a Dio. Hilzonde si rasserenava ascoltandolo; da sempre triste che era, ritrovò la primitiva fierezza. La casa dei Ligre, che l'orgoglio del commercio marittimo aveva ornata di una nave come blasone, era familiare a Simone quanto la sua propria dimora. L'amico di Hilzonde ritornava ogni anno; ella l'attendeva, e, la mano nella mano, s'intrattenevano della chiesa in spirito che prenderà il posto della Chiesa.

Una sera d'autunno, alcuni mercanti italiani portarono notizie: Messer Alberico de' Numi, eletto cardinale a trent'anni, era stato ucciso a Roma, durante un'orgia in una vigna dei Farnese. Le pasquinate accusavano di questo omicidio il cardinale Giulio de' Medici, scontento dell'influenza acquistata dal suo congiunto sull'animo del Santo Padre.

Simone ascoltò con sdegno quelle voci provenienti dalla sentina romana. Ma una settimana piú tardi, un rapporto ricevuto da Enrico-Giusto le confermò. L'apparente impassibilità di Hilzonde non permetteva d'indovinare se nel suo intimo ella se ne rallegrasse o ne piangesse.

"Eccovi vedova," disse lí per lí Simone Adriansen con quel tono di tenera solennità che costantemente adottava con lei.

Contrariamente ai pronostici di Enrico-Giusto, partí l'indomani.

Sei mesi dopo, alla data abituale, ritornò e la chiese al fratello.

Enrico-Giusto lo fece entrare nella sala dove Hilzonde lavorava. Egli le si sedette accanto. Le disse:

"Dio non ci ha dato il diritto di far soffrire le sue creature."

Hilzonde interruppe il ricamo. Le sue mani restavano distese sulla trama; le lunghe dita trementi sulle fronde incompiute facevano pensare agli intrecci dell'avvenire. Simone continuò:

"Come ci avrebbe potuto dare Iddio il diritto di farci soffrire?"

La bella levò verso di lui il suo volto di bambina malata. Egli riprese:

"Voi non siete felice in questa casa echeggiante di risate. La mia è piena di un gran silenzio. Venite."

Ella accettò.

Enrico-Giusto si stropicciava le mani. Jacqueline, la sua cara moglie, sposata poco dopo le delusioni di Hilzonde, si lamentava senza riguardi che in famiglia contava meno d'una puttana e del bastardo di un prete, mentre il suocero Jean Bell, ricco negoziante di Tournai, si valeva di quelle rimostranze per prorogare il pagamento della dote. E, difatti, benché Hilzonde trascurasse il proprio figlio, al minimo balocco destinato al bambino nato in lenzuola legittime, esplodeva la discordia tra le due donne. La bionda Jacqueline avrebbe ormai potuto rovinarsi in cuffie e bavaglini ricamati, e lasciare nei giorni festivi il suo grosso Enrico-Massimiliano camminare carponi sulla tovaglia, i piedi nei piatti.

Nonostante la sua avversione per le cerimonie della Chiesa, Simone acconsentí a che le nozze fossero celebrate con un certo fasto, poiché tale era, inaspettatamente, il desiderio di Hilzonde. Ma la sera, in segreto, quando gli sposi si furono ritirati nella camera nuziale, egli riamministrò a suo modo il sacramento, spezzando il pane e bevendo il vino con colei che aveva scelta. Hilzonde tornava a vivere al contatto di quest'uomo come una barca a secco che la marea porti di nuovo a galleggiare. Assaporava il mistero senza vergogna dei piaceri leciti, e il modo in cui il vecchio, curvo sulla sua spalla, le accarezzava i seni, come se fare all'amore fosse una maniera di benedire.

Simone Adriansen provvedeva a Zenone. Ma il bambino, spinto da Hilzonde verso quel volto barbuto e rugoso, sul cui labbro tremava una verruca, gridò, si agitò, si strappò selvaggiamente alla mano materna e agli anelli che gli schiacciavano le dita. Fuggí. Lo ritrovarono la sera nascosto nel forno in fondo al giardino, pronto a mordere il domestico che lo tirò fuori ridendo da dietro una catasta di legna. Simone, disperando di addomesticare quel lupetto, dovette risolversi a lasciarlo in Fiandra. Del resto era chiaro che la presenza del bambino aggravava la tristezza di Hilzonde.

Zenone crebbe destinato alla Chiesa. Gli ordini sacri restavano per un bastardo il mezzo piú sicuro di vivere comodamente e di accedere agli onori. Inoltre, quella sete di sapere che di buon'ora si impadroní di Zenone, quelle spese per l'inchiostro e la candela accesa fino all'alba furono tollerati dallo zio solo perché lo considerava candidato al sacerdozio. Enrico-Giusto affidò lo scolaretto a suo cognato, Bartolomeo Campanus, canonico di San Donaziano a Bruges. Questo studioso consunto dalla preghiera e dall'amore per le belle lettere, era cosí mite da apparire già vecchio. Egli insegnò all'allievo il latino, quel poco di greco e di alchimia che sapeva, e ne soddisfò la curiosità per le scienze con l'aiuto della *Storia Naturale* di Plinio. Il freddo studiolo del canonico era un rifugio dove il ragazzo si sottraeva al vociar dei mediatori che trattavano le stoffe d'Inghilterra, alla piatta saggezza di Enrico-Giusto, alle carezze delle cameriere curiose di frutto acerbo. Vi si liberava dalla servitú e dalla povertà dell'infanzia; quei libri e quel maestro lo trattavano da uomo. Gli piaceva quella camera tappezzata di volumi, la penna d'oca, e il calamaio di corno, strumenti d'una conoscenza nuova, ed amava quell'arricchirsi che consiste nell'imparare che il rubino viene dall'India, lo zolfo si sposa al mercurio, e il fiore detto *lilium* in latino si chiama in greco *krinon* e *susannah* in ebraico. Si accorse in seguito che i libri sragionano e mentono come gli uomini, e che le prolisse spiegazioni del canonico vertevano spesso su fatti che, non esistendo, non avevano bisogno di essere spiegati.

Le sue amicizie erano fonte di inquietudini: i compagni favoriti di quel momento erano il barbiere Jean Myers, uomo abilissimo e senza eguale nel salasso e nell'asportare i calcoli della vescica, ma sospettato di sezionare i cadaveri, e un certo tessitore di nome Colas Gheel, dissoluto e fanfarone, col quale trascorreva ore intere, che sarebbero state meglio impiegate nello studio e in preghiere, a mettere insieme pulegge e manovelle. Questo pezzo d'uomo, vivace e uggioso allo stesso tempo, che spendeva senza risparmio il denaro che non aveva, passava per un principe agli occhi degli apprendisti, ai quali pagava anche i giorni di festa. Quella solida massa di muscoli, di riccioli fulvi e di carnagione bionda albergava uno di quegli spiriti chimerici e insieme avveduti che hanno costantemente per occupazione limare, adattare, semplificare o complicare qualche cosa. Ogni anno in città qualche tessitura chiudeva i battenti; ed Enrico-Giusto, che si vantava di tenere aperte le sue per carità cristiana, approfittava della disoccupazione per lesinare periodicamente sui salari. I suoi operai, timorosi e troppo contenti d'avere ancora un mestiere e una campana che ogni giorno li chiamava al lavoro, vivevano cosí sotto l'incubo di voci incontrollate di chiusura, parlavano in modo compassionevole di dover presto ingrossare le bande di mendicanti che in quei momenti di carestia facevano paura ai borghesi e vagabondavano per le strade. Colas sognava di alleviarne le fatiche e le miserie con l'impiego di telai meccanici come se ne sperimentavano segretamente a Ypres, a Gand e a Lione in Francia. Egli ne aveva visto i disegni e li comunicò a Zenone; lo studente corresse qualche cifra, si entusiasmò per delle proiezioni, fece sí che l'entusiasmo di Colas per quei nuovi meccanismi divenne mania condivisa. Colle ginocchia piegate, curvi l'uno a fianco all'altro su un mucchio di ferri vecchi non erano mai stanchi di aiutarsi vicendevolmente a sospendere un contrappeso, ad applicare una leva, a montare e smontare ruote dentate; discussioni interminabili sorgevano su dove piazzare un bullone e su come lubrificare una guida di scorrimento. L'ingegnosità di Zenone superava di molto quella del lento cervello di Colas Gheel, ma le mani tozze dell'artigiano erano d'una destrezza che meravigliava l'allievo del canonico, il quale si misurava per la prima volta con altra cosa che i libri.

"*Prachtig werk, mijn zoon, prachtig werk,*" diceva gravemente il capo operaio, cingendo col pesante braccio il collo del ragazzo.

La sera, dopo lo studio, Zenone raggiungeva furtivamente il suo amicone, lanciando un pugno di sassolini contro la porta a vetri della taverna dove il capo officina si attardava spesso oltre misura. Oppure, quasi di nascosto, penetrava nell'angolo del magazzino disabitato ove Colas era alloggiato colle sue macchine. Lo stanzone era buio: per paura di un incendio, la candela ardeva al centro di un catino d'acqua posto sul tavolo, come un piccolo faro in mezzo a un minuscolo mare. L'apprendista Thomas de Dixmude, che fungeva da faccendiere del capo officina, saltava come un gatto, per gioco, sulle intelaiature traballanti, e camminava nel buio pesto dei solai dondolando con la mano una lanterna o un bicchiere di birra. Colas Gheel allora si faceva una grassa risata. Seduto su una tavola, roteando gli occhi, ascoltava le divagazioni di Zenone che andava di galoppo dagli atomi di Epicuro alla duplicazione del cubo, e dalla natura dell'oro alla inconsistenza delle prove dell'esistenza di Dio, e un leggero fischio di ammirazione gli usciva dalle labbra. Il chierico trovava tra questi uomini in casacca di cuoio ciò che i figli dei signori trovano presso i palafrenieri e i bracconieri: un mondo piú rude e piú libero del proprio, perché si muoveva piú in basso, lontano dai precetti e dai sillogismi, l'alternanza rassicurante di lavori pesanti e di ozi semplici, l'odore e il calore umani, un linguaggio fatto d'imprecazioni, d'allusioni e di proverbi, segreto come il gergo delle corporazioni, un'attività che non consiste solo nel curvarsi su un libro con una penna in mano.

Lo studente intendeva riportare dall'officina e dal laboratorio qualcosa che infirmasse o confermasse le asserzioni della scuola: Platone da un lato, Aristotile dall'altro erano trattati alla stregua di semplici mercanti i cui pesi vengono sottoposti a verifica. Tito Livio non era che un chiacchierone; Cesare, per quanto sublime, era morto. Degli eroi di Plutarco, delle cui midolla si era nutrito il canonico Bartolomeo Campanus insieme col latte dei Vangeli, il ragazzo ricordava una sola cosa, e cioè che l'audacia dello spirito e della carne li aveva condotti tanto lontano e cosí in alto quanto la continenza e il digiuno, si dice, conducono i buoni cristiani al loro cielo. Per il canonico la saggezza sacra e la sua sorella profana si sostengono reciprocamente: il giorno in cui udí Zenone farsi beffe delle pie fantasticherie del *Sogno di Scipione*, comprese che il suo allievo aveva segretamente rinunciato alle consolazioni del Cristo.

Eppure Zenone si iscrisse a Lovanio, alla Scuola di teologia. Il suo fervore sorprese; il nuovo arrivato, capace di sostenere senza indugi qualsiasi tesi, si acquistò tra i condiscepoli un prestigio straordinario. La vita dei goliardi era liberale e spensierata; lo invitarono a festini ove bevve solo acqua pura; e le ragazze del bordello gli piacquero tanto poco quanto a uno schizzinoso un piatto di carne guasta. Tutti erano d'accordo nel trovarlo bello, ma la sua voce tagliente faceva paura; il bagliore delle sue pupille scure affascinava e riusciva allo stesso tempo sgradevole. Circolarono strane voci sulla sua origine, voci che egli non si curò di smentire. Gli adepti di Nicolas Flamel non tardarono a riconoscere nello studente freddoloso, sempre seduto a leggere sotto la cappa di un camino, i segni di una inquietudine alchimistica: una piccola società di spiriti piú curiosi e piú inquieti degli altri gli dischiuse le proprie fila per accoglierlo. Prima che finisse il semestre, egli guardava dall'alto in basso i dottori in toga di pelliccia, curvi al refettorio sul piatto pieno, goffamente soddisfatti del loro pesante e uggioso sapere; e gli studenti rumorosi e rozzi, ben decisi a istruirsi quel tanto che occorre a strappare una sinecura, poveri diavoli, i cui fermenti spirituali non erano che un accesso sanguigno che si sarebbe placato insieme alla giovinezza. Poco a poco, il disprezzo si estese agli amici cabalisti, spiriti vuoti, gonfi di vento, imbottiti di parole che essi stessi non intendevano e che rigurgitavano in formule. Constatava con amarezza che nessuno di coloro su cui dapprincipio aveva contato lo superava, in potenza o in atto; addirittura, nemmeno lo raggiungeva.

Zenone abitava all'ultimo piano di una pensione diretta da un prete; un cartello appeso per le scale ordinava ai pensionanti di riunirsi per la Compieta, e vietava, pena la contravvenzione, di introdurre prostitute come di fare i propri bisogni fuori delle latrine. Né il lezzo, né la fuliggine del focolare, né la voce stridula della massaia, né i muri costellati dai suoi predecessori di facezie latine e di disegni osceni, né le mosche vaganti sulle pergamene distoglievano dai suoi calcoli quello spirito per il quale ogni oggetto al mondo era un fenomeno o un segno. Il giovane studente conobbe in quel soppalco i dubbi, le tentazioni, i trionfi e le sconfitte, le lacrime di rabbia e le gioie della giovinezza che l'età matura ignora o disdegna, e di cui in seguito conservò appena il ricordo corroso dall'oblio. Portato di preferenza verso quelle passioni dei sensi che si allontanano di piú da ciò che prova o confessa la maggior parte degli uomini, quelle che obbligano al segreto, spesso alla menzogna, talvolta alla sfida, questo David alle prese con il Golia scolastico credette di trovare il suo Gionata in un condiscepolo indolente e biondo che presto si allontanò, abbandonando il tirannico compagno in favore di compari piú esperti in vini e dadi. Nulla era trapelato di questa sotterranea dimestichezza, tutta contatto e presenza, celata come i visceri e il sangue; la sua fine ebbe come solo effetto di ripiombare Zenone negli studi. Bionda era pure la ricamatrice Giannetta Fauconnier, ragazza capricciosa e ardita oltre ogni dire, abituata a trascinarsi dietro una scorta di studenti, e alla quale il giovane chierico fece per tutta una sera una corte di motteggi e d'insulti. Essendosi Zenone vantato d'ottenere, quando volesse, i favori di questa ragazza in minor tempo di quanto ne occorra per andare di galoppo dalle Halles alla chiesa di San Pietro, ne seguí una rissa che si mutò in battaglia vera e propria, e la bella Giannetta, tenendo a mostrarsi generosa, concesse al suo offensore ferito un bacio sulla bocca, che le convenzioni dell'epoca chiamavano il portale dell'anima. Verso Natale, finalmente, allorché Zenone non conservava altro ricordo di quella impresa che uno sfregio in pieno viso, la maliarda penetrò nella sua abitazione una notte di luna, salí senza far rumore le scale scricchiolanti, e gli s'infilò nel letto. Zenone fu sorpreso da quel corpo sinuoso e liscio, abile a condurre il gioco, da quella gola di colomba sospirosa, da quelle risatine soffocate giusto in tempo per non svegliare la massaia che dormiva nella stanzetta attigua. Egli ne ebbe la gioia intrisa di timore del nuotatore che si tuffa in un'acqua rinfrescante e insidiosa. Per qualche tempo fu visto aggirarsi con insolenza al fianco di quella ragazza di strada, sfidando le paternali del Rettore; sembrava che gli fosse venuta una gran voglia di quella sirena beffarda e sfuggente. Dopo meno di una settimana, tuttavia, si rituffò a corpo morto nei libri. Fu biasimato di abbandonare cosí presto la ragazza per la quale aveva compromesso con tanta noncuranza per tutto un semestre gli onori del *cum laude*: e il suo relativo disprezzo per le donne suscitò su di lui il sospetto che frequentasse gli spiriti succubi.

Svaghi estivi

Quell'estate, poco prima di agosto, Zenone si recò come gli altri anni a riposare nella residenza di campagna del banchiere. Ma non piú come un tempo, nelle terre che Enrico-Giusto aveva sempre possedute a Kuypen nei dintorni di Bruges: l'uomo d'affari nel frattempo aveva acquistato la tenuta di Dranoutre, fra Audenarde e Tournai, dotata di un'antica dimora padronale, che era stata restaurata dopo la partenza dei francesi, nello stile di moda, con plinti e cariatidi di pietra. Il grosso Ligre si lanciava sempre di piú negli acquisti di beni al sole, che attestano quasi con arroganza il patrimonio di un uomo, e fanno di lui in caso di pericolo il cittadino di piú d'una città. Nella zona di Tournai egli aggiungeva nuove terre a quelle di sua moglie Jacqueline; presso Anversa aveva recentemente acquistato la tenuta di Gallifort, splendida succursale del suo negozio di piazza San Giacomo dove operava ormai con Lazarus Tucher. Grande Tesoriere delle Fiandre, proprietario di una raffineria di zucchero a Maestricht e di un'altra alle Canarie, appaltatore della dogana di Zelanda, detentore del monopolio dell'allume per le regioni baltiche, assicurava per un terzo con i Fugger gli incassi dell'ordine di Calatrava, Enrico-Giusto era portato a frequentare sempre piú spesso i grandi di questo mondo: la Reggente a Malines gli porgeva colla propria mano il pane benedetto; il signore di Croÿ, a lui obbligato per la somma di tredicimila fiorini, aveva recentemente acconsentito a fare da padrino all'ultimo neonato del mercante, e si era stabilita la data con codesta Eccellenza per tenere nel suo castello di Roeulx la festa del battesimo. Aldegonda e Costanza, le due figlie ancor giovanissime del grande uomo d'affari, si sarebbero fregiate un giorno di titoli nobiliari come oggi già si fregiavano dello strascico alle gonne.

La sua fabbrica di tessuti di Bruges ormai era un impianto invecchiato a cui le sue stesse importazioni di broccati di Lione e di velluti d'Alemagna facevano concorrenza, e perciò Enrico-Giusto aveva da poco inaugurato certe tessiture rurali nei dintorni di Dranoutre, nel cuore stesso della pianura fiamminga, dove le ordinanze municipali di Bruges non lo infastidivano piú. Vi si stavano montando per suo ordine una ventina di telai meccanici, fabbricati l'estate precedente da Colas Ghell su disegni di Zenone. Al mercante era venuto il ghiribizzo di provare quegli operai di legno e di metallo che non bevevano né sbraitavano, ma compivano in dieci il lavoro di quaranta, e non approfittavano della carestia per chiedere un aumento del salario.

Una giornata fresca che già annunciava l'autunno, Zenone si recò a piedi a quella tessitura di Oudenove. Disoccupati in cerca di lavoro ingombravano il paese; appena dieci leghe separavano Oudenove dagli splendori fastosi di Dranoutre, ma era una distanza quanta ce ne può essere tra il cielo e l'inferno. Enrico-Giusto aveva alloggiato un gruppetto d'artigiani e di capomastri brugesi in un vecchio casamento riparato alla peggio all'ingresso del villaggio; un dormitorio che si andava trasformando in tugurio. Zenone intravvide Colas Gheel, quel mattino ubriaco, il cui apprendista, il pallido e malinconico francese di nome Perrotin, stava lavando le scodelle e sorvegliava il fuoco. Thomas, sposato da poco a una ragazza del luogo, si pavoneggiava sulla piazza in un giubbetto di seta rossa sfoggiato il giorno delle nozze. Un ometto secco e vivace, certo Thierry Loon, aspatore promosso improvvisamente caporeparto, mostrò a Zenone le macchine finalmente montate e che gli operai avevano subito preso a odiare, dopo aver fondato su di esse la stravagante speranza di guadagnare di piú e penare di meno. Ma altri problemi preoccupavano ormai il chierico; quelle incastellature e quei contrappesi non lo interessavano piú. Thierry Loon parlava di Enrico-Giusto con ossequiosa reverenza, ma lanciava a Zenone occhiate di traverso mentre deplorava il vitto insufficiente, le baracche di legno e di calcinacci, costruite alla svelta dagli intendenti del mercante, e le ore piú lunghe che a Bruges poiché non c'era piú la campana del municipio a segnarle. L'ometto rimpiangeva il tempo in cui gli artigiani, solidamente impiantati nei loro privilegi, tiravano il collo agli operai giornalieri e tenevano testa ai príncipi. Le novità non gli facevano paura; apprezzava l'ingegnosità di quelle specie di gabbie in cui ogni operaio manovrava simultaneamente coi piedi e colle mani due leve e due pedali, ma il ritmo troppo rapido sfiniva gli uomini, e i comandi complicati richiedevano piú cura e piú attenzione di quanta ne posseggano dita e teste d'artigiani. Zenone suggerí degli accomodamenti, ma il nuovo caporeparto sembrò non farci caso. Sicuramente, quel Thierry pensava solo a sbarazzarsi di Colas Gheel: alzava le spalle nominando quella pasta frolla, quel confusionario, le cui elucubrazioni meccaniche in definitiva avrebbero sortito il risultato di estorcere dagli uomini piú lavoro aggravandone la disoccupazione; quel sempliciotto al quale la devozione era venuta come viene la rogna da quando non aveva piú a disposizione gli agi e i piaceri di Bruges, quell'ubriacone che quando aveva bevuto prendeva il tono contrito di un predicatore di piazza. Il giovane studioso provò fastidio di quegli ignoranti attaccabrighe: in confronto a loro, i dottori coperti d'ermellino e ornati di logica riacquistavano prestigio.

I suoi talenti meccanici valevano a Zenone poca considerazione in famiglia, dove era disprezzato per la sua indigenza di bastardo e al tempo stesso vagamente rispettato per la sua futura condizione di prete. All'ora di cena, nella sala, il chierico ascoltava Enrico-Giusto che sputava pompose sentenze sulla condotta della vita: si trattava sempre di evitare le vergini, per tema di gravidanze, le donne sposate, per paura del pugnale, le vedove, perché ti divorano; non restava che curare le proprie rendite e pregare Iddio. Il canonico Bartolomeo Campanus, avvezzo a chiedere alle anime solo quel poco che acconsentono a dare, non disapprovava quella rozza saggezza. I mietitori, quel giorno, avevano trovato una strega occupata a pisciare malignamente in un campo con l'intento di attirare la pioggia sul grano già mezzo fradicio in seguito a insoliti acquazzoni; l'avevano gettata nel fuoco senza alcuna forma di processo; ci si beffava di quella sibilla che s'immaginava di comandare all'acqua, ma non aveva saputo mettersi al riparo dalle fiamme. Il canonico spiegava come l'uomo, infliggendo ai malvagi il supplizio del fuoco, che dura un momento, non fa che prendere esempio da Dio, che li condanna allo stesso supplizio, ma eterno. Questi discorsi non interrompevano la copiosa cena; Jacqueline, eccitata dal caldo dell'estate, prodigava su Zenone le sue moine di donna onesta; la grassa fiamminga, fatta piú bella dal parto recente, fiera dell'incarnato e delle mani bianche, conservava un'esuberanza di peonia. Sembrava quasi che il prete non notasse la scollatura semiaperta, né i riccioli biondi che sfioravano la nuca del giovane chierico curvo su di una pagina prima dell'arrivo delle lampade, e non s'accorgesse dello scatto iroso dello studente spregiatore delle femmine. Per Bartolomeo Campanus, ogni donna era Maria e Eva assieme, colei che versa per la salvezza del mondo il proprio latte e le proprie lacrime, e colei che si abbandona al serpente. Abbassava lo sguardo senza giudicare.

Zenone usciva, camminando a gran passi. La spianata adorna di alberelli, di pretenziose pietre artificiali e di conchiglie, cedeva presto il posto ai pascoli e alle terre arabili; qualche casolare dal tetto basso si celava dietro il susseguirsi dei mucchi di fieno. Ma non era piú il tempo in cui Zenone avrebbe potuto distendersi vicino ai fuochi della festa di San Giovanni a fianco dei braccianti agricoli, come non molto prima a Kuypen, nella notte chiara che inizia l'estate qui. Nelle serate fredde, non gli avrebbero neppure fatto posto sul banco della fucina, dove alcuni villani, sempre gli stessi, si inebetiscono al dolce calore sbocconcellando le ultime novità, nel ronzio delle ultime mosche di stagione. Tutto adesso lo separava da loro: la loro lenta parlata rustica, i pensieri quasi altrettanto lenti e il timore che ispira un ragazzo che parla latino e legge negli astri. Gli capitava talvolta di trascinare suo cugino in scappatelle notturne. Scendeva nel cortile, fischiando sommessamente per svegliare il compagno. Enrico-Massimiliano scavalcava il balcone, ancora intontito dal sonno pesante dell'adolescenza; odorava di cavallo e di sudore dopo i lunghi volteggi del giorno. Ma la speranza d'incontrare una baldracca da mettersi sotto sul ciglio di una strada, o di un rosso da sorseggiare all'osteria in compagnia di carrettieri, lo rianimava subito. I due compari prendevano attraverso i campi arati aiutandosi al salto dei fossi, dirigendosi verso la fiamma di un accampamento di zingari o il bagliore rosso di una taverna lontana. Al ritorno, Enrico-Massimiliano si vantava delle sue gesta; Zenone taceva le proprie. La piú sciocca di queste avventure fu quella in cui nottetempo l'erede dei Ligre penetrò nella scuderia di un mediatore di Dranoutre, dove verniciò di rosa due cavalle che il padrone al mattino credette stregate. Si scoprí un bel giorno che Enrico-Massimiliano aveva speso in una di queste sortite qualche ducato rubato al grosso Giusto; un po' per gioco, un po' sul serio, padre e figlio vennero alle mani; furono separati come si separa un toro da un torello che si avventino l'uno sull'altro nel recinto di una fattoria.

Ma piú spesso Zenone partiva da solo all'alba, colle tavolette in mano, e si allontanava nella campagna, in cerca di non si sa qual sapere che viene direttamente dalle cose. Non si stancava di soppesare e di studiare con curiosità le pietre i cui contorni lucidi o rugosi, le cui diverse tonalità della ruggine o della muffa raccontano una storia, testimoniano dei metalli che le hanno formate, dei fuochi o delle acque che ne hanno precipitato nel tempo la materia o coagulato la forma. Qualche insetto usciva fuori di sotto, strane bestie d'un animalesco inferno. Seduto su un poggio, guardando sotto il cielo grigio le pianure rigonfie qua e là di lunghe colline sabbiose, vagava col pensiero alle epoche trascorse in cui il mare aveva occupato quei grandi spazi ove adesso cresceva il grano, e ritirandosi aveva lasciato l'impronta e come la firma delle onde. Giacché tutto cambia: la forma del mondo, le produzioni di questa natura che si muove e di cui ogni momento abbraccia secoli. Oppure, improvvisamente attento, fisso e furtivo come un bracconiere, si volgeva verso le bestie che corrono, volano e strisciano nelle profondità dei boschi, si interessava della traccia esatta che esse lasciano dietro di sé, dei loro amori, dell'accoppiamento, ne studiava il cibo, i segnali e gli stratagemmi e il modo in cui, colpite da un bastone, muoiono. Una simpatia lo attirava verso i rettili calunniati dalla paura o dalla superstizione umana, freddi, prudenti, per metà sotterranei, e che racchiudono in ciascuno dei loro anelli striscianti una sorta di saggezza minerale.

Una di quelle sere, al colmo della canicola, Zenone, forte delle istruzioni di Jean Myers, si prese la responsabilità di salassare un coltivatore colpito d'apoplessia, invece di attendere l'incerto soccorso del barbiere. Il canonico Campanus deplorò il gesto come una mancanza di decoro; Enrico-Giusto caricò la dose e rimpianse senza mezzi termini i ducati sborsati per spesare gli studi del nipote se costui doveva andare a finire tra una lancetta e una bacinella. Il chierico subí le rimostranze chiuso in un silenzio astioso. Da quel giorno, il giovane prolungò le assenze. Jacqueline credette a una cotta per qualche contadinella.

Una volta, portando con sé il pane per diversi giorni, si spinse fino alla foresta d'Houtshuist. Erano i resti dei grandi boschi cedui dell'epoca pagana: strani moniti piovevano dalle loro foglie. Con la testa alzata, contemplando dal basso quello spessore di verde e di aghi, Zenone tornava a immergersi nelle speculazioni alchimistiche alle quali s'era accostato a scuola o ad onta della scuola; ritrovava in ciascuna di quelle piramidi vegetali il geroglifico ermetico delle forze ascendenti, il segno dell'aria che bagna e nutre quei begli esseri silvestri, del fuoco di cui esse portano in sé la virtualità e che forse un giorno le distruggerà. Ma quelle ascese erano bilanciate da discese: sotto i suoi piedi, il popolo cieco e senziente delle radici imitava nel buio l'infinita divisione dei ramoscelli nel cielo, si orientava cautamente verso chissà quale nadir. Qua e là, una foglia ingiallita troppo presto lasciava trasparire da sotto al verde la presenza dei metalli di cui aveva formato la propria sostanza e di cui operava la trasmutazione. La spinta del vento incurvava i grandi fusti come un uomo è piegato dal proprio destino. Il chierico si sentiva allo stesso tempo libero e minacciato come un animale, a guisa d'un albero in equilibrio tra il mondo di sotto e il mondo di sopra, piegato anche lui da pressioni che agivano su di lui e non sarebbero cessate prima della morte. Ma il termine morte ancora non era che una semplice parola per quell'uomo di vent'anni.

Al crepuscolo, notò sul muschio la traccia di un trasporto d'alberi abbattuti; un odore di fumo lo guidò nella notte già fonda alla capanna dei carbonai. Tre uomini, un padre coi due figli, carnefici degli alberi, padroni e servitori del fuoco, obbligavano quest'ultimo a consumare lentamente le loro vittime, mutando il legno umido che sibila e sussulta in carbone che conserva per sempre la sua affinità con l'elemento igneo. I cenci che li coprivano si confondevano con i corpi quasi da etíopi truccati di fuliggine e cenere: era sorprendente la canizie del padre, il biondo crine dei figli attorno a quei volti neri, su quei neri petti scoperti. Soli come anacoreti, i tre avevano dimenticato quasi tutto del mondo o non ne avevano mai saputo nulla. Poco importava loro chi regnasse sulle Fiandre, o se fosse l'anno 1529 dell'Incarnazione di Cristo. Accolsero Zenone a grugniti piú che a parole, come gli animali della foresta ne accolgono un altro; il chierico sapeva bene che avrebbero potuto ucciderlo per prendergli i vestiti anziché accettare una porzione del suo pane e spartire con lui la loro zuppa di erbe. A notte fonda, soffocando nella baita affumicata, si levò per l'abituale osservazione degli astri e uscí sull'aia calcinata che nella notte sembrava bianca. Il rogo dei carboni ardeva sommessamente, costruzione geometrica perfetta come i fortini dei castori e gli alverari delle api. Un'ombra si muoveva su uno sfondo di rosso; il piú giovane dei due fratelli vegliava sulla massa incandescente. Zenone l'aiutò a separare con l'uncino i tronchi che bruciavano troppo rapidamente. Vega e Deneb scintillavano tra le cime degli alberi; i tronchi e i rami occultavano le stelle site piú in basso nel cielo. Il giovane studioso pensò a Pitagora, a Nicolò Cusano, a un certo Copernico le cui teorie diffuse di recente erano accolte fervidamente o violentemente contraddette nella Scuola, e un moto d'orgoglio lo colse all'idea di appartenere a quell'industre e inquieta razza di uomini che addomesticano il fuoco, trasformano la sostanza delle cose, e scrutano le vie degli astri.

Lasciando i suoi ospiti senza cerimonia e come si sarebbe congedato dai caprioli dei boschi, si rimise impazientemente in cammino quasi che lo scopo prefisso fosse vicinissimo e allo stesso tempo dovesse affrettarsi per raggiungerlo. Non ignorava che stava gustando le sue ultime porzioni di libertà, e che fra qualche giorno avrebbe dovuto raggiungere il banco di un collegio se voleva assicurarsi per poi un posto di segretario vescovile, con l'incarico di limare soavi frase latine, oppure una cattedra di teologia, dalla quale avrebbe dovuto badare a diffondere tra i suoi uditori solo argomenti approvati o permessi. Con una ingenuità che era quella della giovinezza, s'immaginava che fino allora nessuno avesse covato nel proprio petto tanto rancore per lo stato sacerdotale, né spinto cosí lontano la rivolta o l'ipocrisia. Per il momento, il verso allarmato d'una ghiandaia e il ticchettio del picchio verde erano i soli uffizi del mattino. Uno sterco fumava delicatamente sul muschio, traccia del passaggio d'un animale notturno.

Appena fu sulla strada maestra ritrovò i rumori e il vociare degli uomini. Un branco di villici eccitati correvano con secchi e forconi: era in fiamme una grossa cascina isolata; vi aveva appiccato il fuoco uno di quegli anabattisti che ora pullulavano e mescolavano l'odio per i ricchi e i potenti a una forma particolare dell'amor di Dio. Zenone commiserava sdegnosamente quei visionari che saltavano da una barca fradicia in un'altra che faceva acqua, e da un'aberrazione secolare passavano a una nuova mania, ma il disgusto della crassa opulenza che lo circondava lo poneva suo malgrado dalla parte dei poveri. Un po' piú lontano, incontrò per caso un tessitore licenziato che aveva preso la bisaccia del mendicante per cercare da vivere altrove, ed egli invidiò quel misero perché meno oppresso di lui.

La festa a Dranoutre

Una sera, rincasando come un cane stremato, dopo diversi giorni d'assenza, gli apparve di lontano la casa illuminata da tante torce che credette a un nuovo incendio. La strada era ingombra di cocchi pesanti. Allora si ricordò che Enrico-Giusto sperava e negoziava da settimane una visita reale.

La Pace di Cambrai era stata firmata da poco. Era chiamata la Pace delle Due Dame, poiché due principesse, che il canonico Bartolomeo Campanus paragonava nelle sue prediche alle Sante Donne delle Scritture, si erano assunte il compito di sanare alla meglio le piaghe del secolo. La Regina Madre di Francia, dapprima trattenuta dal timore delle congiunzioni astronomiche nefaste, aveva finalmente lasciato Cambrai per far ritorno al suo Louvre. La Reggente dei Paesi Bassi, sulla via di Malines, si fermava per una notte nella residenza campestre del Gran Tesoriere delle Fiandre, e Enrico-Giusto aveva invitato i notabili del luogo, aveva comprato un po' dappertutto provviste di cera e vivande rare, fatto venire da Tournai i musici del vescovo e preparato un intrattenimento all'antica, nel corso del quale Fauni vestiti di broccato e Ninfe in camicia di seta verde avrebbero offerto a Donna Margherita una colazione di marzapane, torta di pastafrolla alla mandorla e confetture.

Zenone esitò a presentarsi in sala, temendo che gli abiti consunti e impolverati e l'odore del suo corpo non lavato gli facessero perdere l'occasione di farsi avanti fra i potenti di questo mondo; per la prima volta in vita sua l'adulazione e l'intrigo gli parvero arti in cui sarebbe bene eccellere, e il posto di segretario privato o di precettore di un principe preferibile a quello di pedagogo in un collegio o di barbiere di villaggio. Poi ebbero il sopravvento l'arroganza dei venti anni e la certezza che la fortuna di un uomo dipende dal suo carattere e dal capriccio degli astri. Entrò e prese posto sotto la cappa del camino, che era stato ornato con festoni di foglie; guardò attorno a sé quell'Olimpo umano.

Le Ninfe e i Fauni vestiti all'antica erano i rampolli di agricoltori arricchiti o signori campagnoli che il Gran Sovrintendente alle Finanze lasciava con noncuranza piluccare nei suoi forzieri; Zenone riconosceva sotto le parrucche e il trucco i loro riccioli biondi e gli occhi blu, e sotto i rigonfi delle tuniche aperte o rimboccate, le gambe massicce delle ragazze, alcune delle quali lo avevano teneramente eccitato all'ombra d'un pagliaio. Enrico-Giusto, piú pomposo e piú congestionato del solito, faceva gli onori di quel lusso da mercante. La Reggente vestita di nero, minuta e grassoccia, aveva il pallore triste delle vedove e le labbra serrate della buona casalinga che sorveglia, non solo la biancheria e la dispensa, ma lo Stato. I panegiristi ne vantavano la pietà, il sapere, la castità che le avevano fatto preferire alle seconde nozze le malinconiche austerità della vedovanza; i detrattori l'accusavano di nascosto di amare le donne, pur ammettendo che in una nobile dama è un gusto meno scandaloso di quanto non sia presso gli uomini l'inclinazione contraria, poiché è piú bello, sostenevano, per la donna assumere la condizione virile che per un uomo imitare la donna. Gli abiti della Reggente erano sontuosi ma severi, come si addice a una principessa cui spetti portare i segni esteriori del suo stato regale, ma che si preoccupi poco di affascinare o di piacere. Sgranocchiando dolciumi, ascoltava con orecchio compiacente Enrico-Giusto frammischiare ai complimenti del cortigiano battute gagliarde, da donna pia ma tutt'altro che pudibonda, che sa ascoltare senza scomporsi il libero parlar degli uomini.

Erano già stati bevuti i vini del Reno, d'Ungheria e di Francia; Jacqueline si slacciò il corsetto di stoffa argentata e ordinò che le portassero il figlio minore non ancora svezzato, che aveva sete lui pure. A Enrico-Giusto e a sua moglie piaceva esibire quel bambino nato da poco, che li ringiovaniva.

Il seno intravisto tra le pieghe della fine stoffa accese i commensali.

"Non si potrà negare," disse Donna Margherita, "che costui abbia succhiato latte di buona madre."

Chiese come si chiamava il bimbo.

"Non ha ancora ricevuto il battesimo solenne," rispose la fiamminga.

"Allora," fece Donna Margherita, "chiamatelo Filiberto, come il mio signore che è salito in cielo."

Enrico-Massimiliano, che beveva smoderatamente, parlava alle damigelle d'onore dei fatti d'arme che avrebbe compiuti quando ne avesse avuta l'età.

"L'occasione delle battaglie non gli mancherà," osservò Donna Margherita, "in questo secolo sventurato."

Ella si chiedeva se il Grande Intendente avrebbe concesso all'Imperatore quel prestito all'otto per cento che i Fugger avevano rifiutato, e che doveva servire a coprire le spese dell'ultima campagna, o forse della prossima, giacché si sa cosa valgano i trattati di pace. Una minima parte di quei novantamila scudi sarebbe stata sufficiente a portare a termine la sua cappella di Brou, nella Bresse, dove contava di andare un giorno a riposare a fianco del suo principe fino alla fine del mondo. Il tempo di portare alle labbra un cucchiaio d'argento dorato e Donna Margherita rivide nell'immaginazione il giovane nudo, i capelli incollati dal sudore della febbre, il torace gonfio degli umori della pleurite, eppur bello come gli Apolli della favola, che ella aveva seppellito piú di venti anni prima. Nulla la consolava, né le gentilezze dell'Amante Verde, il suo pappagallo indiano, né i libri, né il dolce viso dell'affettuosa compagna Madame Laodamia, né i gravi affari, né Dio, che è il sostegno e il confidente dei prìncipi. L'immagine del morto fece ritorno al tesoro della memoria; il contenuto del cucchiaio diffuse sulla lingua della Reggente un gusto di dolce gelato; ella ritrovò il suo posto a tavola che non aveva mai lasciato, le rosse mani di Enrico-Giusto sulla tovaglia cremisi, i vistosi ornamenti di Madame d'Hallouin, sua dama d'onore, il poppante disteso sul seno della fiamminga, e laggiú, seduto sotto il camino, un giovanotto dal bel volto arrogante che mangiava senza badare ai convitati.

"E quello là," chiese, "che tiene compagnia ai tizzoni?..."

"Ecco tutta la mia prole," disse il banchiere scontento, indicando Enrico-Massimiliano e il lattante sul lenzuolino ricamato.

Bartolomeo Campanus informò a mezza voce la Reggente

della disavventura d'Hilzonde, deplorando allo stesso tempo i sentieri eretici nei quali la madre di Zenone si era sviata. Donna Margherita iniziò allora col canonico una di quelle discussioni sulla fede e sulle opere che ogni giorno le persone pie e colte dell'epoca riaccendevano, senza che mai tali oziosi dibattiti servissero a risolvere il problema o a provarne l'inconsistenza. In quel momento ci fu un rumore alla porta; timidamente ma tutte insieme entrarono delle persone.

Quei tessitori venuti a Dranoutre recando un ricco dono per Madame, costituivano una parte degli svaghi previsti dalla festa. Ma una rissa sopravvenuta l'antivigilia in un laboratorio aveva trasformato l'ingresso degli artigiani nel baccano di una sommossa. La camerata di Colas Gheel era là tutta intera per chiedere che si graziasse Tommaso de Dixmude, minacciato di forca per aver fracassato a martellate i telai meccanici montati di recente e da poco in funzione. Quell'accozzaglia turbolenta s'era accresciuta di operai licenziati dopo la fiera e di vagabondi incontrati per strada, e aveva impiegato due giorni a fare le poche leghe che separavano la fabbrica dalla residenza di campagna del mercante. Colas Gheel, ferito alle mani per difendere le sue macchine, si trovava tuttavia nella prima fila dei postulanti. Zenone riconosceva appena in quel volto dalle labbra trementi il robusto Colas, l'amico dei suoi sedici anni. Il chierico, trattenendo per la manica un paggio che gli offriva dei confetti, apprese che Enrico-Giusto aveva rifiutato di ascoltare le recriminazioni degli scontenti, i quali erano stati fatti pernottare in un prato, e sfamati con quanto gettavano loro i cuochi. I domestici avevano vegliato tutta la notte sulle dispense, la cantina e i pagliai. Eppure, quei poveretti sembravano docili come pecore condotte alla tosatura; si tolsero i berretti; i piú umili s'inginocchiarono.

"Grazia per Tommaso, il mio amico! Grazia per Tommaso a cui le mie macchine hanno turbato la ragione," salmodiava Colas Gheel. "È troppo giovane per pendere da una forca!"

"Come?" disse Zenone, "tu difendi quel miserabile che ha distrutto la nostra opera? Al tuo bel Tommaso piaceva ballare: che balli in pieno cielo."

L'alterco in fiammingo fece scoppiar dal ridere il gruppetto delle damigelle d'onore. Sconcertato, Colas volse intorno le pupille pallide e si fece il segno della croce quando riconobbe presso il focolare il giovane studente che un tempo aveva chiamato fratello secondo San Giovanni.

"Dio mi ha tentato," scoppiò a piangere l'uomo dalle mani bendate, "giocavo come un fanciullo con pulegge e manovelle! Un demone mi ha suggerito cifre e proporzioni ed ho costruito ad occhi chiusi una forca con una corda appesa."

Arretrò di un passo, appoggiandosi sulla spalla del magro apprendista Perrotin.

Un ometto vispo come l'argento vivo, nel quale Zenone riconobbe Thierry Loon, scivolò fino alla Principessa per porgerle un'istanza, ed ella la consegnò con apparente distrazione a un gentiluomo del seguito. Il Gran Tesoriere la incalzava ossequiosamente affinché passasse nella galleria attigua, dove i musici si preparavano ad eseguire per le dame un concerto per strumenti e voci.

"Ogni traditore della Chiesa è prima o poi ribelle al suo principe," concluse donna Margherita alzandosi, e con queste parole chiuse la conversazione, che aveva volutamente prolungata col canonico su queste parole di condanna alla Riforma. Alcuni tessitori, comandati collo sguardo da Enrico-Giusto, offrirono all'augusta vedova un nodo di perle ricamato colle sue iniziali. Colla punta delle dita inanellate ella prese graziosamente il regalo degli artigiani.

"Vedete, Signora," fece tra il serio e il faceto il mercante, "quel che si guadagna a tenere aperte per pura carità fabbriche che lavorano in perdita. Questi zotici portano ai vostri orecchi dispute che un giudice di villaggio risolverebbe con una sola parola. Se non avessi a cuore il prestigio dei nostri velluti e dei nostri broccati..."

Curvando le spalle come ogni volta che pesava su lei il fardello dei pubblici affari, la Reggente insistette seriamente sulla necessità di reprimere l'insubordinazione popolare in un mondo già turbato dalle contese dei principi, dai progressi dei Turchi, dall'eresia che dilaniava la Chiesa. Zenone non udí le parole mormorategli dal canonico per invitarlo ad avvicinarsi a Madame. Il suono degli strumenti, il frastuono di sedie spostate si confondeva ormai alle esclamazioni degli operai tessili.

"No," disse il mercante chiudendo dietro di sé la porta della galleria e affrontando gli uomini come un mastino fa colle bestie del branco. "Nessuna pietà per Tommaso; gli verrà spezzato il collo come lui ha mandato in pezzi i miei telai. Vi piacerebbe che venissero a sfasciare i vostri letti?"

Colas Gheel muggí come un bue al macello.

"Taci, amico," disse il grosso mercante con disprezzo. "La tua musica sciupa quella destinata alle signore."

"Tu sei dotto, Zenone! Il tuo latino e il tuo francese piacciono piú delle nostre voci fiamminghe," disse Thierry Loon che guidava il resto degli scontenti come un buon cantore dirige un coro. "Spiega un po' a quella gente che ci è stato aumentato il lavoro, diminuite le paghe, e la polvere che esce da quei macchinari ci fa sputare sangue."

"Se queste macchine si diffonderanno nella pianura fiamminga, saremo rovinati," disse un tessitore di passamanerie. "Non siamo fatti per dimenarci tra due ruote come scoiattoli in gabbia."

"Credete che io vada pazzo per le novità come un francese?" disse il banchiere mescolando la bonomia alla severità, come chi versa zucchero nell'agresto. "Tutte le ruote e tutte le valvole non valgono le braccia dei bravi operai. Sono forse un orco? Basta con le minacce, smettete i mormorii contro la multa per le pezze difettose e i nodi del filo; cessate le stupide richieste di aumenti di paga, come se il denaro costasse quanto lo sterco dei muli, e io manderò quelle intelaiature a servire da cornici alle ragnatele! I contratti per l'anno prossimo vi saranno rinnovati al prezzo dell'anno scorso."

"Al prezzo dell'anno scorso," esclamò una voce turbata e già meno alta.

"Al prezzo dell'anno scorso, quando un uovo oggi costa piú caro di una gallina all'ultima festa di San Martino! Meglio allora prendere un bastone e andar a chiedere l'elemosina."

"Muoia Tommaso ed io sia riassunto!" urlò un vecchio venditore ambulante, e il suo francese sibilante lo faceva apparire ancora piú selvaggio. "I contadini mi hanno aizzato addosso i cani, e i cittadini ci accolgono a sassate. Preferisco il pagliericcio nel dormitorio al fondo di un fosso!"

"Questi telai che disprezzate avrebbero fatto di mio zio un re e di voi altrettanti principi," disse il chierico con stizza. "Ma qui non vedo altro che un bruto arricchito e un pugno di imbecilli pezzenti!"

Un brontolio salí dal cortile; di lí, il resto della banda

scorgeva le fiaccole della festa e lo strato superiore delle torte sontuose. Un sasso infranse l'azzurro di una vetrata ornata d'un blasone; il mercante fu svelto a ripararsi dalla grandine di schegge turchine.

"Serbate i sassi per quel sognatore! Quell'idiota vi ha fatto credere che avreste potuto riposarvi accanto a una bobina che fa da sola il lavoro di trenta mani," disse il grosso Ligre beffardo, additando il nipote rincantucciato sotto il camino. "Io ci perdo i soldi e Tommaso il collo. Oh, il bel progetto di un babbeo che non conosce che i libri!"

L'amico del fuoco sputò senza rispondere.

"Quando Tommaso vide il telaio lavorare giorno e notte e svolgere da solo le mansioni di quindici uomini non disse nulla," riprese Colas Gheel, ma tremava e sudava, come se avesse paura. "È stato licenziato tra i primi quando fu ridotta la mia squadra di apprendisti. E i filatoi continuavano a cigolare, e i bracci di ferro continuavano da soli a tessere la tela. Tommaso restava seduto in fondo al dormitorio con sua moglie. L'ha sposata l'autunno scorso; li sentivo battere i denti come chi ha freddo. Allora capii che quelle macchine erano un flagello come la guerra, la carestia, i tessuti stranieri... E le mie mani hanno meritato le percosse che hanno ricevuto... E io dico che l'uomo deve lavorare con tutta semplicità, come fecero i suoi padri prima di lui, e contentarsi di due braccia e dieci dita."

"E tu stesso, che cosa sei," gridò Zenone, infuriato, "se non una macchina mal lubrificata, che si adopera e poi si getta via, e che per disgrazia ne genera delle altre? Ti credevo un uomo, Colas, e scopro che sei cieco come una talpa! Bruti tutti quanti che non avreste né fuoco, né candela, né un mestolo se qualcuno non ci avesse pensato per voi; una bobina vi farebbe paura se ve la mostrassero per la prima volta! Tornate nei vostri dormitori a marcire in cinque o sei sotto la stessa coperta, e poi crepate sulle spighette e sui velluti di lana come han fatto i vostri padri!"

L'apprendista Perrotin si armò di una coppa lasciata su un tavolo e si precipitò verso Zenone. Thierry Loon lo trattenne per il polso; le strida dell'apprendista che vomitava minacce in dialetto piccardo accompagnavano i suoi contorcimenti da serpentello. All'improvviso, la voce tonante di Enrico-Giusto, che proprio allora aveva inviato al piano terreno uno dei maggiordomi, annunciò che nel cortile si stavano stappando le botti per brindare alla pace. Allora gli uomini si mossero a precipizio trascinando Colas Gheel che gesticolava colle mani bendate, Perrotin che si strappò con uno scossone dal pugno di Thierry Loon. Solo pochi irriducibili rimasero a riflettere sul modo di arrotondare almeno di qualche soldo i salari del prossimo contratto. Tommaso e la sua sorte erano dimenticati. Nessuno pensò piú a intercedere di nuovo presso la Reggente comodamente seduta nella sala vicina. Il grande uomo d'affari era la sola potenza che quegli artigiani conoscevano e temevano; essi scorgevano Donna Margherita di lontano come vedevano in modo confuso e approssimativo quel vasellame d'argento, i gioielli, e sui muri o indosso ai presenti le stoffe e i nastri che essi avevano tessuti.

Enrico-Giusto rise in sordina per il successo dell'arringa e delle sue generosità. In fondo, quel baccano era durato appena il tempo d'un mottetto. I telai meccanici ai quali non attribuiva che mediocre importanza erano serviti, con poca spesa, a integrare la cifra di una contrattazione; vi si sarebbe fatto di nuovo ricorso in futuro, ma solo se per malasorte la manodopera fosse rincarata oltre misura o fosse venuta a mancare. Zenone, la cui presenza a Dranoutre preoccupava il mercante quanto quella d'un tizzone acceso in un fienile, sarebbe andato via lontano colle sue chimere e con quegli occhi di fuoco che turbavano le donne; e Enrico-Giusto si sarebbe cosí potuto vantare in alto loco di sapersi imporre alla plebe in quei tempi agitati, e sembrar arrendevole su un punto senza cedere mai!

Dallo sguancio di una finestra, Zenone, guardava giú le ombre cenciose frammiste ai domestici e alle guardie di Donna Margherita. La festa era illuminata da torce appese ai muri. Il chierico riconobbe nella folla Colas Gheel dai capelli rossi e dai panni bianchi. Pallido come le sue fasciature, addossato a un barile, beveva avidamente il contenuto di un gran boccale.

"Si gonfia di birra mentre il suo Tommaso suda freddo in prigione," disse il chierico con disprezzo. "E io lo amavo, quest'uomo... Razza di Simon Pietro!"

"Calma," intervenne Thierry Loon rimastogli al fianco. "Tu non sai che cosa siano la paura e la fame."

E, spingendolo col gomito:

"Lascia perdere Colas e Tommaso, e pensa a noi d'ora in poi. I nostri uomini ti seguirebbero come il filo segue la spola," bisbigliò. "Sono poveri, ignoranti, stupidi, ma sono tanti, brulicano come vermi, avidi come topi che abbiano annusato il formaggio... I tuoi telai gli piacerebbero, se non fossero lasciati a se stessi. Si comincia coll'appiccare il fuoco a una casa di campagna: si finisce coll'occupare le città."

"Va a bere cogli altri, ubriacone!" disse Zenone.

E, lasciata la sala, si spinse giú per le scale deserte. Sul pianerottolo urtò nel buio Jacqueline che stava salendo tutta trafelata con in mano un mazzo di chiavi.

"Ho messo il catenaccio alla cantina," disse riprendendo fiato. "Non si sa mai."

E, afferrando la mano di Zenone per mostrargli che il cuore le batteva troppo svelto:

"Restate, Zenone! Ho paura."

"Fatevi tranquillizzare dai soldati della guardia," rispose con asprezza il giovane chierico.

L'indomani, il canonico Campanus andò a trovare il suo allievo per comunicargli che Donna Margherita, prima di risalire in carrozza, si era informata circa il grado di preparazione dello studente in greco e in ebraico, ed aveva espresso il desiderio di assumerlo fra i familiari del suo seguito. Ma la camera di Zenone era vuota. Secondo quanto riferivano i servitori, era andato via all'alba. La pioggia che non cessava da diverse ore causò un po' di ritardo alla partenza della Reggente. Gli operai tessili erano ripartiti per Oudenove, non troppo scontenti di aver finalmente ottenuto dal Gran Tesoriere un aumento di mezzo soldo per libbra. Colas Gheel smaltiva la sbornia sotto un telone. Quanto a Perrotin, era scomparso nelle prime ore del giorno. Si seppe in seguito che quella notte si era profuso in minacce contro Zenone. Si era anche vantato molto della sua destrezza a maneggiare il coltello.

La partenza da Bruges

Wiwine Cauwersyn occupava presso lo zio parroco di Santa Croce in Gerusalemme a Bruges una cameretta dalle pareti rivestite di pannelli di quercia lucida. Vi si vedeva un lettino bianco, un vaso di rosmarino sul davanzale della finestra, un messale su uno scaffale: tutto era pulito, lindo, tranquillo. Ogni giorno, a prima, la piccola sagrestana volontaria precedeva le beghine mattiniere e il mendicante che tornava ad occupare il suo buon posticino sulla porta della chiesa; con le pantofole di feltro, trottava sulle lastre del pavimento del coro, cambiava l'acqua nei vasi, lustrava con cura i candelabri e i cibori d'argento. Il naso a punta, il pallore, i modi goffi non ispiravano a nessuno quei caldi desideri che sorgono da soli al passaggio di una bella ragazza, ma la zia Godelièrve paragonava con tenerezza i suoi capelli biondi all'oro delle torte ben cotte e del pane benedetto; tutto il suo contegno era religioso e domestico. I suoi avi, le cui statue di rame lucido erano distese lungo le navate laterali, certamente si rallegravano nel vederla cosí assennata.

Era di buona famiglia. Suo padre, Teobaldo Cauwersyn, già paggio di Donna Maria di Borgogna, aveva portato la barella che riconduceva a Bruges, tra le preghiere e le lacrime, la sua giovane duchessa mortalmente ferita. L'immagine di quella caccia fatale non lo aveva mai piú abbandonato; tutta la vita conservò per quella padrona cosí presto scomparsa un rispetto pieno di tenerezza che rassomigliava all'amore. Viaggiò; serví l'imperatore Massimiliano a Ratisbona; tornò a morire in Fiandra. Wiwine lo ricordava come un omone che se la poneva a sedere sulle ginocchia coperte di cuoio e le canticchiava con voce smorzata delle nenie tedesche. La zia Cleenwerck allevò l'orfanella. Era una brava donna paffuta, sorella e governante del curato di Santa Croce in Gerusalemme; preparava sciroppi riconfortanti e marmellate squisite. Il canonico Bartolomeo Campanus frequentava volentieri quella casa che odorava di pietà cristiana e di buona cucina, e vi introdusse il suo pupillo. Zia e nipote colmavano lo scolaro di leccornie appena cavate dal forno, gli lavavano le ginocchia e le mani scorticate per una caduta o in una zuffa, ne ammiravano a occhi chiusi i progressi in latino. Piú tardi, durante le rare visite fatte a Bruges dallo studente di Lovanio, il curato gli chiuse la porta in faccia, poiché aveva fiutato in lui puzzo d'ateismo e d'eresia. Ma Wiwine quella mattina aveva saputo da una venditrice ambulante che Zenone era stato visto infangato e fradicio dirigersi sotto la pioggia verso l'officina di Jean Myers, e attendeva tranquillamente che venisse a trovarla in chiesa.

Entrò senza far rumore per la porta della sacristia. Wiwine gli corse incontro colle mani ancora ingombre di tovaglie d'altare, con l'ingenua sollecitudine della servetta.

"Parto, Wiwine," disse. "Fate un fascio dei quaderni che ho nascosto nel vostro armadio; verrò a prenderli a notte inoltrata."

"Come vi siete conciato, amico mio!" diss'ella.

Aveva dovuto diguazzare sotto lo scroscio d'acqua nel fango della pianura fiamminga, giacché le scarpe e l'orlo inferiore dei vestiti erano ingrommati di terra. Pareva che lo avessero lapidato, o che fosse caduto poiché il volto era tutto un livido, e il bordo di una manica era striato di sangue.

"Non è nulla," disse. "Una rissa. Già non ci penso piú."

Ma lasciò che lei asciugasse alla meglio con un panno umido gli schizzi e il fango. Wiwine turbata lo trovava bello come un tenebroso Cristo al calvario e gli si prodigava attorno a guisa di piccola Maddalena innocente.

Gli propose di accompagnarlo nella cucina della zia Godelièvre per pulirgli i vestiti e fargli mangiare qualche cialda ancora calda.

"Parto, Wiwine," ripeté Zenone. "Vado a vedere se l'ignoranza, la paura, la stupidità e la superstizione verbale regnano anche fuori di qui."

Quel linguaggio veemente la spaventò: tutto ciò che era inusitato la spaventava. Però quella collera d'adulto si confondeva per lei con le tempeste dello scolaro, proprio come il fango e il sangue annerito le ricordavano lo Zenone che rincasava malconcio dalle zuffe per le strade, che era stato il suo amichetto e il dolce fratello dei dieci anni. Allora, in tono di tenero ammonimento, gli disse:

"Come parlate forte in chiesa!"

"Tanto Dio non sente," rispose amaramente Zenone.

Non le spiegò né da dove veniva né dove era diretto, né da quale scaramuccia o imboscata fosse uscito, né quale disgusto lo deviasse da una esistenza dottorale calda d'ermellino e di onori, né quali segreti disegni lo spingessero senza il necessario equipaggiamento su strade poco sicure, percorse da viandanti di ritorno dalla guerra o da vagabondi senza casa né patria, dai quali la piccola brigata composta dal curato, dalla zia Godelièveﾠ e da qualche domestico si teneva alla larga nel rincasare dopo una capatina al podere.

"I tempi sono cosí tristi," diss'ella ripetendo le abituali lamentele che udiva a casa e al mercato. "E se incontrate un malfattore..."

"Chi vi dice che non sarei io ad avere il sopravvento," fece egli con asprezza. "Non è poi tanto difficile spedire qualcuno all'altro mondo..."

"Cristiano Merghelynck e mio cugino Gianni di Behaghel, che studiano a Lovanio, si accingono anch'essi a ripartire per la Scuola," insistette lei. "Se voi andaste a raggiungerli alla locanda del Cigno..."

"Cristiano e Gianni si scervellino pure sugli attributi della persona divina," interruppe sprezzante il giovane chierico. "E se vostro zio parroco che mi sospetta di ateismo si preoccupa ancora per le mie opinioni, gli direte che io professo la mia fede in un dio che non è nato da una vergine, non resusciterà al terzo giorno, ma il cui regno è di questo mondo. Mi avete capito?"

"Glielo riferirò anche se non capisco," fece lei con dolcezza, ma senza neppure provarsi a ritenere quei concetti troppo astrusi per lei. "E siccome mia zia Godelièveﾠcol coprifuoco mette il catenaccio alla porta e nasconde la chiave sotto il materasso, vi lascerò i quaderni sotto la tettoia con un po' di viveri per il viaggio."

"No," diss'egli. "Questo è per me tempo di digiuno e astinenza."

"Perché?" lei chiese, cercando invano di ricordarsi di che santo quel giorno fosse la ricorrenza.

"Me lo impongo da me", diss'egli in tono scherzoso. "Non avete mai visto i pellegrini prepararsi alla partenza?"

"Fate pure," ribatté lei mentre il pianto le saliva alla gola all'idea di quello strano viaggio. "E io conterò le ore, i giorni e i mesi come faccio ogni volta durante le vostre assenze."

"Cos'è questa ballata che mi recitate?" diss'egli sfiorato appena da un sorriso. "La via che prendo non ripasserà di qui mai piú. Non sono di quelli che tornano indietro per rivedere una ragazza."

"Allora," diss'ella alzando verso di lui la sua piccola fronte ostinata, "verrò io un giorno a voi giacché voi non tornerete a me."

"Fatica sprecata," obiettò lui, entrando come per gioco in quello scambio di botte e risposte. "Io vi dimenticherò."

"Mio buon signore," disse Wiwine, "i miei familiari giacciono sotto queste pietre col loro motto inciso sul guanciale. *Plus est en vous*. Sono troppo generosa per dimenticare chi mi dimentica."

Gli stava dinnanzi, piccola fonte insipida e pura; non l'amava; quella fanciulla ingenua era certamente il piú lieve dei legami che lo congiungevano al suo breve passato, ma provò per lei una vaga compassione e l'orgoglio d'esser rimpianto. Ad un tratto, col gesto impetuoso di colui che sul punto di partire dona, getta o consacra qualcosa per conciliarsi non si sa quali poteri o per liberarsene, si sfilò la fedina d'argento vinta alla corsa degli anelli con Giannetta Fauconnier e la depose come un soldo in quella mano tesa. Non pensava affatto di ritornare. Da lui quella giovinetta avrebbe avuto solo l'elemosina d'un breve sogno.

Calata la notte, andò a prendere sotto la tettoia i quaderni che affidò a Jean Myers. La maggior parte erano brani di filosofi pagani copiati in gran segreto al tempo in cui si istruiva a Bruges sotto la guida del canonico, e che contenevano un certo numero di opinioni scandalose sulla natura dell'anima e sull'inesistenza di Dio; inoltre citazioni dai Padri che attaccavano l'idolatria, ma distorte dal loro significato nell'intento di mostrare l'inanità della devozione e delle cerimonie cristiane. Zenone era ancora abbastanza spontaneo per attribuire molta importanza a quelle prime licenze di scolaro. Discusse dei suoi progetti futuri con Jean Myers: costui si dichiarava propenso per gli studi alla Facoltà di medicina di Parigi, da lui stesso un tempo frequentata senza però giungere a sostenervi la tesi e a professarvi. Zenone si esaltava sognando viaggi piú lontani. Il chirurgo-barbiere ripose accuratamente i quaderni dello studente nel bugigattolo dove teneva le bottiglie vuote e la biancheria. Il chierico non si accorse che Wiwine aveva infilato tra i fogli un ramoscello di rosa selvatica.

La voce pubblica

Piú tardi si seppe che si era trattenuto dapprima per qualche tempo a Gand, presso il prevosto mitrato di San Bavon, il quale si dilettava d'alchimia. In seguito, sembrò a qualcuno d'averlo visto a Parigi, in quella via della Bûcherie dove gli studenti sezionano segretamente i morti, e dove si buscano il pirronismo e l'eresia come la malaria. Altri, assai degni di fede, assicuravano che si era laureato all'Università di Montpellier, alla qual cosa altri rispondevano che si era solo iscritto a quella celebre facoltà, rinunciando ai titoli su pergamena in favore della sola pratica sperimentale, per avversione a Galeno e a Celso. Credettero di identificarlo in Provenza nella persona di un mago seduttore di donne e, verso la stessa epoca, in Catalogna, nelle vesti d'un pellegrino venuto da Montserrat e ricercato per l'assassinio di un ragazzetto in una locanda frequentata da gente losca, marinai, mezzani, usurai sospetti di giudaismo ed arabi non perfettamente convertiti. Si sapeva che s'interessava di speculazioni sulla fisiologia e l'anatomia, e la storia del ragazzo assassinato, che per i profani e i creduli era una pratica di magía o della piú abietta dissolutezza, diventava sulle labbra dei piú dotti quella di un intervento che aveva lo scopo di operare una trasfusione di sangue giovane nelle vene di un ricco ebreo ammalato. Piú tardi, persone reduci da lunghi viaggi e ancor piú lunghe fandonie, affermarono d'averlo visto nel paese degli Agatirsi, presso i Barbareschi, e perfino alla corte del Gran Daïr. Una nuova formula di fuoco greco, impiegata ad Algeri dal Khereddin Barbarossa, danneggiò gravemente verso il 1541 una flottiglia spagnola; gli fu attribuita quest'invenzione funesta che, dicevano, l'aveva arricchito. Un frate francescano inviato in missione in Ungheria riferì di aver incontrato a Buda un medico fiammingo che si sarebbe rifiutato di dire il proprio nome: si trattava probabilmente di lui. Si sapeva anche da fonte sicura che era stato chiamato a Genova per un consulto da Giuseppe Ha-Cohen, fisico privato del Doge, ma in seguito aveva insolentemente rifiutato di succedere nella carica a quell'ebreo condannato all'esilio. Poiché si ritiene, e spesso con buone ragioni, che le audacie della carne vadano di pari passo con quelle dell'intelletto, gli furono attribuiti piaceri non meno sregolati dei suoi lavori, e si diffusero voci, che variavano, beninteso, secondo i gusti di coloro che inventavano o divulgavano le sue avventure. Ma di tutte queste arditezze la piú urtante forse era quella, si diceva, d'aver umiliato la nobile professione di medico per dedicarsi di preferenza all'arte grossolana della chirurgia, sporcandosi le mani di pus e di sangue. Tutto era perduto se uno spirito inquieto sfidava cosí il buon ordine e le usanze. Dopo una lunga eclissi, qualcuno credette di averlo visto a Basilea durante un'epidemia di peste nera: una serie d'insperate guarigioni gli crearono in quegli anni la fama di taumaturgo. Poi, anche quella voce si spense. Pareva ch'egli temesse d'aver la gloria per tamburino.

Verso il 1539 era giunto a Bruges un breve trattato in francese col suo nome, stampato da Dolet a Lione. Era una descrizione minuziosa delle fibre tendinee e degli anelli valvolari del cuore, seguita da uno studio sul ruolo che svolgerebbe il ramo sinistro del nervo vago nel comportamento di quell'organo; Zenone vi affermava che la pulsazione corrisponde al momento della sistole, contrariamente all'opinione insegnata in cattedra. Dissertava inoltre sul restringimento e l'indurimento delle arterie in certe malattie dell'età avanzata. Il canonico, poco pratico della materia, lesse e rilesse il trattatello, quasi deluso di non trovarvi nulla che giustificasse le voci d'empietà che circolavano sul conto del suo ex allievo. Qualunque medico, gli sembrava, avrebbe potuto comporre un tal libro, privo, fra l'altro, anche di qualche bella citazione latina. Bartolomeo Campanus scorgeva abbastanza spesso in città, a cavallo della sua brava mula, il chirurgo-barbiere Jean Myers, sempre piú chirurgo e meno barbiere a mano a mano che col passar degli anni la sua fama era cresciuta. Questo Myers era forse l'unico abitante di Bruges di cui si sarebbe potuto con ragione sospettare che ricevesse ogni tanto notizie dello studente promosso maestro. Il canonico era tentato talvolta di apostrofare quell'uomo di modesta condizione, ma le convenzioni sembravano opporsi a che il primo movimento venisse da lui, tanto piú che costui era notoriamente un tipo furbo e mordace.

Ogni volta che per caso gli giungeva qualche eco del suo allievo d'un tempo, il canonico si recava subito dal parroco Cleenwerck, suo vecchio amico. Ne discorrevano insieme nella sala della casa parrocchiale, attraversata talvolta dalla zia Godeliève o da sua nipote che teneva una lampada o un vassoio, ma né l'una né l'altra si prendevano la briga di ascoltare, non avendo l'abitudine di prestar orecchio ai discorsi dei due ecclesiastici. Wiwine aveva superato l'età degli amori infantili; conservava ancora l'anellino ornato da un fregio in una scatola insieme a perline di vetro ed aghi, ma non ignorava che la zia aveva per lei progetti seri. Mentre le donne piegavano la tovaglia e sparecchiavano, Bartolomeo Campanus girava e rigirava col vecchio curato quelle poche briciole d'informazioni che in rapporto alla vita tutta intera di Zenone erano ciò che rappresenta un'unghia rispetto alla totalità del corpo. Il curato scoteva il capo e s'aspettava il peggio da quello spirito folle d'impazienza, di vano sapere e d'orgoglio. Il canonico difendeva senza energia lo studente che aveva istruito. A poco a poco, tuttavia, Zenone cessava d'esser per loro una persona, un volto, un'anima, un uomo che vive in qualche luogo su un punto della circonferenza del mondo; diventava un nome, meno di un nome, un'etichetta sbiadita sopra un barattolo nel quale lentamente imputridivano alcuni ricordi del loro passato, incompleti e morti. Ne parlavano ancora. In realtà, lo dimenticavano.

La morte a Münster

Simone Adriansen invecchiava. Se ne accorgeva non tanto dalla stanchezza quanto da una sorta di crescente serenità. Gli accadeva come al nocchiero fattosi duro d'orecchi che sente solo confusamente il fragore della tempesta, ma continua a valutare con la stessa abilità la forza delle correnti, delle maree e dei venti. Per tutta la vita era salito da una ricchezza minore ad una ricchezza piú grande: l'oro gli affluiva nelle mani; aveva lasciato la casa paterna di Middlesbourg per un'altra, edificata a sue spese lungo un canale appena aperto ad Amsterdam, all'epoca in cui aveva ottenuto in quel porto la concessione delle spezie. Nella sua abitazione addossata alla Schreijerstoren, come in un solido baule, i tesori d'oltremare venivano raccolti e ordinati. Ma Simone e sua moglie, lontani da quello splendore, vivevano all'ultimo piano, in una cameretta spoglia come la cabina di una nave, e tutto quel lusso serviva solo alla consolazione dei poveri.

Per costoro, le porte erano sempre aperte, il pane sempre sfornato, le lampade sempre accese: straccioni, debitori insolvibili o malati che gli ospizi sovraffollati rifiutavano di curare, attori affamati, marinai abbrutiti dall'acquavite, avanzi di galera raccolti sulla gogna e colle spalle segnate dalle scudisciate; poiché Iddio vuole che tutti vivano sulla Sua terra e godano del Suo sole, Simone Adriansen non faceva discriminazione, o piuttosto, disgustato dalle leggi umane, sceglieva coloro che passano per i peggiori. Rivestiti di abiti caldi dalle stesse mani del padrone, quei miserabili sedevano intimiditi alla sua mensa. Musici nascosti nella galleria versavano nei loro orecchi un assaggio di Paradiso; Hilzonde, per ricevere quegli ospiti, indossava vestiti sontuosi, che accrescevano ulteriormente il valore delle sue elemosine, e immergeva nelle terrine un mestolo d'argento.

Simone e sua moglie, come Abramo e Sara, come Giacobbe e Rachele, erano vissuti in pace per dodici anni. Eppure, avevano avuto i loro dolori: numerosi bambini teneramente amati e curati gli erano morti uno dopo l'altro. Ogni volta Simone inclinava il capo e diceva:

"Il Signore è padre. Egli sa ciò che conviene ai suoi figli."

E quest'uomo veramente pio insegnava a Hilzonde la dolcezza della rassegnazione. Ma gli restava un fondo di tristezza. Finalmente, nacque una figlia che visse. Da allora Simone Adriansen coabitò con Hilzonde in spirito fraterno.

Le sue navi veleggiavano da tutti i lidi del globo verso il porto di Amsterdam, ma Simone pensava al gran viaggio che termina inevitabilmente per noi tutti, ricchi o poveri, col naufragio su una sponda sconosciuta. I navigatori e i geografi che si chinavano come lui sui portolani e stendevano carte al suo servizio gli erano meno cari di quegli avventurieri in marcia verso un altro mondo, predicatori, cenciosi profeti scherniti e betteggiati sulla pubblica piazza, un Jan Matthyjs, fornaio visionario, un Hans Bockhold, saltimbanco ambulante, che Simone aveva trovato una sera mezzo congelato all'ingresso d'una taverna e che metteva al servizio del Regno dello Spirito gli imbonimenti della fiera. Tra costoro, piú umile di tutti perché dissimulava il suo gran sapere, volontariamente istupiditosi per lasciar scendere in sé l'ispirazione divina, si presentava nella sua vecchia pelliccia Bernardo Rottmann, già discepolo prediletto di Lutero e che ora rinnegava con esecrazione l'uomo di Wittenberg, quel falso giusto che accarezzava con una mano il cavolo del ricco e con l'altra la capra del povero, mollemente assiso tra la verità e l'errore.

L'arroganza dei Santi, la maniera impudente con cui idealmente strappavano i beni ai borghesi e i titoli ai notabili per ridistribuirli a modo loro, avevano attirato su di essi la pubblica collera; minacciati di morte o di espulsione immediata, i Buoni tenevano nella casa di Simone conciliaboli da marinai su una nave in procinto di affondare. Ma la speranza mirava lontano come una vela: Münster, dove Jan Matthyjs era riuscito a insediarsi dopo averne cacciato il vescovo e gli scabini, era diventata la Città di Dio ove per la prima volta gli agnelli hanno un asilo.

Invano le truppe imperiali si proponevano di espugnare questa Gerusalemme dei diseredati; tutti i poveri del mondo si sarebbero raccolti intorno ai loro fratelli; a bande sarebbero andati di città in città a saccheggiare i vergognosi tesori delle chiese e a rovesciarne gli idoli; avrebbero salassato il grosso Martino nella sua tana di Turingia, il Papa nella sua Roma. Simone ascoltava quei discorsi lisciandosi la barba bianca: il suo temperamento di uomo abituato al rischio lo portava ad accettare senza batter ciglio gli enormi pericoli di quella pia avventura; la tranquillità di Rottmann, gli scherzi di Hans gli toglievano gli ultimi dubbi; egli si sentiva, come lo era stato una volta salpando nella stagione delle tempeste, rassicurato dalla serietà del capitano e dall'allegria del gabbiere. Con cuore fiducioso, una sera guardò i suoi miserabili ospiti calarsi il berretto sugli occhi, stringendosi al collo le estremità consunte d'una sciarpa di lana, andarsene fianco a fianco nel fango e nella neve, pronti a trascinarsi insieme fino alla Münster dei loro sogni.

Finalmente un giorno, o piuttosto una notte, in un'alba fredda di febbraio, egli salí nella camera dove Hilzonde riposava distesa immobile nel suo letto, rischiarata da un tenue chiarore. La chiamò a voce bassa, si accertò che non dormisse, si sedette con tutto il suo peso ai piedi del letto e, come un mercante che rimugina colla moglie i conti della giornata, la mise al corrente dei conciliaboli che si erano tenuti nella saletta del piano inferiore. Non era forse anche lei stanca di vivere in una di quelle città ove il denaro, la carne e la vanità grottescamente si mettono in mostra sulla pubblica piazza, ove la fatica degli uomini sembra essersi solidificata in pietre, in mattoni, in oggetti vani e ingombranti sui quali lo Spirito non abita piú? Quanto a lui si proponeva di abbandonare o piuttosto di vendere (perché mai sprecare senza beneficio un bene che appartiene a Dio?) la propria casa e i beni di Amsterdam per andare, finché ne era in tempo, a stabilirsi nell'arca di Münster, già piena da scoppiare, e dove l'amico Rottmann avrebbe saputo procurargli un tetto e dei viveri. Egli dava a Hilzonde quindici giorni per riflettere su questo progetto in fondo al quale li attendeva la miseria, l'esilio, forse la morte, ma anche la probabilità di essere tra i primi a salutare il Regno dei Cieli.

"Quindici giorni," ripeté, "o donna. Ma non un'ora di piú, poiché il tempo stringe."

Hilzonde si sollevò appoggiandosi sul gomito e fissandolo cogli occhi improvvisamente spalancati:

"I quindici giorni sono passati, marito mio," diss'ella con tranquilla noncuranza per tutto quello che lasciava dietro di sé.

Simone la lodò di precederlo sempre di un balzo nella loro marcia verso Dio. La sua venerazione per la compagna aveva resistito all'usura della vita quotidiana. Quel vecchio volontariamente passava sopra alle imperfezioni, ai difetti pur visibili alla superficie dell'anima, per rilevare nelle creature predilette soltanto quel che avevano di piú puro o ciò che aspiravano a divenire. Sotto l'apparenza grottesca dei profeti da lui albergati, egli ravvisava dei santi: commosso sin dal primo incontro dagli occhi chiari d'Hilzonde, egli non teneva conto della piega quasi subdola della sua bocca triste. Quella donna scarna e apatica restava per lui un grande Angelo.

La vendita della casa e dei mobili fu l'ultimo buon affare di Simone. Come sempre, la sua indifferenza per il denaro si ripercoteva favorevolmente sulla sua fortuna, evitandogli allo stesso tempo gli errori dovuti al timore di rimetterci, e quelli che risultano dalla fretta di guadagnare troppo. Gli esuli volontari lasciarono Amsterdam circondati dal rispetto di cui malgrado tutto godono i ricchi, anche se prendono scandalosamente il partito dei poveri. Un battello di servizio li portò a Daventer, da dove procedettero su un carro attraverso le colline della Gheldria rivestite di foglie novelle. Si fermarono alle locande di Vestfalia per far merenda con prosciutto affumicato; il viaggio a Münster prendeva per quella gente di città l'aspetto di una scampagnata. Una serva di nome Johanna, che Simone venerava poiché aveva subito la tortura per la fede anabattista, accompagnava Hilzonde e la bambina.

Bernardo Rottmann li ricevette alle porte di Münster in un ingorgo di carriaggi, di sacchi e di barili. I preparativi dell'assedio ricordavano l'attività disordinata di certe vigilie di festa. Mentre le due donne tiravano giú la culla e gli indumenti, Simone ascoltava le spiegazioni del Gran Restitutore: Rottmann era calmo; al pari della folla da lui indottrinata che trascinava per le strade le verdure e la legna della vicina campagna, contava sull'aiuto di Dio. Nondimeno, Münster aveva bisogno di denaro. E maggior bisogno aveva del sostegno dei piccoli, degli scontenti, degli indignati disseminati per il mondo, che per scuotere il giogo di tutte le idolatrie attendevano la prima vittoria del nuovo Cristo. Simone era tuttora ricco; aveva crediti recuperabili a Lubecca, a Elbing, e fino nello Jutland e nella lontana Norvegia; aveva il dovere d'incassare quelle somme che appartenevano al Signore. Lungo il cammino avrebbe saputo trasmettere ai cuori devoti il messaggio dei Santi in rivolta. La fama di uomo sensato e facoltoso, i suoi abiti di stoffa fine e di morbido cuoio avrebbero fatto sí che fosse ascoltato proprio là dove un predicatore cencioso non avrebbe avuto accesso. Quel ricco convertito era il migliore emissario del Consiglio dei Poveri.

Simone condivise queste considerazioni. Bisognava far presto per sottrarsi alle insidie dei principi e dei preti. Abbracciate in fretta la moglie e la figlia, ripartí immediatamente, portato dalla piú fresca delle mule che l'avevano appena condotto alle porte dell'arca. Pochi giorni dopo, le picche di ferro dei lanzichenecchi apparvero all'orizzonte; le truppe del vescovo-principe si disposero intorno alla città senza tentarne l'assalto, ma intenzionate a restarvi il tempo necessario per ridurre quei pezzenti alla fame.

Bernardo Rottmann aveva sistemato Hilzonde colla figlia nella casa del borgomastro Knipperdolling che a Münster era stato il primo protettore dei Puri. Quell'omone cordiale e placido la trattava da sorella. Sotto l'influenza di Jan Matthyjs, intento a formare ora un mondo nuovo come prima impastava pane nella sua cantina di Haarlem, tutte le cose della vita diventavano differenti, facili, semplificate. I frutti della terra appartenevano a tutti come l'aria e la luce di Dio; chi aveva biancheria, vasellame o mobili li portava in istrada perché fossero spartiti. Tutti, amandosi con amore rigoroso, si aiutavano, si riprendevano, si spiavano gli uni cogli altri per avvertirsi dei loro peccati; le leggi civili erano abolite, aboliti i sacramenti; la corda puniva le bestemmie e i peccati della carne; le donne velate sgusciavano qua e là come grandi angeli inquieti, e sulle piazze si udivano i singhiozzi delle confessioni pubbliche.

La piccola cittadella dei Buoni, accerchiata dalle truppe cattoliche, viveva nella febbre di Dio. Sermoni all'aria aperta rianimavano ogni sera i cuori; Bockhold, il Santo preferito, piaceva perchè condiva le cruenti immagini dell'Apocalisse colle sue facezie d'attore. I malati e i primi feriti dell'assedio, distesi sotto i portici della piazza nella tiepida notte estiva, univano i loro gemiti alle voci acute delle donne imploranti l'aiuto del Padre. Hilzonde era una delle piú ferventi. In piedi, alta, slanciata come una fiamma, la madre di Zenone denunciava le ignominie romane. Orrende visioni le riempivano gli occhi offuscati dalle lacrime; piegata improvvisamente su se stessa come s'incurva un cero lungo e troppo sottile, Hilzonde contrita e intenerita piangeva colla speranza di morire.

Il primo lutto pubblico fu la morte di Jan Matthyjs, ucciso durante una sortita tentata contro l'esercito del vescovo alla testa di trenta uomini e di uno stuolo di angeli. Hans Bockhold, cingendo in capo una corona regale, in groppa a un cavallo rivestito di una pianeta fu senza indugi proclamato Profeta Re sul sagrato della chiesa; fu eretto un palco su cui il nuovo David troneggiava ogni mattina, decidendo senza appello gli affari della terra e del cielo. In seguito ad alcune fortunate sortite che, travolgendo le cucine del vescovo, avevano fruttato un bottino di porcellini e di galline, si fece festa sul palco al suono dei pifferi; Hilzonde rise come gli altri quando gli sguatteri del nemico, fatti prigionieri, furono costretti a preparare le pietanze prima di essere linciati dalla folla.

A poco a poco avveniva una trasformazione nelle anime, come quando di notte un sogno si muta in incubo. L'estasi dava ai santi un'andatura barcollante da ubriachi. Il nuovo Cristo-Re ordinava un digiuno dopo l'altro per risparmiare i viveri ammassati nelle cantine e nelle soffitte della città; ma talvolta, se un barile di aringhe puzzava piú del normale, o se appariva qualche macchia sul magro di un prosciutto, la gente ne approfittava per rimpinzarsi. Bernardo Rottmann, sfinito, ammalato, chiuso in camera, si addossava senza dir parola le decisioni del nuovo Re, accontentandosi di predicare al popolo raccolto sotto le sue finestre l'amore che consuma tutte le scorie terrestri e l'attesa del Regno di Dio. Knipperdolling era stato solennemente promosso dal grado abolito di borgomastro a quello di boia; quell'uomo grasso dal collo rosso si trovava perfettamente a suo agio nell'esercizio delle nuove funzioni, come se avesse sempre segretamente sognato quel mestiere di macellaio. Molti erano i giustiziati; il Re faceva sparire i vili e i tiepidi prima che contagiassero gli altri; ogni morto, del resto, rappresentava una razione in meno. Nella casa dove era alloggiata Hilzonde si parlava di supplizi come un tempo a Bruges del prezzo delle lane.

Hans Bockhold nelle assemblee terrestri acconsentiva per umiltà a farsi chiamare Giovanni da Leida, dal nome della sua città natale, ma davanti ai suoi fedeli prendeva anche un altro nome, ineffabile, sentendosi addosso una forza e un ardore piú che umani. Diciassette spose testimoniavano il vigore inesauribile di Dio. La paura o la vanagloria spinse alcuni borghesi a consegnare al Cristo vivente la proprie mogli come se gli avessero donato le loro monete d'oro; donne dissolute d'infimo bordello brigarono l'onore di servire ai piaceri coniugali del Re. Questi venne da Knipperdolling a intrattenersi con Hilzonde. Ella impallidí al contatto di quell'ometto dagli occhi vispi, le cui mani curiose come quelle di un sarto le allargarono la scollatura: ricordò suo malgrado che ai tempi di Amsterdam, quando non era che un guitto affamato, costui aveva approfittato, per accarezzarle la coscia, del momento in cui si chinava su di lui con un piatto in mano. Cedette con disgusto ai baci di quella bocca umidiccia, ma il suo disgusto si tramutava in estasi; gli ultimi pudori della vita cadevano come brandelli o come pelle morta nei bagni di vapore; bagnata da quell'alito insipido e caldo, Hilzonde cessava di esistere e con lei sparivano i timori, gli scrupoli, le amarezze di Hilzonde. Il Re, stretto contro di lei, ne ammirava il corpo fragile la cui magrezza, le diceva, metteva in maggior rilievo le forme benedette della donna, i lunghi seni cadenti e il ventre convesso. Quell'uomo abituato alle meretrici o alle matrone sgraziate si meravigliava dei modi squisiti d'Hilzonde: le mani delicate appoggiate sul tenero vello del monte di Venere gli ricordavano quelle di una dama distrattamente posate sul manicotto o sul carlino dal mantello ricciuto. Le parlava di sé: a sedici anni aveva capito di esser Dio. Aveva avuto un attacco d'epilessia nella bottega del sarto presso cui era apprendista e lo avevano cacciato; tra le grida e la bava, era entrato in cielo. Aveva provato di nuovo quel tremito divino dietro le quinte del teatro ambulante dove recitava la parte di buffone bastonato; in un fienile, dove aveva posseduto la prima ragazza, aveva compreso che Dio era quella carne che si muove, quei corpi nudi per i quali non esiste piú né povertà né ricchezza, quella grande onda di vita che travolge anche la morte e scorre come sangue d'angelo. Si esprimeva in un presuntuoso gergo d'attore, costellato d'errori di grammatica da figlio di contadino.

Per diverse sere consecutive la condusse a prender posto accanto alle Spose del Cristo alla tavola del banchetto. La folla si accalcava tanto contro le tavole da farle scricchiolare; gli affamati ghermivano il collo o le zampe dei polli che il Re si degnava di gettar loro e lo imploravano di benedirli. Il pugno dei giovani profeti che servivano da guardie del corpo del Re teneva a debita distanza quella calca. Divara, la regina in auge, uscita da un triste sito di Amsterdam, masticava placidamente scoprendo a ogni boccone i denti e la lingua; aveva tutta l'aria d'una mucca indolente e sana. Di tanto in tanto, il Re tendeva in alto le mani e si metteva a pregare mentre un pallore teatrale gli abbelliva il volto dagli zigomi truccati, oppure soffiava in volto a un invitato per infondergli lo Spirito Santo. Una notte fece entrare Hilzonde nella saletta interna e le sollevò le sottane per mostrare ai giovani Profeti la bianca nudità della Chiesa. Scoppiò una rissa tra la nuova regina e Divara che, forte dei suoi vent'anni, la trattò da vecchia: le due donne rotolarono sulle lastre del pavimento strappandosi manciate di capelli; il Re le riconciliò riscaldandole quella sera tutt'e due sul suo cuore.

Un'attività febbrile scoteva a momenti quegli animi inebetiti e folli. Hans decretò l'immediata demolizione delle torri, dei campanili e di quei pinnacoli della città che superavano orgogliosamente gli altri insultando così l'eguaglianza che deve regnare in tutti davanti a Dio. Squadre di uomini e di donne seguite da bambini schiamazzanti si immersero nelle scale delle torri; schegge di ardesia e un precipitar di mattoni si abbatterono sul suolo ferendo i passanti alla testa e danneggiando i tetti delle case basse; dal tetto di San Maurizio furono divelti a metà i santi di pietra, che rimasero sospesi di sbieco tra cielo e terra; furono tolti i travi, aprendo così nelle dimore dei ricchi dei fori, attraverso i quali cadevano pioggia e neve. Una vecchia, che si era lamentata perché si gelava nella sua camera esposta ai quattro venti, fu cacciata dalla città; il vescovo rifiutò di accoglierla nel suo accampamento; fu udita gridare per alcune notti nei fossati.

Verso sera, i lavoratori si riposavano e restavano con le gambe penzoloni nel vuoto, col collo proteso a cercare impazienti nel cielo i segni della fine dei tempi. Ma il rosso a ponente impallidiva; ancora una sera che si faceva grigia, poi nera, e i demolitori stanchi scendevano nei loro tuguri per coricarsi e dormire.

Un'inquietudine che assomigliava all'allegria spingeva la gente a errare per le vie pericolanti. Dall'alto dei bastioni gli assediati lanciavano avidi sguardi sull'aperta campagna ove non avevano accesso, come passeggeri cui il mare periglioso circonda la barca; le nausee della fame erano quelle che si provano avventurandosi al largo. Hilzonde andava e veniva senza posa per le stesse viuzze, sotto le volte e per le stesse scale che salgono ai torrioni, ora sola, ora conducendo per mano la sua bambina. Le campane della lunga fame rintoccavano nella sua testa vuota; si sentiva leggera, viva come gli uccelli che volteggiavano senza posa tra le guglie della chiesa, sul punto di venire meno, ma come una donna nel momento del piacere. Talvolta, spezzando un lungo ghiacciolo sospeso a un trave, apriva la bocca e ne succhiava la frescura. Sembrava che la gente attorno a lei provasse la stessa pericolosa euforia; nonostante le dispute che scoppiavano per una crosta di pane, per un cavolo fradicio, una specie di tenerezza che scaturiva dai cuori amalgamava in una sola massa quei miseri e quegli affamati. Nondimeno, da qualche tempo gli scontenti osavano alzare la voce; non si giustiziavano più i tiepidi: erano troppi.

Johanna riferiva alla padrona le voci sinistre che cominciavano a diffondersi sulla natura delle carni distribuite al popolo. Hilzonde mangiava e sembrava che non udisse. Certuni si vantavano di aver assaggiato il porcospino, carne di topo o peggio, proprio come certi agiati cittadini austeri per fama si gloriavano tutt'a un tratto di fornicazioni di cui sembravano incapaci quegli scheletri e quei fantasmi. La gente non si nascondeva più per alleviare i bisogni del corpo malato; per stanchezza, avevano smesso di sotterrare i morti, ma i cadaveri ammucchiati nei cortili a causa del gelo erano cose pulite che non emanavano alcun fetore. Nessuno parlava della peste che sarebbe certamente scoppiata coi primi tepori di aprile; non si sperava più di reggere tanto a lungo. Allo stesso modo, nessuno alludeva alle opere di avvicinamento compiute dal nemico, metodicamente intento a colmare i fossati, né all'assalto che si stimava non dovesse tardare. Il volto dei fedeli aveva assunto l'espressione sorniona dei cani da corsa che fanno finta di non udire lo schioccar della frusta dietro gli orecchi.

Finalmente un giorno Hilzonde, in piedi sul bastione, vide un uomo al suo fianco che col braccio indicava qualcosa. Una lunga colonna si muoveva tra le irregolarità della pianura; file di cavalli calpestavano la terra fangosa per il disgelo. Un grido di gioia echeggiò; brani di inni si elevarono dai deboli petti: non erano forse quelli gli eserciti reclutati in Olanda e in Gheldria di cui Bernardo Rottmann e Hans Bockhold non avevano mai cessato di annunciare l'arrivo, i fratelli giunti per salvare i fratelli? Ma poco dopo quei reggimenti fraternizzarono colle truppe episcopali che accerchiavano Münster; il vento di marzo agitava gli stendardi in mezzo ai quali qualcuno non tardò a riconoscere il gagliardetto del principe d'Assia: quel luterano si univa agli idolatri per annientare il popolo dei Santi. Alcuni uomini riuscirono a rovesciare dall'alto delle mura una grossa pietra, schiacciando cosí qualche geniere che lavorava ai piedi di un bastione. La fucilata di una sentinella abbatté una staffetta assiana. Gli assedianti risposero con una scarica di archibugi che fece diversi morti. Poi, nessuno tentò piú nulla. Ma l'assalto temuto non si ebbe né quella notte, né le notti seguenti. Cinque settimane trascorsero nell'inerzia, quasi in letargo.

Bernardo Rottmann da tempo aveva spartito le sue ultime provviste alimentari e il contenuto dei flaconi medicinali; il Re, come era sua abitudine, gettava dalla finestra manciate di grano al popolo, senza però distribuire il resto delle riserve nascoste sotto il pavimento. Dormiva molto. Passò trentasei ore in un sonno catalettico prima di andare per l'ultima volta a predicare sulla piazza quasi vuota. Da qualche tempo aveva anche rinunciato alle visite notturne all'abitazione d'Hilzonde; le sue diciassette spose ignominiosamente scacciate erano state sostituite da una giovinetta appena pubere, un po' balbuziente, dotata di spirito profetico, che chiamava teneramente tortorella bianca, la sua colomba dell'arca. Hilzonde non risentiva per l'abbandono del Re né pena, né scontento, né sorpresa; per lei la frontiera tra ciò che era stato e ciò che non era stato si andava cancellando; sembrava che non si ricordasse piú di essere stata trattata da Hans come un'amante. Ma tutto restava lecito: le capitò di attendere in piena notte il ritorno di Knipperdolling, curiosa di vedere se poteva eccitare quella massa di carne; costui passò senza guardarla, borbottando, occupato di ben altro che d'una donna.

La notte in cui le truppe del vescovo entrarono nella città, Hilzonde fu svegliata dall'urlo di una sentinella sgozzata. Duecento lanzichenecchi guidati da un traditore si erano introdotti attraverso una postierla. Bernardo Rottmann, avvertito fra i primi, saltò giú dal letto benché ammalato, si precipitò in strada, coi lembi della camicia da notte che gli battevano in modo grottesco contro le gambe magre; fu misericordiosamente ucciso da un ungherese che non aveva compreso gli ordini del vescovo, e cioè di riportare vivi i capi della ribellione. Il Re sorpreso nel sonno combatté da una camera all'altra, da un corridoio all'altro, con il coraggio e l'agilità di un gatto inseguito dei mastini; sul far del giorno Hilzonde lo vide attraversare la piazza spogliato degli orpelli teatrali, nudo fino alla cintola, curvo sotto la sferza. Lo fecero entrare a calci in una grossa gabbia dov'egli era solito rinchiudere gli scontenti e gli indifferenti in attesa del giudizio. Knipperdolling, mezzo accoppato, fu lasciato per morto su un banco. Per tutta la giornata, il passo pesante dei soldati echeggiò nella città; quel rumore cadenzato significava che nella piazzaforte dei pazzi il buon senso aveva ripreso il suo imperio, assumendo l'aspetto di questi uomini che vendono la propria vita per una paga prestabilita, bevono e mangiano a ora fissa, rapinano e violano quando capita, ma che hanno in qualche luogo una vecchia madre, una moglie economa, un poderetto dove torneranno a vivere storpi e invecchiati; vanno alla messa se costretti e credono in Dio con moderazione. I supplizi ricominciarono, ma questa volta decretati dall'autorità legittima, egualmente approvati dal Papa e da Lutero. Quella gente stracciata, smunta, dalle gengive in cancrena per la lunga fame, appariva a quei soldatacci ben pasciuti un brulichio di vermi disgustosi che era facile e doveroso schiacciare.

Passato il primo disordine, la pubblica vendetta elesse domicilio sulla piazza della Cattedrale, sotto il podio ove il Re aveva tenuto le sue assise. I morenti si rendevano conto vagamente che le promesse del Profeta si realizzavano per loro altrimenti da come si era creduto, come sempre accade alle profezie: il mondo delle loro tribolazioni volgeva al termine; se ne andavano diritti in un gran cielo rosso. Pochissimi maledicevano l'uomo che li aveva trascinati in quella sarabanda di redenzione. Certuni nel loro intimo non si nascondevano di aver desiderato la morte da molto tempo, come la corda troppo tesa certamente desidera spezzarsi.

Hilzonde attese il suo turno fino alla sera. Aveva indossato la piú bella veste che le rimaneva; le sue trecce erano trapunte di spille d'argento. Finalmente comparvero quattro soldati; erano onesti bruti che facevano il loro dovere. Lei afferrò per la mano la piccola Marta che si mise a gridare, e le disse:

"Vieni, figlia mia, andiamo a Dio."

Uno degli uomini le strappò la creatura e la gettò addosso a Johanna che la ricevette sul suo corpetto nero. Hilzonde li seguí senza piú parlare. Andava cosí svelta che i suoi giustizieri dovettero affrettarsi. Per non inciampare teneva colle mani i lunghi lembi dell'abito di seta e sembrava camminasse sulle onde.

Giunta sul palco, riconobbe confusamente tra i morti qualcuno che conosceva, una delle ex-regine. Si lasciò cadere su quel mucchio ancora caldo e porse la gola.

Il viaggio di Simone intanto si trasformava in calvario. I suoi principali debitori lo misero alla porta senza pagarlo, temendo di riempire le tasche o la bisaccia di un anabattista; dalla bocca di quei farabutti e degli avari colavano solo lamentele. Suo cognato Giusto Ligre dichiarò di non essere in grado di restituire su due piedi le grosse somme investite da Simone nella sua agenzia di Anversa; anzi si vantò di amministrare i beni d'Hilzonde e della figlia meglio di quello sciocco che faceva causa comune coi nemici dello Stato. Simone riattraversò a testa bassa, da mendicante respinto, il portone scolpito e dorato come un reliquario di quella azienda commerciale che aveva contribuito a fondare. Fallí pure nella missione di questuante; solo alcuni indigenti acconsentirono a salassarsi a vantaggio dei loro fratelli. Infastidito due volte dall'autorità ecclesiastica, pagò per sfuggire alla prigione. Restava fino alla fine l'uomo ricco protetto dai propri fiorini. Una parte delle magre somme cosí raccolte gli fu rubata da un albergatore di Lubecca presso il quale ebbe un colpo apoplettico.

Costretto dallo stato di salute a procedere a piccole tappe, giunse in vista di Münster solo due giorni prima dell'assalto. La speranza d'introdursi nella città assediata si rivelò vana. Male accolto ma non molestato nell'accampamento del principe-vescovo, al quale un tempo aveva reso dei servigi, riuscí a trovare alloggio in una cascina vicinissima ai fossati e alle mura grigie che gli nascondevano Hilzonde e la figliola. Mangiava sul tavolo di legno dolce della massaia con un giudice convocato per il processo imminente, un ufficiale del vescovo e diversi fuggiaschi da Münster, mai stanchi di denunciare le follie dei fedeli e i delitti del Re. Ma Simone ascoltava distrattamente le chiacchiere dei traditori che vilipendevano i martiri. Il terzo giorno dopo la presa della città ottenne finalmente il permesso di entrare in Münster.

Camminava a fatica lungo le vie pattugliate dalla truppa, lottando contro il sole e il vento secco di quella mattina di giugno, cercando confusamente la direzione in quella città da lui conosciuta solo per inteso dire. Sotto un arco dei portici del Mercato Grande riconobbe Johanna seduta sulla soglia, colla bambina in grembo. La bimba si mise a gridare quando lo straniero si avvicinò per abbracciarla; Johanna, sempre tacendo, fece la riverenza da domestica. Simone spinse la porta dalle serrature infrante, percorse le stanze vuote del piano terra, poi quelle dei piani superiori.

Tornato sulla piazza si diresse verso la spianata delle esecuzioni. Un drappo di broccato verde pendeva dalla pedana; riconobbe da lontano da quel pezzo di stoffa Hilzonde stretta sotto un mucchio di morti. Senza indugiare con curiosità vicino a quel corpo da cui l'anima si era liberata, si mosse per raggiungere la fantesca e la bambina.

Passò un vaccaro con la sua bestia, un secchio e lo sgabello per mungere, annunciando a gran voce il latte; nella casa di fronte stavano riaprendo una taverna. Johanna spese i pochi soldi di cui l'aveva munita Simone per far riempire dei bicchieri di stagno. Il fuoco crepitò nel focolare; poco dopo si udí il tintinnio del cucchiaio tra le mani della piccina. La vita domestica riprendeva lentamente intorno a loro, e riempiva a poco a poco quella casa devastata, come la marea salendo ricopre una spiaggia su cui sono rimasti qua e là relitti di navi, tesori naufragati e granchi dei bassifondi. La donna preparò al padrone il letto di Knipperdolling per evitargli la fatica di dover risalire le scale. Sul principio, essa rispose solo con un acrimonioso silenzio alle domande del vecchio che ingoiava lentamente la sua birra calda. Quando finalmente parlò, le uscí dalla bocca un torrente di oscenità che sapeva di fogna e di Bibbia. Per la vecchia ussita, il Re non era stato mai altro che un pezzente cui si dà da mangiare in cucina e il quale osa andare a letto colla moglie del padrone. Quando ebbe detto tutto, si mise a lavare il pavimento con spazzoloni, secchi e stracci che sciacquava e sbatteva rumorosamente.

Egli dormí poco quella notte. Ma, contrariamente a quanto s'immaginava la fantesca, il sentimento che lo tormentava non erano l'indignazione né la vergogna, bensí quel male piú tenero che si chiama pietà. Simone, ansimando nella notte tiepida, pensava a Hilzonde come a una figlia che avesse perduta. Non si dava pace di averla lasciata sola ad affrontare quel momento difficile, poi tra sé e sé diceva che ciascuno ha il proprio destino, la propria parte del pane di vita e di morte e che era giusto che Hilzonde avesse mangiato di quel pane a suo modo e alla sua ora. Anche questa volta ella lo precedeva: aveva attraversato prima di lui le angosce estreme. Egli continuava a dar ragione ai fedeli contro la Chiesa e lo Stato che li avevano schiacciati; Hans e Knipperdolling avevano versato il sangue; ci si poteva attendere altro in un mondo di sangue? Da piú di quindici secoli il Regno di Dio sulla terra che Giovanni, Pietro e Tommaso avrebbero dovuto vedere coi loro occhi di uomini vivi era stato pigramente relegato alla fine dei tempi dai vili, dagli indifferenti, dai furbi. Il Profeta aveva osato proclamare qui stesso quel Regno che è in cielo e indicava la via, anche se per caso aveva imboccato la strada sbagliata. Hans per Simone restava un Cristo, nel senso in cui ogni uomo potrebbe essere un Cristo. Le sue follie sembravano meno ignobili dei prudenti peccati dei Farisei e dei Saggi. Il vedovo non s'indignava che Hilzonde avesse cercato nelle braccia del Re il piacere che egli da molto tempo non era piú in grado di darle: i Santi abbandonati a se stessi avevano gustato fino all'abuso la felicità che nasce dalla unione dei corpi, ma i corpi liberati dai legami col mondo, già morti a tutto, avevano certamente conosciuto nei loro amplessi una forma piú calda di unione delle anime. La birra scioglieva il petto del vecchio e gli facilitava quella mansuetudine in cui entravano la stanchezza e una sensuale e straziante bontà. Hilzonde almeno era in pace. Egli vedeva errare sul letto, al lume della candela che ardeva sul comodino, le mosche che in quel momento abbondavano a Münster; esse si erano forse posate su quel bianco volto; si sentiva all'unisono con quella putredine. All'improvviso, lo pervase l'idea che le carni del Nuovo Cristo ogni mattina subivano le tenaglie e il ferro rovente dell'interrogatorio e si sentí sconvolgere le viscere; incatenato al meschino Uomo dei Dolori, ripiombò nell'inferno dei corpi votati a cosí poca gioia e a tanti mali; soffrí con Hans come Hilzonde aveva goduto con lui. Tutta la notte, sotto quel lenzuolo, in quella camera irrisoriamente provvista di comodità, egli si urtò coll'immagine del Re ingabbiato vivo sulla piazza come un uomo dal piede in cancrena urta senza volerlo l'arto ammalato. Le sue preghiere non distinguevano piú tra il male che a poco a poco gli serrava il cuore, gli lancinava i muscoli della spalla scendendogli giú fino al polso sinistro, e le tenaglie immerse nella polpa del braccio e intorno alle mammelle di Hans.

Appena ebbe ripreso un po' di forze per fare qualche passo, si trascinò fino alla gabbia del Re. Gli abitanti di Münster si erano stancati di quello spettacolo, ma i fanciulli a gruppi contro le sbarre insistevano a gettarvi dentro spille, escrementi, scaglie d'osso acuminate, su cui il prigioniero era costretto a poggiare i piedi nudi. Le guardie, come un tempo nella sala delle feste, respingevano senza energia quella canaglia: Monsignor von Waldeck ci teneva a che il Re restasse in vita fino al supplizio finale previsto al piú presto per la mezza estate.

Il prigioniero era stato appena reintrodotto nella gabbia dopo la tortura; raggomitolato in un cantuccio, tremava ancora. Un odor fetido emanava dalla sua casacca e dalle piaghe. Ma l'ometto aveva conservato lo sguardo vivo e la voce avvincente d'attore.

"Taglio, cucio e imbastisco," canticchiava il suppliziato. "Sono un povero sarto apprendista... Abiti di pelle... L'orlo d'un abito senza cucitura... Non tagliuzzate l'opera di..."

Tacque di colpo, gettando intorno l'occhiata furtiva di colui che vuole insieme serbare il proprio segreto e divulgarlo a metà. Simone Adriansen scansò le guardie e riuscí a introdurre un braccio tra le sbarre.

"Dio ti protegga, Hans," disse tendendogli la mano.

Simone tornò a casa sfinito come da un lungo viaggio. Dopo la sua ultima uscita, grandi mutamenti erano avvenuti che lentamente rendevano a Münster il suo piatto volto abituale. La cattedrale echeggiava di inni della Chiesa. Il vescovo aveva reinsediato a due passi dal palazzo vescovile la sua amante, la bella Julia Alt, persona prudente che non dava scandalo. Simone prendeva tutto ciò con l'indifferenza di chi è sul punto di lasciare una città e che non si preoccupa piú di quanto vi accade. Ma la sua grande bontà d'un tempo si era esaurita come una sorgente. Appena fu in casa, s'infuriò contro Johanna che aveva trascurato di procurarsi una penna, una boccetta d'inchiostro e la carta, come le aveva ordinato. Quando questi oggetti furono procurati, se ne servì per scrivere alla sorella.

Non era stato in contatto con lei da quasi quindici anni. La buona Salomè aveva sposato un figlio cadetto della potente casata dei banchieri Fugger. Martino, trascurato dai suoi, si era rifatto da solo una fortuna; viveva a Colonia dall'inizio del secolo. Simone chiese loro di prendersi cura della figlia.

Salomè ricevette quella lettera nella casa di campagna di Lulsdorf, ove sorvegliava personalmente le fantesche che stendevano il bucato. Affidata a costoro la cura delle lenzuola e della biancheria fine, si fece attaccare la carrozza senza neppure chiedere il parere del banchiere, che contava poco in casa, vi caricò viveri e coperte e si mosse verso Münster attraverso una regione desolata dai disordini.

Trovò Simone a letto, la testa sostenuta da un vecchio mantello piegato in quattro che ella sostituí subito con un cuscino. Con quella ottusa buona volontà delle donne che si sforzano di ridurre la malattia e la morte a una serie anodina di piccoli mali senza importanza, fatti per essere alleviati dalle cure materne, la visitatrice e la fantesca ebbero uno scambio di vedute sul regime alimentare, la biancheria del letto e la seggetta. Lo sguardo freddo del morente aveva riconosciuto la sorella, ma Simone approfittava del suo stato di ammalato per ritardare di un istante la fatica delle effusioni abituali al benvenuto. Finalmente si sollevò, scambiando con Salomè il bacio tradizionale. Ritrovò in seguito la sua lucidità di uomo d'affari per enumerare le somme che toccavano a Marta e quelle che occorreva recuperare per lei. I crediti erano ripiegati in una tela cerata che teneva a portata di mano. I suoi figli, stabilitisi chi a Lisbona, chi a Londra, chi a capo di una tipografia di Amsterdam, non avevano bisogno di quei pochi beni materiali né della sua benedizione; Simone lasciava tutto alla figlia d'Hilzonde. Sembrava che il vecchio avesse dimenticato le promesse fatte al Gran Restitutore per conformarsi di nuovo agli usi del mondo che lasciava e non tentava piú di riformare. O forse, rinunciando cosí a princípi piú cari della vita, assaporava fino in fondo l'amaro piacere di spossessarsi di tutto.

Salomè accarezzò la bambina, intenerita nel vedere quelle gambette gracili. Non sapeva pronunciare tre frasi senza invocare l'aiuto della Vergine e di tutti i santi di Colonia; Marta sarebbe stata educata da idolatri. Era doloroso, ma non piú del furore degli uni, del torpore degli altri, non piú della vecchiaia che impedisce allo sposo di soddisfare la sposa, non piú del ritrovar morti coloro che lasciammo vivi. Simone si sforzò di pensare al Re nella gabbia dell'agonia; ma i tormenti di Hans oggi non significavano piú ciò che avevano significato ieri; diventavano sopportabili, come nel petto di Simone quella pena che si sarebbe estinta con lui. Pregava, ma qualcosa gli diceva che l'Eterno non gli chiederà piú di pregare. Fece uno sforzo per rivedere Hilzonde, ma il volto della morta non si distingueva piú. Dovette risalire piú indietro, all'epoca delle mistiche nozze di Bruges, del pane e del vino segretamente condivisi, del corpetto scollato che lasciava indovinare un lungo purissimo seno. Anche questa immagine si fece sfocata; allora rivide la prima moglie, quell'anima buona, con la quale prendeva il fresco nel giardino di Flessingue. Salomè e Johanna spaventate da un gran sospiro si precipitarono. Fu sepolto nella chiesa di San Lamberto dopo una messa cantata.

I Fugger di Colonia

I Fugger abitavano a Colonia una modesta casetta prospiciente il sagrato di San Gereone; tutto là dentro era predisposto per il benessere e la pace. Un aroma di pasticceria e di acquavite di ciliege vi aleggiava ininterrottamente. Piaceva a Salomè attardarsi a tavola dopo i lunghi pranzi composti con arte e asciugarsi le labbra con un tovagliolo damascato; avvolgersi intorno alla vita tozza e al robusto collo rosato una catena d'oro; indossare buone stoffe di quella lana cardata e tessuta con reverente cura che serba un poco del dolce tepore delle pecore vive. Portava il collare moderatamente alto, ad attestare la sua non impettita compostezza di donna per bene. Le solide dita toccavano i tasti del piccolo organo portatile nel salone; in gioventú, aveva levato la bella voce ricca d'inflessioni nei madrigali e nei mottetti della Chiesa; gioiva dell'arabesco dei suoni come dei suoi ricami. Ma il mangiare era pur sempre la bisogna di maggior importanza: all'anno liturgico, devotamente osservato, sottostava l'anno culinario, la stagione dei cetrioli o delle marmellate, della ricotta o dell'aringa fresca. Martino era un ometto magro che la buona cucina della moglie non ingrassava. Formidabile negli affari, in famiglia quel mastino ridiventava un bracco mansueto. Le sue maggiori audacie consistevano nel raccontare a tavola storielle salaci per far ridere le serve. La coppia aveva un figlio, Sigismondo, che a sedici anni s'era imbarcato con Gonzalo Pizarro per il Perú; il banchiere aveva investito somme ingenti laggiú. Non speravano piú di rivederlo, poiché ultimamente le cose avevano preso una brutta piega a Lima. Una figlia ancora giovanissima addolciva quella perdita; Salomè parlava ridendo di quella gravidanza tardiva, dovuta un po' alle novene e un po' all'effetto della salsa di capperi. Quella bambina e Marta erano press'a poco della stessa età; le due cugine condivisero il letto, i balocchi, le salutari sculacciate e piú tardi le lezioni di canto e gli ornamenti muliebri.

Ora rivali, ora soci, il grosso Giusto Ligre e lo smilzo Martino, il cinghialotto delle Fiandre e la donnola renana si sorvegliavano, si consigliavano da lontano, si aiutavano a vicenda o si facevano del male da piú di trent'anni. Si valutavano l'un l'altro con precisione, come non avrebbero saputo farlo né i babbei sbalorditi dalla loro ricchezza, né i princípi da loro serviti e di cui si servivano. Martino sapeva quanto valessero in contanti le fabbriche, i laboratori, i cantieri, le tenute estese come feudi in cui Enrico-Giusto aveva investito il suo oro; il lusso ordinario del Fiammingo gli forniva l'argomento per le sue storielle, come pure le due o tre astuzie grossolane, sempre le stesse, che servivano al vecchio Giusto a trarsi d'impaccio nei casi difficili. Da parte sua, Enrico-Giusto, il buon servitore, che rispettosamente imprestava alla Reggente dei Paesi Bassi le somme necessarie ai suoi acquisti di quadri italiani e alle opere pie, si stropicciava le mani quando veniva a sapere che l'Elettore Palatino o il duca di Baviera impegnavano i gioielli presso Martino, dal quale imploravano un prestito a un tasso degno d'un usuraio ebreo; era largo di elogi non privi d'una punta d'ironica pietà per quel topo che rosicchiava con discrezione la sostanza del mondo anziché affondarvi avidamente i denti, quel mingherlino che sdegnava le ricchezze che si vedono, si toccano e si confiscano, ma la cui firma in fondo a un foglio valeva piú di quella di Carlo Quinto. Erano personaggi rispettosi dei potenti del momento e sarebbero rimasti di stucco se qualcuno li avesse dichiarati piú pericolosi per l'ordine pubblico del turco infedele o del contadino in rivolta; assorti com'erano nell'immediato e nel particolare, come tutti gli uomini della loro specie, non si rendevano conto del potere perturbatore dei loro sacchi d'oro e dei loro taccuini. Eppure, seduti al banco, mentre guardavano delinearsi contro luce la sagoma rigida di un cavaliere che dissimula il timore di vedersi opporre un rifiuto dietro le arie da gran signore, o il soave profilo d'un vescovo desideroso di portare a termine senza tante spese le torri della sua cattedrale, gli accadeva di sorridere. Ad altri gli scampanii o lo scoppio delle bombarde, i cavalli scalpitanti, le donne nude o ammantate di broccato, ad essi la materia vergognosa e sublime, disprezzata pubblicamente, adorata o covata in segreto, che somiglia alle parti nascoste in quanto se ne parla poco ma vi si pensa continuamente, la sostanza gialla senza la quale Madame Imperia non allargherebbe le gambe nel letto del principe, e Monsignore non potrebbe pagare le pietre preziose della sua mitra, l'Oro, la cui mancanza o abbondanza decide se la Croce farà o no la guerra alla Mezzaluna. Questi finanziatori si sentivano dottori nelle cose reali.

Come Martino lo era stato da Sigismondo, il grosso Ligre fu deluso dal primogenito. In dieci anni, da Enrico-Massimiliano avevano ricevuto qualche richiesta di denaro e un volume di versi francesi, sfornato probabilmente in Italia fra una campagna e l'altra. Da parte sua non potevano venire che cose incresciose. L'uomo d'affari sorvegliò da vicino il figlio cadetto per evitare nuove delusioni. Appena Filiberto, il prediletto, ebbe compiuto l'età in cui si fanno scivolare per benino le palline del pallottoliere, lo mandò a imparare le astuzie della banca da Martino l'infallibile. Filiberto a venti anni era grasso; dietro i modi che aveva appreso con impegno traspariva una rozzezza istintiva; gli occhi piccoli e grigi luccicavano nella fessura delle palpebre sempre semichiuse. Questo figlio del Gran Tesoriere della corte di Malines avrebbe potuto fare il principe; invece eccelleva nel rintracciare gli errori di calcolo dei commessi; in una stanza di fondo senza luce, dove gli scribi si guastavano la vista, egli verificava le D, le M, le X e le C combinate con L e I per formare le cifre, giacché Martino disprezzava la numerazione araba senza tuttavia negarne l'utilità nelle lunghe addizioni. Quando l'asma o i tormenti della gotta gli facevano pensare alla morte, lo si udiva dire alla moglie:

"Toccherà a quel grosso babbeo prendere il mio posto."

Filiberto sembrava assorbito dai registri e dai raschietti. Ma una punta d'ironia traspariva dalle sue palpebre; talora, riesaminando gli affari del principale, gli accadeva di dire tra sé e sé che, dopo Enrico-Giusto e Martino, più fine dell'uno, più feroce dell'altro, ci sarebbe stato un giorno Filiberto, l'uomo abile: non avrebbe accettato mai di accollarsi i debiti del Portogallo contro il mediocre interesse di sedici denari per libbra, pagabili un quarto alla volta alle quattro grandi fiere.

Veniva la domenica alle riunioni che si tenevano d'estate sotto il pergolato e d'inverno nel parlatorio. Un prelato faceva una citazione latina; Salomè, giocando a tric trac con una vicina, commentava ogni colpo riuscito con un proverbio renano; Martino, che aveva fatto imparare alle due ragazze il francese che è tanto grazioso nelle donne, se ne serviva lui stesso quando gli capitava di dover esprimere idee piú sottili o piú elevate di quelle dei giorni lavorativi. Si parlava della guerra di Sassonia e dei suoi effetti sul tasso di sconto, dei progressi dell'eresia e, secondo la stagione, della vendemmia o del carnevale. Se la prendevano col braccio destro del banchiere, un ginevrino sentenzioso di nome Zebedeo Crêt, per il suo orrore delle pipe e del vino. Costui non negava del tutto di aver lasciato Ginevra in seguito a una storia di gestione di bische e di fabbricazione illegale di carte da gioco, gettava la colpa delle sue infrazioni su amici libertini, ora giustamente puniti, e non nascondeva il desiderio di far ritorno un giorno o l'altro all'ovile della Riforma. Il prelato protestava agitando il dito ornato di un anello violetto; qualcuno per ischerzo citava le piccole impertinenze in versi di Teodoro Beza, quel bel ragazzo vezzeggiato dall'irreprensibile Calvino. S'impegnava una discussione per stabilire se il Concistoro fosse favorevole o no ai privilegi della gente d'affari, ma nessuno in fondo si meravigliava che un borghese si accontentasse di dogmi promulgati dai magistrati della sua città. Dopo cena, Martino attirava nel vano di una finestra un consigliere aulico o l'inviato segreto del re di Francia. Il parigino galante non tardava a proporre di avvicinarsi alle dame.

Filiberto pizzicava il liuto; Benedetta e Marta si alzavano tenendosi per mano. I madrigali tratti dal *Libro degli amanti* parlavano d'agnelli, di fiori e della dea Venere, ma quelle arie di moda servivano ad accompagnare le parole dei cantici presso la canaglia anabattista o luterana, contro la quale l'uomo di Chiesa aveva tuonato poco prima durante la predica. Benedetta sostituiva involontariamente il versetto di un salmo alla strofa d'una canzone d'amore. Marta preoccupata le faceva cenno di tacere; le due ragazze tornavano a sedersi una accanto all'altra e non si udiva piú altro ritornello che quello della campana di San Gereone che rintoccava l'angelus della sera. Il grosso Filiberto, che aveva talento per la danza, si offriva talvolta di mostrare a Benedetta le nuove figure; ella dapprima rifiutava, poi trovava una gioia infantile nel ballo.

Le due cugine si amavano d'un limpido amore angelico. Salomè non aveva avuto il coraggio di togliere a Marta la nutrice Johanna, e la vecchia Ussita aveva trasmesso alla figlia di Simone la sua trepidazione e la sua austerità. Johanna aveva avuto paura; e la paura aveva fatto di lei esteriormente una vecchia simile a tutte le altre che si segna con l'acqua benedetta in chiesa e bacia l'Agnus Dei; ma nel suo intimo sussisteva l'odio per i Satana in pianeta di broccato, per i vitelli d'oro e gli idoli di carne. Questa debole vecchia, che il banchiere non si era degnato di distinguere dalle sdentate che di sotto lavavano le sue scodelle, borbottando opponeva a ogni cosa un eterno *no*. A darle retta, il male covava in quella casa colma di agi e di benessere come una nidiata di topi nella molle lanugine di un'imbottita, si nascondeva nell'armadio di donna Salomè e nella cassaforte di Martino, nelle grosse botti della cantina come nei ricchi e densi sughi in fondo alle casseruole, nel rumore frivolo dei concerti domenicali, nelle pastiglie del farmacista e nella reliquia di Sant'Apollina che guarisce il mal di denti. La vecchia non osava prendersela apertamente colla Madre di Dio nella nicchia delle scale, ma la si udiva imprecare per l'olio che si fa ardere senza ragione davanti a pupattole di gesso.

Salomè s'impensieriva quando vedeva Marta, a sedici anni, insegnare a Benedetta a disprezzare le scatole dei merciai piene di quei fronzoli costosi che venivano da Parigi o da Firenze, o ridersi del Natale che portava con sé musica, abiti nuovi e oca farcita. Per la brava donna il cielo e la terra erano senza problemi. La messa era un'occasione di edificazione, uno spettacolo, un pretesto per portare la mantellina di pelliccia d'inverno e la sopraveste di seta l'estate. Maria e il Bambino, Gesú in croce, Dio nella sua nuvola troneggiavano in Paradiso e sui muri delle chiese; l'esperienza insegnava da quale Vergine si aveva piú probabilità di essere esauditi in un caso piuttosto che in un altro. Nelle crisi domestiche si ricorreva volentieri al parere della superiora delle Orsoline, il che non impediva a Martino di farsi beffe delle suore. La vendita delle indulgenze aveva, è vero, indebitamente impinguato i sacchi del Santo Padre, ma l'operazione che consiste nell'emettere effetti sul credito della Santa

Vergine e dei santi per coprire i debiti del peccatore era tanto logica quanto le transazioni del banchiere. Le bizzarrie di Marta erano attribuite alla sua costituzione malaticcia; sarebbe stato mostruoso immaginare che una creatura cresciuta nella raffinatezza potesse pervertire la sua tenera compagna, mettersi con lei dalla parte dei miscredenti che vengono mutilati e bruciati, e discostarsi, per immischiarsi nelle dispute della Chiesa, da quel modesto silenzio che tanto si addice alle giovinette.

Johanna non poteva far altro che denunciare alle giovani padroncine, colla sua voce stridula, le vie dell'errore; santa, ma ignara, incapace di ricorrere alle Scritture di cui ripeteva nel suo dialetto olandese solo qualche frammento imparato a memoria, non spettava a lei additare la retta via. Appena l'educazione liberale che Martino aveva fatto loro impartire ne ebbe sviluppata l'intelligenza, Marta si gettò segretamente sui libri nei quali si parla di Dio.

Disorientata nella selva delle sètte, sgomenta nel trovarsi priva di una guida, la figlia di Simone temette di rinunciare ai vecchi errori in favore di un errore nuovo; Johanna non le aveva nascosto né l'infamia di sua madre, né la fine pietosa del padre beffato e tradito. L'orfana sapeva che, volgendo le spalle alle aberrazioni romane, i suoi genitori non avevano fatto altro che inoltrarsi ancor piú in una direzione che non conduce al cielo. Questa vergine sorvegliata, che non era mai scesa in strada se non scortata da una domestica, tremava all'idea di andare a ingrossare la banda di esuli piagnoni e di pezzenti estatici che si aggiravano di città in città, vilipesi dalle persone per bene, e che finivano sulla paglia delle prigioni e su quella dei roghi. L'idolatria era Cariddi, ma la rivolta, la miseria, il pericolo e l'abiezione Scilla. Con molto tatto, il pio Zebedeo la trasse fuori da quel vicolo cieco: uno scritto di Giovanni Calvino le fu prestato sotto giuramento da quello svizzero circospetto. Lo lesse di notte, al lume di candela, con le precauzioni che le altre ragazze mettono a decifrare un messaggio amoroso; quel testo rivelò alla figlia di Simone l'immagine di una fede scevra da errore, esente da debolezza, rigorosa nella sua stessa libertà: una ribellione trasformata in legge. Secondo il commesso, a Ginevra purezza evangelica, prudenza e saggezza borghesi erano una cosa sola; i ballerini che saltellavano come pagani dietro le porte chiuse, i marmocchi golosi che durante il sermone succhiavano con imprudenza zucchero e confetti venivano fustigati a sangue; i dissidenti erano messi al bando; i giocatori e i corrotti puniti colla morte; gli atei giustamente destinati al rogo. Lungi dal cedere ai moti lascivi del sangue, come il grosso Lutero che all'uscita del chiostro convola tra le braccia di una monaca, il laico Calvino aveva atteso a lungo prima di contrarre con una vedova il piú casto dei connubii; invece d'impinguarsi alla mensa dei príncipi, Maître Jean sorprendeva colla sua frugalità gli ospiti della via dei Canonici; il suo vitto quotidiano era composto solo del pane e dei pesci del Vangelo, nella fattispecie le trote e i lavarelli del lago, peraltro eccellenti.

Marta addottrinò la compagna che la seguiva passo passo nelle cose dello spirito, pronta a darle dei punti in quelle dell'anima. Benedetta era tutta luce; un secolo prima, chiusa in un chiostro, avrebbe assaporato la felicità di appartenere solo a Dio; coi tempi che correvano, quest'agnellina trovò nella fede evangelica l'erba fresca, il sale e l'acqua pura. La notte, nella loro camera senza fuoco, sorde al richiamo dell'imbottita e del cuscino, Marta e Benedetta sedute fianco a fianco rileggevano la Bibbia a bassa voce. Sembrava che le loro guance appoggiate l'una all'altra fossero la superficie su cui si toccavano due anime. Per voltar pagina, Marta attendeva Benedetta alla fine del foglio, e se per caso la piccina si assopiva nella santa lettura, le tirava delicatamente i capelli. La casa di Martino, intorpidita nel benessere, dormiva il suo sonno pesante. Solo, come il lume delle vergini sagge, vegliava in una camera alta nel cuore di due giovinette silenziose il freddo ardore della Riforma.

Eppure, Marta non osava ancora abiurare pubblicamente le turpitudini papiste. Trovava pretesti per sottrarsi alla messa domenicale, e la mancanza di coraggio le pesava come il peggiore dei peccati. Zebedeo approvava quella circospezione: Maître Jean per primo, mettendo in guardia i discepoli da ogni inutile scandalo, avrebbe biasimato Johanna di spegnere la lucerna ai piedi della Vergine nelle scale. Per delicatezza d'animo Benedetta si faceva scrupolo di addolorare o preoccupare i suoi cari; Marta invece si rifiutò una sera dell'Ognissanti di pregare per l'anima di suo padre che, ovunque si trovasse, non aveva bisogno dei suoi *Ave*. Tanta durezza costernò Salomè, la quale non ammetteva che si negasse al povero morto l'obolo di una preghiera.

Martino e sua moglie si proponevano da lunga data di unire la figlia all'erede dei Ligre. Ne parlarono a letto, tranquillamente coricati tra le lenzuola ben rimboccate. Salomè contava sulla punta delle dita i capi del corredo, le pelli di martora e i cuscinoni ricamati. Oppure, temendo che il pudore di Benedetta la rendesse restia alle gioie del matrimonio, cercava nella memoria la ricetta di un balsamo afrodisiaco che serviva nelle famiglie a ungere le spose la sera delle nozze. Quanto a Marta, le si troverebbe un mercante in vista sulla piazza di Colonia, o anche un cavaliere oberato di debiti, al quale Martino avrebbe generosamente spento le ipoteche che gravavano sulle sue terre.

Filiberto rivolgeva all'ereditiera del banchiere i complimenti d'uso. Ma le cugine portavano cuffie e ornamenti eguali; il giovane le confondeva e sembrava che Benedetta si divertisse a provocare allegramente i suoi abbagli. Filiberto imprecava ad alta voce: la figlia valeva il suo peso d'oro, e la nipote al massimo una manciata di fiorini.

Quando il contratto fu quasi steso, Martino chiamò la figlia nel suo studiolo per fissare la data delle nozze. Né allegra né triste, Benedetta sottraendosi agli abbracci e ai teneri complimenti della madre, risalí in camera per cucire con Marta. L'orfana parlava di fuggire; un battelliere avrebbe forse acconsentito a condurle a Basilea, dove qualche buon cristiano le avrebbe aiutate certamente a superare la tappa successiva. Rovesciata sul tavolo la sabbia del cofanetto per scrivere, Benedetta vi tracciava pensosa col dito il solco d'un fiume. Spuntava il giorno; passò lentamente la mano sul tavolo per cancellare il tracciato; quando la sabbia fu di nuovo liscia sulla superficie lucida, la promessa sposa di Filiberto si alzò sospirando:

"Sono troppo debole."

Marta allora non le propose piú di fuggire; si contentò di mostrarle colla punta dell'indice il versetto in cui si trattava di abbandonare i propri cari per seguire il Signore.

Il freddo dell'alba le spinse a cercar rifugio nel letto. Castamente distese l'una tra le braccia dell'altra, si consolavano mescolando le loro lacrime. Poi, la giovinezza riprese il sopravvento e si misero a burlarsi degli occhietti e delle grosse guance del fidanzato. I pretendenti offerti a Marta non valevano di piú: Benedetta la fece ridere descrivendo il mercante un po' calvo, il signorotto stretto i giorni di torneo nella sua rumorosa armatura o il figlio del borgomastro, uno sciocco agghindato come i manichini che i sarti ricevano dalla Francia, col suo berretto piumato e le brache a righe.

Quella notte Marta sognò di Filiberto: quel Sadduceo, quell'Amalecita dal cuore incirconciso si portava via Benedetta in una scatola che vogava da sola sul Reno.

L'anno 1549 iniziò con piogge che si portarono via le semine degli ortolani; una piena del Reno inondò le cantine dove mele e barili mezzo pieni galleggiavano sull'acqua grigia. A maggio, le fragole ancora verdi si fradiciarono nei boschi e le ciliege nei frutteti. Martino fece distribuire minestre ai poveri sotto il portico di San Gereone; la carità cristiana e la paura di sommosse ispiravano al borghese quelle elemosine. Ma quei mali non erano che araldi di una calamità più terribile. La peste, giunta dall'Oriente, penetrò in Germania per la Boemia. Viaggiava senza fretta, al suono delle campane, come un'imperatrice. China sul bicchiere del bevitore, soffiando sulla candela dello scienziato seduto tra i suoi libri, servendo la messa del prete, nascosta come una pulce nella camicia delle meretrici, la peste infondeva un elemento d'insolente eguaglianza nell'esistenza di tutti, vi immetteva un acre e pericoloso fermento d'avventura. I lenti rintocchi diffondevano nell'aria un rombo insistente di festa della morte: i curiosi, riuniti ai piedi dei campanili, non si stancavano di guardare lassú in alto la sagoma del campanaro ora accovacciato, ora sospeso, che gravava con tutto il suo peso sul campanone. Le chiese non chiudevano mai, le taverne neppure.

Martino si barricò nello studio come avrebbe fatto contro un ladro. Secondo lui, la migliore profilassi consisteva nel bere moderatamente johannisberg delle migliori annate, evitare puttane e beoni, non respirare l'odore delle strade e soprattutto non informarsi del numero dei morti. Johanna continuava ad andare al mercato o a scendere a vuotare i rifiuti; il volto cucito di cicatrici, il gergo straniero avevano indisposto fin dal suo arrivo le vicine; in quei giorni nefasti, la diffidenza si mutava in odio, e si parlava al suo passaggio di seminatrici di peste e di streghe. Lo confessasse o no, la vecchia domestica intimamente gioiva dell'avvento del flagello di Dio; quel gaudio sinistro le si leggeva in volto; al letto di Salomè, gravemente ammalata, si addossò i servizi pericolosi cui le altre serve si rifiutavano, ma la padrona la respingeva gemendo come se la domestica invece di una brocca avesse in mano una falce e una clessidra.

Il terzo giorno, Johanna non comparve piú al capezzale dell'ammalata; s'incaricò Benedetta di farle inghiottire le medicine e di rimetterle fra le dita il rosario che sua madre lasciava continuamente cadere. Benedetta amava sua madre o piuttosto non sapeva che avrebbe potuto non amarla. Ma aveva sofferto per la sua devozione sciocca e grossolana, per le sue ciarle da comare in visita a una puerpera, per le sue esplosioni d'allegria da nutrice che si compiace di ricordare ai figli cresciuti l'epoca dei balbettii, del vasetto e delle fasce. La vergogna di quelle impazienze inconfessate non fece che aumentare il suo zelo d'infermiera. Marta portava i vassoi e le pile di biancheria, ma faceva in modo di non entrar mai nella camera. Non si era riusciti a procurarsi l'assistenza d'un medico.

La notte che seguí la morte di Salomè, Benedetta, distesa accanto alla cugina, avvertí a sua volta i primi sintomi del male. Era divorata da una sete ardente da cui cercò di distrarsi immaginando il cervo biblico mentre beve alla sorgente d'acqua viva. Una tossetta stizzosa le raschiava la gola; si sforzava di trattenerla per lasciar dormire Marta. Si sentiva già aleggiare colle mani giunte, pronta a sfuggire dal letto a colonnine per salire in un gran Paradiso luminoso ove era Dio. Gli inni evangelici erano dimenticati; il volto amico delle sante faceva capolino tra le tendine; Maria, dall'alto del cielo, tendeva le braccia dall'azzurro manto, imitata nel suo gesto dal bel Bambino paffuto con le piccole dita color di rosa. In silenzio Benedetta si rammaricava dei propri errori: una disputa con Johanna per una cuffia strappata, sorrisi in risposta alle occhiate dei ragazzi che le passavano sotto la finestra, uno struggimento di morire non immune da pigrizia, impazienza di andare in Cielo, dal desiderio di non dover piú scegliere tra Marta e i suoi, tra due maniere di parlare a Dio. Quando, alle prime luci del mattino, scorse il volto disfatto della cugina, Marta lanciò un grido.

Benedetta dormina nuda, secondo l'usanza. Pregò che le si tenesse pronta la camicia fine appena pieghettata e fece vani sforzi per lisciarsi i capelli. Marta accudí a lei premendosi un fazzoletto sul naso, costernata dall'orrore che provava per quel corpo malato. Una umidità insidiosa riempiva la camera; siccome la giovinetta aveva freddo, Marta accese la stufa nonostante la stagione. Con voce rauca, proprio come la sua brava madre aveva fatto il giorno prima, la piccina chiese un rosario che Marta le porse sulla punta delle dita. All'improvviso, notando con malizia infantile gli occhi atterriti della compagna al di sopra della pezza impregnata di aceto:

"Non temere, cugina," le disse con dolcezza. "Toccherà a te il grosso spasimante che balla la contradanza."

E si girò verso il muro come era sua abitudine quando voleva dormire.

Il banchiere se ne stava cheto in camera; Filiberto era ritornato in Fiandra a passarvi l'agosto col padre. Marta, abbandonata dalle serve che non osavano salire al piano superiore, gridò loro di chiamare almeno Zebedeo, il quale aveva rimandato di qualche giorno la partenza per la città natia onde far fronte alle esigenze degli affari. Egli acconsentí ad avventurarsi sul pianerottolo e mostrò una decorosa sollecitudine. I medici del luogo erano chi sfinito, chi colpito dalla peste, chi ancora fermamente deciso a non contagiare i suoi malati abituali avvicinandosi al letto degli appestati; ma circolava intanto la voce che da poco era giunto un valente dottore appunto per studiare sul posto gli effetti del male. Avrebbero fatto il possibile per persuaderlo a soccorrere Benedetta.

Quel soccorso tardò a giungere. Nel frattempo, la ragazza peggiorava. Marta, appoggiata allo stipite della porta, la vegliava a distanza. A diverse riprese tuttavia le si avvicinò per farla bere con mano tremante. La malata faceva grandi sforzi per inghiottire, il contenuto del bicchiere si versava sul letto. Ogni tanto, faceva sentire una tosse secca e breve, simile al guaito di un cucciolo, e ogni volta Marta involontariamente abbassava lo sguardo per cercare intorno alle gonne il cagnolino di casa, rifiutandosi di credere che quel rantolo d'animale potesse uscire da quella dolce bocca. Finí col sedersi sul pianerottolo per non udirla. Per qualche ora lottò contro il terrore di quella morte i cui preparativi si compivano sotto i suoi occhi, e ancor di piú contro lo spavento d'essere contagiata dalla peste come lo si è dal peccato. Benedetta non era piú Benedetta ma una nemica, una bestia, un oggetto pericoloso che bisognava astenersi dal toccare. Verso sera, non resistendo piú, scese sull'uscio a spiare l'arrivo del medico.

Costui chiese se era la casa Fugger e entrò senza far complimenti. Era un uomo magro e alto, dagli occhi incavati; indossava la palandrana rossa dei medici che avevano accettato di curare gli appestati e pertanto erano tenuti ad astenersi dal visitare i malati ordinari. Il colorito bruno gli dava l'aspetto d'uno straniero. Salí rapidamente le scale; Marta, al contrario, rallentava suo malgrado il passo. Ritto a fianco del letto, tirò giú il lenzuolo e scoprí il corpo esile scosso dagli spasmi sul materasso macchiato.

"Tutte le serve mi hanno abbandonata," disse Marta cercando di spiegare lo stato della biancheria.

Egli rispose con un vago cenno del capo, occupato com'era a palpare delicatamente i gangli dell'inguine e quelli dell'ascella. La piccina guaiva o canticchiava debolmente tra due colpi di tosse rauca: Marta credette di riconoscere il brano di una canzoncina frivola misto a una cantilena sulla visita del buon Gesú.

"Delira," diss'ella quasi contrariata.

"È probabile," fece lui distratto.

L'uomo vestito di rosso lasciò ricadere il lenzuolo e, a sgravio di coscienza, le controllò i battiti al polso e nella parte alta della gola. Misurò poi qualche goccio d'un elisir e introdusse abilmente un cucchiaio nella fessura delle labbra.

"Non vi costringete ad essere coraggiosa," ammoní, accorgendosi che Marta mostrava ripugnanza a sostenere la nuca della malata. "Non è necessario in questo momento tenerle la testa o le mani."

Le asciugò dalle labbra un po' di pus rossastro con un pezzo di filaccia che gettò nella stufa. Il cucchiaio e i guanti di cui si era servito presero la stessa via.

"Non incidete i gonfiori?" s'informò ella, temendo che il medico per la fretta avesse omesso una cura necessaria, e sforzandosi soprattutto di trattenerlo vicino al letto.

"No certo," diss'egli a mezza voce. "I vasi linfatici sono appena tumefatti, ed essa spirerà probabilmente prima che si gonfino. *Non est medicamentum...* La forza vitale di vostra sorella è allo stremo. Possiamo solo attenuare le sue sofferenze."

"Non è mia sorella," osservò improvvisamente Marta, come se quella precisazione la scusasse del fatto che tremava soprattutto per se stessa. "Mi chiamo Marta Adriansen e non Marta Fugger. Sono la cugina."

Egli le diede appena un'occhiata e passò a osservare attentamente gli effetti della medicina. La malata, meno agitata, pareva sorridesse. Egli misurò per la notte un'altra dose di elisir. La presenza di quell'uomo, che pure non prometteva niente, trasformava in una camera qualunque quella che era stata per Marta fin dall'alba un luogo di terrore. Una volta sulle scale, egli si tolse la maschera di cui si era servito al capezzale dell'appestata, come era di regola. Marta lo seguí fino in fondo alle scale.

"Dite di chiamarvi Marta Adriansen," disse a un tratto. "Conobbi in gioventú un uomo di una certa età che portava questo cognome. Sua moglie si chiamava Hilzonde."

"Erano i miei genitori," fece Marta quasi a malincuore.

"Vivono ancora?"

"No," rispose lei abbassando la voce. "Erano a Münster quando il vescovo prese la città."

Egli manovrò la porta esterna dalle serrature complicate come quelle d'una cassaforte. Un po' d'aria penetrò nel ricco e opprimente vestibolo. Fuori, il crepuscolo era piovoso e grigio.

"Tornate su," diss'egli infine con un accento di fredda bontà. "Siete di robusta costituzione e ormai la peste non fa piú vittime. Vi consiglio di rimettervi sotto il naso un panno imbevuto di spirito di vino (ho poca fiducia nei vostri aceti) e di vegliare fino alla fine la morente. I vostri timori sono naturali e ragionevoli, ma la vergogna ed il rimpianto sono mali anch'essi."

Ella si voltò con le guance di fuoco, frugò nel borsellino che portava alla cintura, si decise finalmente per una moneta d'oro. Il gesto del pagare ristabiliva le distanze, la poneva molto al di sopra di quel vagabondo che andava di borgo in borgo guadagnandosi da vivere al capezzale degli appestati. Senza guardare la moneta, egli la cacciò nella tasca della palandrana e uscí.

Rimasta sola, Marta andò a prendere in cucina una boccetta

di spirito. La stanza era vuota; le serve erano forse in chiesa a biascicare litanie. Su un tavolo trovò una fetta di pâté che mangiò lentamente coll'intenzione di recuperare le energie. Per precauzione si assoggettò a masticare un po' d'aglio. Quando si accinse a risalire al piano superiore, Benedetta sembrava assopita, ma i grani di bosso si muovevano ogni tanto tra le sue dita. Dopo la seconda dose di elisir sembrò migliorare. Un aggravamento la portò via all'alba.

Quel giorno stesso, alla presenza di Marta, fu sepolta con Salomè nel chiostro delle Orsoline e come sigillata sotto una menzogna. Nessuno avrebbe saputo mai che Benedetta per poco non aveva preso la via stretta verso cui la spingeva la cugina e poco mancò che non camminasse con lei verso la Città di Dio. Marta si sentiva spogliata, tradita. I casi di peste si facevano rari, ma camminando per le vie quasi deserte, essa continuava a stringersi addosso con precauzione le falde del mantello. La morte della cuginetta aveva aumentato in lei il desiderio già ardente di continuare a vivere, di non rinunciare a ciò che era e a ciò che aveva per diventare uno di quei gelidi involti che si depongono sotto una lastra di marmo d'una chiesa. Benedetta era morta sicura della propria salvezza grazie ai paternostri e alle avemarie; Marta non poteva avere eguale fiducia per se stessa, le sembrava talvolta d'esser di quelli che il decreto divino condanna prima della nascita, nei quali persino la virtú è una forma di ostinazione che non piace a Dio. Di che virtú del resto si trattava? In presenza del flagello, era stata pusillanime; chissà se in presenza del boia si sarebbe mostrata piú fedele all'Eterno che non in tempo di peste a quell'innocente che aveva creduto di amare tanto. Ragione di piú per posporre il piú possibile il verdetto che non ammette appello.

La sera stessa, assunse nuove fantesche, dato che quelle che si erano allontanate o che erano state licenziate non s'erano piú fatte vive. La casa fu lavata con grande quantità d'acqua; sul pavimento furono sparse erbe aromatiche miste ad aghi di pino. Durante le pulizie, si accorsero che Johanna era morta, negletta da tutti, nella sua soffitta di domestica; Marta non ebbe il tempo di piangerla. Il banchiere riapparve, afflitto come di dovere per quei lutti, ma risoluto a organizzare pacificamente la propria esistenza di vedovo in una casa diretta da una brava massaia di suo gusto, che non fosse né ciarliera né rumorosa, non troppo giovane ma neppure scostante. Nessuno, nemmeno lui, si era accorto mai che la sua ottima sposa l'aveva tiranneggiato per tutta la vita. Ormai avrebbe deciso da solo l'ora di alzarsi, quelle dei pasti, il giorno in cui si sarebbe purgato, e nessuno lo avrebbe interrotto piú se gli accadeva di dilungarsi un po' troppo nel raccontare a una cameriera la storia della ragazza e dell'usignolo.

Non vedeva l'ora di sbarazzarsi di quella nipote di cui la peste aveva fatto la sua sola erede: non aveva intenzione di vedersela di fronte a presiedere la tavola. Si procurò una dispensa per il matrimonio tra cugini germani e il nome di Marta sostituí sul contratto quello di Benedetta.

Come fu informata dei progetti dello zio, Marta scese al banco ove si affacendava Zebedeo. La fortuna dello svizzero era fatta; la guerra con la Francia non poteva tardare, e il commesso, stabilendosi a Ginevra, sarebbe ormai servito a Martino da prestanome nelle sue transazioni coi reali debitori francesi. Durante la peste, Zebedeo aveva realizzato qualche guadagno per suo conto, gli sarebbe servito per ripresentarsi al paese con la considerazione del borghese di cui si sono dimenticati i peccatucci di gioventú. Marta lo trovò mentre s'intratteneva con un ebreo che prestava ad alto interesse e a breve scadenza; con molta discrezione, costui acquistava per Martino i crediti e i beni mobili dei defunti e su di lui, venuto il momento, sarebbe ricaduto tutto l'obbrobrio di questo genere di commercio lucrativo. Come vide l'ereditiera, lo congedò.

"Prendetemi in moglie," gli disse bruscamente Marta.

"Piano, piano," fece il commesso cercando una bugia.

Aveva sposato, in gioventú, una ragazza da poco, una fornaia di Pâquis, intimidito dalle lacrime della bella e dalle grida della famiglia in seguito alla sola scappatella della sua vita. Una convulsione lo aveva privato da molto tempo del loro unico figlio; versava un magro assegno alla moglie e faceva del suo meglio per tenere a distanza quella massaia dagli occhi cerchiati di rosso. Ma il delitto di bigamia non era di quelli che si commettono a cuor leggero.

"Datemi retta, lasciate in pace il vostro servitore e non

comprate a cosí caro prezzo due soldi di pentimento... Ci tenete tanto a vedere il denaro di Martino passare al ripristino delle chiese?"

"Vivrò fino alla fine nel paese di Canaan?" rispose amaramente l'orfana.

"La donna di carattere, entrata nella dimora dell'Empio, può farvi regnare la Giustizia," ribatté il commesso, uso lui pure allo stile delle Scritture.

Era chiaro che non ci teneva affatto a guastarsi con i potenti Fugger. Marta chinò il capo; la prudenza del commesso le forniva le buone ragioni per sottomettersi che senza saperlo aveva cercate. Quella ragazza austera aveva un vizio da vecchio: amava il denaro per la sicurezza che offre e la considerazione che procura. Dio stesso l'aveva segnata a dito per vivere tra i potenti di questo mondo; non ignorava che una dote come la sua moltiplicava per dieci la sua autorità di sposa e l'unione di due fortune è un dovere al quale una ragazza di giudizio non si sottrae.

Ci teneva tuttavia a evitare ogni menzogna. Al suo primo incontro col fiammingo gli disse:

"Voi forse ignorate che ho abbracciato la santa fede evangelica."

S'aspettava con certezza che la rimproverasse; e invece il suo pingue fidanzato si accontentò di rispondere scotendo la testa:

"Mi scuserete, ho tanto da fare. Le questioni teologiche sono molto ardue."

Né mai piú riparlò di quella confessione. Era difficile sapere se fosse straordinariamente sottile o soltanto ottuso.

La conversazione a Innsbruck

Enrico-Massimiliano guardava la pioggia cadere su Innsbruck.

L'imperatore vi si era insediato per sorvegliare i dibattiti del Concilio di Trento; come tutte le assemblee convocate al fine di stabilire qualche cosa, minacciava di chiudersi senza un risultato. A corte non si parlava che di teologia e diritto canonico; le battute di caccia sui declivi fangosi delle montagne tentavano poco un uomo abituato a inseguire il cervo nelle campagne opime di Lombardia; e mentre guardava colar sui vetri l'eterna stupida pioggia, il capitano, nel segreto del cuore, si sfogava a bestemmiare in italiano.

Sbadigliava ventiquattro ore al giorno. Il glorioso Cesare Carlo appariva al fiammingo una sorta di pazzo malinconico, e la pompa spagnola gli faceva l'effetto d'una di quelle corazze ingombranti e lucide sotto le quali si suda nei giorni di parata e a cui ogni vecchio soldato preferisce una pelle di bufalo. Arruolandosi nella carriera delle armi, Enrico-Massimiliano non aveva pensato al tedio dei periodi di stagione morta, e attendeva borbottando che quella pace bacata facesse posto alla guerra. Per fortuna, i banchetti imperiali comportavano una gran quantità di pollastri, di arrosti di capriolo e di pasticci d'anguilla; mangiava enormemente per distrarsi.

Una sera, seduto all'osteria, mentre scombiccherava versi e s'adoprava a mettere in distici i seni di nuovissimo raso bianco di Vanina Cami, la sua ganza napoletana, ebbe l'impressione di essere stato urtato dalla sciabola di un ungherese, e attaccò briga senza motivo: dispute che finivano colla spada e facevano parte del suo personaggio, e del resto tanto necessarie al suo temperamento quanto a un artigiano o a un marrano una rissa a ceffoni o a colpi di ciabatte. Ma questa volta il duello, iniziato con ingiurie in latino maccheronico, fu breve; l'ungherese, un codardo, si andò a rifugiare dietro la prosperosa ostessa; tutto finí in un fracasso di donne che piangevano e vasellame che va in frantumi, mentre il capitano, deluso e annoiato, tornò al suo posto per ricominciare a limare un sonetto.

Ma l'estro poetico era sfumato. Una staffilata sulla guancia gli doleva benché non lo volesse ammettere, e il fazzoletto che si era annodato intorno alla testa come una benda, macchiatosi presto di rosso, gli dava l'aspetto ridicolo di uno che ha un ascesso a un dente. Seduto a tavola davanti a un intingolo ben pepato, gli mancò il coraggio di mangiare.

"Dovreste andare da un chirurgo," disse l'oste.

Enrico-Massimiliano rispose che tutti i chirurghi meritavano di portare il basto.

"Ne conosco uno bravo," disse l'albergatore. "Ma è un tipo bizzarro e non vuole curare nessuno."

"Sono sempre fortunato," disse il capitano.

Pioveva sempre. L'oste in piedi sulla porta guardava i goccioloni giú dalle grondaie. All'improvviso:

"Persona trista!" disse.

Un uomo infreddolito nella sua palandrana, un po' curvo sotto il cappuccio scuro, procedeva in fretta lungo il rigagnolo. Enrico-Massimiliano esclamò:

"Zenone!"

L'uomo si voltò. Si squadrarono da sopra il bancone ove erano ammucchiati pasticcini e polli farciti. Enrico-Massimiliano credette di leggere nel volto di Zenone un'inquietudine che rassomigliava alla paura. Riconosciuto il capitano, l'alchimista si rasserenò. Mise solo un piede nella sala bassa:

"Sei ferito?" chiese.

"Come vedi," fece l'altro. "Giacché non sei ancora nel cielo degli alchimisti, fammi l'elemosina di un po' di filaccia e d'una goccia d'acqua vulneraria, in mancanza di quella dell'eterna giovinezza."

Era una battuta amara. Gli era particolarmente penoso constatare quanto Zenone fosse invecchiato.

"Non curo piú nessuno," disse il medico.

Ma la sua diffidenza si era dileguata. Entrò nella sala trattenendo con la mano dietro di sé il battente mosso dal vento.

"Perdonami, fratello Enrico," disse. "Mi fa piacere rivedere la tua faccia amica. Ma sono costretto a difendermi dagli importuni."

"Chi non ne ha?" osservò il capitano che pensava ai creditori.

"Vieni da me," fece dopo un attimo di esitazione l'alchimista. "Ci sentiremo piú a nostro agio che in questa taverna."

Uscirono insieme. La pioggia cadeva a raffiche. Era un tempaccio; pareva che l'aria e l'acqua congiurassero per fare del mondo un gran caos triste. Il capitano notava nell'alchimista un'aria preoccupata e stanca. Zenone spinse colla spalla la porta d'un casamento dal tetto basso.

"Il tuo oste mi ha affittato a caro prezzo questa fucina abbandonata! Abito qui, piú o meno al riparo dai curiosi," disse. "L'oro lo fa lui!"

La stanza era illuminata soltanto dal bagliore rossastro d'un focherello su cui bolliva un preparato dentro un vaso di terra refrattaria. L'incudine e le tenaglie del maniscalco che aveva occupato quella bicocca conferivano l'aspetto di camera della tortura a quel buio stanzone. Una scala conduceva al piano superiore ove Zenone doveva avere il letto. Un giovane garzone dai capelli rossi e il naso corto dava a vedere di affaccendarsi in un angolo. Zenone lo congedò per il resto della giornata dopo avergli raccomandato di servir prima da bere. Poi si mise a cercare le bende. Quando Enrico-Massimiliano fu medicato l'alchimista gli disse:

"Che cosa fai in questa città?"

"Faccio la spia," rispose in poche parole il capitano. "Lo Strozzi mi ha affidato una missione segreta qui circa gli affari di Toscana; il fatto è che ha messo gli occhi su Siena, non si consola di esser esiliato da Firenze e spera riguadagnarvi un giorno il terreno perduto. Di me si sa che mi sottopongo a vari bagni, ventose e senapismi di Germania, e intanto faccio la corte al Nunzio che ama troppo i Farnese per preferire i Medici, e che a sua volta fa senza convinzione la corte a Cesare. Tanto vale giocare cosí che al tarocco di Boemia."

"Conosco il Nunzio," disse Zenone; "sono un po' suo medico e alchimista; dipende solo da me fondere il suo denaro al mio focherello di braci. Hai notato che questi uomini dalla testa caprina hanno dell'ariete e dell'antica chimera? Monsignore fabbrica rime giocose e vezzeggia un po' troppo i suoi paggi. Se mi ci sentissi portato, avrei molto da guadagnare facendogli da ruffiano."

"Che altro faccio io qui se non il ruffiano?" disse il capitano. "Ed è quel che fanno tutti: chi procura le donne o altro, chi la giustizia, chi Dio. Il piú onesto è ancora quello che vende carne, e non fumo. Ma io non prendo abbastanza sul serio gli oggetti del mio piccolo commercio, città vendute e rivendute dieci volte, fedeltà sifilitiche, occasioni marcie. Là ove uno che ha inclinazione per gli intrighi ci si riempirebbe le tasche, io riesco tutt'al piú a coprire le spese dei cavalli di posta e della locanda. Moriremo poveri."

"Amen," disse Zenone. "Siediti."

Enrico-Massimiliano rimase in piedi vicino al fuoco; dai suoi vestiti esalava vapore. Seduto sull'incudine, le mani penzoloni tra le ginocchia, Zenone guardava le braci ardenti.

"Sempre compagno del fuoco, Zenone," gli disse Enrico-Massimiliano.

Il giovane garzone dal pelo rosso portò il vino e se ne andò fischiando. Il capitano riprese, versandosi da bere:

"Ti ricordi le apprensioni del canonico di San Salvatore? Le tue *Pronosticazioni delle cose future* avranno confermato in lui i piú cupi presentimenti; il tuo opuscolo sulla natura del sangue, che non ho letto, gli sarà parso piú degno d'un barbiere che d'un filosofo; e il *Trattato del mondo fisico* l'avrà fatto piangere. Ti esorcizzerebbe se per disgrazia tu dovessi ricapitare a Bruges."

"Farebbe di peggio," disse Zenone con una smorfia. "Eppure, mi ero preoccupato di velare il mio pensiero di tutte le circonlocuzioni opportune. Avevo messo qui una maiuscola, là un Nome; avevo perfino acconsentito a ingombrare la frase d'un pesante armamentario di Attributi e di Sostanze: vaniloquio che vale tanto quanto le camicie e le brache che portiamo: proteggono ma non impediscono di essere tranquillamente nudi sotto."

"Sí che impediscono!" disse il soldato di ventura. "Non ho mai guardato un Apollo nei giardini del Papa senza invidiarlo di offrirsi alla vista come sua madre Latona lo fece. Si sta bene solo liberi e nascondere le proprie opinioni è ancora piú fastidioso che coprirsi la pelle."

"Astuzie di guerra, capitano!" disse Zenone. "Ci viviamo

dentro come voialtri nelle trincee e nei camminamenti. Si finisce per inorgoglirsi di un sottinteso che cambia tutto, come un segno negativo discretamente posto davanti a una somma: ci si ingegna a fare qua e là di una parola piú ardita l'equivalente d'una strizzatina d'occhio, della foglia di fico sollevata o della maschera caduta e subito rimessa a posto come se nulla fosse. Cosí, tra i lettori si verifica una selezione: gli stolti ci credono; altri stolti, credendoci piú sciocchi di loro, ci abbandonano; quelli che restano si traggono d'impaccio in questo labirinto, imparano a saltare o ad aggirare l'ostacolo della menzogna. Sarei sorpreso se non si trovassero fin nei testi piú sacri gli stessi sotterfugi. A leggerlo a questo modo, ogni libro diventa un linguaggio cifrato."

"Esageri l'ipocrisia degli uomini," disse il capitano alzando le spalle. "La maggior parte pensa troppo poco per pensare doppio."

Poi aggiunse pensoso, riempiendosi il bicchiere:

"Per quanto sia strano, il vittorioso Cesare Carlo in questo momento crede di voler la pace, e Sua Maestà cristianissima pure."

"Che cos'è l'errore, e il suo succedaneo, la menzogna," proseguí Zenone, "se non una sorta di *Caput mortuum*, una materia inerte senza la quale la verità troppo sfuggente non si potrebbe tritare negli umani mortai?... Questi ragionatori scipiti portano alle stelle i loro simili e inveiscono all'indirizzo di chi è diverso da loro; ma basta che i nostri pensieri siano veramente di specie differente per sfuggir loro, non li percepiscono piú, come una bestia ringhiosa cessa ben presto di scorgere sul pavimento della gabbia un oggetto insolito se non lo può né dilaniare né mangiare. In tal modo ci si potrebbe rendere invisibili."

"*Aegri somnia*," fece il capitano. "Non ti comprendo piú."

"Sono forse Serveto, quell'asino," riprese con violenza Zenone, "per rischiare di farmi bruciare a fuoco lento sulla pubblica piazza in onore di non so quale interpretazione di un dogma, mentre sono intento a lavori che mi prendono molto di piú, sui movimenti diastolici e sistolici del cuore? Se dico che tre fanno uno o che il mondo fu salvato in Palestina, non posso sottintendere in queste parole un senso segreto dietro a quello letterale e liberarmi anche del disagio di aver mentito? Ci sono fior di cardinali (e ne conosco) che se la cavano a questa maniera, nonché certi dottori che ora si dice che portino un'aureola in cielo. Scrivo come tutti gli altri le lettere del nome augusto, ma chi vi metterò? Il Tutto o il suo Ordinatore? Cio che È, o ciò che non È, o ciò che È non essendo, come il vuoto e il nero della notte? Tra il Sí e il No, tra il Pro e il Contro, si estendono immensi spazi sotterranei dove il piú minacciato degli uomini potrebbe vivere in pace."

"I tuoi censori non sono tanto sciocchi," disse Enrico-Massimiliano. "Quei signori a Basilea e il Sant'Uffizio a Roma ti capiscono abbastanza per condannarti. Ai loro occhi non sei altro che un ateo."

"Chi non è simile a loro, per quelli è contro di loro," disse amaramente Zenone.

E riempiendosi un bicchiere, bevve a sua volta avidamente l'agro vino di Germania.

"*Deo gratias!*" disse il capitano, "i bacchettoni di ogni specie non andranno a ficcare il naso nelle mie poesiole amorose. Mi sono sempre esposto soltanto a pericoli semplici: i colpi in guerra, le febbri in Italia, il mal francese con le puttane, i pidocchi alla locanda e dovunque i creditori. Poco mi curo della canaglia in cotta e in toga, con tonsura o senza, come non caccio il porcospino. Non ho neppure confutato quel minchione di Robertello da Udine che crede di trovare errori nella mia versione d'Anacreonte, e che è un asino in greco e in tutte le lingue. Amo la scienza, ma poco m'interessa che il sangue scenda o salga nell'aorta; mi basta sapere che si raffredda quando uno muore. E che la terra giri..."

"Gira," disse Zenone.

"E che la terra giri non me ne preoccupo gran che in questo momento che vi cammino sopra, e ancor meno quando vi giacerò. In materia di fede crederò quel che deciderà il Concilio, se deciderà qualcosa, allo stesso modo che stasera mangerò quel che avrà cucinato l'oste. Prendo Dio e i tempi come vengono, anche se avrei preferito vivere nel secolo in cui si adorava Venere. Ma neppure vorrei privarmi sul letto di morte di volgermi verso Nostro Signore Gesú Cristo se ne avrò voglia."

"Sei come quello che è disposto a credere che nella stanza accanto ci sono un tavolo e due banchi, per quel che gliene importa."

"Fratello Zenone," disse il capitano, "ti ritrovo magro, spossato, stralunato e vestito d'una casacca che il mio servo rifiuterebbe. Val la pena affaticarsi vent'anni per approdare al dubbio che sorge spontaneamente in tutti coloro che hanno un filo di cervello?"

"Certo," rispose Zenone. "I tuoi dubbi e la tua fede sono bolle d'aria in superficie, ma la verità che cristallizza in noi come il sale nella storta durante una distillazione difficile è al di qua di qualsiasi formulazione, troppo ardente o troppo fredda per le nostre labbra, troppo sottile per la lettera scritta e piú preziosa."

"Piú preziosa dell'Augusta Sillaba?"

"Sí," fece Zenone.

Abbassò la voce suo malgrado. In quel momento un frate mendicante bussò alla porta e se ne andò con qualche soldo grazie alla generosità del capitano. Enrico-Massimiliano tornò a sedersi vicino al fuoco; anche lui parlava sommessamente.

"Raccontami piuttosto i tuoi viaggi," disse con un filo di voce.

"Perché?" chiese il filosofo. "Non ti parlerò dei misteri dell'Oriente: non esistono e tu non sei di quei perdigiorno che si divertono alla descrizione del Serraglio del Gran Signore. Ho fatto presto ad accorgermi che le differenze di clima cui si dà tanto peso sono ben poca cosa in confronto al fatto che l'uomo ha dovunque due piedi e due mani, un membro virile, un ventre, una bocca e due occhi. Mi si attribuiscono viaggi che non ho fatto; io stesso me ne sono attribuiti per sotterfugio e per starmene tranquillo lontano da dove mi si crede. Supponevano che fossi già presso i tartari, mentre facevo in pace i miei esperimenti a Point-Saint-Esprit in Linguadoca. Ma risaliamo piú indietro: poco dopo il mio arrivo a León, il priore fu cacciato dall'abbazia dai monaci che l'accusavano di praticare cerimonie ebraiche. Ed è vero che la sua vecchia testa era piena di strane formule tratte dallo *Zohar*, relative alle corrispondenze tra i metalli, le gerarchie celesti e gli astri. A Lovanio avevo imparato a disprezzare l'allegoria, ebbro com'ero degli esercizi coi quali si simbolizzavano i fatti, pronto a costruire poi su quei simboli come se fossero dei fatti. Ma nessuno è tanto folle da non avere momenti di saggezza. A forza di far bollire a fuoco lento le tue storte, l'amico priore aveva scoperto certi segreti pratici e io li ho ereditati. Alla Scuola di Montpellier non ho imparato quasi nulla: Galeno per quella gente era assurto al rango di idolo cui si sacrifica la natura; quando me la prendevo con certe nozioni galeniche che già il barbiere Jean Myers sapeva fondate sull'anatomia della scimmia e non su quella dell'uomo, i dotti preferirono credere che la spina dorsale fosse mutata dai tempi di Cristo piuttosto che tacciare il loro idolo di superficialità o di errore.

"Eppure, c'era qualche spirito intrepido... eravamo a corto di cadaveri perché cosí vogliono i pregiudizi popolari. C'era un certo Rondelet, medico piccoletto e tozzo, comico come il nome che portava; gli morí il figlio, che era stato colpito il giorno prima da una febbre petecchiale; uno studente di ventidue anni con il quale andavo a raccogliere erbe al Grau-du-Roi. Nella camera impregnata di aceto in cui sezionammo quel morto, che non era piú il figlio o l'amico ma solamente un bell'esemplare della macchina umana, ebbi per la prima volta il sentimento che la meccanica da un lato e la Grande Arte dall'altro non fanno che applicare allo studio dell'universo le verità che ci insegnano i nostri corpi e che in essi si ripete la struttura del Tutto. Non basta tutta una vita per confrontare il mondo ove siamo e quello che noi rappresentiamo. I polmoni erano il mantice che rianima la brace, la verga un'arma da getto, il sangue nei meandri del corpo l'acqua dei ruscelletti in un giardino d'Oriente, il cuore, secondo che si adotti una teoria piuttosto che un'altra, era la pompa o il braciere, il cervello l'alambicco ove si distilla una anima..."

"Ricadiamo nell'allegoria," disse il capitano. "Se con ciò vuoi dire che il corpo è la piú solida delle realtà dillo pure!"

"Assolutamente no," disse Zenone. "Il corpo, che costituisce il nostro regno, mi pare talvolta fatto di un tessuto inconsistente e sfuggente come un'ombra. Non mi sorprenderebbe di piú il rivedere mia madre morta che ritrovare all'angolo di una via il tuo volto invecchiato, la cui bocca sa ancora il mio nome, ma la cui sostanza si è ricostituita piú di una volta nel corso di venti anni, mentre il tempo ne ha mutato il colore e alterato la forma. Quanto grano è cresciuto, quanti animali sono vissuti e son morti per sostentare questo Enrico che è colui che conobbi a vent'anni e non lo è? Ma torniamo ai viaggi... Pont-Saint-Esprit, dove la gente spiava da dietro le persiane i fatti e i gesti del nuovo dottore, non era sempre un letto di rose, e l'eminenza su cui contavo lasciò Avignone per Roma... La mia fortuna prese l'aspetto di un rinnegato che assicurava in Algeri il rifornimento delle scuderie del re di Francia: questo onesto pirata si ruppe una gamba a due passi dalla mia porta e mi offrí in cambio delle cure un passaggio sulla sua tartana. Gliene sono ancora grato. I miei lavori balistici mi valsero in Barbaria l'amicizia di sua altezza come pure l'occasione di studiare la proprietà della nafta e la sua combinazione con la calce viva, in vista della costruzione di razzi da lanciare dalle navi della sua flotta. *Ubicumque idem*: i príncipi vogliono macchine per aumentare e consolidare la loro potenza, i ricchi vogliono l'oro e coprono per un certo tempo le spese dei nostri fornelli; i vigliacchi e gli ambiziosi vogliono sapere l'avvenire. Me la sono cavata come ho potuto. La migliore fortuna era però un doge bolso o un sultano malato: il denaro affluiva; una casa spuntava dal suolo a Genova presso San Lorenzo o a Pera nel quartiere cristiano. Mi fornivano gli attrezzi della mia arte e tra questi il piú raro e il piú prezioso di tutti, la possibilità di pensare e di agire a modo mio. Poi, venivano i maneggi degli invidiosi, i mormorii degli sciocchi ad accusarmi di bestemmiare il loro Corano o il loro Vangelo, poi qualche complotto di corte in cui rischiavo di essere implicato, e finalmente spuntava il giorno in cui era opportuno spendere l'ultimo zecchino per comprare un cavallo o noleggiare una barca. Ho trascorso venti anni in queste piccole peripezie che nei libri si chiamano avventure. Ho mandato all'altro mondo certi malati per le stesse audacie che ne hanno risanati altri. Ma il loro peggioramento o miglioramento mi interessava soprattutto come conferma di un pronostico o a prova della bontà di un metodo. Scienza e contemplazione non bastano, fratello Enrico, se non si tramutano in potenza: il popolo ha ragione di vedere in noi gli adepti d'una magia bianca o nera. Far durare ciò che passa, anticipare o ritardare l'ora prescritta, impossessarsi dei segreti della morte per lottare contro di essa, servirsi di ricette naturali per aiutare o per eludere la natura, dominare il mondo e l'uomo, rifarli, forse crearli..."

"Vi sono giorni in cui, rileggendo il mio Plutarco, mi son detto che era troppo tardi, e che l'uomo e il mondo hanno cessato di essere," disse il capitano.

"Miraggi," fece Zenone. "Le vostre età dell'oro sono come Damasco e Costantinopoli: belle a distanza; bisogna camminare per le loro strade per vedervi i lebbrosi e i cani famelici. Il tuo Plutarco m'insegna che Efestione si ostinava a mangiare nei giorni di dieta come un malato qualsiasi e che Alessandro beveva quanto un mercenario tedesco. Pochi bipedi dopo Adamo hanno meritato il nome di uomo."

"Tu sei medico," disse il capitano.

"Sí," disse Zenone. "Tra l'altro."

"Sei medico," riprese il fiammingo ostinato. "Immagino che ci si stanchi a ricucire gli uomini come ci si stanca a scucirli. Non sei stufo di alzarti la notte per curare questa miserabile genía?"

"*Sutor, ne ultra...*" rimbeccò Zenone. "Tastavo polsi, esaminavo lingue, studiavo urine, non anime... Non spetta a me decidere se un avaro in preda alla colica merita di durare dieci anni di piú, o se è bene che quel tiranno muoia. Il peggiore o il piú sciocco dei nostri pazienti ci istruiscono ancora e la loro cancrena non è piú infetta di quella di un furbo o di un giusto. Ogni notte trascorsa al capezzale di un malato qualunque mi riproponeva certi interrogativi lasciati senza risposta: il dolore: a che serve? è benigna la natura o è indifferente? e l'anima sopravvive al naufragio del corpo? Le spiegazioni analogiche che un tempo mi parevano elucidare i segreti dell'universo mi sembrava che a loro volta pullulassero di nuove possibilità di errore in quanto tendono ad attribuire a questa oscura natura quel piano prestabilito che altri ascrivono a Dio. Non dico d'aver dubitato: dubitare è differente; solo, proseguivo l'indagine fino al punto in cui ogni nozione mi si flettava tra le mani come una molla piegata oltre misura; non appena salivo al grado d'una ipotesi sentivo frantumarsi sotto di me l'indispensabile SE... ho creduto che Paracelso col suo sistema dei segni rivelatori di affinità segrete dischiudesse alla nostra arte una via trionfale; in pratica riconduceva a superstizioni da villaggio. Lo studio degli oroscopi non mi sembrava piú proficuo come una volta per la scelta delle medicine e la predizione degli incidenti mortali; ammettiamo pure di essere della stessa materia degli astri: non ne consegue che essi ci determinino o che possano influenzarci. Piú ci pensavo e piú le nostre idee, i nostri idoli, i nostri cosí detti santi costumi come le nostre visioni che passano per ineffabili mi sembravano prodotti né piú né meno che dai moti della macchina umana, proprio come il vento delle narici o delle parti basse, il sudore e l'acqua salata delle lacrime, il sangue bianco dell'amore, la sporcizia e gli escrementi del corpo. Mi irritava che l'uomo sprecasse cosí la propria sostanza in costruzioni quasi sempre nefaste, parlasse di castità prima di avere smontato la macchina del sesso, disputasse del libero arbitrio invece di soppesare le mille oscure ragioni che vi fanno batter le ciglia se improvvisamente avvicino ai vostri occhi un bastone, o dell'inferno prima di aver interrogato piú dappresso la morte."

"Conosco la morte," disse sbadigliando il capitano. "Tra l'archibugiata che mi gettò a terra a Ceresole e il bicchierone d'acquavite che mi risuscitò, c'è un buco nero. Senza la borraccia del sergente, sarei rimasto in quel buco."

"D'accordo," disse l'alchimista, "benché ci sia molto da dire in favore dell'idea d'immortalità come pure contro di essa. Ciò che è sottratto ai morti prima di tutto è il movimento, poi il calore, quindi, piú o meno rapidamente secondo gli agenti ai quali soggiacciono, la forma: forse, la morte cancella il moto e la forma dell'anima, e non la sua sostanza? Ero a Basilea all'epoca della peste nera..."

Enrico-Massimiliano l'interruppe per dire che in quell'epoca viveva a Roma e la peste lo aveva colto nella casa d'una cortigiana.

"Ero a Basilea," riprese Zenone. "Forse sai già che per poco non incontrai a Pera Lorenzo de' Medici l'assassino, colui che il popolo chiama per derisione Lorenzaccio: un principe impoverito che faceva l'intermediario alla pari di te, fratello Enrico; si era fatto incaricare dalla Francia d'una missione segreta per la Porta ottomana. Avrei voluto conoscere quest'uomo dal cuore grande. Quattro anni dopo, passando per Lione dove ero andato a consegnare il mio *Trattato del mondo fisico* allo sfortunato Dolet, mio editore, lo incontrai malinconicamente seduto a un tavolo della sala interna d'una locanda. Il caso volle che fosse aggredito proprio in quei giorni da un sicario fiorentino; lo curai del mio meglio; cosí potemmo liberamente discutere sulle follie del turco e dei nostri; era braccato, eppure si proponeva di far ritorno, nonostante tutto, nella sua Italia natía. Prima di separarci mi fece dono d'un paggio caucasico, che aveva ricevuto da sua altezza in persona, in cambio d'un veleno sul quale contava per morire se fosse caduto nelle mani dei nemici, senza venir meno al proprio stile di vita. Non ebbe però l'occasione di gustare il mio confetto giacché si fece ammazzare a Venezia in una calle buia dallo stesso spadaccino al quale era sfuggito in

Francia. Ma il suo servitore restò con me. Voi poeti avete fatto dell'amore un'immensa impostura: quello che ci tocca in sorte sembra sempre meno bello delle vostre rime baciate come due bocche una sull'altra. Eppure, quale altro nome dare a questa fiamma che risuscita come la Fenice dalla propria fiamma, a questo bisogno di ritrovare la sera il volto e il corpo che abbiamo lasciato al mattino? Giacché certi corpi, fratello Enrico, sono rinfrescanti come l'acqua, e sarebbe bene chiedersi come mai i piú ardenti son quelli che rinfrescano di piú. Or dunque, Alei veniva dall'Oriente, come i miei unguenti e gli elisir; mai sulle strade fangose e negli ostelli fumosi di Germania mi fece l'ingiuria di sembrar rimpiangere i giardini del Gran Signore e le sue fontane fluenti al sole... Mi piaceva soprattutto il silenzio al quale ci costringeva la diversità delle lingue. Conosco l'arabo dei libri, ma in turco solo quel che occorre per domandare la via; Alei parlava turco e un po' d'italiano; dell'idioma materno solo qualche parola ogni tanto gli tornava in sogno... Dopo tanti servitori chiassosi e impudenti che ebbi la malasorte di assumere, finalmente disponevo di quello spirito folletto o genietto che la plebe ci attribuisce come aiuti...

"Una brutta sera, a Basilea, l'anno della peste nera, trovai in camera il mio servo colpito dal contagio. Apprezzi la bellezza, fratello Enrico?"

"Sí," disse il fiammingo. "Muliebre. Anacreonte è un buon poeta, Socrate un grandissimo uomo, ma non comprendo che si rinunci a quelle sfere di carne tenera e rosa, a quei grandi corpi cosí gradevolmente differenti dal nostro ove si entra come conquistatori che penetrano in una città tripudiante, fiorita e pavesata per loro. E se questa gioia mentisce e quel gran pavese ci inganna, che importa? Di pomate, riccioli, profumi il cui uso disonora un uomo, io godo per tramite delle donne. Perché mai andrei a cercare i vicoli fuori mano, quando ho davanti a me una strada alla luce del sole ove posso spingermi con onore? Mi fanno disgusto quelle guance che finiscono ben presto d'esser lisce e si offrono all'amante meno che al barbiere!"

"Io, invece," disse Zenone, "apprezzo piú d'ogni altro questo piacere piú segreto, questo corpo simile al mio che riflette la mia voluttà, la gradevole assenza di tutto ciò che aggiungono al godimento le moine delle cortigiane e il gergo dei petrarchisti, le camicie ricamate della signora Livia e i corpetti di madonna

Laura, questi rapporti che non si giustificano certo dietro il fine ipocrita di perpetuare la specie, ma che nascono da un desiderio e con esso finiscono, e se vi si infonde un po' di amore non è perché i ritornelli alla moda ti ci abbiano precedentemente disposto... Quella primavera occupavo la camera d'un alberghetto in riva al Reno, piena del fragore delle acque in piena; bisognava gridare per farsi udire; si percepiva a stento il suono d'una lunga viola che ordinavo al mio servo di sonare quando ero stanco, poiché la musica mi è sempre parsa allo stesso tempo un rimedio e una gioia. Ma Alei quella sera non mi stava ad aspettare con la lanterna in mano vicino alla scuderia dove lasciavo la mula. Fratello Enrico, tu pure, suppongo, hai deplorato la sorte delle statue ferite dal piccone e corrose dalla terra; te la sei presa col tempo che deturpa la bellezza. Eppure posso anche supporre che il marmo, stanco di aver conservato cosí a lungo le umane sembianze, si rallegri di ridiventare semplice pietra... La creatura al contrario teme il ritorno alla sostanza informe... Già dalla porta un fetore mi avvertí, e gli sforzi della bocca che aspira e rigetta l'acqua che la gola non inghiotte piú, e il sangue che i polmoni malati espellono. Ma ciò che chiamano anima sussisteva e quegli occhi di cane fiducioso che non dubita neppure un istante che il padrone non possa venirgli in aiuto... Non era certo la prima volta che le mie pozioni si rivelavano inutili, ma fino allora ogni morte non era stata che una pedina perduta nella mia partita di medico. Anzi, a forza di combattere sua maestà nera, tra essa e noi si stabilisce una sorta d'oscura complicità; un capitano finisce col conoscere e ammirare la tattica del nemico. Viene sempre il momento in cui i nostri malati si accorgono che noi la conosciamo troppo bene per non rassegnarci all'inevitabile; mentre essi supplicano e si dibattono ancora, ci leggono negli occhi un verdetto che non vorrebbero vedere. Bisogna amare qualcuno per accorgersi che è scandaloso che una creatura muoia... Mi mancò il coraggio, o per lo meno quella impassibilità che ci è necessaria. Il mio mestiere mi parve vano, il che è quasi altrettanto assurdo quanto crederlo sublime. Non che io abbia sofferto: sapevo al contrario che ero quanto mai incapace di rappresentarmi il dolore di quel corpo che si contorceva sotto il mio sguardo; il mio domestico moriva come in fondo a un altro regno. Chiamai, ma l'oste si guardò bene dal venirmi in aiuto. Sollevai il cadavere per deporlo sul pavimento aspettando l'arrivo dei becchini che sarei andato a cercare all'alba; bruciai una manciata dopo l'altra il materasso di paglia nella stufa della camera. Il mondo di dentro e il mondo di fuori, il macrocosmo e il microcosmo erano ancora gli stessi che al tempo delle autopsie di Montpellier, ma quelle grandi ruote che s'incastrano le une nelle altre giravano a vuoto; quei fragili meccanismi non mi stupivano piú... Ho vergogna di confessare che la morte di un domestico bastò a produrre in me uno sconvolgimento cosí cupo; ma ci si stanca, fratello Enrico, e non sono piú giovane: ho piú di quarant'anni. Ero stufo del mestiere di rabberciatore di corpi; mi prese la nausea all'idea di tornare la mattina a tastare il polso al Borgomastro, rassicurare la consorte del Governatore e guardare controluce l'orinale del pastore. Quella notte giurai di non curar piú nessuno."

"Di questa stravaganza m'ha già informato l'oste dell'*Agnello d'Oro*," fece gravemente il capitano. "Ma hai in cura la gotta del Nunzio, ed ecco sulla mia guancia la tua filaccia e l'impiastro."

"Son passati sei mesi," precisò Zenone che colla punta del tizzone tracciava figure nella cenere. "La curiosità rinasce e con essa la voglia di usare il proprio talento e quella di soccorrere quando si può i compagni implicati con noi in questa strana avventura. La visione di quella nottataccia è dietro di me. A furia di non parlare a nessuno di queste cose, si dimenticano."

Enrico-Massimiliano si alzò, si avvicinò alla finestra e osservò: "Piove sempre."

Pioveva sempre. Il capitano tamburellava con le dita sul vetro. A un tratto, chinandosi verso l'ospite:

"Lo sai," gli disse, "che Sigismondo Fugger, mio parente di Colonia, a quanto dicono, è stato mortalmente ferito in una battaglia nel paese degli Incas? Sembra che possedesse cento schiave, cento corpi di rame rosso con diverse incrostazioni di corallo e capelli lustri d'olio, profumati di spezie. Quando s'accorse che stava per morire Sigismondo fece tagliare le cento chiome delle prigioniere, ordinò che venissero disposte su di un letto, quindi si fece adagiare su quel vello fragrante di cannella, di sudore e di donna."

"Stento a credere che quelle trecce cosí belle fossero immuni dai pidocchi," disse il filosofo mordace.

E prevedendo un moto d'irritazione del capitano:

"So cosa stai pensando. Sí, talvolta per affetto ho spidocchiato anch'io dei riccioli neri."

Il fiammingo continuava a muoversi qua e là per la stanza non tanto, pareva, per sgranchirsi le gambe quanto per stimolare i pensieri.

"Si finisce per adottare il tuo umore," fece egli tornando finalmente a sedersi sotto la cappa del focolare; "il racconto di poco fa mi dispone a riesaminare la mia esistenza. Non mi lamento, ma è tutto diverso da quel che mi ero immaginato. So bene di non avere la stoffa del grande capitano, ma ho visto da vicino coloro che passano per esserlo: ne sono rimasto assai sorpreso. Ho trascorso per il mio gusto un buon terzo dei miei giorni nella Penisola; il clima è migliore che in Fiandra, ma vi si mangia peggio. I miei poemi non meritano di sopravvivere alla carta su cui l'editore li stampa a mie spese quando mi capita d'avere i mezzi per offrirmi un frontespizio e un mezzotitolo. Gli allori di Ippocrene non sono per me; non attraverserò i secoli rilegato in pelle di vitello. Ma quando vedo quanta poca gente legge l'*Iliade* di Omero, mi rassegno piú allegramente d'esser letto cosí poco. Alcune dame mi hanno amato; ma erano raramente di quelle per il cui amore avrei dato la vita... (Ma ora che mi osservo: quale arroganza di credere che le belle per le quali sospiro abbiano voglia della mia pelle...) A Napoli, la Vanina, di cui sono quasi marito, è una bravissima ragazza, ma il suo odore non è quello dell'ambra e le grosse trecce di capelli rosse non sono tutte sue. Sono tornato a passare qualche tempo al paese natio: mia madre è morta, Dio l'abbia con sé! la brava donna ti voleva bene. Mio padre è all'inferno, suppongo, coi suoi sacchi d'oro. Mio fratello m'ha accolto bene, ma nel giro di otto giorni ho capito che era ora di ripartire. A volte, rimpiango di non aver generato figli legittimi, ma non vorrei avere i miei nipoti per figli. Ho la mia dose di ambizione come gli altri, ma se un potente del giorno ci rifiuta un brevetto o una pensione, che gioia lasciar l'anticamera senza dover ringraziare Monsignore e andar liberamente per le vie colle mani nelle tasche vuote... Ho goduto molto: ringrazio l'Eterno perché ogni anno porta il suo contingente di ragazze nubili e ogni autunno il vino; talvolta dico tra me e me che ho avuto la buona vita d'un cane al sole con varie risse e qualche osso da rodere. Eppure mi capita raramente di lasciare un'amante senza quel piccolo sospiro di sollievo dello scolaro che esce da scuola, e credo proprio che sarà un sospiro dello stesso genere quello che emetterò al momento di morire. Parlavi di statue; conosco pochi piaceri piú squisiti che contemplare la Venere di marmo, quella che il mio bravo amico cardinal Carafa conserva nella sua galleria napoletana: le sue forme bianche sono cosí belle che ti purificano il cuore da ogni desiderio profano e mettono voglia di piangere. Ma se mi sforzo di fissarla per piú di cinque minuti, né i miei occhi né il mio spirito la vedono piú. Fratello, c'è in quasi tutte le cose terrestri non so che feccia o quel cattivo sapore che te ne disgustano, e i rari oggetti che per caso hanno la perfezione in compenso sono mortalmente tristi. La filosofia non è il fatto mio, ma tra me talora dico che Platone ha ragione e il canonico Campanus anche. Deve esistere altrove un non so che piú perfetto di noi, un Bene la cui presenza ci confonde e di cui non sopportiamo l'assenza."

"*Sempiterna Temptatio*," fece Zenone. "Anch'io penso spesso che nulla al mondo, salvo un ordine eterno o una bizzarra velleità della materia a far meglio di quel ch'essa è, nulla al mondo spiega perché io mi sforzi un giorno di pensare un po' piú chiaramente del giorno prima."

Restava seduto, col mento basso, nella stanza invasa dall'umido crepuscolo. Il bagliore del focolare gli tingeva le mani macchiate dagli acidi, segnate qua e là da pallide cicatrici di bruciature e si vedeva che stava considerando attentamente quegli strani prolungamenti dell'anima, quei grandi arnesi di carne che servono a prendere contatto con tutto.

"Zenone sia lodato!" disse infine con una sorta di esaltazione in cui Enrico-Massimiliano avrebbe potuto riconoscere lo Zenone ebbro di sogni meccanici condivisi da Colas Gheel. "Non cesserò mai di stupirmi che questa carne sostenuta dalle sue vertebre, questo tronco congiunto alla testa dall'istmo del collo, con le sue membra simmetricamente disposte intorno, contengano e forse producano uno spirito che si serve dei miei occhi e dei miei movimenti per palpare... Ne conosco i limiti, e so che il tempo non gli mancherà per andar piú lontano, e la forza, se per caso il tempo gli fosse concesso. Ma esso è, e, in questo momento, è colui che È. So che esso sbaglia, erra, interpreta spesso a torto la lezione che gli impartisce il mondo, ma so anche che porta in sé di che scoprire e talvolta rettificare i propri errori. Ho percorso almeno una parte del globo nel quale ci troviamo: ho studiato il punto di fusione dei metalli e la generazione delle piante; ho osservato gli astri ed esaminato l'interno dei corpi. Sono capace di estrarre da questo tizzo che sollevo la nozione di peso e da queste fiamme la nozione di calore. So che non so quel che non so; invidio coloro che sapranno di piú, ma so che anch'essi, come me, avranno da misurare, pesare, dedurre e diffidare delle deduzioni ottenute, stabilire nell'errore qual è la parte del vero e tener conto nel vero dell'eterna presenza di falso. Non mi sono mai ostinato su un'idea per timore dello smarrimento in cui cadrei senza di essa. Né ho mai condito di menzogne un fatto vero per rendermene la digestione piú facile. Non ho mai deformato le opinioni dell'avversario per confutarle piú facilmente, neppure durante il nostro dibattito sull'antimonio, quelle di Bombast, il quale non me ne fu grato. O piuttosto, sí: mi sono sorpreso a farlo, e ogni volta mi sono rimproverato come si sgrida un domestico disonesto, e ho ritrovato la fiducia solo dopo essermi ripromesso di far meglio. Ho avuto anch'io i miei sogni, e non gli attribuisco valore d'altro che di sogni. Mi sono guardato bene dal fare della verità un idolo; ho preferito lasciarle il nome piú umile di esattezza. I miei trionfi e i miei pericoli non sono quelli che la gente s'immagina; ci sono altre glorie oltre la gloria e altri roghi oltre il rogo. Son quasi riuscito a diffidare delle parole. Morirò un po' meno sciocco di come son nato."

"Cosí va bene," disse sbadigliando l'uomo di guerra. "Ma la voce popolare ti attribuisce una riuscita piú concreta. Tu fabbrichi l'oro."

"No," disse l'alchimista, "ma altri lo faranno. È questione di tempo e di attrezzi adeguati per condurre in porto gli esperimenti. Cos'è mai qualche secolo?"

"Molto, se si tratta di pagare il conto dell'*Agnello d'Oro*," fece scherzosamente il capitano.

"Fabbricare l'oro sarà forse un giorno cosí facile come soffiare il vetro," continuò Zenone. "A forza di scavare coi nostri denti la scorza delle cose, finiremo pure col trovare la ragione segreta delle affinità e dei disaccordi... Che cos'è mai un fuso o una bobina che si riempie da sé? Eppure, questa catena d'insignificanti trovate potrebbe condurci piú lontano dei viaggi di Magellano e di Amerigo Vespucci. Vado in bestia quando penso che l'invenzione umana si è fermata dopo la prima ruota, il primo tornio e la prima fonderia; si è appena pensato a variare gli usi del fuoco rubato al cielo. Eppure, basterebbe dedicarvisi per dedurre da pochi princípi semplici tutta una serie di macchine ingegnose adatte ad accrescere la saggezza o la potenza dell'uomo: meccanismi che col movimento produrrebbero calore, condutture che propagherebbero il fuoco come altre distribuiscono le acque e volgerebbero a vantaggio delle distillazioni e delle fusioni il dispositivo degli antichi ipocausti e dei forni d'Oriente... Riemer a Ratisbona è convinto che lo studio delle leggi dell'equilibrio permetterebbe di costruire carri moventesi nell'aria e nell'acqua per la guerra e per la pace. La vostra polvere da sparo, che relega al rango di giochi da bambini le gesta d'Alessandro, è nata cosí dalle riflessioni d'un cervello..."

"Un momento!" disse Enrico-Massimiliano. "Quando i nostri padri diedero fuoco alla miccia per la prima volta, si sarebbe potuto credere che quella fragorosa invenzione dovesse sconvolgere l'arte della guerra e abbreviare le battaglie per mancanza di combattenti. Nulla di tutto ciò, grazie a Dio! Si uccide di piú (ma ne dubito) e i miei soldatacci maneggiano l'archibugio invece della balestra. Ma il vecchio coraggio, la vecchia codardia, la vecchia furbizia, la vecchia disciplina e la vecchia insubordinazione restano quel che erano, e con loro l'arte di avanzare, di ritirarsi o di restare sul posto, di far paura e di sembrare di non averla. I nostri uomini d'arme plagiano ancora Annibale e si ritrovano a compulsare Vegezio. Continuiamo come un tempo á trascinarci sulle orme dei maestri."

"È tanto che so che un'oncia d'inerzia pesa piú d'un moggio di saggezza," disse Zenone irritato. "Non ignoro che la scienza per i tuoi principi è solamente un arsenale di espedienti meno seri dei loro caroselli, dei loro pennacchi e brevetti. Eppure, fratello Enrico, conosco qua e là, in diversi angoli della terra, cinque o sei pezzenti piú folli, piú sprovveduti e piú sospetti di me, e che aspirano segretamente a una potenza terribile, quale non la possiederà mai l'imperatore Carlo. Se Archimede avesse avuto un punto d'appoggio, avrebbe potuto non sollevare il mondo, ma farlo ricadere nell'abisso come una conchiglia spezzata... E francamente, ad Algeri, in presenza delle bestiali atrocità turche, o anche dinanzi allo spettacolo delle follie e dei furori che ovunque infieriscono nei nostri regni cristiani, talora mi son detto che coordinare, istruire, arricchire, equipaggiare la nostra specie non è forse altro che aggravare il disordine universale in cui viviamo e che avverrà per un atto di spontanea volontà e non per disavventura se un Fetonte un giorno darà alle fiamme la terra. Chissà se qualche cometa non finirà per uscire dai nostri alambicchi? Quando considero fino a che punto ci trascinano le nostre speculazioni, fratello Enrico, sono meno sorpreso che ci brucino sul rogo."

E alzandosi ad un tratto:

"Mi è stato riferito che l'azione giudiziaria provocata dalle mie *Profezie* riprende con maggior vigore. Nulla è stato ancora deciso contro di me, ma i prossimi giorni si annunciano minacciosi. Dormo raramente in questa fucina, preferisco cercarmi asili meno sospetti per la notte. Usciamo insieme, ma se temi gli sguardi dei curiosi farai bene a separarti da me sulla soglia."

"Per chi mi prendi?" disse il capitano, mostrando forse piú disinvoltura di quanta non ne avesse.

Si abbottonò la casacca, imprecando contro le spie che ficcano il naso negli affari altrui. Zenone si infilò la palandrana quasi asciutta. I due uomini si spartirono, prima di uscire, un resto di vino in fondo al boccale. L'alchimista chiuse la porta e appese l'enorme chiave sotto una trave dove il servo avrebbe saputo trovarla. Non pioveva piú. Scendeva la notte, ma i fiochi bagliori del tramonto si riflettevano ancora sulla neve fresca dei pendii montani, sopra l'ardesia dei tetti grigi. Zenone camminando scrutava gli angoli in ombra.

"Sono a corto di denaro," disse il capitano. "Se tuttavia, tenendo conto delle tue presenti difficoltà..."

"No, fratello," fece l'alchimista. "In caso di pericolo il Nunzio mi fornirà il denaro per far le valigie. Serba i quattrini per alleviare i tuoi mali."

Una carrozza scortata da guardie, che probabilmente portava qualche alto personaggio al castello imperiale d'Ambras, s'infilò a tutta velocità nella viuzza. Si scansarono per farle posto. Passato il fracasso, Enrico riprese meditabondo:

"Nostradamus a Parigi predice l'avvenire ed esercita tranquillamente. A te che cosa rimproverano?"

"Egli ammette di farlo grazie ad appoggi dall'alto o dal basso," disse il filosofo tergendo gli schizzi di fango col rovescio della manica. "A quanto sembra, questi signori trovano piú empia l'ipotesi pura e semplice ove manca tutto quel bazar di demoni o di angeli nei caldai che cantano... Poi, le quartine di Michele di Notre-Dame, che non disprezzo affatto, tengono sveglia la curiosità delle folle coll'annuncio di pubbliche calamità e di decessi regali. Quanto a me, le attuali preoccupazioni del re Enrico II mi riguardano troppo poco perché io cerchi d'indovinarne il futuro esito... Nel corso dei viaggi m'era venuta un'idea: a furia di frequentare le vie dello spazio, di sapere Qui che Là mi attendeva benché ne fossi ancora lontano, ho voluto a mio modo avventurarmi sulle strade del tempo. Colmare il fossato tra la predizione categorica del calcolatore d'eclissi e il pronostico già piú fluttuante del medico, arrischiarmi cautamente a sostenere l'una con l'altra la premonizione e la congettura, tracciare su questo continente ove ancora non siamo la carta degli oceani e quella delle terre emerse... Mi sono logorato in questo tentativo."

"Vi toccherà la stessa sorte del dottor Faust delle marionette della fiera," disse con allegria il capitano.

"No!" fece l'alchimista. "Lasciate alle vecchiette quella stupida storia di patto e di perdizione del sapiente dottore. Un Faust vero avrebbe altre opinioni sull'anima e sull'inferno."

Non si curarono piú d'altro che d'evitare le pozzanghere. Procedevano lungo il fiume, poiché Enrico-Massimiliano aveva preso alloggio vicino al ponte. Ad un tratto:

"Dove passerai la notte?" chiese il capitano.

Zenone lanciò uno sguardo di sottecchi al compagno:

"Non so ancora," rispose Zenone con circospezione.

Ci fu un nuovo silenzio: entrambi avevano esaurito la loro provvista di parole. Bruscamente Enrico-Massimiliano si fermò, estrasse di tasca un taccuino e cominciò a leggere al chiarore d'una candela posta dietro un gran globo pieno d'acqua nella vetrina d'un orafo che stava lavorando a tarda ora.

...Stultissimi, inquit Eumolpus, tum Encolpii, tum Gitonis aerumnae, et precipue blanditiarum Gitonis non immemor, certe estis vos qui felices esse potestis, vitam aerumnosam degitis et singulis diebus vos ultro novis torquetis cruciatibus. Ego sic semper et ubique vixi, ut ultimam quamque lucem tanquam non redituram consumarem, id est in summa tranquillitate...

"Lasciamelo tradurre in francese," disse il capitano "giacché penso che per te il latino di farmacia abbia soppiantato l'altro. Quel vecchio gaudente d'Eumolpo rivolge ai due favoriti Encolpio e Gitone parole che ho giudicate degne d'esser trascritte nel mio breviario: 'Stupidi che siete,' disse Eumolpo, memore dei mali d'Encolpio, di quelli di Gitone, e soprattutto delle gentilezze di quest'ultimo: 'potreste esser felici, eppure conducete un'esistenza miserabile, sottoposti ogni giorno a un fastidio peggiore del giorno prima. Per me, ho vissuto ogni giornata come se dovesse essere l'ultima, cioè *in assoluta tranquillità.*' Petronio," spiegò, "è uno dei miei santi intercessori."

"Il bello," approvò Zenone, "è che il tuo autore non immagina neppure per un momento che l'ultimo giorno del saggio possa esser vissuto altrimenti che in pace. Faremo in modo di ricordarcene quando sarà la nostra ora."

Sbucarono all'angolo d'una via davanti a una cappella illuminata ove si celebrava una novena. Zenone si disponeva ad entrarvi.

"Che vai a fare tra quei bigotti?" disse il capitano.

"Non te l'ho già spiegato?" fece Zenone. "A rendermi invisibile."

Si infilò dietro la tenda di cuoio della porta. Enrico-Massimiliano indugiò un istante, ripartí, tornò sui suoi passi, poi si allontanò sul serio fischiando il suo vecchio ritornello:

Eravamo due compagni
Che andavam di là dei monti
Pensavamo a mangiar bene...

Tornato a casa trovò un messaggio di Messer Strozzi che poneva fine ai contatti segreti relativi agli affari senesi. Enrico-Massimiliano pensò che la guerra era prossima, oppure che qualcuno lo aveva soppiantato presso il maresciallo fiorentino persuadendo Sua Eccellenza a servirsi di un altro agente. Durante la notte la pioggia ricominciò, poi si mutò in neve. L'indomani, fatti i bagagli, il capitano partí in cerca di Zenone.

Le case drappeggiate di bianco facevano pensare a volti che nascondano i loro segreti sotto l'uniformità d'un cappuccio. Enrico-Massimiliano ritrovò con piacere l'*Agnello d'Oro* ove il vino era buono. Portandogli da bere l'oste l'informò che il domestico di Zenone era venuto di buon mattino a rendergli la chiave e a pagare l'affitto della fucina. Verso mezzogiorno un ufficiale dell'Inquisizione incaricato di arrestare Zenone aveva intimato all'oste di prestargli man forte. Ma presumibilmente un demonio aveva preavvertito a tempo l'alchimista. Nel suo rifugio nulla fu trovato d'insolito, tranne un mucchio di boccette di vetro accuratamente frantumate.

Enrico-Massimiliano si alzò precipitosamente lasciando sul tavolo gli spiccioli. Pochi giorni dopo, tornò in Italia per la valle del Brennero.

La carriera di Enrico-Massimiliano

Si era distinto a Ceresole; aveva messo tanto ingegno nel difendere certe bicocche milanesi, si compiaceva a dire, quanto il defunto Cesare per imporsi padrone del mondo; Biagio di Montluc gli era riconoscente delle sue arguzie che infondevano coraggio agli uomini. Aveva speso la vita a servire alternativamente il Re Cristianissimo e il Re Cattolico, ma il buon umore francese si attagliava di piú al suo temperamento. Poeta, scusava la pochezza delle sue rime con il peso degli obblighi militari; capitano, spiegava gli errori di tattica con la poesia che gli turbava il cervello; del resto, era stimato in entrambi quei mestieri che però a esercitarli insieme non portano fortuna. I vagabondaggi nella Penisola lo avevano disincantato dall'Ausonia dei suoi sogni; aveva appreso a diffidare delle cortigiane romane dopo che una volta ci era rimasto scottato; a scegliere accortamente i cocomeri nelle bottegucce di Trastevere, gettando con noncuranza le bucce verdi nel Tevere. Non ignorava che il cardinale Maurizio Carafa non lo considerava che un mercenario non del tutto stupido, al quale in tempo di pace si fa l'elemosina di un posto mal pagato di capitano delle guardie; l'amante Vanina a Napoli gli aveva estorto una discreta somma per un bambino che forse non era suo; poco importava. Donna Renata di Francia, che nel suo palazzo offriva rifugio ai diseredati, gli avrebbe offerto volentieri una sinecura nel suo Ducato di Ferrara, ma quivi ella accoglieva i primi derelitti venuti purché si inebriassero del vinello aspro dei Salmi. Il capitano non sapeva che farsene di quella gente. Viveva sempre di piú in mezzo ai suoi fanti e come loro: ogni mattina indossava la casacca rattoppata con lo stesso piacere con cui si ritrova un vecchio amico; confessava allegramente di lavarsi solo colla pioggia, spartiva con la sua accozzaglia di avventurieri piccardi, di mercenari albanesi e di espatriati fiorentini il lardo rancido, la paglia muffita e le feste del cane giallo che seguiva la truppa. Quella vita rude non era priva di gioie. Gli restava l'amore per i bei nomi antichi che donano ad ogni frammento di muro d'Italia la polvere d'oro o il brandello di porpora d'una augusta memoria; il piacere di passeggiare per le vie, all'ombra o al sole, di apostrofare in toscano una bella ragazza attendendosi un bacio o una pioggia d'ingiurie; di bere alle fontane scrollando dalle grosse dita le goccioline sulla polvere delle pietre, o ancora di decifrare colla coda dell'occhio un brano d'iscrizione latina pisciando distrattamente contro un paracarro.

Dell'opulenza paterna aveva ereditato solo alcune parti dello zuccherificio di Maestricht i cui profitti raramente trovavano la via della sua tasca; e una delle piú piccole proprietà di famiglia, una certa località detta Lombardia in Fiandra, il cui solo nome faceva ridere quest'uomo che aveva avuto modo di percorrere in tutti sensi la Lombardia vera. I capponi e le fascine di quella tenuta finivano nei forni e nella legnaia del fratello, e era giusto che fosse cosí dato che un giorno del suo sedicesimo anno aveva allegramente rinunciato al diritto di primogenitura in cambio del piatto di lenticchie del soldato. Le brevi e cerimoniose lettere che riceveva talvolta dal fratello in occasione di lutti o di nozze terminavano sempre, è vero, con offerte di servigi in caso di bisogno, ma Enrico-Massimiliano sapeva benissimo che coloro che le formulavano non ignoravano che non se ne sarebbe mai servito. Filiberto Ligre, del resto, non mancava mai di alludere agli obblighi gravosi e alle ingenti spese connesse colla carica di membro del Consiglio dei Paesi-Bassi, di modo che in definitiva era il capitano, libero com'era da ogni preoccupazione, che sembrava fare la figura dell'uomo ricco, mentre l'uomo sovraccarico d'oro passava per un individuo in difficoltà dalle cui casse sarebbe stato vergognoso attingere.

Una sola volta il soldato di ventura era ritornato dai suoi. Lo avevano mostrato molto in giro, come se si trattasse di render noto a ognuno che quel figliol prodigo dopo tutto era presentabile. Il fatto stesso che quel confidente del maresciallo Strozzi fosse piú o meno privo d'un impiego definitivo e d'un grado gli conferiva una sorta di prestigio, come se diventasse importante a forza di oscurità. I pochi anni che aveva in piú del fratello cadetto avevano fatto di lui, e lo sentiva, una reliquia d'un'altra età; si sentiva ingenuo a fianco di quell'uomo giovane, prudente e gelido. Poco prima che partisse, Filiberto gli comunicò segretamente che l'imperatore, al quale i tortigli non costavano cari, avrebbe volentieri concesso un titolo nobiliare alla tenuta di Lombardia se i talenti guerrieri e diplomatici del capitano fossero d'allora in poi stati messi esclusivamente al servizio del Santo Impero. Il suo rifiuto offese: pur supponendo che Enrico-Massimiliano disdegnasse di trascinarsi dietro una tale coda, quel titolo avrebbe accresciuto il prestigio della famiglia. Enrico-Massimiliano rispose consigliando al fratello che il prestigio della famiglia se lo mettesse dove intendeva lui. Fu presto stufo dei magnifici stucchi della tenuta di Stenberg, che il fratello cadetto preferiva ormai alla residenza antiquata di Dranoutre, ma le cui pitture di soggetti tratti dalla favola sembravano rozze a quell'uomo abituato alla raffinatezza dell'arte italiana. Era stufo di trovarsi davanti la cognata acciglita sotto la bardatura di gioielli, e la banda delle sorelle e dei cognati sistemati in residenze signorili delle vicinanze, con quei demoni dei loro bambini tenuti al guinzaglio da precettori pavidi. Le piccole dispute, gli intrighi, gli insipidi compromessi sotto i crani di quella gente gli facevano apprezzare la società dei mercenari e delle vivandiere: con essi almeno poteva imprecare e ruttare comodamente schiuma e non vinaccia nascosta.

Dal ducato di Modena, ove il suo compagno Lanza del Vasto gli aveva trovato un impiego, giacché la pace durava troppo a lungo per la sua borsa, Enrico-Massimiliano sorvegliava colla coda dell'occhio il risultato dei suoi negoziati sugli affari toscani: avendo gli agenti dello Strozzi finalmente indotto i Senesi a rivoltarsi contro gli imperiali per amor di libertà, quei patrioti si erano subito procurati una guarnigione francese che li difendesse da Sua Maestà germanica. Enrico riprese servizio sotto il Signore di Muntluc: un assedio era una fortuna insperata da non lasciarsi sfuggire. L'inverno era duro; i cannoni sui bastioni al mattino erano ricoperti d'un sottile strato di brina; le olive e i salumi induriti delle magre razioni disgustavano i palati francesi. Il Signore di Montluc si mostrava in pubblico solo dopo essersi massaggiato col vino le guance pallide, come un attore si mette il cerone prima di entrare in scena, e celava dietro la mano ben guantata gli sbadigli della fame. Enrico-Massimiliano parlava in versi burleschi d'infilare sullo spiedo l'Aquila imperiale; in realtà tutto ciò non era che artificio e brillante dialogo di teatro, come se ne trova in Plauto o sulle scene dei comici bergamaschi. Ancora una volta l'Aquila divorava i paperi italiani dopo aver allungato qua e là rudi rampate al presuntuoso gallo francese; qualche bravo soldato sarebbe stato ucciso (è il suo mestiere); l'imperatore avrebbe fatto cantare un *Te Deum* per la vittoria su Siena e nuovi prestiti, negoziati con altrettanta scienza che si fosse trattato fra due principi sovrani, avrebbero assoggettato ancor piú sua maestà alla Casa Ligre, che del resto da alcuni anni portava con discrezione un altro nome, o a qualche banco rivale di Anversa o di Germania. Venticinque anni di guerra e di pace armata avevano insegnato al capitano in che consiste il rovescio della medaglia.

Ma quel fiammingo mal nutrito era incantato dai giochi, dalle risa, dalle galanti sfilate di nobili dame senesi che si pavoneggiavano sulla piazza mascherate da ninfe o da amazzoni con armature di raso rosa. Quei nastri, quelle insegne dipinte, quelle gonne piacevolmente rigonfie dal vento che turbinava violento agli angoli delle oscure viuzze simili a trincee, ringagliardivano le truppe e, un po' meno, i cittadini sconcertati dal marasma degli affari e la carestia dei viveri. Il cardinale di Ferrara tesseva gli elogi della signora Fausta, benché la tramontana le facesse venir la pelle d'oca sulle spalle scoperte; il signore di Ternes eleggeva la signora Fortinguerra che dall'alto delle mura mostrava al nemico le lunghe gambe da Diana; Enrico-Massimiliano esaltava le trecce bionde della signora Piccolomini, bellezza fiera, che approfittava senza costrizioni del dolce stato di vedova. Gli era venuta per quella dea una logorante passione da uomo maturo. Nei momenti di conversazione e nelle confidenze l'uomo di guerra non si privava del gusto di assumere tra quei signori l'atteggiamento discretamente glorioso di amante soddisfatto, goffe smorfie che ognuno sa cosa valgono, ma che si accettano tra camerati per essere a sua volta caritatevolmente ascoltati il giorno in cui ci si vorrà vantare d'illusorie buone fortune. Eppure egli sapeva che coi suoi spasimanti la bella si beffava di lui. Ma lui non era mai stato bello; non era piú giovane; il sole e il vento avevano dato alla sua carnagione il colore bruciato d'un mattone senese; seduto ai piedi della sua dama, da innamorato pazzo, gli veniva in mente talora che quei maneggi di spasimante da un lato e di civetta dall'altro erano stupidi quanto quelli di due eserciti faccia a faccia, e che in definitiva avrebbe preferito vederla abbracciare nuda a nudo un giovane Adone, o abbandonarsi a giochi amorosi con una serva, piuttosto che far accettare a quel bel corpo il peso ripugnante del suo. Ma la notte, rannicchiato sotto la magra coperta, si ricordava improvvisamente d'un piccolo gesto di quella lunga mano inanellata, una maniera tutta sua della sua adorata di lisciarsi i capelli, e, riaccesa la candela, trafitto dalla gelosia, componeva versi complicati.

Un giorno in cui le dispense di Siena erano piú che mai vuote, osò offrire alla bionda ninfa alcune fettine di un prosciutto disonestamente procacciato. La giovane vedova era coricata nel suo letto a riposare, protetta dal freddo con una trapunta, giocava distrattamente col pomello d'oro di un cuscino. Si drizzò, colle palpebre improvvisamente tremanti, e rapidamente, con gesto quasi furtivo, si chinò verso il donatore e gli baciò la mano; si sentí invadere da una felicità cosí lancinante quale non avrebbe provata di fronte alla dedizione totale di quella stessa donna. Si ritirò discretamente per lasciarla mangiare.

Tante volte si era domandato quali sarebbero stati il modo e le circostanze della sua morte: un'archibugiata lo avrebbe schiantato lasciandolo ferito, sanguinante, quindi nobilmente portato sui resti pomposi delle lance spagnole, rimpianto dai príncipi, commiserato dai fratelli d'arme, e in fine sepolto sotto un'eloquente iscrizione latina ai piedi d'un muro di chiesa; un fendente durante un duello in onore d'una dama; una coltellata in una via oscura; la recrudescenza dello scolo d'un tempo; o anche, passati i sessant'anni, l'apoplessia in qualche castello ove si sarebbe procurato un posto di scudiero per finire gli ultimi giorni. Una volta, in preda alla malaria e tutto tremante sul giaciglio di una locanda romana, a due passi dal Pantheon, si era consolato di dover crepare in quel paese di febbri, pensando che dopo tutto i morti vi si trovano in migliore compagnia che altrove; la curva della volta, che scorgeva dal lucernaio, l'aveva popolata d'aquile, di fasci rovesciati, di veterani in lacrime, di torce illuminanti i funerali d'un imperatore che non era lui, ma una specie di grand'uomo eterno al quale partecipava. Nel martellamento della febbre terzana gli era parso d'udire i pifferi strazianti e le sonore trombe annuncianti al mondo il trapasso del principe; aveva sentito nel proprio corpo il fuoco che divora l'eroe e lo rapisce in cielo. Quelle morti, quelle esequie immaginarie furono la sua vera morte, il suo vero funerale. Cadde nel corso d'una sortita a scopo di razzia durante la quale i suoi cavalieri si sforzarono di conquistare a due passi dai bastioni un fienile mal difeso; il cavallo di Enrico-Massimiliano sbuffava allegramente sul suolo tappezzato d'erba secca; l'aria fresca di febbraio era gradevole sui pendii soleggiati della collina, dopo le vie ventose e oscure di Siena. Un attacco imprevisto degli imperiali scompigliò la truppa che fece giravolta verso le mura; Enrico-Massimiliano inseguí i suoi uomini urlando bestemmie. Una palla lo raggiunse alla schiena; cadde colla testa contro una pietra. Ebbe il tempo di sentir l'urto, ma non la morte. La sua cavalcatura alleggerita caracollò per i campi dove uno spagnolo la catturò per condurla al passo verso l'accampamento di Cesare. Due o tre soldatacci tedeschi si spartirono le armi e gli effetti personali del defunto. Nella tasca della casacca aveva il manoscritto del *Blasone del Corpo Muliebre*; questa raccolta di versi brevi ameni e teneri, da cui si attendeva un po' di gloria, o per lo meno un po' di successo colle donne, finí in fondo al fossato, sepolta con lui sotto qualche palata di terra. Un motto che aveva rusticamente inciso in onore della signora Piccolomini restò a lungo visibile sul ciglio di Fontebranda.

Gli ultimi viaggi di Zenone

Era una di quelle epoche in cui la ragione umana si trova presa in un cerchio di fuoco. Scappato da Innsbruck, Zenone era vissuto per un po' ritirato a Würzburg presso il suo discepolo Bonifacio Kastel, che praticava l'arte ermetica in una casetta sulla sponda del Meno; il riflesso verdastro del fiume riempiva i vetri delle finestre. Ma l'inazione e l'immobilità gli pesavano e Bonifacio non era certo il tipo da correr troppo a lungo rischi per un amico in pericolo. Zenone passò in Turingia, si spinse poi fino in Polonia, ove si arruolò in qualità di chirurgo negli eserciti del re Sigismondo, il quale si preparava, con l'aiuto degli svedesi, a cacciare i moscoviti dalla Curlandia. Alla fine del secondo inverno di campagna militare, la curiosità di piante e climi nuovi lo convinse a imbarcarsi per la Svezia al seguito di un certo capitano Guldenstarr che lo presentò a Gustavo Vasa. Quel re cercava un uomo dall'arte capace di alleviare i dolori lasciati nel suo vecchio corpo dall'umidità degli accampamenti e dal freddo delle nottate passate sul ghiaccio ai tempi avventurosi della giovinezza, le conseguenze delle vecchie ferite e del mal francese. Zenone ne conquistò la simpatia approntando una pozione corroborante per il monarca stanco d'aver festeggiato il Natale con la giovane terza moglie, nel suo bianco castello di Vadstena. Per tutto l'inverno, i gomiti a una finestra, alta, tra il cielo freddo e la superficie gelata del lago, egli si dedicò a calcolare la posizione delle stelle atte a portare felicità o disgrazie alla dinastia dei Vasa, aiutato in questo compito dal giovane principe Erik, divorato da una sete morbosa di quelle scienze pericolose. Invano Zenone gli ripeteva che gli astri imprimono un indirizzo ai nostri destini ma non li decidono, e che altrettanto forte e misterioso regolatore della nostra vita e obbediente a leggi piú complicate delle nostre, è quell'astro rosso che palpita nel buio del corpo, sospeso nella sua gabbia d'ossa e di carne. Ma Erik era di quelli che preferiscono ricevere il loro destino dal di fuori, sia per orgoglio, poiché trovava bello che lo stesso cielo si occupasse della sua sorte, sia per indolenza, per non dover rispondere né del bene né del male che portava in sé; credeva agli astri come, ad onta della fede riformata che aveva ricevuto dal padre, pregava i santi e gli angeli. Tentato di esercitare la propria influenza su un'anima regale, il filosofo saggiava qua e là l'effetto d'una istruzione, d'un consiglio, ma i pensieri altrui s'insabbiavano come in una palude nel giovane cervello che dormiva dietro quei pallidi occhi grigi. Quando il freddo si faceva estremo, l'allievo e il filosofo si avvicinavano all'enorme fuoco prigioniero sotto la cappa del camino, e Zenone si stupiva ogni volta che quel calore benefico, quel demone addomesticato che scaldava docilmente un boccale di birra posto tra la cenere, fosse quello stesso dio fiammeggiante che ruota in cielo. Altre sere il principe non veniva, occupato coi fratelli a bere nelle osterie in compagnia di donnine, e il filosofo, se i pronostici quella notte si rivelavano infausti, li correggeva con una scrollata di spalle.

Qualche settimana prima della ricorrenza di San Giovanni si fece dare il permesso di risalire verso il Nord, per osservare personalmente gli effetti del giorno polare. Ora a piedi ora a cavallo o in barca, errò di parrocchia in parrocchia, facendosi intendere grazie alla mediazione del pastore nel quale era ancora vivo l'uso del latino di chiesa, raccogliendo a volte ricette efficaci dalle guaritrici del villaggio che conoscevano le virtú delle erbe e dei muschi della foresta, o presso i nomadi che curano i malati coi bagni, le fumigazioni e l'interpretazione dei sogni. Quando raggiunse la corte a Uppsala, dove sua maestà svedese apriva l'assemblea d'autunno, si accorse che la gelosia d'un collega tedesco l'aveva messo in cattiva luce nell'animo del re. Il vecchio monarca temeva che i figli si servissero dei computi di Zenone per calcolare con troppa esattezza la durata della vita del loro padre. Zenone contava nella solidarietà dell'erede al trono, nel quale si era fatto un amico e quasi un discepolo, ma quando incontrò per caso Erik nei corridoi del castello, il giovane principe passò senza vederlo, come se il filosofo avesse acquistato improvvisamente il dono di rendersi invisibile. Zenone s'imbarcò segretamente su un battello da pesca del lago Malar, con esso raggiunse Stoccolma, e di là prese un passaggio per Kalmar, poi navigò verso la Germania.

Per la prima volta in vita sua provava lo strano bisogno di ricalcare le orme dei propri passi, come se la sua esistenza si muovesse lungo un'orbita prestabilita al pari delle stelle erranti. Lubecca, dove esercitò con successo, lo trattenne appena qualche mese. Gli era venuta voglia di far stampare in Francia le *Proteorie* cui si era dedicato con intermittenza per tutta la vita. Non mirava ad esporvi una dottrina qualunque, bensí a stabilire una nomenclatura delle opinioni umane, indicandone le combinazioni, le connessioni e le segrete tangenti o i rapporti latenti. A Lovanio ove fece tappa nessuno lo riconobbe sotto il nome di Sebastiano Theus che si era affibbiato. Come gli atomi d'un corpo che senza posa si rinnova, ma conserva fino in fondo gli stessi lineamenti e le stesse verruche, i maestri e gli studenti erano cambiati piú d'una volta, ma ciò che udí avventurandosi in un'aula non gli parve molto dissimile da ciò che un tempo vi aveva ascoltato con insofferenza o con fervore. Non si scomodò per andare a vedere in una tessitura recentemente installata nei dintorni di Audenarde macchine molto simili a quelle che in gioventú aveva costruito con Colas Gheel e che funzionavano con piena soddisfazione degli interessati. Tuttavia ascoltò con curiosità la descrizione dettagliata che gliene fece un algebrista della Facoltà. Questo professore che, caso eccezionale, non disdegnava i problemi pratici, invitò a cena il dotto straniero e lo trattenne quella notte sotto il suo tetto.

A Parigi Ruggieri, che Zenone aveva incontrato molto prima a Bologna, lo ricevette a braccia aperte; l'uomo dai mille impieghi della regina Caterina stava cercando un assistente fidato, abbastanza compromesso per poter contar su di lui in caso di pericolo e capace di aiutarlo a somministrare una medicina ai giovani principi e a predicare loro l'avvenire. L'italiano condusse Zenone al Louvre per presentarlo alla sua signora colla quale parlava rapidamente nella lingua del loro paese, non senza numerosi inchini e sorrisi. La regina esaminò lo straniero con quegli occhi lucenti di cui si serviva con abilità cosí come le piaceva far sfavillare nei gesti i diamanti che le ornavano le dita. Le mani impomatate e paffute si muovevano come marionette sul suo grembo di seta nera; si calò sul volto l'equivalente di un velo di crespo quando parlò del fatale incidente che aveva causato tre anni prima la morte del monarca.

"Oh, perché non capii meglio le vostre *Pronosticazioni* in cui solo da poco ho scorto i calcoli sulla lunghezza della vita comunemente concessa ai principi! Forse avremmo evitato al defunto Re il ferro di lancia che mi rese vedova... Giacché io penso," aggiunse con grazia, "che voi non siate estraneo a quell'opera ritenuta pericolosa per gli spiriti deboli e che si attribuisce a un certo Zenone."

"Parliamo come se fossi Zenone," disse l'alchimista. "*Speluncam exploravimus...* Vostra Maestà sa bene come me che l'avvenire è gravido di piú occasioni di quante non se ne realizzino. E non è affatto impossibile di sentirne qualcuna muoversi in fondo alla matrice del tempo. Ma l'avvenimento solo decide quale di queste larve è vitale e si tradurrà in realtà. Io non ho mai venduto al mercato catastrofi e felicità partorite in anticipo."

"Deprezzavate altrettanto la vostra arte presso sua maestà svedese?"

"Non ho motivi di mentire alla piú abile donna di Francia."

La regina sorrise.

"*Parla per divertimento,*" protestò l'italiano preoccupato di vedere un collega sminuire la loro scienza. "*Questo onorato viatore ha studiato anche altro che cose celesti; sa le virtudi di veleni e piante benefiche di altre parti che possono sanare gli ascessi auricolari del Suo Santissimo Figlio.*"

"So prosciugare un ascesso, ma non guarire il giovane Re," disse laconicamente Zenone. "Ho visto da lontano sua maestà nella galleria al momento delle udienze: non ci vuole una grand'arte per riconoscere la tosse e i sudori d'un tisico. Per fortuna il cielo vi ha dato piú di un figlio."

"Dio ce lo conservi!" disse la regina segnandosi meccanicamente. "Ruggieri vi troverà alloggio presso il Re, contiamo su di voi per alleviare almeno una parte dei suoi mali."

"Chi allevierà i miei?" disse con asprezza il filosofo. "La Sorbona minaccia di far sequestrare le mie *Proteorie* in corso di stampa presso un libraio della rue Jacob. La regina può impedire che il fumo dei miei scritti bruciati sulla pubblica piazza venga a disturbarmi nella mia soffitta al Louvre?"

"I signori della Sorbona troverebbero di cattivo gusto che io m'immischi delle loro dispute" disse evasivamente l'italiana.

Prima di congedarlo, s'informò a lungo dello stato del sangue e delle viscere del re di Svezia. Pensava talvolta di far sposare a uno dei suoi figli una principessa del Nord.

Subito dopo la visita al piccolo re malato, i due uomini uscirono insieme dal Louvre e si avviarono per i lungosenna. Sempre camminando, l'italiano sgranava un'interminabile serie di aneddoti di corte. Zenone preoccupato l'interruppe:

"Provvederete che gli impiastri siano applicati per cinque giorni di seguito a quel povero ragazzo."

"Non ci ritornerete voi?" disse il ciarlatano sorpreso.

"No! Non vi siete accorto che ella non muoverà neppure un dito per sottrarmi al pericolo in cui mi son cacciato con le mie opere? Non ambisco all'onore di venire arrestato nella residenza dei príncipi."

"*Peccato*!" esclamò l'italiano. "La vostra rudezza era piaciuta."

E tutt'a un tratto, fermatosi in mezzo alla folla, preso il compagno per il gomito e abbassando la voce:

"*E questi veleni? Sarà vero che ne abbia tanto e quanto?*"

"Non mi farete credere che ha ragione la voce popolare quando vi accusa di far fuori i nemici della Regina?"

"Esagerano," rispose scherzando Ruggieri. "E perché mai sua maestà non dovrebbe avere il suo arsenale di veleni come ha gli archibugi e le bombarde? Pensate che è vedova, straniera in Francia, trattata come Jezabel dai luterani, come Erodiade da noi cattolici, e che ha cinque bambini sulle braccia."

"Dio la conservi!" rispose l'ateo. "Se mi dovesse mai accadere di ricorrere ai veleni, sarà per il mio bene, non per quello della regina."

Nondimeno, prese alloggio presso Ruggieri, la cui facondia sembrava distrarlo. Da quando Etienne Dolet, il suo primo editore, era stato strangolato e gettato alle fiamme per opinioni sovversive, Zenone non aveva piú pubblicato in Francia. Sorvegliava di persona con la massima cura la stampa del suo libro nella bottega della rue Jacob, correggendo qua e là una parola, o un concetto dietro una parola, eliminando un'oscurità o talvolta al contrario aggiungendone a malincuore un'altra. Una sera, all'ora di cena ch'egli consumava da solo presso Ruggieri, mentre l'italiano si prodigava al Louvre, Maître Langelier, suo attuale libraio, venne tutto spaventato ad informarlo che era stato emanato l'ordine definitivo di sequestro delle *Proteorie* e della loro distruzione per mano del boia. Il mercante lamentava la perdita della carta su cui l'inchiostro stava ancora asciugandosi. Un'epistola dedicatoria alla Regina Madre avrebbe potuto forse aggiustare tutto all'ultimo minuto. Tutta la notte Zenone scrisse, cancellò, scrisse di nuovo, e tornò a cancellare. All'alba si alzò dalla sedia, si stirò, sbadigliò e gettò sul fuoco i fogli e la penna di cui si era servito.

Non fece fatica a mettere insieme i suoi effetti e la borsa di medico, giacché il resto del bagaglio era stato prudentemente lasciato a Senlis nella soffitta d'un alberghetto. Ruggieri russava nel mezzanino fra le braccia d'una ragazza. Zenone gli infilò sotto la porta un biglietto in cui gli annunciava che partiva per la Provenza. In realtà aveva preso la decisione di recarsi a Bruges e di farvisi dimenticare.

Un oggetto riportato dall'Italia pendeva al muro della stretta anticamera. Era uno specchio fiorentino su cornice di tartaruga, formato d'una ventina di specchietti convessi simili alle celle esagonali delle arnie, ognuno contenuto a sua volta nella sua stretta cornice che era stata un tempo la lorica d'una bestia viva. Al chiarore grigio d'un'alba parigina Zenone vi si mirò. Vi scorse venti facce compresse e rimpicciolite dalle leggi dell'ottica, venti immagini d'un uomo in copricapo di pelliccia, dalla carnagione smunta e giallastra, dagli occhi lustri che erano essi stessi specchi. Quest'uomo in fuga, rinchiuso in un mondo tutto a parte, separato dai suoi simili che fuggivano anch'essi in mondi paralleli, gli ricordò l'ipotesi del greco Democrito, una serie infinita di universi identici ove vivono e muoiono una serie di filosofi prigionieri. Questa fantasticheria lo fece sorridere amaramente. I venti piccoli personaggi dello specchio sorrisero anch'essi, ognuno per conto suo. Li vide poi volgere a metà il capo e dirigersi verso la porta.

Parte seconda

La vita immobile

Obscurum per obscurius
Ignotum per ignotius
   Motto alchimistico

Andare verso l'oscuro e verso l'ignoto attraverso
ciò che è ancor piú oscuro e ignoto.

Il ritorno a Bruges

A Senlis, trovò posto nella carrozza del priore dei Cordiglieri di Bruges, che tornava da Parigi dove aveva assistito al capitolo generale dell'Ordine. Era un uomo piú istruito di quanto non lasciasse supporre l'abito che indossava, curioso della gente e delle cose, non del tutto sprovvisto d'una certa conoscenza del mondo; i due viaggiatori conversarono liberamente mentre i cavalli lottavano contro il vento pungente delle pianure piccarde. Al compagno di viaggio, Zenone non celò che il proprio nome e le azioni penali di cui il suo libro era l'oggetto; l'acume del priore era tale che ci si poteva chiedere se costui non indovinasse molto di piú sul conto del dottor Sebastiano Theus di quanto per cortesia non mostrasse. Ci volle del tempo a traversare Tournai per la folla che ingombrava le vie; prese informazioni, si seppe che quella gente si recava sulla piazza principale per assistere all'impiccagione d'un sarto di nome Adriano accusato di calvinismo. Sua moglie era egualmente colpevole, ma poiché è indecente che una creatura di sesso femminile si dondoli a cielo aperto colle gonne ondeggianti sulla testa dei passanti, si accingevano secondo l'antica usanza a seppellirla viva. Questa stupida bestialità fece orrore a Zenone, che del resto trattenne il disgusto dietro un volto impassibile, essendosi imposto per norma di non esprimere mai i propri sentimenti su tutto ciò che atteneva alle dispute tra il messale e la Bibbia. Pur detestando come si conveniva l'eresia, il priore trovò la punizione un po' crudele, e questa prudente osservazione fece provare a Zenone per il compagno di viaggio lo slancio quasi eccessivo di simpatia che suscita la minima opinione moderata quando è espressa da un uomo la cui posizione o il cui abito non permettevano di sperare tanto.

La carrozza correva di nuovo in aperta campagna e il priore parlava d'altro, mentre Zenone credeva ancora di soffocare sotto il peso delle palate di terra. Si ricordò all'improvviso che era passato un quarto d'ora e che la creatura di cui egli soffriva le angosce aveva già cessato di patirle.

Correvano lungo le cancellate e le balaustre alquanto trascurate della tenuta di Dranoutre; il priore nominò di sfuggita Filiberto Ligre che, a sentir lui, a Bruxelles faceva il bello e il cattivo tempo nel Consiglio della nuova Reggente o Governatrice che comandava nei Paesi Bassi. Era molto tempo che l'opulenta famiglia Ligre non abitava piú a Bruges; Filiberto colla moglie viveva quasi continuamente nella tenuta di Pradelles in Brabante, ove erano in miglior posizione per far da valletti ai padroni stranieri. Questo disprezzo di patriota per lo spagnolo e il suo seguito fece drizzare l'orecchio a Zenone. Un po' piú oltre, guardie valloni con elmo di ferro e calzoni di cuoio chiesero con arroganza ai viaggiatori i lasciapassare. Sdegnosamente il priore glieli fece porgere. C'era proprio qualcosa di mutato in Fiandra. Sulla piazza grande di Bruges i due uomini alla fine si separarono con scambio di cortesie e reciproca offerta di servigi per l'avvenire. Il priore si fece condurre da una carrozza pubblica fino al convento e Zenone, contento di sgranchirsi dopo la lunga immobilità del viaggio, si mise sotto braccio i propri fagotti. Fu stupito di ritrovarsi senza difficoltà nelle vie di quella città che non aveva piú rivista da oltre trent'anni.

Del suo arrivo aveva avvertito Jean Myers, vecchio maestro ed amico, che diverse volte gli aveva proposto di venire a godersi con lui l'accogliente casa del Quai-au-Bois. Una serva con una lanterna in mano ricevette il visitatore sulla soglia. Penetrando nel vano della porta Zenone strusciò un po' rudemente quella donna alta e imbronciata, che non si scostava per lasciargli il passo.

Jean Myers era seduto in poltrona, colle gambe gottose allungate, a giusta distanza dal fuoco. Il padrone di casa e l'ospite repressero abilmente, ciascuno per sé, un moto di sorpresa: il magro Jean Myers si era trasformato in un vecchietto benportante; gli occhi vivaci e il sorriso beffardo si perdevano nelle pieghe di carne rosa; il brillante Zenone di un tempo era un uomo brizzolato e grifagno. Quarant'anni di professione avevano permesso al medico di Bruges di accumulare quanto occorre per vivere agiatamente; la sua tavola e la cantina erano buone, troppo buone addirittura per la dieta di un podagroso, la serva con la quale s'era preso qualche confidenza nei tempi andati era molto ottusa, ma diligente, fedele, per nulla ciarliera, non introduceva in cucina spasimanti ghiotti di bocconcini e di vino vecchio. Jean Myers a tavola pronunciò qualcuna delle sue facezie favorite sul clero e i dogmi; a Zenone parvero ora alquanto banali; tuttavia, ripensando al sarto Adriano di Tournai, a Dolet a Lione e a Serveto a Ginevra, disse tra sé che in una epoca in cui la fede conduceva al furore, lo scetticismo un po' grossolano di quell'uomo aveva il suo valore; quanto a lui, piú inoltrato nella via che consiste a negar tutto per vedere se si può in seguito riaffermare qualcosa, a disfar ogni cosa per poi osservare come tutto si riformi su un altro piano o in altro modo, non si sentiva piú capace di quei facili scherni. Superstizioni si frammischiavano bizzarramente in Jean Myers al suo pirronismo di barbiere-cerusico. Si vantava di curiosità ermetiche, benché i suoi lavori in materia fossero giochi da bambini; Zenone faticò a schivare che lo trascinasse in spiegazioni sulla triade ineffabile o sul mercurio lunare, che gli sembravano un po' lunghe per la sera del suo arrivo. In medicina, il vecchio Jean era avido di novità pur avendo per prudenza esercitato secondo i metodi tradizionali; sperava ottenere da Zenone uno specifico per la sua gotta. Quanto agli scritti sospetti dell'ospite il vecchio non temeva, se la vera identità del dottor Sebastiano Theus fosse stata scoperta, che il clamore fatto intorno ad essi disturbasse poi molto a Bruges. In quella città preoccupata da litigi di muri divisori, sofferente per il porto insabbiato come un malato per la renella, nessuno si era incomodato a sfogliare quei libri.

Zenone si coricò sul letto che era stato munito per lui di lenzuola nella stanza al piano superiore. La notte d'ottobre era fredda. Caterina entrò con un mattone riscaldato nel focolare e avvolto in cenci di lana. Inginocchiata nell'alcova, introdusse il pacchetto infuocato sotto le coperte, toccò i piedi del viaggiatore, poi le caviglie, li massaggiò a lungo e improvvisamente senza una parola, coprí quel corpo nudo di avide carezze. Al chiarore della candela posata su un baule il volto di quella donna era senza età, non molto dissimile da quello della serva che, quasi quarant'anni prima, gli aveva insegnato l'amore. Egli non le impedí di sdraiarsi pesantemente al suo fianco sotto la trapunta. Quella robusta creatura era come la birra e il pane di cui si prende la propria parte con indifferenza, senza disgusto né delizia. Quando si svegliò, ella già accudiva di sotto alle faccende domestiche.

Per tutta la giornata ella non levò lo sguardo su di lui ma lo serví abbondantemente ai pasti con una sollecitudine un po' grossolana. Scesa la notte, si chiuse a chiave in camera e udí i passi pesanti della serva che si allontanavano dopo aver silenziosamente forzato invano il chiavistello. L'indomani non si comportò con lui diversamente dal giorno prima; sembrava come se lo avesse sistemato una volta per tutte tra gli oggetti che popolavano la sua esistenza, come i mobili e gli utensili della casa del medico. Per distrazione, oltre una settimana dopo, egli dimenticò di mettere il catenaccio: ella entrò con un sorriso sciocco, rimboccandosi la gonna in modo da far valere le sue pesanti formosità. Il grottesco di quella tentazione ebbe il sopravvento sui suoi sensi. Mai era stato cosí avvinto dalla potenza bruta della sola carne, indipendentemente dalla persona, dal viso, dalle linee del corpo e perfino dalle proprie preferenze carnali. Quella donna ansimante sul suo cuscino era una lemure, una lamia, una di quelle femmine d'incubo che si vedono sui capitelli delle chiese, appena capaci di servirsi del linguaggio umano. Eppure nel momento del piacere, da quella bocca carnosa uscivano come bolle d'aria una litania di parole oscene ch'egli non aveva piú avuto l'occasione di udire né di usare in fiammingo da quand'era studente; la fece tacere col dorso della mano. Il mattino seguente la repulsione prese il sopravvento; gli faceva rabbia di essersi abbandonato a quella creatura come non ci si perdona d'aver acconsentito a dormire in un equivoco letto d'albergo. Non dimenticò piú di chiudersi dentro ogni sera.

Aveva previsto di restare presso Jean Myers solo il tempo necessario a lasciar passare la tempesta sollevata dal sequestro e dalla distruzione del suo libro. Ma a momenti gli pareva come se dovesse rimanere a Bruges fino alla fine dei suoi giorni, sia che codesta città fosse una trappola approntata per lui al termine dei suoi viaggi, sia che una specie d'inerzia gl'impedisse di ripartire. L'invalido Jean Myers gli affidò i pochi pazienti che aveva ancora in cura; quella scarsa clientela non era tale da suscitare l'invidia di altri medici della città, come invece era successo a

Basilea, ove Zenone aveva irritato i colleghi esercitando pubblicamente davanti a una scelta cerchia di studenti. Questa volta i rapporti coi colleghi si limitavano a rari consulti durante i quali il signor Theus si rimetteva al parere dei piú anziani o dei piú celebri, oppure a brevi conversazioni anodine o al massimo relative a qualche fatto locale. I colloqui coi malati naturalmente vertevano sui malati stessi. Molti di costoro non avevano mai inteso parlare di Zenone; per gli altri era un nome incerto tra le voci del passato. Il filosofo che poc'anzi aveva dedicato un opuscolo alla sostanza e alle proprietà del tempo, poté constatare che la sua sabbia inghiottiva rapidamente la memoria degli uomini. Quei trentacinque anni avrebbero potuto essere mezzo secolo. Di costumi e di regolamenti che erano stati nuovi e dibattuti al tempo dei suoi studi, oggi si diceva che erano sempre esistiti. Dei fatti che allora avevano scosso il mondo, non si faceva piú questione. I morti di venti anni prima erano già confusi con quelli della generazione precedente. L'opulenza del vecchio Ligre aveva lasciato qualche ricordo; si era tuttavia incerti se avesse avuto uno o due figli. C'era anche un nipote, un bastardo d'Enrico-Giusto, che aveva preso una cattiva strada. Il padre del banchiere passava per essere stato tesoriere delle Fiandre, come suo figlio, o referendario presso il Consiglio della Reggente, come Filiberto attualmente. Della casa Ligre, disabitata da lungo tempo, il pianoterra era affidato a degli artigiani; Zenone rivisitò la fabbrica che fino a non molto tempo prima era stata il regno di Colas Gheel; adesso c'era una corderia. Nessuno tra gli artigiani si ricordava piú di quell'uomo presto instupidito dal bere, ma che prima degli ammutinamenti di Oudenove e dell'impiccagione del suo favorito era stato a suo modo un duce e un principe. Il canonico Bartolomeo Campanus era ancora vivo, ma usciva poco, prostrato dalle infermità che sopravvengono con l'età, e, per fortuna, Jean Myers non era stato mai chiamato a curarlo. Zenone comunque evitava prudentemente la chiesa di San Donaziano, ove il maestro d'un tempo assisteva tuttora alle funzioni seduto in uno scanno del coro.

Egualmente per prudenza aveva chiuso in un cofanetto di Jean Myers il diploma di Montpellier che portava il suo vero nome, e conservava solo una pergamena comprata per ogni evenienza molto tempo prima da un mendicante tedesco di nome Gott, che per imbrogliare meglio le carte aveva subito greco-latinizzato in Theus. Con l'aiuto di Jean Myers, intorno a questo personaggio aveva inventato una di quelle biografie confuse che rassomigliava a certe abitazioni il cui maggior pregio è che vi si può entrare o uscire da diverse porte. Per la verisimiglianza vi aggiungeva episodi della propria vita, accuratamente scelti in modo che non meravigliassero né interessassero nessuno e la cui investigazione, se avesse avuto luogo, non avrebbe condotto lontano. Il dottor Sebastiano Theus era nato a Zutphen nella diocesi di Utrecht, figlio naturale di una donna del luogo e d'un medico bressano addetto alla casa di Donna Margherita d'Austria. Educato a Clèves a spese d'un protettore che volle mantenere l'anonimato, aveva dapprima pensato di entrare in un convento agostiniano di quella stessa città, ma l'attrazione della professione paterna aveva finito per prevalere; aveva studiato all'Università d'Ingolstadt, poi a Strasburgo, dove aveva esercitato per un certo tempo. Da un ambasciatore di Savoia era stato condotto a Parigi e a Lione di modo che aveva visto un po' la Francia e la corte. Rientrato nelle terre dell'impero, si era proposto di tornare a stabilirsi a Zutphen, ove la sua brava madre viveva ancora, ma, benché non ne parlasse, era quasi certamente dovuto partire a causa di gente della sedicente religione riformata che si era molto diffusa colà. Fu cosí che per vivere accettò il posto di sostituto offertogli da Jean Myers, il quale una volta aveva conosciuto suo padre a Malines. Ammetteva anche di essere stato chirurgo negli eserciti del cattolico re di Polonia, ma anticipava quell'impiego d'una buona decina d'anni. Infine era vedovo della figlia d'un dottore di Strasburgo. Queste favole, alle quali ricorreva solo in caso di domande indiscrete, divertivano assai il vecchio Jean. Ma il filosofo si sentiva talora incollata sul volto la maschera insignificante del dottor Theus. Questa vita immaginaria avrebbe potuto essere benissimo la sua. Qualcuno un giorno gli chiese se non avesse incontrato un certo Zenone nel corso dei suoi viaggi. Fu quasi senza mentire che rispose di no.

A poco a poco dal grigiore di quelle giornate monotone emergevano rilievi da cui si staccavano punti di riferimento. Ogni sera a cena Jean Myers ricostruiva nei minimi particolari la storia delle famiglie che Zenone aveva visitate quella mattina, narrava un aneddoto comico o tragico, ma che mostrava come in quella città addormentata ci fossero tanti imbrogli quanti nel Gran Serraglio, tanta lussuria quanta in un bordello veneziano. Da quelle vite tutte d'un pezzo di possidenti o di fabbricieri si stagliavano temperamenti e caratteri; nascevano gruppi mossi come dappertutto dalla stessa inclinazione per il lucro o l'intrigo, dall'identica devozione allo stesso santo, dagli stessi mali o vizi. I sospetti dei padri, le scappatelle dei figli, l'acredine tra vecchi coniugi non differivano da quel che si vedeva nella famiglia Vasa o in Italia presso i príncipi, ma la pochezza delle poste in gioco dava per contrasto alle passioni una portata enorme. Quelle vite legate facevano sentire al filosofo il pregio d'una esistenza senza legami. Lo stesso valeva sia per le opinioni che per le creature: prima o poi rientravano in una categoria. Era facile indovinare coloro che avrebbero attribuito tutti i mali del secolo ai libertini o ai riformati e per i quali la signora governatrice aveva sempre ragione. Egli avrebbe potuto terminare le frasi al loro posto come inventare la bugia del male italiano contratto in gioventú, la fuga o il piccolo trasalimento offeso quando reclamava da parte di Jean Myers onorari dimenticati. Scommetteva a colpo sicuro, senza mai sbagliare, ciò che sarebbe uscito dallo stampo.

Il solo luogo della città ove gli sembrò che ardesse un pensiero libero era paradossalmente la cella del priore dei Cordiglieri. Aveva continuato a frequentarlo come amico e poco dopo come medico. Erano visite rare, né l'uno né l'altro avevano molto da dedicarvi. Zenone scelse il priore per confessore, quando gli parve necessario di averne uno. Quel religioso era parco di omelie devote. Il suo squisito francese riposava l'orecchio dalla poltiglia fiamminga. La conversazione verteva su tutto, eccetto le materie di fede, ma era soprattutto della cosa pubblica che s'interessava quell'uomo di preghiera. Molto legato ad alcuni signori che si sforzavano di lottare contro la tirannia straniera, egli li approvava, pur temendo per la nazione belga un bagno di sangue. Quando Zenone gli riferiva quei pronostici, il vecchio Jean scrollava le spalle: si erano sempre visti i piccoli tosati dai potenti che si portano via la lana. Era comunque increscioso che lo spagnolo parlasse di applicare nuovi dazi sui viveri e su ogni individuo una tassa dell'uno per cento.

Sebastiano Theus rientrava nella casa del Quai-au-Bois, preferendo alla saletta surriscaldata l'aria umida delle strade e le lunghe marce fuori le mura costeggiando i campi grigi. Una sera, rincasando nella stagione in cui fa buio presto, nell'attraversare l'anticamera vide Caterina occupata ad esaminare delle lenzuola nell'armadio sotto le scale. Non si mosse per fargli luce, come faceva solitamente, approfittando ogni volta dello stesso angolo del corridoio per sfiorargli furtivamente il lembo del mantello. In cucina il focolare era spento. Zenone andò a tentoni ad accendere una candela. Il corpo ancora tiepido del vecchio Jean Myers era composto sul tavolo della sala vicina. Caterina entrò col lenzuolo scelto per la sepoltura.

"Il padrone è morto d'un colpo apoplettico," disse.

Rassomigliava a una di quelle donne che lavano i morti, velate di nero, che aveva visto all'opera nelle dimore di Costantinopoli, al tempo in cui era al servizio del sultano. La fine del vecchio medico non era stata una sorpresa per lui. Lo stesso Jean Myers si attendeva che la gotta gli salisse fino al cuore. Alcune settimane prima aveva fatto davanti al notaio della parrocchia un testamento corredato delle solite formule pie, col quale lasciava i suoi beni a Sebastiano Theus e a Caterina una camera a tetto vita natural durante. Il filosofo guardò da piú vicino il volto contratto e gonfio del morto. Un odore dubbio, una macchia scura all'angolo del labbro risvegliarono i suoi sospetti; salí in camera e frugò nel baule. Il contenuto d'una minuscola fiala di vetro era diminuito di un dito. Zenone si ricordò di aver mostrato una sera al vecchio amico quella mistura di veleni animali e vegetali che si era procurato in un laboratorio di Venezia. Un leggero rumore gli fece voltar la testa; Caterina l'osservava in piedi sulla soglia, come lo aveva certamente spiato attraverso il battente della cucina quand'egli aveva fatto vedere al padrone i pochi oggetti riportati dai suoi viaggi. La prese per un braccio, lei cadde in ginocchio e rovesciò un confuso torrente di parole e di lacrime:

"*Voor u heb ik het gedaan!*" "L'ho fatto per voi," ripeteva fra due singhiozzi.

Egli la scostò brutalmente e ridiscese a vegliare il morto. A suo modo il vecchio Jean si era saggiamente goduto la vita; i suoi malanni non erano cosí violenti da impedirgli di approfittare ancora per qualche mese della sua comoda esistenza: forse un anno o due nel migliore dei casi. Quello stupido delitto lo privava assurdamente del modesto piacere di essere al mondo. Quel vecchio gli aveva sempre voluto bene; Zenone si sentí invaso da un'amara e atroce pietà per lui. Verso l'avvelenatrice provò una vana rabbia che il morto stesso non avrebbe sentito altrettanto intensamente. Jean Myers aveva sempre impiegato il suo ingegno, che non era scarso, a volgere in derisione le sciocchezze di questo mondo; quella serva corrotta che s'era affrettata ad arricchire un uomo che non si curava di lei gli avrebbe fornito l'argomento per una storia spiritosa, se fosse vissuto. Tranquillamente disteso com'era su quel tavolo, sembrava cento leghe lontano dalla propria disavventura; per lo meno il defunto barbiere chirurgo si era sempre beffato di chi crede ancora si pensi o si soffra quando non si cammina né si digerisce piú.

Fu sepolto nella parrocchia di San Giacomo. Al ritorno dalle esequie, Zenone si accorse che Caterina aveva trasportato nella camera del padrone i suoi effetti personali e la valigetta di medico; vi aveva acceso il fuoco e rifatto accuratamente il letto grande. Senza dir nulla riportò i vestiti nella stanzetta che occupava sin dall'arrivo. Appena entrato in possesso della sua parte di eredità, se ne privò con un atto notarile, in favore dell'antico ospizio di San Cosma, attiguo al convento dei Cordiglieri. In questa città ove non abbondavano piú le grandi fortune d'una volta, le pie donazioni si facevano rare; la generosità del signor Theus fu ammirata com'egli si attendeva. La casa di Jean Myers sarebbe stata d'ora in poi un ricovero di vecchi infermi; Caterina vi sarebbe rimasta in qualità di domestica. Il denaro liquido sarebbe stato impiegato a riparare una parte degli edifici dell'antico ospizio di San Cosma; nelle sale ancora abitabili il priore dei Cordiglieri, da cui dipendeva l'istituzione, incaricò Zenone di aprire un ambulatorio per i poveri del quartiere e per i contadini che affluivano in città nei giorni di mercato. Due monaci furono delegati ad aiutarlo nel laboratorio. Anche questa volta, il nuovo posto era troppo modesto per attirare sul dottor Theus la gelosia dei colleghi; per il momento, il nascondiglio era sicuro. La vecchia mula di Jean Myers fu trasferita nella stalla di San Cosma e il giardiniere del convento incaricato di averne cura. Per Zenone fu preparato un letto in una stanza del primo piano dove trasportò una parte dei libri del defunto chirurgo; dal refettorio gli venivano serviti i pasti.

L'inverno trascorse in lavori di restauro e di sistemazione; Zenone convinse il priore a installare una stufa alla tedesca e gli consegnò alcuni appunti sulla cura dei reumatismi e del mal francese col vapore caldo. Le sue conoscenze meccaniche gli servirono alla posa delle tubature e per la sistemazione piú economica d'una stufa. In via dei Lanaioli un fabbro si era insediato nelle vecchie scuderie dei Ligre; Zenone vi si recava verso sera, e limava, ribatteva, saldava, martellava in perpetuo consulto col maniscalco e gli aiutanti. I ragazzi del quartiere, adunatisi là per passare il tempo, si meravigliavano dell'abilità delle sue mani.

Fu durante questo periodo senza avvenimenti che lo riconobbero per la prima volta. Si trovava solo nel laboratorio quando i due monaci erano già partiti; era giorno di mercato e la solita sfilata dei poveri era durata dall'ora nona. Qualcuno bussò ancora alla porta; era una vecchia che veniva ogni sabato a vendere burro in città e che desiderava dal medico un rimedio per la sciatica. Zenone cercò sullo scaffale un vaso pieno d'un potente revulsivo. Le si avvicinò per spiegargliene l'uso. All'improvviso scorse in quegli occhi azzurri sbiaditi un'espressione di lieta sorpresa che gliela fecero a sua volta riconoscere. Quella donna aveva lavorato nelle cucine della casa Ligre, all'epoca in cui egli era ancora bambino. Greta (si ricordò tutt'a un tratto il nome) era sposata al domestico che lo aveva ricondotto a casa dopo la sua prima fuga. Ricordava anche che lo aveva trattato con bontà quando s'infilava in mezzo alle marmitte e alle scodelle; aveva lasciato che prendesse dal tavolo il pane caldo e la pasta cruda pronta a essere infornata. Stava per esclamare qualcosa quando egli le pose il dito sulle labbra. La vecchia Greta aveva un figlio vetturale che occasionalmente aveva fatto il contrabbando con la Francia; il suo povero marito, ora quasi paralitico, aveva avuto a che fare col signore del luogo per certi sacchi di mele rubate nel frutteto adiacente alla loro cascina. Ella sapeva che talvolta è opportuno nascondersi anche quando si è ricchi e nobili, specie umane nelle quali ella situava ancora Zenone. Tacque, ma ritirandosi gli baciò la mano.

Quest'incontro casuale avrebbe dovuto preoccuparlo, avendogli dimostrato che rischiava ogni giorno altri riconoscimenti dello stesso genere; al contrario ne provò un piacere di cui fu egli stesso meravigliato. Pensava tra sé che non lungi dalle mura cittadine, della parte di San Pietro alla Diga, c'era una piccola cascina ove era sicuro di poter passare la notte in caso di pericolo, e un barocciaio il cui cavallo col carretto potevano esser utili. Ma erano tutti falsi convincimenti per illudersi. Quel bambino al quale non pensava piú, quell'essere puerile che era insieme ragionevole e in un certo senso assurdo assimilare allo Zenone di oggi, qualcuno lo ricordava abbastanza per riconoscerlo in lui, e il sentimento della sua propria esistenza ne era come fortificato. Tra lui e una creatura umana era nato un legame che, per quanto sottile, non passava per lo spirito come nei rapporti col priore, né, com'era il caso nei rari contatti sessuali che ancora si concedeva, per la carne. Greta tornò ogni settimana a farsi curare i malanni della vecchiaia, ma raramente dimenticava di recare un dono, un po' di burro in una foglia di cavolo, un pezzo di focaccia fatta da lei o una manciata di castagne. Lo guardava con i vecchi occhi sorridenti mentre mangiava. C'era tra loro l'intimità di un segreto ben custodito.

L'abisso

A poco a poco, come colui che assorbendo ogni giorno un determinato alimento finisce per esserne modificato nella sostanza e perfino nella forma, ingrassa o dimagrisce, trae da quelle pietanze vigore o contrae nell'ingerirle mali che non conosceva, mutamenti quasi impercettibili si operavano in lui, frutto di nuove abitudini acquisite. Ma la differenza tra ieri e oggi si annullava appena vi posava lo sguardo: esercitava la medicina come aveva sempre fatto e non faceva la minima differenza se curava straccioni o principi. Sebastiano Theus era un nome di fantasia, ma neppure il suo diritto a chiamarsi Zenone era molto chiaro. *Non habet nomen proprium*: era di quegli uomini che fino alla fine non cessano di meravigliarsi di avere un nome, come chi passando davanti a uno specchio si stupisce d'avere un volto e precisamente quello. La sua esistenza era clandestina e sottoposta a determinate costrizioni: lo era sempre stata. Taceva i pensieri che per lui contavano di piú, ma sapeva da lunga data che chi si espone per quel che dice è uno sciocco, quando è cosí facile lasciar gli altri servirsi della gola e della lingua per formare suoni. I suoi rari sfoghi verbali non erano mai stati altro che l'equivalente delle dissolutezze d'un uomo casto. Viveva quasi rinchiuso nell'ospizio di San Cosma, prigioniero d'una città e in quella città d'un quartiere, e in quel quartiere d'una mezza dozzina di camere affacciate da un lato sull'orto e le dipendenze del convento, dall'altro su un muro nudo. I suoi vagabondaggi, ben poco frequenti, in cerca di campioni botanici, passavano e ripassavano per i soliti campi arati e gli stessi sentieri lungo il fiume, gli stessi boschetti e il margine delle dune, e sorrideva non senza amarezza di quell'andirivieni da insetto che incomprensibilmente si aggira su un palmo di terra. Ma avviene sempre che lo spazio si riduca, gli stessi gesti si ripetano quasi meccanicamente ogni volta che si imbrigliano le proprie facoltà in vista d'un compito solo limitato e utile. La vita sedentaria l'opprimeva come una sentenza d'incarcerazione che per prudenza avesse pronunciato su se stesso; ma la sentenza era tuttora revocabile; già altre volte e sotto altri cieli si era sistemato cosí, momentaneamente o, credeva, per sempre, come chi ha diritto alla cittadinanza ovunque e in nessun luogo. Nulla garantiva che l'indomani non avrebbe ripreso l'esistenza errante che era stata la sua sorte e la sua scelta. Eppure il suo destino si muoveva: vi si produceva a sua insaputa uno slittamento. Come avviene a chi nuota contro corrente nel buio della notte, gli mancavano i punti di riferimento per calcolare con esattezza la deriva.

Ancora di recente, ritrovando la via nel labirinto dei vicoli di Bruges, aveva creduto che quella tappa in disparte dalle strade maestre dell'ambizione e del sapere gli avrebbe procurato un po' di riposo dopo trentacinque anni di agitazioni. Si riprometteva di assaporare la sicurezza inquieta d'un animale che si sente al sicuro nella tana angusta e buia ove ha scelto di vivere. Si era sbagliato. Quell'esistenza benché immobile ribolliva; il senso d'una attività quasi terribile rombava come un fiume sotterraneo. L'angoscia che lo serrava era diversa da quella del filosofo perseguitato per i suoi libri. Il tempo, che s'era immaginato dovesse pesargli tra le mani come un lingotto di piombo, fuggiva e si scomponeva come gocce di mercurio. Le ore, i giorni, i mesi avevano cessato di corrispondere ai segni degli orologi e perfino ai moti degli astri. Talvolta gli pareva d'esser rimasto tutta la vita a Bruges, talaltra d'esservi ritornato il giorno prima. Anche i luoghi si muovevano: le distanze si annullavano come i giorni. Quel macellaio, quel venditore che gridava le sue mercanzie avrebbero potuto benissimo trovarsi ad Avignone o a Vadstena; quel cavallo frustato l'aveva visto accasciarsi nelle vie di Adrianopoli; quell'ubriaco aveva cominciato a Montpellier la sua imprecazione o il suo getto di vomito; il bambino che vagiva nelle braccia della nutrice era nato a Bologna venticinque anni prima; la messa domenicale cui non mancava mai di assistere, ne aveva inteso l'*Introito* in una chiesa di Cracovia cinque anni prima. Pensava poco agli episodi della vita passata, già dissolti come sogni. A volte, senza apparente motivo, rivedeva la donna incinta che, contravvenendo al giuramento ippocratico, aveva acconsentito a far abortire in un villaggio della Linguadoca per risparmiarle una morte ignominiosa al ritorno del marito geloso, in un borgo della Provenza, oppure la smorfia di sua maestà Svedese nell'ingoiare una pozione, o il valletto Alei mentre aiutava la mula a guadare un fiume tra Ulma e Costanza, o il cugino Enrico-Massimiliano, che forse era morto. Una strada infossata ove le pozzanghere non si asciugavano mai, neppure d'estate, gli ricordò un certo Perrotin che gli aveva fatto la posta sotto la pioggia, sul margine d'una strada solitaria, l'indomani d'un litigio i cui motivi gli sfuggivano. Rievocava due corpi avvinghiati nel fango, una lama lucente caduta a terra, e Perrotin trafitto dal suo stesso pugnale allentare la stretta, diventato lui stesso fango e terra. Vecchia storia che non importava piú, né sarebbe importata di piú se il cadavere molle e caldo fosse stato quello d'un chierico di vent'anni. Quello Zenone che camminava con passo affrettato sul selciato viscido di Bruges si sentiva penetrare, come il vento d'alto mare tra i suoi vestiti consunti, dall'ondata delle migliaia di esseri che avevano già occupato questo punto del globo, o che vi si sarebbero avvicendati fino alla catastrofe che chiamiamo fine del mondo; quei fantasmi attraversavano senza vederlo il corpo di quest'uomo che, loro vivi, non esisteva ancora, e quand'essi sarebbero esistiti non ci sarebbe stato piú. Gli ignoti incontrati un istante prima per la via, intravisti con un'occhiata, poi subito ripiombati nella massa informe di ciò che è passato, aumentavano di continuo quella legione di larve. Il tempo, il luogo, la sostanza perdevano gli attributi che costituiscono per noi le loro frontiere; la forma non era piú che la scorza in brandelli della sostanza; la sostanza fluiva via goccia a goccia in un vuoto che non era il suo contrario; il tempo e l'eternità erano la stessa cosa, come un'acqua nera che fluisce in una falda d'acqua nera immutevole. Zenone s'inabissava in tali visioni come un cristiano nella meditazione di Dio.

Anche le idee scivolavano. L'atto del pensare l'interessava ora piú degli incerti prodotti del pensiero. Si esaminava nell'atto di pensare come avrebbe potuto contare col dito sul polso i battiti dell'arteria radiale, o sotto le costole l'andirivieni del suo respiro. Per tutta la vita si era stupito di questa facoltà che hanno le idee di agglomerarsi freddamente come cristalli in strane figure vane, di crescere come tumori che divorano la carne che li ha concepiti, o anche di assumere mostruosamente i contorni della persona umana, come quelle masse inerti che danno alla luce talvolta le donne e che altro non sono se non materia che sogna. Molti prodotti della mente erano essi pure mostri difformi. Altri concetti, piú precisi, piú netti, come forgiati da un abile artigiano, erano di quegli oggetti che illudono a distanza; non ci si stancava di ammirarne gli angoli e le parallele; e nondimeno non erano che sbarre nelle quali l'intelletto si rinserra, e la ruggine del falso divorava già quelle astratte ferraglie. A momenti c'era da tremare come al limite d'una trasmutazione, sembrava che nel crogiolo del cervello umano si formasse un po' d'oro, e invece si approdava a una pura equivalenza; come in quegli esperimenti truccati, nei quali gli alchimisti di corte tentano di dimostrare ai loro principeschi clienti di aver trovato qualcosa, l'oro sul fondo della storta era quello di un banale ducato passato per le mani di tutti e che vi era stato messo dall'alchimista prima della fusione. I pensieri periscono come gli uomini: nel corso di mezzo secolo aveva visto diverse generazioni d'idee cadere in polvere.

Una metafora piú fluida, effetto delle ormai lontane traversate marittime, si andava insinuando in lui. Il filosofo che tentava di considerare nel suo insieme l'intelletto umano vedeva sotto di sé una massa sottoposta a curve calcolabili, percorsa da correnti di cui era possibile tracciare il percorso, scavata da solchi profondi sotto la violenza dell'aria e la pesante inerzia delle acque. Le figure via via assunte dallo spirito subivano la stessa sorte di quelle grandi forme nate dall'acqua indifferenziata che si scagliano le une contro le altre o si susseguono alla superficie dell'abisso; ogni concetto ricadeva alla fine nel proprio contrario, come due marosi che urtandosi si annullano in una sola candida schiuma. Zenone guardava fuggire quel flutto disordinato che si portava via, quasi relitti d'un naufragio, le poche verità sensibili di cui ci crediamo sicuri. A volte gli sembrava d'intravvedere sotto il flusso una sostanza immobile. che era per le idee quel che le idee sono per le parole. Ma nulla provava che quel substrato fosse l'ultimo, né che quella fissità non nascondesse un moto troppo rapido per l'intelletto umano. Da quando aveva rinunciato a esporre a voce il suo pensiero o a fissarlo per iscritto sul banco dei librai, quel taglio netto l'aveva indotto a scendere piú che mai a fondo nella ricerca dei concetti puri. Adesso, a vantaggio di un'analisi piú approfondita rinunciava temporaneamente ai concetti stessi; imponeva un freno alla mente come si trattiene il respiro, per meglio udire quel fragore di ruote tanto vorticose che non ci si accorge che girino.

Dal mondo delle idee rientrava in quello piú denso della sostanza contenuta e delimitata dalla forma. Rincantucciato in camera, non dedicava piú le veglie a sforzarsi di acquisire nozioni piú esatte sui rapporti tra le cose, bensí a una meditazione non formulata sulla natura di esse. Correggeva cosí quel vizio dell'intelletto che consiste nell'impossessarsi degli oggetti per servirsene, o, al contrario, nel respingerli senza penetrare abbastanza avanti nella sostanza individuata di cui son fatti. Cosí, l'acqua era stata per lui una bevanda che disseta e un liquido che lava, una parte costituente l'universo creato dal cristiano Demiurgo su cui lo aveva intrattenuto il canonico Bartolomeo Campanus quando gli parlava dello Spirito aleggiante sulle acque, l'elemento essenziale dell'idraulica di Archimede o della fisica di Talete, o, ancora, il segno alchimistico di una delle forze che vanno verso il basso. Aveva calcolato spostamenti, misurato dosi, atteso che goccioline si condensassero nel tubo degli alambicchi. Ora, rinunciando per qualche tempo all'osservazione che distingue e individualizza dall'esterno per darsi tutto alla visione interiore del filosofo ermetico, lasciava che l'acqua contenuta in tutte le cose gli invadesse la camera come l'onda del diluvio. Il baule e lo sgabello galleggiavano; i muri si squarciavano sotto la pressione dell'acqua; cedeva al flusso che sposta tutte le forme e rifiuta di lasciarsi comprimere da esse; sperimentava il mutamento di stato della falda d'acqua che si fa vapore e della pioggia che si fa neve; faceva suoi l'immobilità temporanea del gelo e lo scivolar della goccia limpida che scende inspiegabilmente di traverso sul vetro, fluida sfida alla scommessa del calcolatore. Rinunciava alle sensazioni di tepore e di freddo che sono legate al corpo; l'acqua lo trascinava via cadavere con altrettanta indifferenza che un ciuffo di alghe. Rientrato nella propria carne, vi ritrovava l'elemento acqueo, l'urina nella vescica, la saliva sulle labbra, l'acqua presente nel liquido del sangue. Poi, ricondotto all'elemento di cui si era sempre sentito parte, volgeva la meditazione sul fuoco, sentiva in sé quel calore moderato e beato che abbiamo in comune colle bestie che camminano e gli uccelli che attraversano il cielo. Pensava al fuoco divorante delle febbri che si era adoperato invano tante volte di spegnere, percepiva il guizzo avido della fiamma nascente, la rossa gioia del braciere e la sua estinzione in ceneri nere. Osando spingersi oltre, si univa strettamente all'implacabile ardore che distrugge ciò che tocca; pensava ai roghi, come ne aveva visti per un Autodafè in una cittadina del León, nel corso del quale erano periti quattro ebrei accusati di avere ipocritamente abbracciato la religione cristiana senza peraltro abbandonare i riti ereditati dai loro padri, e un eretico che negava l'efficacia dei sacramenti. Si figurava quale potesse essere quella sofferenza, troppo intensa per poterla descrivere, era lui l'uomo che aspira attraverso le nari l'odore della propria carne che brucia; tossiva, avvolto da un fumo che non si sarebbe disperso prima della sua morte. Vedeva una gamba annerita drizzarsi tutta tesa con le articolazioni lambite dalle fiamme, come un ramo che si contorce sotto la cappa d'un camino; allo stesso tempo si compenetrava dell'idea che il fuoco e il legno sono innocenti. L'indomani dell'Autodafè celebrato ad Astorga, si ricordava d'aver camminato col vecchio monaco alchimista Don Blas de Vela sull'area calcinata che gli rammentava quella dei carbonai; il dotto giacobita si era chinato per raccogliere accuratamente tra i tizzoni spenti degli ossicini leggeri e bianchi cercando tra loro il *luz* della tradizione ebraica che resiste alle fiamme e serve da seme alla resurrezione. Ci fu un tempo in cui aveva sorriso di queste superstizioni cabalistiche. Madido d'angoscia, levava il capo e, se la notte era abbastanza chiara, considerava attraverso i vetri della finestra, con una sorta di freddo amore, il fuoco inaccessibile degli astri.

Qualunque cosa facesse, la meditazione lo riconduceva sempre al corpo, suo principale oggetto di studio. Sapeva bene che la sua efficienza di medico si componeva in parti eguali d'abilità manuale e di ricette empiriche con l'aggiunta di piccoli accorgimenti essi pure sperimentali, che sfociavano a loro volta in conclusioni teoriche pur sempre provvisorie: in quelle materie un'oncia d'osservazione ragionata val piú d'una tonnellata di sogni. Eppure, dopo tanti anni passati a notomizzare la macchina umana, gli rincresceva di non essersi azzardato piú audacemente nell'esplorazione di questo regno dalle frontiere di pelle, di cui ci crediamo i príncipi e nel quale siamo prigionieri. A Eyoub, il derviscio Darazi, col quale aveva stretto amicizia, gli aveva comunicato i metodi che aveva appresi in Persia in un convento eretico, giacché pure Maometto ha i suoi dissidenti, come Cristo. Nella soffitta di Bruges riprendeva le ricerche iniziate molto prima in fondo a un cortile dove gorgogliava una sorgente. Esse lo conducevano piú lontano di quanto non gli avesse permesso alcuno dei suoi esperimenti detti *in anima vili*. Disteso supino, contraendo i muscoli del ventre, dilatando la gabbia toracica dove va e viene quella bestiola spaventata che chiamiamo cuore, gonfiava con diligenza i polmoni fino a divenire consapevolmente un sacco d'aria in equilibrio colle forze del cielo. Darazi gli aveva anche consigliato di respirare fino alle radici dell'essere. Col derviscio aveva fatto anche l'esperienza contraria, quella dei primi effetti dello strangolamento lento. Alzava il braccio meravigliandosi che il comando fosse dato e ricevuto, senza sapere esattamente quale padrone meglio servito di se stesso rendesse operante quell'ordine: mille volte infatti aveva constatato che la volontà semplicemente pensata, foss'anche con tutta la potenza mentale di cui era capace, non era in grado di fargli batter le ciglia o aggrottare le sopracciglia, come le suppliche d'un bambino non riescono a smuovere le pietre. Ci voleva la tacita acquiescenza d'una parte di sé piú vicina all'abisso del corpo. Meticolosamente, come si separano le fibre da uno stelo, egli separava le une dalle altre queste diverse forme di volontà.

Regolava meglio che poteva i complicati movimenti del proprio cervello in attività, come un operaio tocca cautamente gli ingranaggi d'una macchina ch'egli non ha montato e di cui non saprebbe riparare le avarie: era piú pratico Colas Gheel dei suoi telai che non lui dei delicati meccanismi della macchina per pesare le cose che gli stava sotto il cranio. Il polso di cui aveva con tanta assiduità studiato i battiti ignorava tutto degli ordini che emanavano dalla sua facoltà pensante, ma si agitava per l'effetto di timori o di dolori che l'intelletto non si abbassava a considerare. Il meccanismo del sesso obbediva alla masturbazione, ma quel gesto deliberatamente compiuto lo gettava per un momento in uno stato che il suo volere non controllava piú. Similmente una volta o due nella sua vita la sorgente delle lacrime era zampillata scandalosamente e contro la sua volontà. Piú alchimisti di quanto non lo fosse mai stato lui stesso, i visceri operavano in lui la trasmutazione dei cadaveri di bestie o di piante in materia vivente, separando senza il suo intervento l'inutile dall'utile. *Ignis inferioris Naturae*: quelle spirali di fango bruno sapientemente arrotolate, ancora fumanti delle cotture che avevano subite nello stampo, quel vaso d'argilla pieno d'un fluido ammoniacale e nitrato erano la prova visibile e fetida del lavoro compiuto in laboratori ove noi non interveniamo. A Zenone sembrava che il disgusto dei raffinati e il riso sconcio della gente semplice erano dovuti non tanto al fatto che quegli oggetti ci offuscano i sensi quanto al nostro orrore davanti all'attività ineluttabile e segreta del corpo. Spintosi piú oltre in questa opaca notte interiore, volgeva l'attenzione alla salda armatura delle ossa nascoste sotto la carne, destinate a durare piú di lui sí che fra qualche secolo sarebbero state sole a testimoniare che era vissuto. Si riassorbiva all'interno della loro materia minerale refrattaria alle sue passioni o alle emozioni di un uomo. Calando poi su di sé come un sipario la sua carne provvisoria, si osservava disteso rigido sul lenzuolo grezzo del letto, ora dilatando volontariamente l'immagine di quest'isola di vita che era il suo dominio, continente mai esplorato di cui i piedi rappresentavano gli antipodi, ora invece si riduceva ad essere un punto nell'immenso tutto. Usando le ricette di Darazi, cercava di far scivolare la propria coscienza del cervello ad altre regioni del corpo, press'a poco come si sposta in una provincia la capitale del regno. Tentava qua e là di proiettare qualche chiarore in quei meandri immersi nelle tenebre.

Una volta, con Jean Myers, si era beffato dei bigotti che vedono nella macchina umana la prova patente d'un Dio operaio, ma il rispetto degli atei per il fortuito capolavoro — qual è ai loro occhi la natura dell'uomo — gli pareva ora un argomento altrettanto valido di scherno. Questo corpo cosí ricco di oscuri poteri era difettoso; lui stesso, nei suoi momenti di audacia, si era messo a sognare di congegnare un automa meno rudimentale dell'uomo. Girando e rigirando sotto il suo occhio interiore il pentagono dei nostri sensi, aveva osato postulare altre costruzioni piú sapienti, nelle quali si riflettesse piú completamente l'universo. La lista delle nove porte della percezione aperte nella densità del corpo, che Darazi gli aveva un tempo recitata piegando uno dopo l'altro i polpastrelli delle dita giallastre, gli era parsa dapprima un grossolano tentativo di classificazione compiuto da un anatomista semibarbaro; eppure, aveva attirato la sua attenzione sulla precarietà dei canali dai quali dipendiamo per conoscere e vivere. La nostra insufficienza è tale che basta otturare due fori per escludere il mondo dei suoni, e due altre vie d'accesso perché si faccia notte. Basta che un bavaglio occluda tre di quelle aperture, cosí vicine le une alle altre che la palma d'una mano facilmente le copre, ed è finita per questo animale, la cui vita è legata a un respiro. L'ingombrante involucro che gli tocca lavare, riempire, riscaldare accanto al fuoco o sotto il mantello d'una bestia morta, coricare la sera come un bambino o come un vecchio rimbecillito, serviva contro di lui da ostaggio per la natura intera, e soprattutto alla società degli uomini: con quella carne, con quella pelle forse avrebbe sofferto gli spasimi della tortura; e l'indebolimento di quelle energie gli avrebbe impedito un giorno di portare a termine in modo congruo l'idea abbozzata. Se talvolta considerava sospette le operazioni della sua mente che per comodità isolava dal resto della sua materia, era soprattuto perché quell'inferma dipendeva dai servizi del corpo. Era stanco di quel miscuglio di fuoco instabile e di spessa argilla. *Exitus rationalis*: si presentava una tentazione imperiosa come il prurito carnale; il disgusto, forse la vanità lo spingevano a compiere il gesto che conclude tutto. Scoteva la testa gravemente, come davanti a un malato che domandasse troppo presto un rimedio o un alimento. C'era sempre tempo per perire con quel pesante sostegno, o continuare senza di esso una vita immateriale e imprevedibile, non necessariamente piú favorita di quella che conduciamo dentro la carne.

Rigorosamente, quasi a malincuore, quel viaggiatore giunto alla fine d'una tappa di piú di cinquanta anni s'imponeva per la prima volta in vita sua di rintracciare mentalmente il cammino percorso, distinguendo il fortuito dal deliberato o dal necessario, sforzandosi di fare la scelta tra il poco che sembrava provenire da lui e ciò che apparteneva all'indiviso nella condizione umana. Nulla era perfettamente uguale né assolutamente contrario a ciò che aveva dapprima voluto o precedentemente pensato. L'errore nasceva ora dall'azione d'un elemento di cui non aveva sospettato la presenza, ora da una svista nel computo del tempo rivelatosi piú retrattile o piú estensibile che sugli orologi. A venti anni si era creduto libero dalle consuetudini o dai pregiudizi che paralizzano i nostri atti e mettono i paraocchi all'intelletto, ma in seguito la sua vita era trascorsa ad acquistare soldo a soldo quella libertà che aveva creduto di possedere di primo acchito nella sua totalità. Non si è liberi finché si desidera, si vuole, si teme, forse finché si vive. Medico, alchimista, artificiere, astrologo, si era adattato volente o nolente alla mentalità dei tempi; aveva lasciato che il secolo imponesse al suo intelletto determinati percorsi. Per odio del falso, ma anche in conseguenza d'una certa asprezza di carattere, aveva preso parte a contrasti di idee nei quali a un Sí inane risponde un No imbecille. Quell'uomo accorto si era lasciato andare a giudicare piú odiosi i crimini, piú sciocche le superstizioni di quelle repubbliche o di quei príncipi che minacciavano la sua esistenza o gli bruciavano i libri: inversamente, gli era accaduto di esagerare il merito d'un babbeo mitrato, incoronato o con tiara, il cui favore gli aveva permesso di passare dalle idee agli atti. L'ansia di ordinare, modificare o guidare almeno un segmento della natura delle cose lo aveva trascinato a rimorchio dei grandi di questo mondo, edificando qua e là castelli di carte o cavalcando fumo. Faceva il conto delle sue chimere. Al Gran Serraglio, l'amicizia del potente e sfortunato Ibrahim, visir di Sua Altezza, gli aveva fatto sperare di realizzare il suo piano di bonifica delle paludi circostanti Adrianopoli; aveva avuto a cuore una riforma razionale dell'ospedale dei Giannizzeri; per sua iniziativa si era cominciato a recuperare qua e là i preziosi manoscritti dei medici e astronomi greci, già acquistati dagli scienziati arabi, e che tra tante storie contenevano talvolta una verità da riscoprire. C'era stato soprattutto un Dioscoride contenente frammenti, piú antichi, di Crateüas, che appartenevano, guarda caso! all'ebreo Hamon, suo collega presso il sultano... Ma la cruenta caduta d'Ibrahim aveva trascinato con sé tutto ciò e il dispiacere causatogli da quella vicissitudine, dopo tante altre, gli aveva fatto perdere perfino il ricordo di quell'infelice impresa appena avviata. Aveva scrollato le spalle quando i pusillanimi borghesi di Basilea si erano alla fine rifiutati di concedergli una cattedra, spaventati dalle voci che lo dipingevano come un sodomita e uno stregone. (Era stato occasionalmente l'uno e l'altro, ma le parole non corrispondevano ai fatti; esse traducono solo l'opinione che il volgo si fa delle cose.) Nondimeno, dopo tanto tempo, gli veniva in bocca un sapore di fiele al solo nominare quella gente. Ad Augusta, aveva amaramente rimpianto di essere arrivato troppo tardi per ottenere dai Fugger il posto di medico delle miniere, che lo avrebbe messo in condizione d'osservare le malattie dei lavoratori del sottosuolo, soggetti alle potenti influenze metalliche di Saturno e di Mercurio. Aveva intravisto possibilità di cure e di combinazioni inaudite. E certo riconosceva che quelle ambizioni erano state utili a sospingere per cosí dire il suo spirito da un luogo all'altro: meglio era non avvicinarsi troppo presto alle immobilità eterne. Viste da lontano, quelle irrequietezze gli facevano tuttavia l'effetto d'una tempesta di sabbia.

Lo stesso valeva per il settore complicato dei piaceri carnali. Quelli che aveva preferiti erano i piú segreti e pericolosi, almeno in terra cristiana e all'epoca in cui il caso l'aveva fatto nascere; forse, li aveva ricercati solo perché la clandestinità e i divieti ne facevano una infrazione violenta dei costumi, una immersione nel mondo che ribolle sotto quello visibile e lecito. O forse la scelta dipendeva da semplici e inesplicabili appetiti quali se ne hanno per un frutto piuttosto che per un altro. Poco gliene importava. L'essenziale era che le sue dissolutezze, al pari delle ambizioni, erano state, tutto considerato, rare e brevi, come se fosse sua natura esaurire rapidamente ciò che le passioni potevano insegnare e donare. Questo strano magma, che i predicatori designano con la parola, per nulla scelta male, di lussuria (giacché proprio d'un rigoglio, d'un lusso della carne sembra trattarsi, la quale sfoga le proprie forze) sfidava ogni esame per la varietà delle sostanze che lo compongono e che a loro volta si disfano in altre componenti meno semplici. L'amore, che vi entrava piú raramente di quanto forse si diceva, a sua volta non era una nozione semplice. Questa parte dell'anima cosí detta bassa comunicava con la regione piú sottile della natura umana. Come l'ambizione piú volgare è pur sempre una visione dello spirito teso a disporre o modificare le cose, la carne nei momenti d'audacia faceva sue le curiosità dello spirito e fantasticava come esso si compiace di fare; il vino della lussuria attinge il proprio vigore dai succhi dell'anima come da quelli del corpo. Il desiderio di una carne giovane lo aveva chimericamente associato fin troppo spesso al vano progetto di plasmarsi un giorno il perfetto discepolo. Vi si erano quindi frammisti altri sentimenti che gli uomini non nascondono di provare. Fray Juan a León e Francesco Rondelet a Montpellier erano stati fratelli perduti giovani; per il valletto Alei e in seguito per Gerhart a Lubecca aveva avuto la sollecitudine d'un padre per i figli. Quelle passioni cosí avvincenti gli erano sembrate parte inalienabile della sua libertà di uomo: adesso, era in mancanza di esse che si sentiva libero.

Le stesse riflessioni potevano applicarsi alle poche donne colle quali aveva intrattenuto rapporti carnali. Si curava poco di risalire alle cause di quei brevi affetti, forse piú vistosi perché si erano formati meno spontaneamente. Era desiderio improvviso in presenza dei lineamenti particolari d'un corpo, bisogno di quel profondo riposo che talvolta dispensa la creatura femmina, meschino conformismo ai costumi o anche, piú celata di un affetto o d'un vizio, oscura brama di provar l'effetto degli insegnamenti ermetici sulla coppia perfetta che ricrea in sé l'antico androgino? Meglio era dire che il caso in quei giorni aveva preso figura di donna. Trenta anni prima, ad Algeri, mosso a compassione dalla sua desolata giovinezza, aveva comprato una ragazza di aspetto bello e nobile, rapita dai corsari su una spiaggia nei pressi di Valenza, con l'intenzione di rimandarla in Spagna appena possibile. Ma nella casetta della costa barbaresca era nata tra loro un'intimità che rassomigliava molto a quella del matrimonio. Fu la sola volta che ebbe a che fare con una vergine: del loro primo contatto conservava non tanto il ricordo di una vittoria quanto quello d'una creatura che aveva dovuto confortare e medicare. Durante alcune settimane, aveva avuto nel letto e a tavola quella bella un po' triste che gli era grata come lo si è a un santo protettore. Senza rimpianti l'aveva affidata a un prete francese in procinto d'imbarcarsi per Port-Vendres con un gruppo di prigionieri dei due sessi restituiti alle famiglie e al loro paese. La modica somma di denaro di cui l'aveva provvista le avrebbe permesso di raggiungere a facili tappe il suo Gandia natio... Piú tardi, sotto le mura di Buda, gli era stata assegnata come parte del bottino una giovane e rude ungherese; l'aveva presa per non farsi notare maggiormente in un accampamento dove il suo nome e l'aspetto lo avevano già messo in evidenza e dove, checché pensasse in cuor suo dei dogmi della Chiesa, gli toccava subire l'inferiorità di essere cristiano. Non si sarebbe nemmeno curato di abusare del diritto di guerra se ella non fosse stata cosí avida di adempiere al suo ruolo di preda. Ma gli sembrava di aver gustato di piú e meglio i frutti di Eva... Quel mattino era entrato nella città al seguito degli ufficiali del sultano. Poco dopo il ritorno al campo, apprese che in sua assenza era giunto l'ordine di sbarazzarsi degli schiavi e dei beni mobili che ingombravano l'esercito; cadaveri e grossi involti di stoffa galleggiavano ancora sulla superficie del fiume... L'immagine di quel corpo ardente cosí presto raggelato l'aveva distolto per lungo tempo da ogni contatto carnale. Poi, era ritornato nelle pianure infocate popolate di statue di sale e di angeli dai lunghi riccioli...

Nel Nord, la dama di Frösö l'aveva accolto al ritorno dalle peregrinazioni al limite delle contrade polari. Tutto in lei era bello: l'alta statura, la carnagione chiara, le mani abili a fasciare piaghe e ad asciugare il sudore delle febbri, la scioltezza con cui camminava sul suolo molle della foresta, tranquillamente sollevando, nel guadare i torrenti, le gonne di panno grezzo sulle gambe nude. Istruita nell'arte delle streghe lapponi, l'aveva condotto sulla riva delle paludi in capanne ove si praticavano fumigazioni e bagni magici accompagnati da canti... La sera, nel suo piccolo maniero di Frösö, gli aveva offerto sulla tavola coperta d'una tela bianca il pane di segala e il sale, le bacche e la carne secca; l'aveva raggiunto nel letto grande della camera con tranquilla inverecondia di sposa. Era vedova e contava di sceglıersi per marito alla festa di San Martino un libero possidente dei dintorni, per evitare che la tenuta ricadesse sotto la tutela dei suoi fratelli maggiori. Dipendeva solo da lui esercitare l'arte medica in quella provincia vasta come un regno, scrivere i suoi trattati accanto alla stufa, e la sera salire sul torrione per osservare gli astri... Nondimeno, dopo otto o dieci di quelle giornate estive che in quei paesi sono una lunga luce senza ombra, si era rimesso in cammino per raggiungere la corte a Uppsala, sperando ancora di restare presso il monarca e fare del giovane Erik quel discepolo-re che è per i filosofi l'ultima chimera.

Ma lo sforzo di evocare quelle persone esagerava la loro importanza ed esaltava quella dell'avventura carnale. Il volto di Alei non riappariva piú spesso di quello degli ignoti soldati congelati sulle strade di Polonia, che per mancanza di tempo e di mezzi Zenone non aveva potuto tentar di salvare. La borghesuccia adultera di Pont-Saint-Esprit gli aveva fatto schifo con la rotondità del ventre dissimulato sotto le pieghe delle trine, coi capelli arricciolati intorno ai lineamenti tirati e ingialliti e le misere grossolane menzogne. Era irritato dalle occhiate che gli lanciava dal fondo della sua angoscia, non conoscendo costei altri mezzi di soggiogare un uomo. Eppure, aveva arrischiato per lei la sua onesta reputazione. La fretta di agir presto prima del ritorno del marito geloso, i miserandi resti della congiunzione umana che si erano dovuti seppellire sotto un olivo del giardino, il silenzio pagato a prezzo d'oro delle serve che avevano vegliato Madame e lavato le lenzuola macchiate di sangue, tutto ciò aveva creato tra lui e quella infelice una complice intimità, ed egli l'aveva conosciuta meglio di quanto un amante conosca la propria amante. La dama di Frösö era stata molto benefica, ma non piú della fornaia dalla pelle butterata che l'aveva soccorso a Salisburgo una sera in cui s'era seduto sotto la tettoia della sua bottega. Accadde dopo la fuga da Innsbruck; era sfinito e assiderato, poiché aveva forzato le tappe lungo strade rese malagevoli dalla neve. Ella aveva osservato attraverso l'imposta della mostra del negozio quell'uomo rannicchiato sulla panchina di pietra e, scambiandolo per un mendicante, gli aveva allungato una pagnotta di pane ancora caldo. Poi, per prudenza, aveva rimesso il gancio che sprangava i battenti. Zenone non ignorava che quella diffidente benefattrice avrebbe anche potuto all'occorrenza scagliargli addosso un mattone o una pala. Ciò nonostante ella era stata uno dei volti della benignità. L'amicizia o l'avversione contavano in definitiva tanto poco quanto le carezze carnali. Esseri che avevano accompagnato o attraversato la sua vita, senza perder nulla delle loro particolarità ben distinte, si confondevano nell'anonimato della distanza, come gli alberi della foresta, che, visti da lontano, sembrano sfumare gli uni negli altri. Il canonico Campanus si sovrapponeva all'alchimista Riemer di cui avrebbe aborrito le dottrine, e perfino al defunto Jean Myers che, se ancora fosse vissuto, avrebbe anch'egli ottant'anni. Il cugino Enrico nella sua pelle di bufalo e Ibrahim nel caffettano, il principe Erik e quel Lorenzo l'Assassino in compagnia del quale anni addietro aveva trascorso qualche serata memorabile, non erano piú che facce diverse di uno stesso solido, che era l'uomo. Gli attributi del sesso contavano meno di quanto avrebbe supposto la ragione o la follia del desiderio: la dama avrebbe potuto essere un compagno; Gerhart aveva avuto le delicatezze di una fanciulla. Le creature accostate e lasciate nel corso dell'esistenza erano come quelle figure spettrali, mai viste prima, ma dotate d'una singolarità e d'un rilievo quasi terribili, che si stagliano dietro la notte delle palpebre nell'ora che precede il sonno e il sogno, e ora passano e fuggono alla velocità d'una meteora, ora invece si riassorbono in se stesse sotto la fissità dello sguardo interiore. Leggi matematiche piú complesse e piú ignote ancora di quelle della mente o dei sensi presiedevano quel viavai di fantasmi.

Ma anche il contrario era vero. Gli avvenimenti erano in realtà punti fissi, benché ci si fosse lasciati indietro quelli passati e una svolta celasse quelli futuri; lo stesso valeva per le persone. Il ricordo non era che uno sguardo posato a intervalli su esseri divenuti intimi, ma che non dipendevano dalla memoria per continuare ad esistere. A León, ove Don Blas de Vela gli aveva fatto indossare temporaneamente l'abito di novizio giacobita per esser da lui piú liberamente assistito nei suoi lavori d'alchimia, un monaco della sua età, Fray Juan, gli era stato compagno di pagliericcio in quel convento affollato dove i nuovi arrivati si spartivano in due o in tre il fastello di fieno e la coperta. Zenone era arrivato scosso da una tosse stizzosa dentro quei muri dai quali filtravano il vento e la neve. Fray Juan aveva fatto del suo meglio per curare il compagno, rubando per lui qualche scodella di brodo al frate cuoco. Un *amor perfectissimus* c'era stato per un certo tempo tra i due giovanotti; le bestemmie e le negoziazioni di Zenone era come se non esistessero per quel cuore tenero soffuso da una devozione speciale per l'apostolo prediletto. Quando Don Blas, scacciato dai monaci che vedevano in lui un pericoloso stregone cabalista, si allontanò giú per il sentiero che scendeva dal monastero sbraitando maledizioni, Fray Juan aveva scelto di accompagnare nella disgrazia il vecchio di cui non era neppure l'amico intimo né l'adepto. Per Zenone quel colpo di stato monastico fu al contrario l'occasione per rompere per sempre con quella professione che lo disgustava, e di andare in abiti secolari a istruirsi altrove in scienze meno invischiate nella materia dei sogni. Che il suo maestro avesse o no osservato i riti ebraici lasciava indifferente il giovane studioso, per il quale, secondo l'audace formula tràdita di generazione in generazione fra gli studenti, la Legge cristiana, la Legge ebraica, la Legge maomettana altro non erano che le Tre Imposture. Don Blas era forse morto lungo il cammino o nelle prigioni di qualche tribunal vescovile; c'erano voluti trentacinque anni perché l'antico allievo riconoscesse nella sua follia una inesplicabile saggezza; quanto a Fray Juan, se era ancora vivo da qualche parte, doveva aver quasi sessant'anni. La loro immagine era stata volontariamente obliterata da quella dei pochi mesi trascorsi sotto il saio e la cocolla. Eppure, Fray Juan e Don Blas duravano tuttora fatica sul sentiero pietroso, sotto l'acre vento d'aprile, e non era necessario sforzare la memoria per vederli là. Francesco Rondelet che camminava per la brughiera, elaborando con il condiscepolo progetti per il futuro, coesisteva col Francesco disteso nudo sul marmo del teatro anatomico, e il dottor Rondelet che spiegava l'articolazione del braccio sembrava si rivolgesse al morto anziché ai suoi allievi, e discutesse attraverso il tempo con uno Zenone invecchiato. *Unus ego et multi in me.* Nulla modificava quelle statue fissate al piedestallo, collocate per sempre su una superficie immobile che era forse l'eternità. Il tempo era una pista che le collegava tra loro. Esisteva una correlazione: i servizi che non erano stati resi all'uno, lo erano stati all'altro: Don Blas non era stato soccorso, Ha-Cohen, a Genova, sì, e nondimeno aveva continuato a considerarlo un cane di cristiano. Nulla aveva fine: i maestri o i colleghi da cui aveva ricevuto un'idea o grazie ai quali se ne era formata un'altra, contraria, portavano avanti sordamente la loro insanabile controversia, ciascuno assiso nella propria concezione del mondo come un mago all'interno del suo cerchio. Darazi, che cercava un dio che gli fosse piú vicino della vena jugulare, era destinato a discutere per sempre con Don Blas, per il quale

Dio era l'Uno-non manifesto, e Jean Myers a ridere di quella parola Dio col suo risolino a bocca chiusa.

Da circa mezzo secolo si serviva della mente come di un cuneo per allargare, meglio che poteva, gli interstizi del muro che da ogni parte ci stringe. Le fessure si dilatavano, o piuttosto sembrava che il muro perdesse da sé la propria compattezza senza tuttavia cessare d'essere denso, quasi muraglia di fumo anziché di pietra. Gli oggetti non adempivano piú alla funzione di accessori utili. Come un materasso perde il crine, lasciavano sfuggire la loro sostanza. Una foresta riempiva la camera; lo sgabello, misurato sulla distanza che separa dal suolo il culo d'un uomo, il tavolo che serve a scrivere o a mangiare, questa porta che fa comunicare un cubo d'aria tra pareti con un cubo d'aria attiguo, perdevano la ragion d'essere che un artigiano aveva data loro per ridivenire tronchi o rami scorticati come i San Bartolomei dei quadri di chiesa, carichi di foglie spettrali e d'uccelli invisibili, ancora scricchiolanti per tempeste da lungo tempo placate e su cui la pialla aveva lasciato qua e là il grumo della linfa. La coperta e quell'abito smesso appeso a un chiodo mandavano odore di unto, di latte e di sangue. Le scarpe che sbadigliavano sull'orlo del letto si erano mosse al respiro di un bue disteso sull'erba, e un maiale dissanguato urlava nel grasso di cui il ciabattino le aveva spalmate. La morte violenta era dappertutto, come in una macelleria o in un recinto patibolare. Un'oca sgozzata schiamazzava nella penna che sarebbe servita a tracciare su vecchi cenci idee credute degne di durare per sempre. Ogni cosa ne era un'altra: la camicia che gli lavavano le suore Bernardine era un campo di lino piú azzurro del cielo e insieme un mucchio di fibre in macerazione sul fondo d'un canale. I fiorini che teneva in tasca con l'effige del defunto imperatore Carlo erano stati scambiati, dati e rubati, pesati e consumati mille volte prima che per un momento li avesse creduti suoi, ma quelle giravolte tra mani avare o prodighe erano brevi se paragonate all'inerte durata del metallo stesso, istillato nelle vene della terra prima che Adamo fosse vissuto. I muri di mattoni si dissolvevano nel fango che sarebbero tornati ad essere un giorno; l'edificio annesso al convento dei Cordiglieri dove obiettivamente si trovava al caldo e al coperto cessava di essere una casa, luogo geometrico dell'uomo, solido riparo per lo spirito ancor piú che per il corpo: era tutt'al piú una baita nella foresta, una tenda al margine d'una strada, un lembo di stoffa teso tra l'infinito e noi. Le tegole lasciavano trasparire la nebbia e gli astri incomprensibili, vi abitavano centinaia di morti e dei vivi anch'essi perduti come i morti: dozzine di mani avevano disposto quelle piastrelle, avevano foggiato mattoni e segato le tavole, inchiodato, cucito o incollato: sarebbe stato altrettanto difficile ritrovare ancora vivo l'operaio che aveva tessuto quella pezza di bigello quanto evocare un trapassato; vi avevano abitato altri esseri, come bachi nel bozzolo, e altri vi abiteranno dopo di lui. Ben nascosti se non proprio invisibili, un topo dietro un fondello e un insetto intento a forare un travicello macerato, vedevano diversamente da lui i pieni e i vuoti ch'egli chiamava la sua camera... Alzava lo sguardo. Sul soffitto un trave riutilizzato recava incisa una data: 1491. All'epoca in cui era stato intagliato per fissare un determinato anno che non importava piú a nessuno, egli non esisteva ancora, né la donna da cui era uscito. Invertiva quelle cifre come per gioco: l'anno 1941 dopo l'Incarnazione di Cristo. Tentava di immaginarsi quell'anno senza rapporto alcuno colla sua esistenza e di cui si sapeva una sola cosa, cioè che sarebbe arrivato. Camminava sulla sua propria polvere. Accadeva per il tempo quel che accadeva alla fibra della quercia: egli non avvertiva il senso di quelle date incise dalla mano dell'uomo. La terra girava ignara del calendario giuliano o dell'era cristiana, tracciando il suo cerchio senza principio né fine come un anello perfettamente liscio. Zenone si ricordò che presso i Turchi correva l'anno 973 dell'Egira, ma Darazi aveva contato in segreto secondo l'era di Cosroe. Passando dall'anno al giorno, pensò che in quel momento il sole nasceva sui tetti di Pera. La camera sbandava; le cinghie della branda cigolavano come fossero ormeggi; il letto scivolava da occidente ad oriente, inversamente al moto apparente del cielo. La sicurezza di riposare stabilmente su un angolo del suolo belga era un ultimo errore; il punto dello spazio ove si trovava avrebbe contenuto il mare e le onde appena un'ora dopo, e un po' piú tardi le Americhe e l'Asia. Quelle regioni dove non sarebbe andato si sovrapponevano nell'abisso all'ospizio di San Cosma. E lo stesso Zenone si disperdeva come cenere al vento.

SOLVE ET COAGULA... Egli sapeva bene cosa significava quella rottura delle idee, quell'incrinatura in seno alle cose. Quando era ancora un giovane studioso, aveva letto in Nicolas Flamel la descrizione dell'*opus nigrum*, il tentativo di dissoluzione e calcinazione delle forme che è la parte piú difficile della Grande Opera. Don Blas de Vela gli aveva spesso affermato solennemente, che l'operazione si sarebbe verificata spontaneamente, lo si volesse o no, quando le condizioni fossero state realizzate. Il giovane studente aveva meditato con avidità su quegli adagi che gli sembravano estratti da non si sa qual sinistro e forse veridico libro magico. La separazione alchimistica, cosí pericolosa che i filosofi ermetici ne parlavano solo con parole velate, cosí ardua che intere esistenze si erano consumate invano per compierla, a suo tempo egli l'aveva scambiata con la facile ribellione. Poi, respingendo quel guazzabuglio di vaneggiamenti antichi quanto l'umana illusione, ricordando dei suoi maestri alchimisti solo alcune ricette prammatiche, aveva scelto di dissolvere e di coagulare la materia nel senso d'un esperimento eseguito sul corpo delle cose. Ora, i due rami della parabola si ricongiungevano; la *mors philosophica* era compiuta: l'operatore bruciato dagli acidi della ricerca era insieme soggetto e oggetto, fragile alambicco e, in fondo al ricettacolo, precipitato nero. L'esperimento che aveva creduto di poter confinare nell'officina, si era esteso a tutto. Ne conseguiva forse che le fasi seguenti dell'avventura alchimistica sarebbero state altra cosa che sogni, e che un giorno avrebbe conosciuto anche la purezza ascetica dell'Opera al bianco, poi il trionfo coniugato dello spirito e dei sensi che caratterizza l'Opera al rosso? Dal fondo del crepaccio nasceva una chimera. Egli diceva Sí per audacia, come un tempo per audacia aveva detto No. Si fermava improvvisamente, tirando con tutte le forze sulle proprie redini. La prima fase dell'Opera aveva richiesto tutta la sua vita. Gli mancavano il tempo e le forze per procedere oltre, supponendo che ci fosse una strada e che per quella strada potesse passare un uomo. Oppure, quel putrefarsi delle idee, quel perire degli istinti, quella distruzione delle forme — processi quasi insopportabili alla natura umana — sarebbero immediatamente seguiti dalla vera morte e gli sarebbe piaciuto vedere in che modo lo spirito scampato dei dominii della vertigine riprenderebbe la sua attività abituale, munito solamente di facoltà piú libere, quasi purificate. Sarebbe bello vederne i risultati.

Cominciava a scorgerli. Le attività dell'ambulatorio non lo affaticavano: la sua mano e la vista non erano mai state piú sicure. Gli straccioni che pazientemente attendevano ogni mattina l'apertura dell'ospizio venivano assistiti con la stessa premura e competenza con cui un tempo aveva curato i grandi di questo mondo. La completa assenza di ambizione o di timore gli permetteva di applicare piú liberamente i suoi metodi, e quasi sempre con buoni risultati: quella dedizione totale escludeva anche la pietà. La sua costituzione naturalmente magra e nervosa sembrava fortificarsi coll'avanzare degli anni; soffriva meno il freddo; sembrava indifferente all'umidità estiva; un dolore reumatico contratto in Polonia non lo tormentava piú. Aveva cessato di sentire gli effetti di una febbre terzana riportata molti anni prima dall'Oriente. Mangiava indifferentemente quel che uno dei frati incaricati dal priore all'ospizio gli portava dal refettorio, oppure, alla locanda, sceglieva le pietanze piú economiche. La carne, il sangue, i visceri, tutto ciò che ha palpitato e vissuto gli ripugnavano in quel periodo della sua esistenza, poiché alla bestia duole morire come all'uomo, e gli dispiaceva digerire agonie. Dall'epoca in cui aveva sgozzato di sua mano un maiale presso un macellaio di Montpellier, per verificare se c'era o no coincidenza tra la pulsazione dell'arteria e la sistole del cuore, non gli era parso utile impiegare due termini differenti per designare la bestia che viene macellata e l'uomo ucciso, l'animale che crepa e l'uomo che muore. Le sue preferenze in materia di alimenti andavano al pane, alla birra, alle farinate, che conservavano qualcosa del sapore denso della terra, alle verdure acquose, alle frutta rinfrescanti, alle sotterranee e sapide radici. L'oste e il frate cuoco si meravigliavano delle sue astinenze che attribuivano a devozione. Talvolta, tuttavia, si sforzava di mangiare una fetta di trippa o di fegato al sangue, per dimostrare a se stesso che il suo rifiuto veniva dallo spirito e non da un capriccio del gusto. I suoi abiti erano sempre stati trascurati: per distrazione o per noncuranza non li rinnovava piú. In materia erotica, era sempre quel medico che ai suoi pazienti aveva raccomandato il conforto dell'amore, come in altre occasioni si suggerisce loro di bere vino. Quei brucianti misteri gli sembravano ancora per molti di noi il solo accesso al regno igneo di cui siamo forse infime scintille, ma quell'ascesa sublime era breve ed egli dubitava in cuor suo che un atto tanto soggetto alle abitudini della materia, dipendente dagli strumenti della generazione carnale, non fosse per il filosofo una di quelle esperienze che occorre compiere per rinunciarvi in seguito. La castità, che da giovane aveva considerato una superstizione da combattere, gli appariva ora uno dei volti della serenità: assaporava la fredda conoscenza che si ha degli esseri quando non li desideriamo piú. Eppure una volta, sedotto da un incontro, si abbandonò di nuovo a quei giochi, e si meravigliò delle proprie forze. Un giorno si adirò contro un miserabile monaco che vendeva in città gli unguenti del dispensario, ma la sua collera era piú deliberata che istintiva. In seguito a una operazione ben riuscita concesse un breve sfogo alla sua vanità come un cane che si lasci ruzzare sull'erba.

Una mattina, durante una delle sue passeggiate d'erborista, una circostanza insignificante e quasi grottesca lo fece riflettere; essa ebbe su di lui un effetto paragonabile a quello d'una rivelazione che illumini un devoto su qualche santo mistero. Era uscito dalla città all'alba per recarsi dove cominciano le dune, portando con sé una lente che aveva fatta costruire dietro sue precise indicazioni da un occhialaio di Bruges e che gli serviva ad esaminare da vicino le radichette e i semi delle piante raccolte. Verso mezzogiorno si addormentò coricato ventre a terra in una buca della sabbia, colla testa sul braccio; la lente cadutagli di mano giaceva sotto di lui su un cespuglio secco. Al risveglio credette di scorgere sul proprio viso una bestia straordinariamente mobile, insetto o mollusco che si muoveva nell'ombra. Era di forma sferica; la parte centrale d'un nero brillante e umido, circondata da una zona bianca piuttosto opaca o tendente al rosa; una frangia di peli sui contorni spuntava da una corazza molle e bruna, striata da screpolature e ammaccata da enfiagioni. Una vitalità quasi spaventosa animava quella cosa fragile. In un attimo, prima ancora che la sua visione potesse formularsi in pensiero, riconobbe in ciò che vedeva il proprio occhio riflesso e ingrandito dalla lente, dietro a cui l'erba e la sabbia formavano un foglio di stagno come quello d'uno specchio. Si rialzò tutto assorto. Si era colto nell'atto del vedere;

sfuggito alla banalità delle prospettive abituali, aveva guardato dappresso l'organo piccolo ed enorme, vicino benché estraneo, vivo ma vulnerabile, dotato d'una potenza imperfetta eppur prodigiosa, da cui dipendeva per vedere l'universo. Non c'era nulla di teorico da trarre da questa visione che stranamente accrebbe la conoscenza che aveva di sé come pure la nozione dei molteplici oggetti che compongono questo sé. Come l'occhio di Dio in certe stampe, quell'occhio umano diveniva un simbolo. L'importante era di raccogliere il poco che sarebbe filtrato dal mondo prima della notte, di controllarne la testimonianza e, possibilmente, di correggerne gli errori. In un certo senso, l'occhio controbilanciava l'abisso.

Usciva dalla stretta oscura. In verità ne era già uscito piú d'una volta. Se la sarebbe cavata ancora. I trattati dedicati all'avventura dello spirito si sbagliavano assegnandole fasi successive: tutte, al contrario, si mescolavano; tutto era soggetto a ripetizioni e a reiterazioni infinite. La ricerca dello spirito girava a vuoto. A Basilea, una volta, e in molti altri luoghi, aveva conosciuto lo stesso smarrimento. Le stesse verità erano state apprese piú d'una volta. Ma l'esperienza era cumulativa: il passo alla lunga si faceva piú sicuro; l'occhio vedeva piú lontano dentro certe tenebre; lo spirito constatava almeno certe leggi. Come accade a chi sale su per il pendio d'una montagna o ne discenda, egli s'innalzava o inabissava senza mutar posto; tutt'al piú, a ogni svolta, lo stesso abisso si apriva ora a destra ora a sinistra. L'ascender si avvertiva solo dall'aria rarefatta e dalle nuove cime che spuntavano dietro quelle che sembravano precludere l'orizzonte. La nozione di ascesa o di discesa era falsa: gli astri brillavano in basso come in alto; si trovava contemporaneamente sul fondo e al centro della voragine. L'abisso era allo stesso tempo al di là della sfera celeste e all'interno della volta ossea. Si aveva la sensazione che tutto accadesse in fondo a una serie infinita di curve chiuse.

Si era rimesso a scrivere, ma senza l'intenzione di render pubbliche le proprie opere. Fra tutti i trattati della medicina antica aveva sempre ammirato il libro III delle *Epidemiche* d'Ippocrate per l'esatta descrizione di casi clinici coi relativi sintomi, i progressi giorno per giorno, e il loro esito. Teneva un analogo registro per quanto concerneva i malati in cura all'ospizio di San Cosma. Un medico che fosse vissuto dopo di lui saprebbe forse approfittare di quel diario redatto da un professionista che esercitava in Fiandra al tempo di Sua Maestà Cattolica Filippo II. Un progetto piú ardito l'occupò per qualche tempo, quello di un *Liber Singularis*, in cui avrebbe minuziosamente annotato tutto ciò che sapeva d'un uomo, se stesso, della propria costituzione, comportamento, atti confessati o segreti, fortuiti o voluti, pensieri e anche sogni. Riducendo questo piano troppo vasto, si limitò a un solo anno vissuto da quest'uomo, poi a una sola giornata: l'immensa materia gli sfuggiva ancora e non tardò ad accorgersi che di tutti i passatempi quello era il piú pericoloso. Vi rinunciò; per distrarsi, metteva per iscritto certe pretese profezie che in realtà satireggiavano gli errori e le mostruosità del suo tempo, e dava loro l'aspetto inusitato d'una novità o d'un prodigio. Quando gli capitava, per divertimento, recitava all'organista di san Donaziano, divenuto suo amico da quando ne aveva operata la moglie d'un tumore benigno, alcuni di quei bizzarri enigmi. L'organista colla consorte si lambiccavano il cervello tentando di penetrarne il senso, come fossero indovinelli, poi ne ridevano senza scorgervi malizia.

Un oggetto che l'occupò durante quegli anni fu una pianta di pomodoro, rarità botanica derivata da una barbatella che aveva faticosamente ottenuto da un campione unico riportato dal Nuovo Mondo. Questa preziosa pianta che conservava nel laboratorio gli suggerí di rimettersi ai vecchi studi sul moto della linfa: servendosi d'un coperchio che impediva l'evaporazione dell'acqua versata sulla terra del vaso ed effettuando ogni mattina accurate pesature, riuscí a misurare quante once liquide venivano assorbite ogni giorno dai poteri d'imbibizione della pianta. In seguito, tentò di calcolare algebricamente fino a quale altezza quella forza potesse sollevare i fluidi all'interno d'un tronco e d'uno stelo. Su questo tema corrispondeva col dotto matematico che lo aveva ospitato a Lovanio circa sei anni prima. Si scambiavano formule. Zenone ne attendeva impaziente le risposte. Cominciava anche a pensare a nuovi viaggi.

La malattia del priore

Un lunedí di maggio, giorno della festa del Santo Sangue, Zenone mandava giú come al solito il suo pasto alla locanda del *Gran Cervo*, seduto da solo nel suo angolo oscuro. I tavoli e i banchi posti vicino alle finestre che davano sulla via erano invece particolarmente affollati, giacché da lí si poteva veder meglio sfilare la processione. Una ruffiana che a Bruges teneva una casa celebre e che per la sua corpulenza era soprannominata la Zucca, occupava uno di quei tavoli con un ometto pallido che passava per suo figlio e due bellezze della casa. Zenone conosceva la Zucca attraverso le recriminazioni di una ragazza tisica che veniva talvolta a chiedergli una ricetta per la tosse. Quella creatura non la smetteva di parlare delle prepotenze usatele dalla padrona che le spillava denari e le rubava la biancheria fine.

Un gruppetto di guardie valloni che avevano fatto ala sulla porta della chiesa entrarono per mangiare. Il tavolo della Zucca piacque all'ufficiale che ordinò agli occupanti di lasciar libero il posto. Il figlio e le puttane non se lo fecero dire due volte, ma la Zucca era orgogliosa e rifiutò di muoversi. Stiracchiata da una guardia che si sforzava di farla alzare, ella si aggrappò al tavolo rovesciando i piatti; l'ufficiale con uno schiaffo le impresse un livido sul faccione giallo. Mentre gemeva, mordeva, s'aggrappava ai banchi e allo stipite della porta, fu trascinata e spinta fuori dalle guardie, una di costoro per far ridere si divertí a pungolarla colla punta dello stocco. L'ufficiale, sedutosi nel posto conquistato, dava ordini con arroganza alla serva che asciugava il pavimento.

Nessuno accennò ad alzarsi. Alcuni ghignavano per vile

compiacenza mentre la maggior parte volgeva lo sguardo altrove o imprecava col naso sul piatto. Zenone assistette alla scena in preda al disgusto: la Zucca era malfamata presso tutti; supponendo che si fosse potuto lottare contro la brutalità della soldataglia, l'occasione era scelta male e il difensore di quella donna avrebbe raccolto solo lazzi. Poi si seppe che la mezzana fu anche fustigata per disturbo della pubblica quiete e rimandata a casa. Otto giorni dopo, ella faceva come al solito gli onori del suo bordello, mostrando le cicatrici a chi voleva vederle.

Quando Zenone andò a far visita al priore che giaceva a letto, stanco per aver seguito a piedi la processione, lo trovò al corrente dell'incidente. Gli raccontò ciò che aveva visto coi propri occhi. Il religioso sospirò posando davanti a sé la tazza di tisana.

"Quella donna è il rifiuto del suo sesso," osservò, "ed io non vi biasimo per non essere intervenuto. Ma avremmo protestato contro tale indegnità se si fosse trattato d'una santa? Quella Zucca è la donna che sappiamo, eppure oggi essa aveva la giustizia, cioè Dio e gli angeli dalla sua parte."

"Dio e gli angeli non si sono mossi in suo favore," disse evasivamente il medico.

"Lungi da me l'idea di mettere in dubbio i santi prodigi della Scrittura," disse il religioso con un certo calore, "ma ai nostri giorni, amico mio (ed io ho superato i sessant'anni), non ho mai visto che Dio sia intervenuto direttamente nelle faccende terrestri. Dio si delega. Egli agisce solo tramite noi poveri uomini."

Andò a prendere nel cassetto di una scrivania due fogli vergati con una calligrafia fitta e li porse al dottor Theus.

"Vedete," disse. "Il mio figlioccio, il Signor de Withen, patriota, mi tiene informato di atrocità che noi conosciamo tardi, quando l'emozione è già smorzata, o subito, ma edulcorate di menzogne. La nostra immaginazione è molto debole, mio signor medico. Ci preoccupiamo, e a ragione, per una ruffiana maltrattata, perché le sevizie sono state inferte sotto i nostri occhi, ma le mostruosità che si commettono a dieci leghe da qui non mi impediscono di finire questa infusione di malva."

"L'immaginazione di Vostra Reverenza è abbastanza vigile per far tremare le vostre mani e versare il resto di tisana," osservò Sebastiano Theus.

Il priore si asciugò col fazzoletto la tonaca di lana grigia.

"Circa trecento uomini e donne, dichiarati ribelli a Dio e al principe, sono stati giustiziati ad Armentières," mormorò a malincuore. "Continuate a leggere, amico mio."

"La povera gente che è in cura da me conosce già le conseguenze dei disordini d'Armentières," disse Zenone rendendo la lettera al priore. "Quanto agli altri abusi di cui questi fogli sono pieni, costituiscono l'argomento preferito delle conversazioni che si tengono al mercato e nelle osterie. Queste notizie volano raso terra. I vostri borghesi e i notabili nelle loro comode case ben tappate ne percepiscono tutt'al piú un vago rumore."

"Al contrario. Le recepisco," disse il priore rattristato nella sua collera. "Ieri dopo la messa, trovandomi sul sagrato di Notre-Dame coi miei confratelli del clero, ho osato portare il discorso sui pubblici affari. Nessuna di quelle sante persone che non approvasse i fini, se non i mezzi, dei tribunali speciali, o che almeno protestasse fiaccamente contro i loro sanguinosi eccessi. Metto a parte il curato di Sant'Egidio il quale dichiara che siamo capaci da soli di bruciare i nostri eretici senza che lo straniero venga a insegnarcelo."

"È nelle buone tradizioni," disse Sebastiano Theus con un sorriso.

"Son forse io cristiano meno fervente e cattolico meno pio?" esclamò il priore. "Non si naviga per tutta la vita su una bella nave senza odiare i topi che rodono le carene. Ma il fuoco, il ferro e la fossa servono solo a indurire coloro che li infliggono, quanti vi corrono come a un teatro, e quelli che li subiscono. Cosí degli ostinati fanno figura di martiri. È una beffa, caro il mio medico. Il tiranno fa in modo di decimare i nostri patrioti col pretesto di vendicare Iddio."

"Vostra Reverenza approverebbe queste esecuzioni se le giudicasse efficaci a ristabilire l'unità della Chiesa?"

"Non mi tentate, amico mio. Io so solamente che nostro padre Francesco, morto mentre cercava di appianare discordie civili, avrebbe approvato i nostri gentiluomini fiamminghi che si adoperano per un compromesso."

"Questi stessi signori hanno creduto di poter domandare al Re che venissero strappati i manifesti con l'anatema pronunciato contro l'eretico al Concilio di Trento," disse dubbioso il medico.

"Perché no?" esclamò il priore. "Quei manifesti presidiati

dalla truppa sono un insulto alle nostre libertà civiche. Ogni scontento è stigmatizzato col titolo di protestante. Dio mi perdoni! Avranno sospettato persino quella ruffiana di simpatie evangeliche... Circa il Concilio, sapete quanto me fino a che punto abbiano pesato sulle deliberazioni di esso i segreti voleri dei nostri príncipi. L'imperatore Carlo si preoccupava prima di tutto dell'unità dell'Impero, il che è naturale. Il re Filippo pensa alla supremazia delle Spagne. Ahimè! Se non mi fossi accorto di buon'ora che ogni politica di corte è solo astuzia e contro-astuzia, abuso di parole e abuso di forze, forse non avrei trovato abbastanza pietà per rinunciare al mondo in favore del servizio di Nostro Signore."

"Vostra Reverenza avrà certamente patito grosse sventure," disse il dottor Theus.

"Oh, no!" fece il priore. "Sono stato cortigiano ben visto dal padrone, negoziatore piú fortunato di quanto non meritasse il mio debole talento, marito felice d'una pia e brava donna. Sono stato un privilegiato in questo mondo pieno di avversità."

La sua fronte si veniva coprendo di sudore, che il medico interpretò come sintomo di debolezza. Rivolse al dottor Theus il viso preoccupato: "Non dicevate che la gente umile che voi curate segue con simpatia i movimenti della pretesa Riforma?"

"Non ho detto né osservato nulla di simile," fece cautamente Sebastiano. "Vostra Reverenza non ignora che coloro che nutrono opinioni compromettenti sanno generalmente mantenere il silenzio," aggiunse con una punta d'ironia. "È vero che la frugalità evangelica ha le sue attrattive per certuni di quei poveri. Ma la maggior parte sono buoni cattolici. Se non altro per abitudine."

"Per abitudine," ripeté addolorato il religioso.

"Per me," disse con tono distaccato il dottor Theus preferendo dilungarsi per far sí che le emozioni del priore si calmassero, "ciò che piú mi colpisce è l'eterna confusione delle faccende umane. Il tiranno fa orrore alla gente di cuore, ma nessuno nega che Sua Maestà regni legittimamente sui Paesi-Bassi ereditati da un'ava che fu l'erede e l'idolo delle Fiandre; non sto a discutere se è giusto che si lasci in eredità un popolo come una credenza; le nostre leggi sono cosí. I nobili che per demagogia prendono il nome di Pezzenti sono altrettanti Giani: traditori per il Re di cui sono i vassalli, eroi patrioti per la folla. D'altra parte, le dispute tra príncipi e le discordie nelle città sono tali che molte coscienze timorate preferiscono le prepotenze dello straniero al disordine che farebbe seguito alla sua sconfitta. Lo spagnolo perseguita selvaggiamente i cosiddetti riformati, ma la maggioranza dei patrioti sono buoni cattolici. Questi riformati si inorgogliscono dell'austerità dei loro costumi, ma il loro capo in Fiandra, il Signor de Bréderode, è un dissoluto e una canaglia. La Governatrice cui preme mantenersi il posto, promette la soppressione dei tribunali d'Inquisizione, ma contemporaneamente annuncia l'insediamento di altre camere di giustizia che invieranno gli eretici al rogo. La Chiesa nella sua carità insiste affinché coloro che si confessano *in extremis* soggiacciano solo alla morte semplice, spingendo in tal modo degli infelici allo spergiuro e alla profanazione dei sacramenti. Gli evangelici, da parte loro, quando gliene capita l'occasione sgozzano i miserabili anabattisti superstiti. Lo Stato ecclesiastico di Liegi, che per definizione è per la Santa Chiesa, si arricchisce fornendo apertamente le armi alle truppe reali, e di contrabbando ai Pezzenti. Ognuno detesta i soldati mercenari dello straniero, tanto piú che, essendo la paga scarsa, costoro si rivalgono a spese dei cittadini, ma le bande di briganti che percorrono le campagne, approfittando dei torbidi, inducono i borghesi a chiedere la protezione delle picche e delle alabarde. I borghesi gelosi delle loro franchigie per principio guardano in cagnesco la nobiltà e la monarchia, ma gli eretici si reclutano maggiormente tra il basso popolo, e ogni benestante odia i poveri. In questo frastuono di parole, in tanto fragore d'armi, e talvolta nel gradevole tintinnio di scudi, ciò che si ode di meno sono le grida di chi è suppliziato sulla ruota o ha le carni lacerate dalle tenaglie. Cosí è il mondo, signor priore."

"Durante la messa solenne," disse malinconico il superiore, "ho pregato com'è costume per la prosperità della Governatrice e di Sua Maestà. Per la Governatrice, sia pure: Madame è una brava donna che cerca un accomodamento tra l'incudine e il martello. Ma debbo proprio pregare per Erode? Bisogna chiedere a Dio il benessere del cardinale di Granvelle che dal suo ritiro, del resto simulato, continua a tormentarci? La religione ci impone di rispettare l'autorità costituita ed io non mi oppongo. Ma l'autorità si trasmette per delega, e piú si scende piú essa prende fattezze grossolane e vili su cui s'imprime quasi grottescamente la traccia dei nostri delitti. Ed io dovrei anche pregare per la salvezza delle guardie valloni?"

"Vostra Reverenza può sempre pregar Dio di illuminare coloro che ci governano," disse il medico.

"Io ho soprattutto bisogno che illumini me," fece il Cordigliere umilmente.

Zenone deviò la conversazione sui bisogni e le spese dell'ospizio, giacché i pubblici affari erano argomento che agitava troppo il religioso. Al momento di prender congedo, tuttavia, il priore lo trattenne, facendogli segno di richiudere per prudenza la porta della cella:

"Non ho bisogno di consigliarvi la circospezione," disse. "Vedete che nessuno è abbastanza in alto o abbastanza in basso per evitare i sospetti e gli affronti. Nessuno sappia mai dei nostri discorsi."

"A meno che non parli la mia ombra," rispose il dottor Theus.

"Voi siete strettamente associato a questo convento," gli ricordò il religioso. "Sappiate che c'è molta gente in questa città e perfino tra queste mura cui non dispiacerebbe di poter accusare il priore dei Cordiglieri di ribellione o d'eresia."

Quei colloqui si rinnovarono con notevole frequenza. Il priore ne sembrava avido. Quell'uomo tanto rispettato appariva agli occhi di Zenone altrettanto solo e più minacciato di lui. Ad ogni visita il medico scorgeva più chiari sul volto del religioso i segni d'un male indefinibile che gli minava le forze. L'angoscia e la pietà provocate nel priore dall'infelicità dei tempi potevano esser la sola causa di quell'inspiegabile declino; poteva anche darsi invece che ne fossero l'effetto, e l'indizio di una costituzione troppo scossa per sopportare i mali del mondo con quella robusta indifferenza che è tipica di quasi tutti gli uomini. Zenone persuase sua Reverenza ad usare ogni giorno dei corroboranti sciolti nel vino; questi li prendeva per compiacergli.

Anche il medico aveva preso gusto a quelle conversazioni cortesi, eppur quasi esenti da menzogne. Nondimeno ne usciva col sentimento d'una indefinibile impostura; ancora una volta, per farsi capire, come ci si impone di parlar latino in Sorbona, aveva dovuto adottare una lingua straniera che snaturava il suo pensiero, benché egli ne fosse perfettamente padrone nelle inflessioni e nei toni; nella fattispecie il linguaggio era quello del cristiano deferente, se non devoto, e del suddito leale ma allarmato per lo stato presente del mondo. Ancora una volta, tenendo conto delle vedute del priore piú per rispetto che per prudenza, egli accettava di partire da premesse sulle quali in cuore suo avrebbe rifiutato di costruire alcunché; mettendo da parte le proprie preoccupazioni, si costringeva a mostrare del suo spirito una sola faccia, sempre la stessa, quella che rispecchiava il suo amico. Questa falsità inerente ai rapporti umani e divenuta per lui una seconda natura gli turbava quel libero commercio tra due uomini disinteressati. Il priore si sarebbe meravigliato di constatare quanto poco posto tenessero nelle cogitazioni solitarie del dottor Theus gli argomenti lungamente dibattuti nella sua cella. Non che i mali dei Paesi Bassi lasciassero Zenone indifferente ma egli era vissuto troppo in un mondo messo a ferro e fuoco per risentire davanti a quelle nuove prove dell'umano furore la intensa reazione di dolore che travagliava il priore dei Cordiglieri.

Quanto ai pericoli cui era personalmente esposto, per il momento gli sembravano piuttosto diminuiti che non aumentati in seguito ai pubblici disordini. Nessuno pensava all'insignificante Sebastiano Theus. Questa clandestinità che gli adepti della magia giuravano di mantenere nell'interesse della loro scienza l'avviluppava per forza di cose; egli era veramente invisibile.

Una sera della stessa estate, all'ora del coprifuoco, risalí nella sua camera a tetto dopo aver dato alla porta il solito giro di chiave. L'ospizio, secondo la regola, chiudeva all'avemaria: una volta sola, durante un'epidemia che fece traboccare di malati l'ospedale di San Giovanni, il medico aveva preso l'iniziativa di sistemare dei pagliericci nella sala sottostante e tenervi i febbricitanti. Frate Luca, incaricato di lavare il pavimento, si era da poco allontanato cogli stracci e le secchie. All'improvviso Zenone udí contro il vetro della sua finestra il crepitare di una manciata di sassolini che gli ricordò i tempi lontani quando raggiungeva Colas Gheel dopo la campana della sera. Si vestí e scese.

Era il figlio del fabbro di via dei Lanaioli. Costui, Josse Cassel, gli spiegò che un suo cugino, oriundo di Saint-Pierre-les-Bruges, aveva avuto una gamba rotta dai calci d'un cavallo che stava conducendo a ferrare dallo zio; giaceva malconcio in un bugigattolo dietro la fucina. Zenone prese l'occorrente e seguí Josse per le vie. A un incrocio s'imbatterono nella ronda di guardia che li lasciò passare senza difficoltà quando Josse ebbe spiegato che era andato a cercare un chirurgo per suo padre, il quale si era schiacciato due dita con una martellata. Quella bugia mise in sospetto il medico.

Il ferito era adagiato su un letto improvvisato; era un contadino di circa venti anni, una specie di lupo biondo coi capelli incollati alle guance dal sudore, mezzo svenuto per il dolore e la perdita di sangue. Zenone gli somministrò un riconfortante ed esaminò la gamba; in due punti gli ossi uscivano dalla carne che pendeva a brandelli. Quell'incidente non sembrava per nulla dovuto ai calci d'un cavallo; le impronte degli zoccoli non erano affatto visibili. La prudenza in simile frangente avrebbe richiesto l'amputazione, ma il ferito, vedendo il medico passare sulla fiamma la lama della sega, si rianimò quanto bastava per urlare; non meno preoccupati erano il fabbro e suo figlio che temevano, se l'operazione andava male, di trovarsi un cadavere in casa. Cambiato metodo, Zenone si applicò a ridurre la frattura.

Il giovanotto non ci guadagnò granché: la trazione della gamba per ricongiungere gli ossi gli strappò gemiti acuti come per tortura; l'uomo dell'arte dovette aprire la piaga a colpi di rasoio e affondarvi la mano per cercarvi le schegge. Ne lavò poi la superficie con vino forte di cui per fortuna il fabbro possedeva una brocca. Padre e figlio si affaccendarono a preparare bende e stecche. Nello stanzino si soffocava giacché i due uomini avevano tappato accuratamente tutte le aperture affinché non si udissero le grida.

Zenone lasciò la via dei Lanaioli molto incerto del risultato. Il giovane era molto abbattuto e solo il vigore dell'età lasciava adito a qualche speranza; vi ritornò ogni giorno di buon mattino o talvolta dopo la chiusura dell'ospizio per irrigare le carni con un aceto che le ripuliva dal pus. In seguito le iniettò con acqua di rosa per ovviare alla eccessiva essiccazione e all'infiammazione dei labbri delle ferite. Evitava il piú possibile le ore notturne quando i suoi spostamenti sarebbero stati notati. Benché padre e figlio si attenessero alla loro storia della coppia di calci, era tacitamente inteso che fosse meglio non parlare di quella faccenda.

Verso il decimo giorno si formò un ascesso; la carne divenne spugnosa e la febbre, che non aveva mai lasciato il ferito, salí come una fiamma. Zenone lo teneva a una dieta severa; il giovanotto delirava chiedendo da mangiare. Una notte, i muscoli di Han si contrassero con tanta violenza che la gamba ruppe le stecche. Zenone riconobbe che per uno stupido sentimento di pietà non le aveva strette abbastanza; si dovette di nuovo distendere e ridurre le fratture. La sofferenza fu peggiore che al momento delle prime cure, ma questa volta il paziente, avvolto da Zenone in una fumata di oppio, la sopportò meglio. Trascorsi sette giorni, i tubi di drenaggio avevano vuotato l'ascesso e la febbre terminò con abbondanti sudate. Zenone uscí dalla fucina sollevato, convinto di aver avuto dalla parte sua quella Fortuna senza la quale ogni abilità è vana. Per tre settimane, senza tralasciare le altre preoccupazioni e i lavori, aveva impegnato di continuo tutte le sue forze al servizio di quella guarigione. Quella continua indefettibile attenzione rassomigliava molto a ciò che il priore avrebbe chiamato lo stato di preghiera.

Ma certe notizie erano sfuggite al ferito nel delirio. Josse e il fabbro finirono per confermare e integrare spontaneamente la compromettente storia. Han veniva da un povero villaggio vicinissimo a Zévecote, a tre leghe da Bruges, dove si erano recentemente verificati gli incidenti sanguinosi che tutti sapevano. Tutto era cominciato per colpa di un predicante calvinista che aveva infiammato la gente del villaggio con le sue prediche; i contadini, scontenti del parroco che non scherzava sulla decima, avevano invaso la chiesa armati di martelli e avevano fatto a pezzi le statue dell'altare e quella della Vergine che si portava nelle processioni, quindi saccheggiarono le vesti ricamate, il manto e l'aureola di ottone della Madonna e i poveri tesori della sacristia. Un drappello, comandato da un certo capitano Julian Vargaz, giunse poco dopo a reprimere quel disordine. La madre di Han, presso la quale fu trovato un telo di raso ricamato di perline, fu ammazzata dopo le violenze di rito benché per quest'ultime non avesse piú l'età adatta. Il resto delle donne e dei bambini furono cacciati e si dispersero per i campi. Mentre sulla piazza venivano impiccati i pochi uomini del villaggio, il capitano Vargaz, colpito in fronte da un'archibugiata, cadeva a terra, precipitando dal cavallo. Qualcuno aveva tirato dal lucernario di un fienile; i soldati batterono e sondarono i mucchi di fieno senza trovar nessuno e alla fine vi appiccarono il fuoco. Sicuri di aver bruciato l'assassino, si erano quindi ritirati portando via il cadavere del loro capitano di traverso su una sella e qualche capo di bestiame confiscato.

Han era saltato dal tetto, rompendosi la gamba nella caduta. Si era trascinato a denti stretti sotto un mucchio di paglia e d'immondizie al margine dello stagno e vi era rimasto nascosto fino alla partenza dei soldati, temendo che l'incendio si comunicasse al suo nascondiglio. Verso sera, contadini di una cascina vicina, venuti a vedere se restava qualcosa da racimolare nel villaggio deserto, lo scoprirono dai lamenti che non tratteneva piú. Quei ladruncoli erano d'animo buono; decisero di nascondere Han sotto il telo d'un carro e mandarlo in città dallo zio. Vi giunse svenuto. Pietro e suo figlio si illudevano che nessuno avesse visto entrare il carretto nel cortile della via dei Lanaioli.

La storia della sua morte nel fienile incendiato metteva Han al riparo dalle azioni giudiziarie, ma la sicurezza dipendeva dal silenzio dei contadini che, da un momento all'altro, avrebbero potuto parlare spontaneamente e soprattutto se vi fossero stati costretti colla forza. Pietro e Josse rischiavano la vita dando asilo a un ribelle iconoclasta, e il pericolo corso dal medico non era minore. Sei settimane dopo, il convalescente saltellava coll'aiuto di una stampella, ma le aderenze della cicatrice lo facevano ancora soffrire crudelmente. Padre e figlio implorarono il medico di liberarli da quel ragazzotto che fra l'altro non sapeva suscitare affetto né simpatia: la lunga reclusione l'aveva reso piagnucoloso e irritabile; stancava tutti sentirlo continuamente raccontare la sua unica prodezza e il fabbro, che non gli perdonava di avergli scolato il suo ottimo vino e la sua birra, si mise in collera quando seppe che quel buono a nulla aveva chiesto a Josse di procurargli una donna. Zenone si rese conto che Han sarebbe stato piú al sicuro nella grande città di Anversa, da dove, una volta perfettamente guarito, poteva unirsi sull'altra sponda della Schelda alle piccole bande di ribelli del capitano Enrico Thomaszoon e del capitano Sonoy, i quali dalle loro navi, imboscate qua e là lungo le coste della Zelanda, non davano tregua alle truppe reali.

Pensò al figlio barrocciaio della vecchia Greta, che faceva ogni settimana quel percorso con balle e sacchi. Costui, informato parzialmente dei fatti, si dichiarò disposto a condurre con sé il giovanotto e affidarlo a gente sicura; però occorreva un po' di denaro. Pietro Cassel, malgrado la fretta che aveva di vedere il nipote andarsene, diceva di non aver piú un soldo da spendere per lui; Zenone non possedeva nulla. Dopo qualche esitazione si recò dal priore.

Il sant'uomo terminava di dire la messa nella cappella attigua alla sua cella. Dopo l'*Ite, missa est* e le preghiere di ringraziamento, Zenone gli chiese un colloquio e gli raccontò la storia tale quale.

"Avete corso grossi rischi," disse gravemente il priore.

"In questo mondo assai confuso vigono certe prescrizioni abbastanza chiare," disse il filosofo. "Il mio mestiere è curare."

Il priore annuí.

"Nessuno piange Vargaz," continuò. "Vi ricordate, signore, degli insolenti soldati che dappertutto ingombravano le vie all'epoca in cui arrivaste in Fiandra? Con vari pretesti, due anni dopo la conclusione della guerra colla Francia, il re ci impose ancora la presenza di quell'esercito. Due anni! Quel Vargaz aveva ripreso servizio qui per continuare ad esercitare su di noi le sue brutalità che lo avevano reso odioso ai francesi.

Non si può certo lodare il giovane David delle Scritture senza applaudire il ragazzo da voi curato."

"Bisogna ammettere che è buon tiratore," disse il medico.

"Vorrei credere che Dio gli abbia guidato la mano. Ma un sacrilegio è un sacrilegio. Questo Han riconosce di aver preso parte alla distruzione delle immagini sacre?"

"Lui dice di sí, ma in queste vanterie ci vedo soprattutto l'espressione indiretta del rimorso," disse prudentemente Sebastiano Theus. "E cosí pure interpreto certe parole sfuggitegli nel delirio. Qualche sermone non ha potuto far perdere a questo ragazzo ogni ricordo delle vecchie *Avemarie*."

"Secondo voi sarebbero rimorsi infondati?"

"Vostra Reverenza mi prende per un luterano?" domandò il filosofo con un sorrisetto.

"No, amico mio, temo che voi non abbiate abbastanza fede per essere eretico."

"La gente sospetta le autorità d'insediare nei villaggi predicanti veri o falsi," proseguí subito il medico, riportando cosí cautamente il colloquio su altra cosa che non l'ortodossia di Sebastiano Theus. "I nostri governanti provocano eccessi per poi infierire piú comodamente."

"Conosco bene le astuzie del Consiglio di Spagna," disse il religioso con una certa impazienza. "Debbo manifestarvi i miei scrupoli? Io sono l'ultimo a desiderare che un disgraziato sia bruciato vivo per sottigliezze teologiche che neppure intende. Ma da quelle vie di fatto contro la Madonna trapela una violenza che puzza di inferno. Se almeno si trattasse di uno di quei San Giorgi o di quelle Sante Caterine la cui esistenza è messa in dubbio dai nostri dotti e che affascinano l'ingenua devozione del popolo... Forse perché il nostro Ordine esalta in modo specialissimo quell'alta dea (un poeta che lessi in gioventú cosí la chiamava) e la dichiara immune dal peccato d'Adamo, o son io piú commosso di quanto si convenga dal ricordo della mia povera moglie che portava con grazia ed umiltà questo bel nome... Nessun delitto contro la fede mi indigna quanto un'offesa a quella Maria che portò in seno la speranza del mondo, a quella creatura prescelta fin dall'alba dei tempi ad essere l'avvocata nostra in cielo..."

"Credo di capirvi," disse Sebastiano Theus, vedendo le lacrime gonfiare gli occhi del priore. "Voi soffrite che un bruto osi levar la mano sulla forma piú pura che abbia presa, secondo voi, la divina bontà. Gli ebrei (ho frequentato dei medici di quel popolo) cosí mi parlarono del loro Shechine che significa tenerezza di Dio... È vero che resta per loro una faccia invisibile... Ma se dobbiamo dare parvenza umana all'ineffabile, non vedo perché non gli presteremmo qualche tratto femmineo, senza di che ridurremmo della metà la natura delle cose. Se gli animali dei boschi hanno qualche intuizione dei sacri misteri (e chissà cosa accade nel fondo delle creature?), probabilmente accanto al cervo divino immaginano una cerva immacolata. Quest'idea muove forse a sdegno il priore?"

"No, come l'immagine dell'agnello immacolato. E Maria, non è forse la colomba purissima?"

"Tutti questi emblemi hanno però i loro pericoli," riprese pensoso Sebastiano Theus. "I miei fratelli alchimisti usano figure come il Latte della Vergine, il Corvo Nero, il Leone Verde Universale e la Copulazione Metallica per designare operazioni della loro arte, là dove la violenza o la sottigliezza di quelle supera le parole umane. Il risultato è che le menti rozze si affezionano a quei simulacri, e che altre piú giudiziose disprezzano al contrario un sapere che va sí lontano ma che appare loro come insabbiato in una palude di sogni... Non spingo oltre il paragone."

"La difficoltà è insormontabile, amico mio," disse il priore. "Se io andassi a dire a dei poveri diavoli che la aureola dorata della Madonna e il suo manto azzurro sono solo un goffo simbolo degli splendori celesti, e il cielo a sua volta una povera immagine del bene invisibile, ne concluderebbero che non credo né alla Madonna, né al cielo. Non sarebbe allora una menzogna peggiore? La cosa significata autentifica il segno."

"Torniamo al ragazzo che ho curato," insisté il medico. "Vostra Reverenza non vorrà credere che questo Han abbia pensato di abbattere l'avvocata destinataci *ab aeterno* dalla misericordia di Dio? Costui ha spaccato un tronco di legno avvolto in un abito di velluto che un predicante gli presentava come un idolo, e oso dire che questa empietà, che giustamente indigna il priore, gli sarà sembrata conforme al piatto buonsenso che ha ricevuto dal cielo. Questo villano non ha voluto insultare lo strumento della salvezza del mondo piú di quanto non abbia pensato, uccidendo Vargaz, di vendicare la patria belga."

"Eppure ha fatto l'una e l'altra cosa."

"Io me lo domando," disse il filosofo. "Siamo voi ed io che cerchiamo di dare un senso alle azioni violente d'uno zotico ventenne."

"Ci tenete molto che questo ragazzo sfugga alle conseguenze giudiziarie, signor medico?" chiese a bruciapelo il priore.

"Oltre a dipenderne la mia personale sicurezza, preferisco

che non venga dato alle fiamme il mio capolavoro," replicò con tono scherzoso Sebastiano Theus.

"Ma non si tratta di quel che il priore potrebbe pensare."

"Meglio cosí" disse il religioso, "voi attenderete piú tranquillamente la fine di questa storia. Neppur io intendo guastare l'opera vostra, amico Sebastiano. Troverete l'occorrente in quel cassetto."

Zenone tirò fuori la borsa nascosta sotto la biancheria e scelse parsimoniosamente qualche moneta d'argento. Nel riporla s'impigliò in un lembo di stoffa grezza e fece del tutto per staccarsene. Era un cilicio su cui si seccavano qua e là dei grumi nerastri. Il priore imbarazzato volse altrove il capo.

"La salute di Sua Reverenza non è abbastanza solida da permetterle pratiche cosí dure."

"Al contrario, vorrei raddoppiarle," protestò il religioso. "Le vostre occupazioni, Sebastiano," continuò, "non vi avranno lasciato il tempo di riflettere sulle calamità pubbliche. Tutto ciò che si va dicendo è purtroppo esatto. Il re ha appena finito di radunare un esercito in Piemonte agli ordini del duca d'Alba, il vincitore di Mühlberg, che in Italia passa per un uomo di ferro. Questi ventimila uomini con le loro bestie da soma e i bagagli stanno valicando le Alpi per piombare sulle nostre sfortunate province... Forse, rimpiageranno il capitano Julian Vargaz."

"Si affrettano prima che le strade siano bloccate dall'inverno," disse l'uomo che anni prima era fuggito da Innsbruck attraverso sentieri di montagna.

"Mio figlio è tenente del re ed è un miracolo se non si trova nella compagnia del duca," fece il priore col tono di chi si piega a una penosa confessione. "Siamo tutti implicati nel male."

La tosse che lo aveva disturbato piú d'una volta, lo assalí di nuovo. Sebastiano Theus gli tastò il polso, riprendendo le sue funzioni di medico.

"La cattiva cera del priore," disse dopo una pausa, "si spiega forse colle preoccupazioni. Ma questa tosse che persiste da alcuni giorni e l'eccessivo, inarrestabile dimagrimento hanno cause che è mio dovere cercare. Sua Reverenza mi consentirà di esaminarle la gola con uno strumento di mia fabbricazione?"

"Tutto quel che vorrete, amico," rispose il priore. "L'estate piovosa ha probabilmente provocato quest'angina. Voi stesso vedete che non ho febbre."

Quella sera Han partí col barrocciaio in qualità di cavallaro. Lo zoppicare non gli nuoceva in quel ruolo. Il conducente lo fece scendere ad Anversa presso un agente dei Fugger, segretamente favorevole alle idee nuove, che abitava sul porto e che lo impiegò a inchiodare e schiodare casse di spezie. Verso Natale si seppe che il giovanotto, in perfetto equilibrio sulla gamba risanata, si era imbarcato come carpentiere su una nave negriera che salpava per la Guinea. Su quelle navi c'era sempre bisogno di operai abili non solo a riparare le avarie del bastimento, ma anche a costruire e a spostare tramezzi, a fabbricare gogne e pastoie, e capaci anche di fare a fucilate in caso di ammutinamento. La paga era buona e Han aveva preferito quell'impiego al salario incerto che avrebbe trovato presso il capitano Thomaszoon coi suoi Pezzenti di Mare.

Tornò l'inverno. Il priore aveva spontaneamente rinunciato, a causa della raucedine cronica, a tenere le prediche dell'Avvento. Sebastiano Theus persuase il suo paziente a trascorrere un'ora del pomeriggio a letto per risparmiare le forze, o per lo meno nella poltrona che aveva da poco acconsentito a tenere nella propria cella. E poiché questa, secondo la regola, era sprovvista di camino e di stufa, a stento Zenone convinse il priore a farvi portare un braciere.

Quel pomeriggio lo trovò con gli occhiali inforcati, occupato a verificare delle cifre. L'economo del convento, Pietro de Hamaere, ascoltava in piedi le osservazioni del suo superiore. Zenone provava per quel religioso, con il quale molto di rado aveva scambiato poche parole, un'avversione che sentiva ricambiata. Pietro de Hamaere uscí dopo aver baciato la mano di Sua Reverenza con una genuflessione arrogante e insieme servile. Le notizie del giorno erano particolarmente sinistre. Il conte di Egmont e l'alleato conte di Hornes, incarcerati a Gand da quasi tre mesi sotto l'accusa di alto tradimento, si erano visti rifiutare il diritto di esser giudicati dai loro pari, i quali probabilmente avrebbero loro risparmiato la vita. La città mormorava per questo rifiuto di giustizia. Zenone evitò di parlare per primo di quella iniquità, non sapendo se il priore ne fosse già al corrente. Gli raccontò invece la fine grottesca dell'avventura di Han.

"Il gran Pio II a suo tempo condannò le imprese dei negrieri, ma chi ne tiene conto?" disse il religioso con aria stanca. "È vero che ci sono tra noi ingiustizie ancora piú opprimenti... Si sa che cosa pensano in città del grave torto fatto al conte?"

"Lo compiangono piú che mai per aver prestato fede alle promesse del re."

"Lamoral è generoso, ma ha poco giudizio," disse il priore con piú calma di quanta se ne aspettasse Zenone. "Un buon negoziatore diffida."

Prese docilmente le gocce astringenti che gli versava il medico. Questi lo guardò fare con una segreta tristezza: non credeva alle virtú di quel farmaco fin troppo anodino, ma invano cercava per l'angina del priore un rimedio piú potente. L'assenza della febbre gli aveva fatto rinunciare all'ipotesi di una tisi. Quella raucedine si spiegava forse con un polipo nella gola, come pure il persistere della tosse e quella crescente difficoltà a respirare e a deglutire.

"Grazie," disse il priore, rendendogli il bicchiere vuoto. "Non mi lasciate troppo presto oggi, amico Sebastiano."

Cominciarono a parlare del piú e del meno. Zenone si era seduto molto vicino al religioso per evitargli di alzare la voce. Questi all'improvviso tornò alla sua capitale preoccupazione.

"Una iniquità clamorosa come quella che ha subito Lamoral comporta tutta un sequela d'ingiustizie altrettanto infami, ma che restano inosservate," riprese badando a non affaticarsi. "Il custode del conte è stato arrestato poco dopo il suo padrone, e ucciso a randellate allo scopo di ottenere qualche informazione. Questa mattina ho detto messa per l'anima dei due conti, e forse non c'è casa in Fiandra dove non si preghi per la loro salvezza in questo mondo o nell'altro. Ma chi pensa a pregare per l'anima di quel povero diavolo che del resto non ha potuto rivelare alcunché non essendo per nulla al corrente dei segreti del suo nobile padrone! Non gli restava un osso né una vena, infatti..."

"Capisco," fece Sebastiano Theus, "Vostra Reverenza fa l'elogio di un'umile fedeltà."

"Non esattamente," lo corresse il priore. "Quel custode era un intrallazzatore arricchitosi, dicono, a spese del suo padrone. Pare anche che detenesse un quadro che il duca aveva ordine di acquistare per sua maestà, una delle nostre diavolerie fiamminghe ove si vedono demoni grotteschi mentre tormentano dei dannati. Il re ama la pittura... Che quest'uomo insignificante abbia parlato o no è del resto senza importanza, essendo la sorte del conte già come decisa. Ma in cuor mio mi dico che il conte morirà dignitosamente per un colpo di scure, su un patibolo parato di nero, consolato dal lutto del popolo che vede giustamente in lui un martire della patria belga, dopo aver ricevuto le scuse dal boia che lo colpirà, e accompagnato dalle preghiere del cappellano che lo manderà diritto in cielo...."

"Adesso ho capito," disse il medico. "Vostra Reverenza vuol dire che malgrado tutti i luoghi comuni dei filosofi, il rango e il titolo procurano a chi li possiede concreti vantaggi. Conta pur qualcosa essere grande di Spagna."

"Mi sono spiegato male," mormorò il priore. "È perché quest'uomo fu meschino, insignificante, forse ignobile, provvisto solo d'un corpo sensibile al dolore e d'un'anima per il quale Dio stesso versò il sangue che io mi soffermo a meditare su quella agonia. Ho dovuto sentirmi dire che dopo tre ore l'udivano ancora gridare."

"State attento, signor priore," disse Sebastiano Theus stringendo nella sua la mano del religioso. "Quel poveretto ha sofferto tre ore, ma per quanti giorni e per quante notti Vostra Reverenza rivivrà quella fine? Voi vi tormentate di piú di quanto i boia non abbiano tormentato quell'infelice."

"Non parlate cosí," disse il priore scuotendo il capo. "Le sofferenze di quel custode e il furore dei suoi suppliziatori riempiono il mondo e oltrepassano il tempo. Nulla può impedire che essi siano stati un momento dell'eterno sguardo di Dio. Ogni pena, ogni male è infinito nella sua sostanza, amico mio, e infinito è anche il loro numero."

"Ciò che Vostra Reverenza dice del dolore, potrebbe dirlo anche della gioia."

"Lo so... Anch'io ho avuto i miei momenti di gioia... Ogni gioia innocente è una reliquia dell'Eden... Ma la gioia non ha bisogno di noi, Sebastiano. Solo il dolore fa appello alla nostra carità. Il giorno in cui si è infine rivelato a noi il dolore delle creature, la gioia ci diventa altrettanto impossibile quanto al Buon Samaritano la sosta in una locanda con vino e puttane mentre accanto a lui il malato sanguinava. Io non comprendo nemmeno piú la serenità dei santi in terra né la loro beatitudine in cielo..."

"Se comprendo qualcosa del linguaggio della devozione, il priore attraversa la sua notte oscura."

"Ve ne scongiuro, amico mio, non riducete il mio sconforto a non so quale pia prova sulla via della perfezione, verso cui del resto non mi sogno d'essere incamminato... Osserviamo piuttosto la notte oscura degli uomini. Ahimè! Si teme di errare quando ci si lamenta dell'ordine delle cose! Eppure, caro signore, come osiamo inviare a Dio certe anime, avendo aggravato i loro errori con la disperazione e la bestemmia provocati in loro dai tormenti inflitti ai loro corpi? Perché mai abbiamo lasciato l'ostinazione, l'impudenza e il rancore insinuarsi nelle dispute dottrinali che, come quella del Santo Sacramento dipinta dal Sanzio negli appartamenti del Santo Padre, avrebbero dovuto aver luogo solo in cielo?... Giacché, insomma, se il Re l'anno scorso si fosse degnato di ascoltare la protesta dei nostri gentiluomini; se al tempo della nostra infanzia papa Leone avesse accolto con bontà un ignorante monaco agostiniano... Che altro voleva costui se non ciò di cui tutte le nostre istituzioni hanno sempre bisogno, voglio dire di riforme... Quel bifolco si risentiva di abusi che hanno scandalizzato anche me quando visitai la corte di Giulio III; egli non ha torto di rimproverare ai nostri Ordini un'opulenza che ci è d'ingombro e che non è tutta al servizio di Dio..."

"Il priore certo non ci abbaglia col suo lusso," interruppe sorridendo Sebastiano Theus.

"Ho tutte le comodità," disse il religioso stendendo la mano verso i carboni grigi.

"Che Vostra Reverenza per magnanimità non conceda all'avversario piú di quanto gli spetta," fece dopo riflessione il filosofo. "*Odi hominem unius libri*: Lutero ha diffuso un'idolatria della Bibbia peggiore di tante pratiche da lui giudicate superstiziose, mentre la dottrina della salvezza attraverso la fede sminuisce la dignità dell'uomo."

"Ne convengo," assentí il priore sorpreso, "ma dopo tutto noi, come lui, veneriamo la Scrittura e ci prosterniamo coi nostri deboli meriti ai piedi del Salvatore."

"Certo, Vostra Reverenza, ed è forse ciò che renderebbe incomprensibili a un ateo questi aspri dibattiti."

"Non insinuate quel che non voglio udire," mormorò il priore.

"Tacerò," disse il filosofo. "Solo constato che i signori riformati di Germania che giocano a bocce con le teste dei contadini in rivolta equivalgono ai lanzichenecchi del duca, e Lutero fece il gioco dei principi né piú né meno che il cardinale de Granvelle."

"Ha optato per l'ordine come tutti noi," disse a stento il priore.

Fuori nevicava a raffiche. Il medico si levò per ritornare al dispensario, e il superiore gli fece notare che pochi malati si sarebbero presentati con quel tempaccio e quindi il frate infermiere bastava da solo. "Permettetemi che vi confessi ciò che nasconderei a un uomo di chiesa, proprio come voi mettereste me, piuttosto che un collega, al corrente di una congettura anatomica audace," riprese con gran fatica il priore. "Amico mio, non ne posso piú... Sebastiano, tra poco saranno trascorsi mille e seicento anni dall'incarnazione di Cristo, e noi ci addormentiamo sulla Croce come su di un cuscino... Sembra quasi che, avendo avuto luogo la redenzione una volta per tutte non resti altro da fare che adattarsi al mondo cosí com'è, o, al massimo, assicurarsi la propria salvezza per sé. Noi esaltiamo, è vero, la fede; la portiamo a spasso in pompa magna per le strade; le sacrifichiamo, se occorre, mille vite, compresa la nostra. Noi teniamo in gran conto anche molto la speranza; solo che l'abbiamo troppo spesso venduta a prezzo d'oro ai devoti. Ma chi si cura della carità, se non qualche santo, ancorché io tremi pensando ai limiti angusti entro i quali essi l'esercitano... Perfino alla mia età e sotto questo abito, la mia compassione troppo tenera mi è parsa spesso una tara della mia natura contro cui conveniva lottare... E mi dico che se uno di noi corrèsse al martirio, non per la fede, che ha già sufficienti testimoni, bensí per la sola carità, se si arrampicasse sulla forca o si issasse sulle fascine al posto o almeno accanto alla vittima piú abbietta, ci troveremmo forse su un'altra terra e sotto un nuovo cielo... Il peggior furfante o l'eretico piú pernicioso non saranno mai tanto inferiori a me quanto io lo sono a Gesú Cristo."

"I sogni del priore rassomigliano molto a quel che i nostri alchimisti chiamano la via asciutta o via rapida," disse gravemente Sebastiano Theus.

"Si tratta insomma di trasformare tutto con un sol gesto e

con le nostre deboli forze. È un sentiero pericoloso, signor priore."

"Non temete nulla," disse il malato con sorriso quasi di vergogna.

"Io sono un pover'uomo e dirigo alla meglio sessanta monaci... Dovrei scientemente trascinarli in non so quale disavventura? Non è dato a tutti di aprire con un sacrificio la porta del cielo. L'oblazione, se ha luogo, dovrà farsi diversamente."

"Avviene da sola quando l'ostia è pronta," pensò ad alta voce Sebastiano Theus, riferendosi ai segreti avvertimenti dei filosofi ermetici.

Il priore lo guardò meravigliato:

"L'ostia..." fece devotamente, assaporando la bella parola. "Qualcuno afferma che i vostri alchimisti fanno di Gesú Cristo la pietra filosofale e del sacrificio della messa l'equivalente della Grande Opera."

"Alcuni lo dicono," fece Zenone, aggiustando sulle ginocchia del priore una coperta scivolata a terra. "Ma che altro possiamo dedurre da tali equivalenze se non che lo spirito ha una certa inclinazione?"

"Noi dubitiamo," disse il priore con voce improvvisamente tremula," abbiamo dubitato... Per quante notti ho respinto l'idea che Dio sopra di noi non è che un tiranno o un monarca incapace, e l'ateo che lo nega è il solo uomo che non bestemmi... Poi s'è fatto un chiarore in me; la malattia è un'apertura. Se noi ci ingannassimo postulando la sua onnipotenza e vedendo nei nostri mali l'effetto della sua volontà? Se dipendesse da noi ottenere che il suo regno arrivi? Ho già detto una volta che Dio si delega: ora dirò di piú, Sebastiano. Forse Egli non è che una fiammella nelle nostre mani e dipende da noi d'alimentarla e non lasciarla spegnere; forse noi siamo la punta piú avanzata cui Egli pervenga... Quanti infelici offesi dall'idea della sua onnipotenza accorrerebbero dal fondo del loro sconforto se si chiedesse loro di venire in aiuto alla debolezza di Dio?"

"Tutto ciò si accorda male coi dogmi di Santa Chiesa."

"No, amico mio; io abiuro subito tutto ciò che straccerebbe ulteriormente l'abito senza cucitura. Dio regna onnipotente, d'accordo, sul mondo degli spiriti, ma noi qui siamo nel mondo dei corpi. E su questa terra ove Egli ha posato i suoi passi come l'abbiamo visto se non come un innocente sulla paglia, simile ai lattanti abbandonati sulla neve dei nostri villaggi della Campine devastati dalle truppe del re, come un vagabondo che non ha una pietra sulla quale posare il capo, come un suppliziato impiccato a un quadrivio e che si chiede anche lui perché Dio l'ha abbandonato? Ognuno di noi è debole, ma è una consolazione pensare che Egli è ancora piú impotente e piú scoraggiato, e che tocca a noi di generarlo e di salvarlo nelle creature... Chiedo scusa," disse tossendo. "Vi ho fatto la predica che non posso piú fare dal pulpito."

Aveva posato all'indietro contro lo schienale della poltrona la sua testa massiccia e improvvisamente come svuotata di pensiero. Sebastiano Theus si chinò amichevolmente su di lui agganciandosi la palandrana:

"Rifletterò sulle idee che il priore ha avuto la bontà di espormi," disse. "Prima di congedarmi, posso in cambio metterlo al corrente di un'ipotesi? I filosofi dei nostri tempi sono numerosi nel postulare l'esistenza d'una *Anima Mundi* senziente e piú o meno cosciente, alla quale partecipano tutte le cose; io stesso ho sognato le sorde cogitazioni delle pietre... Eppure i soli fatti noti sembrano indicare che la sofferenza, e di conseguenza la gioia, il bene e ciò che chiamiamo il male, la giustizia e ciò che per noi è ingiustizia, e infine, sotto una forma o sotto un'altra, l'intelletto che serve a distinguere quei contrari, esistono solo nel mondo del sangue e forse della linfa, della carne solcata dai filamenti nervosi come da una rete di lampi, e (chissà?) dello stelo che cresce verso la luce, suo Sovrano Bene, patisce della mancanza di acqua e si contrae al freddo, o resiste meglio che può alle inique invasioni d'altre piante. Tutto il resto, voglio dire il regno minerale e quello degli spiriti, se esiste, è forse insensibile e tranquillo, al di là o al di qua delle nostre gioie e pene. Le nostre tribolazioni, signor priore, sono forse solo un'infima eccezione nella fabbrica universale, e ciò potrebbe spiegare l'indifferenza di quella sostanza immutabile che devotamente chiamiamo Dio."

Il priore represse un brivido.

"Quel che dite fa paura," osservò. "Ma se è cosí eccoci immersi piú che mai nel mondo del grano che viene macinato e dall'agnello che sanguina. Andate in pace, Sebastiano."

Zenone riattraversò il portico che congiungeva il convento all'ospizio di San Cosma. La neve spazzata dal vento si ammucchiava qua e là in grandi strati bianchi. Appena rincasato andò difilato nella cameretta ove teneva riposti su scaffali i libri ereditati da Jean Myers. Il vecchio possedeva un trattato di anatomia pubblicato venti anni prima da Andrea Vesalio che, come Zenone, si era battuto contro i soliti metodi galenici, in favore di una conoscenza piú completa del corpo dell'uomo. Zenone aveva incontrato una sola volta il celebre medico, che da allora aveva fatto una bella carriera a corte prima di morire di peste in Oriente; isolato nella sua specialità medica, Vesalio non aveva avuto da temere altre persecuzioni se non quella dei pedanti, che del resto non gli era mancata. Anche lui aveva sottratto cadaveri; si era fatto dell'interno dell'uomo un'idea basata su ossa raccolte sotto le forche o sui roghi, o in modo ancora piú indecente, ottenuta grazie alle imbalsamature di alti personaggi ai quali si prende di nascosto un rene o il contenuto di un coglione sostituendolo con un po' di filaccia, giacché nulla in seguito indica che quei preparati anatomici provengono dalle Loro Altezze.

Disposto l'in-folio sotto la lampada, Zenone cercò la tavola ove figura uno spaccato dell'esofago e della laringe con l'arteria tracheale: il disegno gli parve uno dei piú imperfetti del grande descrittivista, ma non ignorava che Vesalio, come egli stesso del resto, il piú delle volte aveva dovuto lavorare in fretta su carni già putrefatte. Posò il dito sul punto in cui sospettava nel priore l'esistenza di un polipo che un giorno o l'altro avrebbe soffocato l'ammalato. In Germania aveva avuto l'occasione di sezionare un vagabondo morto dello stesso male; quel ricordo e l'esame con lo *speculum oris* lo portavano a diagnosticare dietro i sintomi oscuri della malattia del priore l'azione nefasta di una particella di carne che divorava poco a poco i tessuti vicini. Si sarebbe detto che l'ambizione e la violenza, tanto estranee alla natura del religioso, si condensassero in quel cantuccio del suo corpo, e di lí alla fine avrebbero distrutto quell'uomo di bontà. Se non andava errato, Gian Luigi de Berlaimont, priore dei Cordiglieri di Bruges, grande forestale della regina vedova Maria d'Ungheria, plenipotenziario al trattato di Crespy, sarebbe morto nello spazio di pochi mesi soffocato da quel nodo che gli si andava formando in fondo alla gola, a meno che il polipo sul suo cammino non avesse rotto una vena, annegando in tal modo l'infelice nel proprio sangue. Esclusa la possibilità, mai trascurabile, d'una morte accidentale in anticipo sul corso della malattia, il destino del sant'uomo era stabilito come s'egli fosse già vissuto.

Il male troppo interno era inaccessibile al bisturi o al cauterio. Le sole probabilità di prolungare la vita dell'amico consistevano nel sostenerne le forze con una dieta prudente; bisognava pensare a procurarsi alimenti semiliquidi, insieme ricchi e leggeri, che avrebbe inghiottito senza troppa fatica quando il restringimento, aggravandosi, avrebbe reso inassorbibili le ordinarie vivande del convento; era opportuno badare a che gli fossero risparmiati i salassi e le purghe dei soliti medici, che nei tre quarti dei casi non fanno altro che esaurire barbaramente la sostanza umana. Quando sarebbe giunto il momento di sedare sofferenze aumentate oltre misura, bastava contare sull'efficacia di qualche pozione a base di oppio e continuare a illuderlo nel frattempo con palliativi che gli avrebbero evitato l'angoscia di sentirsi abbandonato al suo male. L'arte del medico per il momento non sapeva offrire di piú.

Spense il lume. La neve era cessata, ma il suo biancore mortalmente freddo riempiva la camera; i tetti inclinati del convento lucevano come fossero di vetro. Un solo pianeta, giallo, brillava a sud con fulgore opaco nella costellazione del Toro, non lungi dallo splendido Aldebaran e dalle liquide Pleiadi. Zenone aveva rinunciato da tempo a porsi temi astrologici, poiché riteneva che i nostri rapporti con quelle sfere lontane sono troppo confusi perché se ne possano ricavare calcoli certi, anche se ogni tanto strani risultati si imponevano. Appoggiato col gomito nel vano della finestra, si immergeva in oscure fantasticherie. Non ignorava che, stando alla loro data di nascita, il priore e lui avevano tutto da temere da quell'opposizione di Saturno.

I *disordini della carne*

Da alcuni mesi Zenone aveva come frate infermiere un giovane Cordigliere di diciotto anni, che sostituiva vantaggiosamente l'ubriacone ladro di balsami, di cui si erano sbarazzati. Frate Cipriano era un contadino entrato in convento a quindici anni, sapeva appena quel po' di latino per rispondere alla messa e parlava solo il rozzo fiammingo del suo villaggio. Veniva spesso sorpreso a canticchiare ritornelli che forse aveva imparato pungolando i buoi. Gli erano rimaste debolezze infantili, come quella d'immergere furtivamente la mano nel vaso dello zucchero che serviva ad addolcire le pozioni. Ma questo ragazzo indolente sapeva applicare con incomparabile destrezza un impiastro o bendare una medicazione; non v'era piaga né ascesso purulento che lo spaventasse o gli facesse schifo. I bambini portati all'ambulatorio erano attratti dal suo sorriso. Zenone lo incaricava di riaccompagnare a casa gli ammalati troppo deboli che non si azzardava a rimandare soli per la città; col naso per aria, lieto del rumore e del movimento delle strade, Cipriano correva dall'ospizio all'ospedale di san Giovanni, per dare o prendere in prestito i farmaci, otteneva un letto per qualche pezzente che non si poteva lasciar morire sulla dura terra o, in mancanza di meglio, persuadeva una pia donna del quartiere ad accogliere quel derelitto. All'inizio della primavera si mise con impegno a rubare mazzi di biancospino per ornare la Madonna sotto il portico, poiché il giardino del convento non era ancora fiorito.

La sua testa ignara era zeppa di superstizioni ereditate dalle scimunite del villaggio: bisognava stare attenti che non applicasse sulle piaghe dei malati la medaglia da un soldo di un santo guaritore. Credeva al lupo mannaro che abbaia nelle vie deserte, e vedeva dappertutto maghi e streghe. L'ufficio divino, secondo lui, non si poteva compiere senza la discreta presenza di uno di quei servitori di Satana. Quando gli accadeva di servire da solo la messa nella cappella vuota, appuntava i sospetti sull'officiante, o immaginava nell'ombra un mago invisibile. Sosteneva che in certi giorni dell'anno il prete era obbligato a fabbricare stregoni, al che si procedeva recitando in senso inverso le preghiere del battesimo, e a prova di ciò riferiva che la sua madrina l'aveva affrettatamente ritirato dal fonte battesimale appena s'era accorta che il signor curato teneva il breviario capovolto. Ci si proteggeva evitando i contatti o posando la mano sulle persone sospette di stregoneria piú in alto di dove vi avevano toccato. Un giorno che Zenone per caso gli toccò la spalla, fece in modo un momento dopo di sfiorargli il viso.

Quella mattina, dopo la domenica di Quasimodo, si trovavano insieme nell'officina. Sebastiano Theus stava aggiornando il registro. Cipriano pestava stancamente dei semi di cardamomo. Ogni tanto si fermava per sbadigliare.

"Dormite in piedi," disse bruscamente il medico. "Devo credere che avete passato la notte a pregare?"

Il ragazzo sorrise con aria astuta:

"Gli angeli si riuniscono di notte," disse dopo aver lanciato un'occhiata alla porta. "L'ampollina del vino passa di mano in mano; la vasca è pronta per il bagno degli Angeli. Essi si inginocchiano davanti alla Bella che li abbraccia e li bacia; la serva della Bella le scioglie le lunghe trecce ed entrambe sono nude come in Paradiso. Gli Angeli si tolgono gli abiti di lana e si ammirano nei vestimenti di pelle ricevuti da Dio; i ceri brillano e si spengono e ognuno segue il desiderio del proprio cuore."

"Favole!" esclamò sprezzante il medico.

Ma una sorda inquietudine lo invase. Conosceva quegli appellativi angelici e quelle immagini dolcemente lascive: erano stati l'appannaggio di sette dimenticate che ci si illudeva d'aver soppresse in Fiandra col ferro e col fuoco da oltre mezzo secolo.

Si ricordava quando ancora bambino, sotto la cappa del camino in via dei Lanaioli, aveva udito parlare a bassa voce di quelle assemblee ove i fedeli si conoscono nella carne.

"Dove avete raccolto queste pericolose sciocchezze?", disse severamente. "Non sapete sognare nulla di meglio?"

"Non sono favole," disse il ragazzo offeso. "Quando Mynheer[1] vorrà, Cipriano lo prenderà per mano e allora vedrà e toccherà gli Angeli."

"Voi scherzate," disse Sebastiano Theus con eccessiva fermezza.

Cipriano si era rimesso a pestare i cardamomi. Ogni tanto si portava alle narici uno dei grani neri per sentirne meglio il buon odore piccante. Sarebbe stato prudente considerare come non dette le parole del ragazzo, ma Zenone fu vinto dalla curiosità:

"E dove e quando avvengono le vostre pretese congiunzioni notturne?" chiese irritato. "Non è tanto facile uscire nottetempo dal convento. Certi monaci, lo so, saltano il muro..."

"Sono degli sciocchi," ribatté Cipriano con superiorità. "Frate Floriano ha trovato un passaggio per dove gli Angeli vanno e vengono. Egli ama Cipriano."

"Tenetevi i vostri segreti," disse impetuosamente il medico. "Chi garantisce che io non vi tradirò?"

Il ragazzo scosse lentamente la testa.

"Mynheer non vorrebbe nuocere agli Angeli," insinuò con l'impudenza d'un complice.

Un colpo di martello li interruppe. Zenone andò ad aprire in preda a un trasalimento che non aveva piú provato dagli allarmi di Innsbruck. Era una bambina malata di lupus che si presentava sempre velata di nero, non per vergogna del suo male ma perché Zenone aveva notato che la luce ne aggravava le devastazioni. Fu un diversivo ricevere e medicare quell'infelice. Altri infelici la seguirono. Nessun discorso pericoloso fu piú scambiato per alcuni giorni tra il medico e l'infermiere. Ma Zenone guardava ormai il fraticello con altro occhio. Un corpo e un'anima inquietanti e tentatori vivevano sotto quel saio. Allo stesso tempo gli sembrava che si fosse aperta una crepa nel suo rifugio. Senza esplicitamente volerlo, cercò l'occasione di venirne a sapere di piú.

Questa si offrí il sabato seguente. Seduti a un tavolo, erano intenti a ripulire alcuni strumenti dopo la chiusura dell'ospizio. Le mani di Cipriano si muovevano diligenti tra le pinze acuminate e i bisturi taglienti. Tutt'a un tratto, appoggiandosi con i gomiti tra tutti quei ferri, canticchiò in sordina un motivo antico e complicato:

[1] Mynheer: Monsignore, in fiammingo. [N.d.T.]

Chiamo e son chiamato
Bevo e son bevuto,
Mangio e son mangiato,
Danzo, e ciascuno canta,
Canto, ed ognun danza...

"Che c'entra adesso questo ritornello?" chiese bruscamente il medico.

In realtà avevo riconosciuto i versetti condannati d'un vangelo apocrifo, per averli intesi diverse volte recitare dagli ermetici che vi attribuivano poteri occulti.

"È il cantico di San Giovanni," disse innocentemente il ragazzo.

E piegandosi tutto sopra il tavolo, continuò su un tono di tenera confidenza:

"La primavera è venuta, la colomba sospira, tiepido è il bagno degli angeli. Essi passeggiano tenendosi per mano e cantano a mezza voce, per timore d'esser uditi dai maligni. Frate Floriano ieri aveva portato con sé un liuto e sonava in sordina musiche tanto dolci da far piangere."

"Siete in molti in questa avventura?" domandò suo malgrado Sebastiano Theus.

Il ragazzo contò sulla punta delle dita:

"C'è Quirino, mio amico, e il novizio Francesco de Bure col suo volto aperto e una bella voce chiara. Matteo Aerts ci viene ogni tanto," continuò, aggiungendo ancora due nomi che il medico non conosceva, "e frate Floriano è raramente assente dall'assemblea degli Angeli. Pietro de Hamaere non viene mai, ma li ama."

Zenone non si aspettava che nominasse quel frate in fama di austerità. C'era inimicizia tra loro da quando l'economo si era opposto ai restauri di San Cosma e aveva tentato a diverse riprese di lesinare sul denaro dell'ospizio. Per un momento gli parve che le strane rivelazioni di Cipriano fossero una trappola ordita da Pietro per farvelo cadere. Ma il ragazzo riprese:

"La Bella neppure viene sempre, ma solo quando le maligne non le fanno paura. La sua moretta porta in un panno il pane benedetto delle Bernardine. Non esiste tra gli Angeli né vergogna, né gelosia, né divieti circa il dolce uso del corpo. La Bella dà a quanti gliela chiedono la consolazione dei suoi baci, ma predilige solo Cipriano."

"Come la chiamate?" disse il medico sospettando per la prima volta un nome e un volto sotto ciò che fino allora gli era parsa l'amorosa fantasticheria di un ragazzo privo di compagnia femminile da quando aveva dovuto rinunciare ai giochi sotto i salici con le vaccare. "Eva" rispose sommessamente Cipriano.

Un mucchietto di carboni ardeva in un fornello sul davanzale della finestra. Serviva a fondere la gomma dei colliri. Zenone prese il ragazzo per la mano e lo trascinò verso la fiammella. Per un istante gli tenne il dito sopra la massa incandescente. Cipriano impallidí fino alle labbra che si morse per non gridare. Zenone era quasi altrettanto pallido. Gli lasciò subito la mano.

"Come sopporterete su tutto il corpo la stessa fiamma?" disse a bassa voce. "Trovatevi piaceri meno pericolosi delle vostre assemblee d'Angeli!"

Colla sinistra Cipriano aveva raggiunto su una mensola un vaso contenente olio di giglio che si spalmò sulla parte ustionata. Zenone l'aiutò in silenzio a fasciarsi il dito.

In quel momento frate Luca entrò con un vassoio destinato al priore, al quale portavano ogni sera una pozione calmante. Se ne incaricò Zenone e da solo salí presso il religioso. L'indomani l'episodio non sembrava piú che un incubo notturno, ma egli rivide Cipriano intento a lavare il piede a un bambino ferito. Portava ancora la fasciatura al dito. In seguito e ogni volta con la stessa insopportabile angoscia, Zenone distoglieva lo sguardo dalla cicatrice del dito bruciato. Cipriano sembrava fare apposta a metterglieila sotto gli occhi quasi con civetteria.

Alle speculazioni alchimistiche nella cella di San Cosma seguí l'andirivieni angosciato d'un uomo che vede il pericolo e cerca una via d'uscita. A poco a poco, come oggetti emergenti dalla nebbia, dalle divagazioni di Cipriano spuntavano i fatti. Il bagno degli Angeli e le loro licenziose assemblee si spiegavano facilmente. Il sottosuolo di Bruges era un labirinto di cunicoli sotterranei che s'innestavano da negozio a negozio e da cantina a cantina. Solo una casa abbandonata separava le dipendenze del convento dei Cordiglieri da quello delle Bernardine; frate Floriano, un po' muratore un po' imbianchino nei suoi lavori di restauro della cappella e dei chiostri, poteva essersi imbattuto in antiche stanze da bagno a vapore o vecchi lavatoi abbandonati, divenuti per quei folli una camera segreta e un dolce rifugio. Floriano era un giovanotto di ventiquattro anni; la sua prima giovinezza era trascorsa a errare allegramente per il paese ritraendo i nobili nei loro castelli e i borghesi nelle loro case cittadine e ricevendo da essi in cambio il vitto e un pagliericcio. I tumulti di Anversa avevano fatto evacuare il convento ove aveva improvvisamente preso il saio, e pertanto dall'autunno era stato trasferito presso i Cordiglieri di Bruges. Simpatico, ingegnoso, di bell'aspetto, era sempre circondato da uno stuolo d'apprendisti che gli volteggiavano attorno su per le scale. Questo cervello sfasato si era imbattuto chissà dove in un gruppo superstite dei beghini o di quei Fratelli dello Spirito Santo sterminati all'inizio del secolo, e da costoro aveva imparato, come chi prende un contagio, quel linguaggio fiorito e gli appellativi serafici che poi trasmise a Cipriano. A meno che il giovane contadinello non avesse egli stesso raccolto quel pericoloso gergo tra le superstizioni del suo villaggio, come germi d'una peste dimenticata che continuano a covare segretamente in fondo a un armadio.

Da quando il priore era ammalato, Zenone aveva notato nel convento una tendenza all'irregolarità e al disordine: gli uffici notturni, si diceva, erano irregolarmente frequentati da alcuni dei frati; tutto un gruppo resisteva sordamente alle riforme stabilite dal priore in conformità alle raccomandazioni del Concilio; i piú corrotti tra i monaci detestavano Gian Luigi de Berlaimont per l'austerità di cui dava l'esempio; i piú rigidi invece lo disprezzavano per la mitezza che giudicavano eccessiva. Già nascevano intrighi in vista dell'elezione del nuovo superiore. Le audacie degli Angeli probabilmente erano state facilitate da quell'atmosfera di interregno. Era comunque straordinario che un uomo prudente come Pietro de Hamaere li lasciasse correre il rischio mortale di assemblee notturne, e commettere la follia ancora piú grande di immischiarvi due giovinette; ma forse Pietro non poteva rifiutare nulla a Floriano e a Cipriano.

Sulle prime Sebastiano Theus pensò che le fanciulle non fossero che ingegnosi sprannomi o addirittura pure invenzioni. Poi si ricordò che nel quartiere si parlava molto d'una damigella di buona famiglia che verso Natale era andata ad alloggiare presso le Bernardine, durante l'assenza del padre magistrato al Consiglio delle Fiandre, partito per Valladolid a rispondere del suo operato. La sua bellezza, i suoi costosi ornamenti, la carnagione scura e gli orecchini della sua servetta alimentavano le chiacchiere nelle botteghe e per le strade. La damigella de Loos usciva colla sua moretta per recarsi nelle chiese o a fare acquisti dal merciaio o dal pasticciere. Nulla impediva che Cipriano uscito per acquisti avesse scambiato sguardi, poi parole con quelle belle, o che Floriano, mentre attendeva al restauro degli affreschi del coro avesse trovato modo di persuaderle per conto suo o del suo amico. Due ragazze ardite potevano benissimo spingersi di notte lungo un dedalo di corridoi fino alle assemblee notturne degli Angeli e fornire alla loro fantasia satura d'immagini bibliche una Sulamita e un'Eva.

Il mattino che seguí le rivelazioni di Cipriano, Zenone si recò dal pasticciere della via Lunga a comperare un vino dolce aromatizzato che entrava per un terzo nella pozione del priore. Idelette de Loos sceglieva frittelle e ciambelle sul bancone. Era una giovinetta di appena quindici anni, slanciata come un fuscello, coi capelli lunghi d'un biondo quasi bianco e occhi purissimi. Quei capelli slavati e quegli occhi d'acqua pura ricordarono a Zenone il ragazzetto che a Lubecca gli era stato compagno inseparabile, all'epoca in cui in compagnia del padre, il dotto Egidio Friedhof, ricco orafo della Breitenstrasse, eseguiva indagini sulla saldatura e sul titolo dei metalli nobili. Quel giovinetto riflessivo era stato un oggetto delizioso e insieme un discepolo studioso...Gerhart s'era infatuato dell'alchimista al punto di volerlo accompagnare nei suoi viaggi verso la Francia e suo padre aveva acconsentito a che iniziasse cosí il suo giro della

Germania; ma il filosofo aveva temuto per quel ragazzo che era stato allevato delicatamente, il cattivo stato delle strade e gli altri pericoli che esse celano. Quelle esperienze di Lubecca che avevano rappresentato quasi un'estate di San Martino nella sua esistenza errabonda, gli tornavano alla mente non piú nell'arida elaborazione della memoria, alla stregua dei ricordi carnali evocati recentemente, quando meditava su se stesso, ma inebrianti come un vino dal quale non ci si doveva assolutamente lasciar ubriacare. Esse lo avvicinavano, volente o nolente, alla brigata dissennata degli Angeli. Ma altri ricordi turbinavano intorno al visino d'Idelette: qualcosa d'audace e di sbarazzino nella damigella de Loos evocava dall'oblio quella Giannetta Fauconnier, la prediletta degli studenti di Lovanio, che era stata la sua prima conquista d'uomo; la fierezza di Cipriano non gli sembrava piú tanto puerile né vana. La memoria si tese per risalire ancora piú lontano; ma il filo si ruppe; la moretta rideva sgranocchiando confetti e Idelette uscendo lanciò allo sconosciuto in grige chiome uno di quei sorrisi che rivolgeva a tutti i passanti. L'abito ampio ingombrava lo stretto ingresso della bottega; il pasticciere che amava le donne fece notare al cliente con che gesto della mano la damigella sapeva ricondurre il fascio delle gonne, scoprendosi le caviglie e facendo aderire sulle cosce la bella seta cangiante.

"Ragazza che mette in mostra le sue forme dà a conoscere di avere fame di ben altro che di pasticcini," disse salace al medico.

Era una delle spiritosaggini d'obbligo tra uomini. Zenone ne rise coscienziosamente.

L'andirivieni notturno riprendeva: otto passi tra il baule e il letto, dodici passi tra la finestra e la porta: consumava il pavimento in quella che era già la passeggiata del prigioniero. Aveva sempre saputo che certe sue passioni, assimilate a un'eresia della carne, potevano valergli la sorte riservata agli eretici, cioè il rogo. Ci si abitua alla ferocia delle leggi del proprio secolo, come ci si abitua alle guerre suscitate dalla scempiaggine umana, alla disuguaglianza di condizioni, alla inefficiente sorveglianza delle strade e all'incuria delle città. Era normale che si potesse finire bruciati per aver amato Gerhart, proprio come si poteva arrostire per aver letto la Bibbia in lingua volgare. Queste leggi, inoperanti per la natura stessa di ciò che pretendevano punire, non colpivano i ricchi né i grandi di questo mondo: il Nunzio a Innsbruck si era vantato di versi osceni che avrebbero spedito sul rogo un povero frate; né si era mai visto un nobile gettato alle fiamme per aver sedotto il suo paggio. Esse infierivano su individui piú oscuri, ma l'oscurità stessa era un rifugio: malgrado gli ami, le reti e le torce, la maggior parte dei pesci proseguono nelle profondità buie la loro rotta senza scia, senza curarsi dei compagni che soprassaltano sanguinanti sul ponte d'una barca. Ma egli sapeva pure che bastava il rancore d'un nemico, il furore momentaneo di una folla isterica o piú semplicemente l'inetto rigore d'un giudice per rovinare dei colpevoli che forse erano innocenti. L'indifferenza si mutava in rabbia e la semicomplicità in esecrazione. Per tutta la vita aveva provato quel timore insieme a tanti altri. Ma si sopporta meno facilmente per gli altri ciò che si accetta abbastanza agevolmente per sé.

Quell'epoca di disordine incoraggiava la delazione in ogni campo. Il popolino segretamente sedotto dai distruttori d'immagini si gettava avidamente su ogni incidente che potesse screditare i potenti Ordini ai quali si rimproveravano le ricchezze e l'autorità. A Gand qualche mese prima nove frati agostiniani, sospetti a torto o a ragione di amicizie sodomitiche, erano stati arsi dopo torture inaudite per soddisfare l'eccitazione della plebe oziosa, aizzata contro il clero; il timore che la gente credesse che si voleva mettere a tacere un affare scandaloso aveva impedito di attenersi, come lo avrebbe raccomandato la saggezza, a pene disciplinari inflitte dallo stesso Ordine. La situazione degli Angeli era ancora piú pericolosa. I giochi amorosi con le due giovinette, che avrebbero dovuto attenuare agli occhi dell'uomo della strada quel che appariva l'aspetto nefando di tutta la storia, al contrario esponevano maggiormente quegli sventurati. La damigella de Loos diventava il bersaglio su cui si sarebbe indirizzata la bassa curiosità del popolo; il segreto delle assemblee notturne dipendeva ormai dalle chiacchiere delle donne o da una illecita fecondità. Ma il rischio maggiore era in quei nomignoli angelici, in quei ceri, nei riti infantili di vino e di pane benedetto, in quelle recitazioni di versetti apocrifi dei quali nessuno, neppure i loro autori, aveva mai capito nulla, e infine nella nudità che pur non differiva granché da quella di ragazzi che giocano intorno a uno stagno. Irregolarità che indubbiamente meritavano ceffoni, avrebbero condotto alla morte quei cuori folli e quelle teste vuote. Nessuno avrebbe avuto il buon senso di trovare normale che dei giovani ignari nello scoprire con stupore le gioie della carne si servissero di frasi e di immagini sacre inculcate loro da sempre. Come la malattia del priore stabiliva con relativa precisione la data e il modo della sua fine, cosí Cipriano e i suoi compagni sembravano a Zenone già spacciati come se li avesse uditi urlare tra le fiamme.

Seduto al suo tavolo mentre tracciava vagamente cifre o segni sui margini d'un registro, considerava quanto fosse singolarmente vulnerabile la propria linea di ripiego. Cipriano aveva tenuto a fare di lui un confidente, se non un complice. Un interrogatorio un po' spinto avrebbe portato alla luce quasi inevitabilmente il suo vero nome e la sua personalità, né era piú consolante l'essere arrestato per ateismo che per sodomia. Non dimenticava neppure le cure prodigate a Han e le precauzioni prese per sottrarlo alla giustizia: da un giorno all'altro, potevano farlo passare per ribelle da impiccare. Sarebbe stato prudente partire, e subito. Ma non era quello il momento di disertare il capezzale del priore.

Gian Luigi de Berlaimont si spegneva lentamente, in conformità al decorso naturale del suo male. Era divenuto magro come un tisico, il che era tanto piú apparriscente in quell'uomo che era stato di costituzione robusta . Essendo aumentata la difficoltà d'ingoiare, Sebastiano Theus aveva ordinato alla vecchia Greta di preparargli alimenti leggeri, altri concentrati e sciroppi, che essa apprestava secondo vecchie ricette che un tempo erano in uso nella cucina di casa Ligre. Benché l'ammalato si sforzasse di gustarli, in realtà li toccava appena con le labbra e Zenone sospettava che patisse continuamente la fame. La voce gli si era quasi totalmente spenta; il priore riservava la parola alle comunicazioni piú necessarie con i suoi subordinati e col medico. Il resto del tempo scriveva i suoi desideri o gli ordini su pezzetti di carta disposti sul letto, ma, come fece notare una volta a Sebastiano Theus, non c'era piú granché da scrivere né da dire.

L'uomo dell'arte medica aveva chiesto che al malato venissero riferiti il meno possibile gli avvenimenti esterni, per risparmiargli la descrizione delle barbarie perpetrate dal Tribunale dei Disordini che infieriva a Bruxelles. Ma sembrava che le notizie filtrassero lo stesso fino a lui. Verso la metà di giugno, il novizio incaricato delle cure corporali del priore discuteva con Sebastiano Theus del giorno in cui, per l'ultima volta, gli era stato fatto il bagno di crusca che gli rinfrescava la pelle e sembrava gli procurasse per qualche tempo un certo benessere. Il priore volse verso di essi il volto grigio e a stento mormorò:

"Era lunedí sei, il giorno in cui vennero giustiziati i due conti."

Alcune lacrime gli scendevano silenziosamente sulle guance smunte. Zenone apprese in seguito che Gian Luigi de Berlaimont era parente di Lamoral da parte della sua defunta moglie. Pochi giorni dopo, il priore affidò al suo medico una lettera consolatoria per la vedova del conte, Sabina di Baviera, che l'inquietudine e il dolore avevano condotta, dicevano, a un passo dalla tomba. Avendo Sebastiano Theus preso il plico per consegnarlo a un messaggero, Pietro de Hamaere, che si aggirava in un corridoio, s'interpose temendo per il convento un'imprudenza del suo superiore. Zenone porse sdegnosamente il biglietto. L'economo lo rese dopo averne presa conoscenza: non v'era nulla di pericoloso in quelle condoglianze all'illustre vedova e in quelle promesse di pregare. Donna Sabina era trattata con deferenza dagli stessi ufficiali del re.

A forza di pensare alla faccenda che lo teneva occupato, Zenone si persuase che per evitare il peggio sarebbe bastato inviare frate Floriano a restaurare cappelle altrove. Rimasti soli, Cipriano e i novizi non avrebbero osato rinnovare le loro assemblee notturne, né d'altra parte era possibile imporre alle Bernardine di sorvegliare meglio le due educande. Giacché il trasferimento di Floriano dipendeva solo dal priore, il filosofo si decise a rivelargli il poco che occorreva per convincerlo ad agire senza indugio. Attese un giorno in cui il malato si sentisse meno male.

L'occasione si presentò un pomeriggio dei primi di luglio in cui il vescovo era venuto personalmente a prendere notizie del priore. Monsignore era appena uscito; Gian Luigi de Berlaimont col saio indosso era disteso sul letto; lo sforzo fatto per ricevere cortesemente l'ospite sembrava gli avesse reso momentaneamente un po' di vivacità e di energia. Sul tavolo Sebastiano vide un vassoio quasi intatto.

"Voi ringrazierete quella brava donna," disse il religioso con voce meno debole del solito. "Ho mangiato poco, è vero," aggiunse quasi allegramente, "ma non è male che un monaco sia costretto al digiuno."

"Il vescovo non avrà omesso di concedere al priore la dispensa," osservò il medico sullo stesso tono scherzoso. Il priore sorrise.

"Monsignore è assai colto, e lo reputo uomo generoso, benché io sia di quelli che si opposero alla sua nomina da parte del re come a una deroga alle nostre vecchie usanze. Sono stato lieto di raccomandargli il mio medico."

"Non cerco un altro posto," disse argutamente Sebastiano Theus.

Il volto del malato esprimeva già la stanchezza.

"Non intendo lamentarmi, Sebastiano," fece rassegnato, a disagio come sempre quando parlava dei propri mali. "Le mie sofferenze sono tollerabili... Ma vi sono conseguenze penose. Cosí esito a ricevere la santa comunione... Ci mancherebbe altro che un colpo di tosse... o un singhiozzo.. Se qualche palliativo potesse ridurre un po' questa angina..."

"L'angina può guarire, signor priore," mentí il medico. "Noi facciamo molto affidamento su questa bella estate..."

"Forse," fece distrattamente il priore. "Forse..."

Tese il suo magro polso. Essendosi il monaco di guardia momentaneamente eclissato, Sebastiano Theus gli disse che poco prima aveva incontrato per caso il frate Floriano.

"Sí," fece il priore tenendo forse a dimostrare che aveva ancora la memoria dei nomi. "Verrà impiegato a rinnovare gli affreschi del coro. Mancano i fondi per comprare pitture nuove..."

Sembrava credere che il monaco fosse giunto con pennelli e ciotole il giorno avanti. Contrariamente alle voci che correvano nei corridoi del convento, per Zenone Gian Luigi de Barlaimont era in possesso delle sue facoltà, ma queste si erano per cosí dire interiorizzate. Ad un tratto il priore gli fece segno di chinarsi come se volesse sussurrargli un segreto, ma non si trattava del frate pittore.

"...L'oblazione di cui un giorno abbiamo parlato, amico Sebastiano... Ma non v'è nulla da sacrificare... Importa poco che un uomo della mia età viva o muoia..."

"Importa a me che il priore viva," rispose con fermezza il medico.

Ma aveva rinunciato a chiedergli aiuto. Ricorrere a lui significava correre il rischio di una delazione. Quei segreti avrebbero potuto sfuggire per inavvertenza da una bocca stanca; poteva anche accadere che quell'uomo alla stremo delle forze desse prova d'un rigore che in altri momenti non era nella sua natura. E infine l'episodio del biglietto provava che il priore non era piú padrone in casa sua.

Zenone fece ancora un tentativo per spaventare Cipriano. Gli parlò del disastro degli Agostiniani di Gand, di cui il monaco infermiere doveva pur sapere qualcosa. Il risultato non fu quello che attendeva.

"Gli Agostiniani sono degli stupidi," disse laconicamente il giovane Cordigliere.

Ma tre giorni dopo si avvicinò al medico con aria preoccupata.

"Frate Floriano ha smarrito un talismano che aveva avuto da un'egiziana," disse turbato. "Pare che potrebbero conseguirne gravi disgrazie. Se Mynheer con i poteri che ha..."

"Non sono un mercante di amuleti," ribatté Sebastiano Theus girando sui tacchi.

L'indomani, nella notte dal venerdí al sabato, il filosofo era occupato sui libri quando un oggetto leggero, attraversata la finestra, venne a cadere nella stanza. Era una bacchettina di nocciolo. Zenone si portò alla finestra. Di sotto un'ombra grigia di cui distingueva appena il volto, le mani e i piedi nudi, era dritta nella posizione di chi chiami qualcuno. Un momento dopo Cipriano scomparve sotto il portico.

Zenone tremante tornò a sedersi al tavolo. Si era impossessato di lui un violento desiderio al quale egli sapeva in anticipo che non avrebbe ceduto, come in altri casi, malgrado una resistenza anche piú forte, uno sa già che prima o poi si arrenderà. Non si trattava di seguire quell'insensato verso chissà quale dissolutezza o magia notturna. In questa vita senza tregua, in presenza del lento lavorio di rovina che si compiva nelle carni del priore, e forse anche nell'anima, lo afferrava il desiderio di dimenticare accanto a un corpo giovane e caldo quelle potenze del freddo, della perdizione e della notte. Bisognava vedere nell'ostinazione di Cipriano l'intenzione di conciliarsi un uomo giudicato utile e inoltre creduto in possesso di poteri occulti? Era un ulteriore esempio dell'eterna seduzione tentata da Alcibiade su Socrate? Ma un'idea piú assurda balenò alla mente dell'alchimista. Era mai possibile che i suoi desideri, repressi a vantaggio di ricerche piú dotte di quelle della carne, avessero assunto fuori di lui quella forma infantile e nociva? *Extinctis luminibus*: spense il lume. Inutilmente, da anatomista e non da amante, egli tentava di raffigurarsi con disprezzo i giochi carnali di quei giovinetti. Ripeté tra sé che la bocca ove si distillano i baci non è che la caverna delle masticazioni, e la traccia delle labbra che abbiamo appena cessato di mordere ripugna sull'orlo di un bicchiere. Invan s'immaginò bianchi bruchi stretti l'uno all'altro o povere mosche invischiate nel miele. Qualunque cosa facessero, Idelette e Cipriano, Francesco de Bure e Matteo Aerts erano belli. La grande sala da bagno abbandonata, era una camera magica; la grande fiamma sensuale tramutava ogni cosa come quella dell'athanor alchimistico e valeva la pena che per essa si rischiasse quella dei roghi. Il biancore dei corpi nudi luceva come quelle fosforescenze che attestano le virtú nascoste delle pietre.

Al mattino sopraggiunse la reazione. La peggiore orgia in fondo a una bettola era meglio delle pagliacciate degli Angeli. Di sotto, nella sala grigia, in presenza d'una vecchia che veniva ogni sabato a farsi curare le varici piagate, sgridò crudelmente Cipriano per aver fatto cadere la scatola delle bende. Nulla d'insolito si leggeva su quel volto dalle palpebre un po' gonfie. L'allettamento notturno non poteva esser stato che un sogno.

Ma i segnali lanciati dal gruppetto si andavano impregnando ora d'ostilità e d'ironia. Un mattino, entrando nell'officina, il filosofo trovò bene in evidenza sul tavolo un disegno troppo abile per provenire da Cipriano, che sapeva appena servirsi d'una penna per firmare. In quell'ammasso di figure era presente lo spirito bizzarro di Floriano. Era uno di quei giardini di delizie che s'incontravano ogni tanto nei pittori, in cui la brava gente vedeva la satira del peccato, ed altri piú maligni invece la festa delle audacie carnali. Una bellezza muliebre entrava in una vasca per farvi il bagno accompagnata dagli ammiratori. Due amanti si abbracciavano dietro una tenda, traditi solo dalla posizione dei piedi nudi. Un giovinotto allargava con tenera mano le ginocchia d'un esser amato che gli assomigliava come un fratello. Dalla bocca e dall'orifizio segreto di un ragazzo prosternato s'innalzavano al cielo delicate fioriture. Una negretta portava qua e là su un vassoio un lampone gigante. Cosí allegorizzato, il piacere diveniva un gioco stregato, una pericolosa irrisione. Il filosofo stracciò pensoso il foglio.

Due o tre giorni dopo lo attendeva un altro scherzo lascivo: da un armadio erano state tirate fuori certe scarpe vecchie che servivano ad attraversare il giardino col fango e colla neve: quelle scarpe ben in vista sul pavimento erano accavallate in un disordine osceno. Zenone le disperse con una pedata; lo scherzo era grossolano. Piú allarmante fu un oggetto che una sera trovò in camera. Era un ciottolo su cui erano stati malamente abbozzati un volto e gli attributi femminili, o forse ermafroditi; il ciottolo era circondato da una ciocca bionda. Il filosofo bruciò il ricciolo e gettò con sprezzo in un cassetto quella specie di manichino da sortilegio. Le persecuzioni cessarono; egli non si era mai abbassato a parlarne a Cipriano. Cominciava a credere che le follie degli Angeli si sarebbero esaurite da sole per il semplice motivo che tutto passa.

Le pubbliche calamità riempivano di clienti l'ospizio di San Cosma. Ai pazienti abituali si univano visitatori che molto spesso non comparivano piú: bifolchi che si trascinavano dietro un armamentario eterogeneo d'oggetti racimolati sul punto di fuggire, o sottratti a una casa in preda alle fiamme, coperte bruciacchiate, imbottite sforacchiate da cui fuoriuscivano le piume, una batteria da cucina o vasi sbrecciati. Le donne portavano i bambini avvolti entro biancheria sporca. Quei contadini cacciati dai villaggi ribelli metodicamente vuotati dalla truppa soffrivano quasi tutti di percosse o ferite, ma il loro male principale era la fame. Alcuni attraversavano la città come mandrie transumanti, senza sapere che cosa li attendesse nella tappa seguente; altri si recavano presso parenti residenti in quella regione meno colpita ancora provvisti di bestiame e di un tetto. Con l'aiuto di frate Luca, Zenone si adoperò per avere pane da distribuire ai piú bisognosi. Meno gementi ma piú ansiosi, generalmente soli o a gruppetti di due o tre, erano riconoscibili i professionisti e gli artigiani venuti dalle città dell'interno e probabilmente ricercati dal Tribunale del Sangue. Questi fuggiaschi indossavano buoni abiti da borghesi, ma le scarpe sfondate, i piedi gonfi e coperti di bolle tradivano le lunghe marce di cui quei sedentari non avevano l'abitudine; tacevano la loro destinazione. Ma Zenone sapeva dalla vecchia Greta che quasi giornalmente battelli da pesca salpavano da punti isolati della costa portando quei patrioti in Inghilterra o in Zelanda, a seconda di quel che permettevano i loro mezzi o la direzione del vento. A questi venivano offerte cure e alimenti, senza fare domande.

Sebastiano Theus non lasciava quasi piú il priore ancorché potesse fidarsi dei due monaci che avevano imparato i rudimenti dell'assistenza. Frate Luca era un uomo assennato, ligio al dovere e la cui mente non andava mai al di là del lavoro immediato. Cipriano non era privo di una certa gentile bontà.

Si era dovuto rinunciare a sedare con oppiacei le sofferenze del priore. Costui una sera aveva rifiutato la pozione calmante.

"Comprendetemi, Sebastiano," mormorò ansiosamente, temendo forse la resistenza del medico. "Non vorrei sonnecchiare nel momento in cui... *Et invenit dormientes...*"

Il filosofo annuí con un gesto. Il suo compito accanto al morente consisté da quel momento nel fargli inghiottire qualche cucchiaiata di brodo o nell'aiutare il frate infermiere a sollevare quel gran corpo scarnito che emanava già odore di tomba. Tornava tardi a San Cosma; si coricava vestito, aspettandosi sempre una crisi di soffocamento da cui il priore non si sarebbe ripreso.

Una notte, gli parve udire passi rapidi avvicinarsi alla sua cella lungo le pietre del pavimento. Si alzò di scatto e aprí la porta. Non c'era nulla, nessuno. Nondimeno, si recò di corsa presso il priore.

Gian Luigi de Berlaimont stava seduto, sostenuto dal capezzale e dai cuscini. Gli occhi spalancati si volsero verso il medico con un'espressione che a quest'ultimo parve d'una sollecitudine infinita: "Partite, Zenone!" articolò. "Dopo la mia morte..."

Un attacco di tosse l'interruppe, Zenone sconvolto si era istintivamente girato per vedere se l'infermiere seduto sullo sgabello avesse potuto udire. Ma quel vecchio sonnecchiava dondolando il capo. Il priore sfinito era ricaduto di traverso sui cuscini in preda a una specie di torpore inquieto. Zenone si chinò su di lui col cuore in tumulto, tentato di destarlo per ottenere da lui una parola, uno sguardo ancora. Dubitava della testimonianza dei propri sensi e perfino della ragione. Sedette accanto al letto. Dopo tutto non era impossibile che il priore avesse saputo da sempre il suo nome.

Il malato si agitava con deboli soprassalti. Zenone gli massaggiò a lungo i piedi e le gambe, come gli aveva insegnato tanto tempo prima la dama di Frösö. Quella terapia equivaleva a tutti gli oppiacei; finí coll'addormentarsi accanto al letto col capo tra le mani.

Al mattino scese al refettorio a prendere una ciotola di minestra tiepida. C'era Pietro de Hamaere. Il grido del priore aveva quasi superstiziosamente svegliato tutti i timori dell'alchimista. Prese da parte Pietro de Hamaere e a bruciapelo gli disse:

"Spero che abbiate fatto cessare le follie dei vostri amici."

Stava per parlare dell'onore e della sicurezza del convento. L'economo gli risparmiò di rendersi ridicolo.

"Non so nulla di tutta questa storia," disse con veemenza. E si allontanò in un gran sbattere di sandali.

Quella sera il priore ricevette per la terza volta la estrema unzione. La stanzetta e la cappella contigua erano colme di monaci che reggevano ceri. Alcuni piangevano; altri si limitavano ad assistere dignitosamente alla cerimonia. Il malato intorpidito cercava di respirare meno penosamente possibile, e guardava le piccole fiamme gialle come se non le vedesse. Quando le preghiere degli agonizzanti furono terminate, gli astanti uscirono in fila, lasciandosi dietro solo due monaci col rosario. Zenone che si era tenuto da parte, tornò a occupare il suo solito posto.

Il tempo delle comunicazioni verbali, anche le piú brevi, era passato; il priore si accontentava di chiedere coi gesti un po' d'acqua, o l'urinale appeso all'angolo del letto. Al fondo di quel mondo in rovina, sembrava a Zenone che sussistesse ancora uno spirito come un tesoro sotto un mucchio di macerie e che con lui era forse possibile restare in contatto al di là delle parole.

Continuava a tenere il polso dell'ammalato, e quel debole contatto sembrava bastasse a trasmettere al priore un po' di forza per riceverne in cambio un po' di serenità. Ogni tanto il medico pensava alla tradizione secondo cui l'anima di un agonizzante aleggia su di lui come una fiammella avvolta nella nebbia, scrutava nella penombra, ma ciò che vedeva non era probabilmente che il riflesso nel vetro d'una candela accesa. Verso l'alba Zenone ritirò la mano: era venuto il momento di lasciare che il priore avanzasse da solo verso le ultime porte, o forse, al contrario, accompagnato dai volti invisibili che certo aveva chiamato nell'agonia. Poco dopo il malato sembrò agitarsi e sul punto di svegliarsi; le dita della mano sinistra pareva cercassero qualcosa sul petto, là dove un tempo Gian Luigi de Berlaimont aveva portato il toson d'oro. Zenone scorse sul guanciale uno scapolare di cui si era sciolto il filo. Lo rimise al suo posto; il morente vi appoggiò le dita soddisfatto. Le sue labbra si muovevano silenziose. A forza di tender l'orecchio Zenone finí con l'udire, ripetuta forse per la millesima volta, la fine d'una preghiera:

"*...nunc et in hora mortis nostrae.*"

Passò mezz'ora; chiese ai due monaci di occuparsi delle cure da prestare al cadavere.

Assistette ai funerali del priore da una navata laterale della chiesa. La cerimonia aveva attirato molta gente. Riconobbe in prima fila il vescovo e, vicinissimo appoggiato a un bastone, un vecchio semiparalizzato ma robusto: non era altri che il canonico Bartolomeo Campanus, il quale aveva acquisito prestanza e fermezza con l'età avanzata. I monaci sotto i loro cappucci si rassomigliavano tutti. Francesco de Bure fungeva da turiferario; aveva veramente un viso d'angelo. L'aureola o la macchia vivida del mantello d'una santa brillavano qua e là negli affreschi rinnovati del coro.

Il nuovo superiore era un personaggio alquanto scialbo ma di grande pietà e che passava per abile amministratore. Correva voce che dietro consiglio di Pietro de Hamaere, che aveva contribuito alla sua elezione, avrebbe fatto probabilmente chiudere a breve scadenza l'ospizio di San Cosma, che giudicava troppo dispendioso. Forse era trapelato qualcosa dei servigi resi ai fuggiaschi del Tribunale dei Disordini. Al medico comunque non era stata fatta alcuna osservazione. Poco gliene importava: Zenone era deciso a sparire subito dopo le esequie del priore.

Questa volta non avrebbe preso nulla con sé. Si sarebbe lasciato dietro i libri, che del resto non consultava piú che ben di rado. I manoscritti non erano né abbastanza preziosi né abbastanza compromettenti da doverseli portar dietro anziché farli finire un giorno o l'altro nella stufa del refettorio. La stagione era calda, decise di lasciare la palandrana e gli abiti invernali; una semplice casacca sul vestito migliore sarebbe bastata. Nella bisaccia avrebbe messo gli istrumenti avvolti in qualche panno e alcune medicine rare e costose. All'ultimo momento vi ripose anche le due vecchie pistole da fonda. Ogni particolare di quella riduzione all'essenziale era stato l'oggetto di lunghe deliberazioni. Il denaro non gli mancava: oltre al poco che Zenone aveva economizzato per quel viaggio sui magri emolumenti che gli corrispondeva il convento, aveva ricevuto pochi giorni prima della morte del priore un pacchetto portatogli dal vecchio monaco infermiere: conteneva la borsa da dove aveva attinto a suo tempo denaro per Han. Da quel giorno sembrava che il priore non se ne fosse piú servito.

La sua prima intenzione era stata di approfittare del carro del figlio di Greta fino ad Anversa e penetrare da lí in Zelanda o in Gheldria, paesi in aperta rivolta contro l'autorità reale. Ma se si fossero appuntati dei sospetti su di lui dopo la partenza, era meglio che quella brava vecchia e suo figlio non fossero compromessi. Prese la decisione di recarsi a piedi sulla costa e procurarsi una barca.

La vigilia della partenza scambiò per l'ultima volta qualche parola con Cipriano, che trovò a canticchiare nell'officina. Il ragazzo aveva un'aria tranquilla e beata che lo esasperò.

"Voglio sperare che abbiate rinunciato ai vostri piaceri in questo momento di lutto," gli disse senza preamboli.

"Cipriano non si cura piú di assemblee notturne," disse il giovane frate con quel vezzo infantile che aveva di parlare di sé come se si trattasse d'un altro. "Incontra la sua Bella solo a sola e alla luce del sole."

Non si fece pregare tanto per spiegare che aveva scoperto lungo il canale un giardino abbandonato, ne aveva forzato il cancello e là Idelette talvolta lo raggiungeva. La moretta faceva buona guardia nascosta dietro un muro.

"Avete pensato a non abusare della Bella? La vostra vita può dipendere dai vaneggiamenti d'una puerpera."

"Gli Angeli non concepiscono né partoriscono," disse Cipriano col tono falsamente sicuro con cui si recitano formule mandate a memoria.

"Ah! Smettetela con questo linguaggio da beghino," fece il medico seccato.

La sera prima che uscisse dalla città cenò, come spesso faceva, con l'organista e la moglie. Dopo il pasto l'organista lo condusse come al solito ad ascoltare i brani che avrebbe eseguiti la domenica seguente all'organo maggiore di San Donaziano. L'aria prigioniera nelle canne sonore si spandeva nella navata vuota, piú armoniosa e piú potente di qualsiasi voce umana. Tutta la notte, disteso per l'ultima volta nel suo letto nella cella di San Cosma, Zenone eseguí a piú riprese un mottetto di Orlando di Lasso mentre fantasticava progetti per l'avvenire. Era inutile partire troppo presto, giacché le porte della città si aprivano al sorger del sole. Scrisse un biglietto in cui spiegava che un suo amico ammalatosi in una località vicina l'aveva fatto chiamare d'urgenza e che sarebbe probabilmente ritornato entro una settimana. Bisogna sempre assicurarsi i mezzi per un eventuale rientro. Quando sgusciò cautamente fuori dell'ospizio, la via era già invasa dalla grigia alba estiva. Il pasticciere riapriva le persiane della sua bottega e fu il solo a vederlo.

La passeggiata sulla duna

Giunse alla Porta di Damme nel momento in cui veniva tolta la saracinesca e si abbassava il ponte levatoio. Le guardie lo salutarono con cortesia; erano abituate a quelle uscite mattutine dell'erborista; il fagotto che portava non attirò l'attenzione.

Camminava a passi lunghi e veloci lungo un canale; era l'ora in cui gli ortolani entravano in città per vendervi l'erba e i legumi; molti di costoro lo conoscevano e gli augurarono buona passeggiata; un uomo che contava appunto di recarsi all'ospizio a farsi curare l'ernia si rattristò nell'apprendere che il medico si assentava: il dottor Theus gli assicurò che sarebbe ritornato verso la fine della settimana, ma gli fu duro pronunciare quella menzogna.

Si andava delineando una di quelle belle mattine nelle quali il sole spunta a poco a poco dietro la nebbia. Un benessere cosí vivo che era quasi gioia, pervadeva il viandante. Per gettarsi dietro le spalle, come con una scrollata, le angosce e le preoccupazioni che gli avevano agitato le ultime settimane, sembrava bastasse dirigersi con passo deciso verso un punto della costa ove avrebbe trovato una barca. Il mattino sotterrava i morti; l'aria pura dissipava il delirio. Bruges a una lega dietro di lui avrebbe potuto trovarsi in un altro secolo o in un'altra sfera. Si meravigliava di aver acconsentito a rinchiudersi per quasi sei anni nell'ospizio di San Cosma, insabbiato nella monotona esistenza conventuale, peggiore dello stato ecclesiastico, che gli aveva fatto orrore a vent'anni, ingigantendo l'importanza dei piccolo intrighi, degli scandali inevitabili a porte chiuse. Gli sembrava quasi d'aver insultato le infinite possibilità dell'esistenza rinunciando per tanto tempo all'invito del mondo. Il movimento dello spirito che si apre una via in senso inverso alle cose conduceva certamente a sublimi profondità, ma rendeva impossibile l'esercizio che consiste nell'essere. Per troppo tempo si era privato del piacere di procedere diritto davanti a sé, immerso nell'immediato presente, lasciando che il fortuito ridivenisse il suo destino, ignorando ove avrebbe passato la notte e in che modo si sarebbe guadagnato da vivere fra otto giorni. Il cambiamento era stato una rinascita e quasi una metempsicosi. Il moto alternato delle gambe bastava a soddisfargli l'anima. Gli occhi si limitavano appena a dirigere la marcia, benché gioissero del verde intenso dell'erba. L'udito registrava con soddisfazione il nitrire d'un puledro al galoppo lungo una siepe viva e il cigolio insignificante d'un carretto. Dalla partenza scaturiva una libertà totale.

Si avvicinava alla borgata di Damme, vecchio porto di Bruges ove un tempo non lontano, prima dell'insabbiamento di quel tratto di costa, approdavano le grandi navi d'oltremare. Quei tempi di grande attività erano trascorsi per sempre; le vacche pascolavano ove un tempo sbarcavano le balle di lana. Zenone si ricordò di aver udito l'ingegnere Blondel supplicare Enrico-Giusto di anticipare una parte dei fondi necessari per lottare contro l'invasione della sabbia; quel ricco dalla vista corta aveva opposto un diniego all'uomo capace che avrebbe salvato la città. Quella genia di avari non agiva mai diversamente.

Si fermò sulla piazza per comperare del pane. Le porte delle case borghesi si andavano socchiudendo. Una matrona bianca e rossa sotto la leggiadra cuffia lasciò uno spaniel che si allontanò festoso, fiutando l'erba, prima di andarsi a immobilizzare per un istante nell'atteggiamento contrito dei cani che fanno un bisogno, per riprender poi i salti e i giochi. Un gruppetto di bambini schiamazzanti andavano a scuola, graziosi e paffuti come pettirossi nei loro vestitini dai colori vivaci. Eppure quelli erano i sudditi del re di Spagna che un giorno sarebbero andati a rompere la testa a quei furfanti di francesi. Passò un gatto diretto verso casa; dalla bocca gli uscivano le zampine d'un uccello. Dalla bottega del rosticciere si diffondeva un buon odore di pasta e di grasso, frammisto al lezzo della macelleria vicina; la padrona lavava a gran secchi d'acqua la soglia macchiata di sangue. La solita forca per le esecuzioni si ergeva dal borgo, su un greppo erboso, ma il corpo che vi era appeso era stato coí a lungo esposto alla pioggia, al sole e al vento che pareva aver acquistato la patina delle vecchie cose abbandonate; la brezza giocava amichevolmente coi suoi cenci dai colori stinti. Una compagnia di balestrieri stava uscendo per la caccia ai tordi; erano bravi borghesi allegri che conversando si scambiavano pacche sulle spalle; ognuno portava a tracolla il tascapane destinato in breve a contenere particelle di vita che un instante prima avevano cantato nel cielo. Zenone affrettò il passo. Per un lungo intervallo fu solo su una strada che zigzagava tra due prati. Il mondo intero sembrava composto di cielo pallido e d'erba verde, satura di linfa, che si agitava senza posa rasoterra come acqua. Per un istante evocò alla mente il concetto alchimistico della *viriditas* lo sboccio innocente dell'essere che sbuca tranquillamente nella natura stessa delle cose, filo di vita allo stato puro; poi rinunciò a ogni riflessione per abbandonarsi senz'altro alla semplicità del mattino.

Un quarto d'ora dopo raggiunse un piccolo merciaio che lo precedeva col suo involto; si scambiarono il saluto; quell'uomo si lamentava che il commercio andasse male, poiché tanti villaggi dell'interno erano stati saccheggiati dalla cavalleria imperiale. Qui almeno c'era la calma; non accadeva nulla di speciale. Zenone continuò per la sua strada e fu di nuovo solo. Verso mezzogiorno si sedette per mangiare il pane su un poggetto di dove scorgeva già brillare lontato la linea grigia del mare.

Un viaggiatore munito d'una lunga pertica venne a sedersi accanto a lui. Era un cieco che estrasse qualcosa dalla bisaccia per rompere il digiuno. Il medico ammirò l'abilità con cui l'uomo dagli occhi bianchi si sbarazzò della cornamusa che portava sulla spalle, slacciandosi la cinghia e posando delicatamente lo strumento sull'erba. Il cieco si rallegrava per la bella giornata. Si guadagnava da vivere facendo ballare ragazzi e ragazze alla locanda o sulle aie delle cascine; quella sera doveva pernottare a Heyst dove avrebbe sonato la domenica; poi avrebbe continuato verso Sluys: grazie a Dio c'era sempre abbastanza gioventú per trovare ovunque guadagno e talvolta anche il piacere. Mynheer lo crederebbe? S'incontravano qua e là delle donne che apprezzavano i ciechi: non bisogna proprio esagerare la disgrazia di non avere piú occhi. Come molti suoi simili, quel cieco usava e abusava della parola vedere: egli vedeva che Zenone era un uomo distinto e nella piena maturità; vedeva che il sole era ancora alto; vedeva che chi passava nel sentiero dietro a loro era una donna malandata che portava un giogo cui erano appesi due secchi. Non erano del tutto false codeste vanterie: fu lui il primo a percepire lo scivolare d'una serpe nell'erba. Tentò perfino col bastone di uccidere quella bestiaccia. Zenone lo lasciò dopo avergli fatto l'elemosina d'un soldo, e si allontanò accompagnato da rumorose benedizioni.

La stradina girava attorno a una cascina abbastanza grande, la sola in quella zona in cui si sentiva già il fruscio della sabbia sotto i piedi. Il podere si presentava bene colle sue terre collegate qua e là da boschetti cedui di noccioli, il muro lambito da un canale, l'aia ombreggiata da un tiglio dove la donna col giogo si riposava su un banco, tenendosi vicine le due secchie. Zenone esitò, poi tirò di lungo. Quel luogo detto Oudebrugge era stato proprietà dei Ligre, e forse apparteneva ancora a qualcuno della famiglia. Cinquant'anni fa, sua madre e Simone Adriansen, poco prima delle nozze, erano andati a riscuotere per conto di Enrico-Giusto la rendita del poderetto; quella visita era stata una scampagnata. Sua madre si era seduta sulla sponda del canale e dopo essersi tolta le scarpe e le calze aveva lasciato penzolare nell'acqua i piedi, che visti cosí sembravano ancora piú bianchi. Simone mangiando si cospargeva di molliche la barba grigia. La giovane donna aveva sbucciato pel bambino un uovo sodo e gli aveva dato il prezioso guscio. Il gioco consisteva nel correre nel senso del vento sulle dune lí vicine, tenendo sul palmo della mano quell'oggetto leggero che sfuggiva per volteggiarvi davanti, poi si posava un istante come fa un uccello in modo che bisognava perpetuamente tentare di riafferrarlo, e cosí la corsa si complicava di una serie di curve interrotte e di rette spezzate. A volte gli sembrava di aver praticato quel gioco tutta la vita.

Già avanzava meno svelto sul suolo piú mobile. La strada saliva e scendeva tra le dune, si riconosceva solo per il solchi sulla sabbia. Incrociò due soldati che senz'altro facevano parte della guarnigione di Sluys e si rallegrò d'essere armato, poiché ogni soldato incontrato in luogo deserto diventa facilmente un bandito. Ma quelli si contentarono di borbottare un saluto teutonico, e parvero rallegrarsi quando gli rispose nella stessa lingua. Su una cresta Zenone scorse finalmente il villaggio di Heyst col suo frangiflutti al riparo del quale si cullavano quattro o cinque barche. Altre si dondolavano in mare. Questo villaggetto al limite dell'immensità possedeva in piccolo tutte le comodità essenziali della città: il mercato, che serviva certamente alla vendita all'asta del pesce, la chiesa, un piazzale con la forca, alcune casette basse e alti granai. La locanda della *Bella Colombella*, che Josse gli aveva indicata come punto di ritrovo dei fuggiaschi, era una catapecchia ai margini della duna, con una colombaia su cui una scopa infissa a guisa d'insegna significava che quel povero alberghetto era anche un bordello di campagna. In un luogo simile era necessario tener d'occhio il bagaglio e il denaro che aveva indosso.

Tra i luppoli del giardinetto un cliente vomitava la troppa birra ingurgitata. Da una finestrella del primo piano, una donna gridò qualcosa all'ubriacone, poi ritirò la testa arruffata e tornò a fare un buon sonno forse da sola. Josse aveva dato a Zenone la parola d'ordine, che aveva a sua volta appresa da un amico. Il filosofo entrò a salutò i presenti. La sala comune era invasa dal fumo e nera come una cantina. La padrona, accucciata davanti al camino, stava cuocendo una frittata aiutata da un ragazzetto che teneva il mantice. Zenone si sedette a un tavolo e disse, impacciato per dover pronunciare una frase bella e fatta come un attore sulle scene della fiera: "Il fine..."

"...giustifica i mezzi," terminò la donna girandosi. "Da dove venite?"

"Mi manda Josse."

"Ci manda diversa gente," fece la padrona con una vistosa strizzatina dell'occhio.

"Non ingannatevi sul mio conto," disse il filosofo contrariato per aver visto in fondo alla sala un sergente colle piume sul cappello che vuotava un boccale. "Io sto in regola."

"Allora che cosa ci venite a fare da noi?" protestò la bella ostessa. "Non vi preoccupate per Milo," continuò indicando col pollice il soldato. "È il corteggiatore di mia sorella. Lui è d'accordo. Mangerete pur qualcosa?"

Quella domanda era quasi un ordine. Zenone accettò di mangiare qualche cosa. La frittata era per il sergente; l'ostessa portò in una scodella un discreto ragú. La birra era buona. L'uomo di guerra era un albanese che aveva varcato le Alpi nella retroguardia delle truppe del duca. Parlava un fiammingo intercalato di parole italiane in cui la padrona sembrava districarsi agevolmente. Si lamentava d'aver battuto i denti per tutto l'inverno, e i guadagni non erano affatto quel che era stato promesso in Piemonte, giacché i luterani da spogliare e da taglieggiare erano meno numerosi di quanto era stato affermato laggiú per attirare la truppa.

"È cosí," disse l'ostessa con tono consolatorio. "Non si guadagna mai quanto la gente s'immagina. Marica!"

Marica scese col capo avvolto in uno scialle. Si sedette accanto al sergente. Si misero a mangiare colle mani nello stesso piatto. Lei gli metteva in bocca i bocconcini migliori di lardo che sceglieva dalla frittata. Il ragazzo del mantice si era eclissato.

Zenone allontanò la propria scodella e fece segno che voleva pagare.

"Perché tanta fretta?" chiese con indifferenza la bella ostessa. "Fra poco verranno a cena mio marito e Nicola Bambeke. Mangiano sempre freddo in mare, poveretti!"

"Preferisco vedere subito la barca."

"Venti soldi la carne, cinque soldi la birra, e cinque ducati il lasciapassare del sergente," spiegò costei con garbo. "Il letto è a parte. Non salperanno prima di domattina."

"Ho già il salvacondotto," protestò il viaggiatore.

"Il salvacondotto vale solo se Milo è d'accordo," controbatté la padrona di casa. "Qui è lui il re Filippo."

"Non è detto ancora che io m'imbarchi," obiettò Zenone.

"Qui non si mercanteggia!" tuonò l'albanese, alzando la voce dal fondo della sala. "Non ho voglia di sfinirmi giorno e notte sul molo a controllare chi parte e chi non parte."

Zenone pagò come gli era stato chiesto. Aveva preso la precauzione di mettere in un borsellino solo il denaro occorrente affinché non si pensasse che ne portava dell'altro nascosto addosso.

"Come si chiama la barca?"

"Come qui, né piú né meno," fece l'ostessa. "*La Bella Colombella*. Non ci vorrebbe che si sbagliasse, vero, Marica?"

"Proprio no," disse la ragazza. "con *la Quattro Venti* si sperderebbero nella nebbia e filerebbero dritti sul Vilvorde."

La spiritosaggine sembrò molto buffa alle due donne, ed anche l'albanese la capí abbastanza da scoppiarne a ridere. Vilvorde era una piazzaforte dell'interno.

"Potete lasciar qui i bagagli," osservò l'ostessa di buon umore.

"Tanto vale imbarcarli subito," disse Zenone.

"Ecco una persona che non ha fiducia," osservò Marica con ironia mentre egli usciva.

Sulla soglia per poco non urtò il cieco che veniva a far danzare i giovani. Questi lo riconobbe e lo salutò ossequiosamente.

Sulla via del porto incontrò un plotone di soldati che risalivano verso la locanda. Uno di essi gli chiese se veniva dalla *Bella Colombella*; avuta risposta affermativa lo lasciò passare. Qui Milo era veramente il padrone.

La *Bella Colombella* marittima era una barca grossa a scafo rotondo che a bassa marea si adagiava sulla sabbia. Zenone poteva avvicinarsi quasi a piedi asciutti. Due uomini accudivano all'attrezzatura insieme al ragazzino che poco prima aveva maneggiato i mantici davanti al fuoco della taverna; tra i mucchi di corde scorrazzava un cane. Un po' piú lontano, in una pozzanghera, una massa insanguinata di teste e di code d'aringhe mostrava che il prodotto della pesca era stato portato altrove. Al vedere il viaggiatore che s'avvicinava uno degli uomini saltò a terra.

"Sono io Jans Brunye," disse. "Vi manda Josse per l'Inghilterra? Bisogna però sapere quanto siete disposto a pagare."

Zenone capí che il ragazzino era stato mandato ad avvertirli. Avevano dovuto riflettere sull'entità della sua opulenza.

"Josse mi ha parlato di sedici ducati."

"Signore, è cosí quando c'è affluenza. L'altro giorno avevo undici persone. Piú di undici non è possibile. Sedici ducati per luterano, faceva centosettantasei. Non dico che per un uomo solo..."

"Non appartengo alla religione riformata," intervenne il filosofo. "Ho una sorella sposata a un mercante a Londra..."

"Ne abbiamo molte di codeste sorelle," disse scherzando Jans Brunye. "È bello vedere la gente rischiare tutt'a un tratto il mal di mare per abbracciarsi tra parenti."

"Ditemi il vostro prezzo," insistette il medico.

"Mio Dio, signore, non vorrei distogliervi dal fare un giro in Inghilterra. A me, è un viaggio che non piace. Dato che si è come in guerra..."

"Non ancora," disse il filosofo accarezzando la testa del cane che aveva seguito il padrone sulla spiaggia.

"Però è come se ci si fosse," fece Brunye. "Il viaggio è permesso perché non è stato ancora vietato, ma non è proprio del tutto consentito. Al tempo della regina Maria, moglie di Filippo, le cose andavano bene; con rispetto parlando, bruciavano gli eretici come qui da noi. Adesso va tutto male; la regina è bastarda e partorisce figli di nascosto. Si fa chiamare vergine per far dispetto alla Madonna. Sventrano i preti in quel paese e cacano nei vasi sacri. Non è bello. Preferisco pescare vicino alle coste."

"Si può pescare anche in alto mare," disse Zenone.

"Quando si è a pesca si può rientrare quand'uno vuole; se vado in Inghilterra è un viaggio che può durare... Il vento, sapete, o la bonaccia... E se qualche curioso dovesse ficcare il naso nel mio carico, strana gente all'andata, e al ritorno... Una volta addirittura," aggiunse abbassando la voce, "ho riportato polvere da moschetto per il signor di Nassau. Non era mica comodo quel giorno navigare nel mio guscio."

"Ci sono altre barche," disse con noncuranza il filosofo.

"Dipende, signore. Di solito la *Santa Barbara* lavora con noi; ha un'avaria: nulla da fare. La *San Bonifacio* ha avuto delle noie... Ci sono barche in mare, ma Dio solo sa quando rientrano... Se non avete fretta potreste andare a vedere a Blankenberghe o a Weenduyne, ma troverete i prezzi di qui."

"E quella?" disse Zenone, indicando un'imbarcazione piú leggera su cui un ometto stava placidamente cuocendosi da mangiare.

"La *Quattro Venti*? Andateci pure se ne avete voglia," fece Jans Brunye.

Seduto su un barile abbandonato, Zenone rifletteva. Il cane gli aveva appoggiato il muso sulle ginocchia.

"A ogni modo, partite all'alba?"

"Per la pesca, mio buon signore, per la pesca. Certo, se voi aveste, diciamo, cinquanta ducati..."

"Ne ho quaranta," disse con fermezza Sebastiano Theus.

"Vada per quarantacinque. Non voglio spellare un cliente.

Se non avete altra fretta che quella di andar a trovare vostra sorella a Londra, perché non restate due o tre giorni alla *Colombella*?... Fuggiaschi colla fretta addosso ne vengono in continuazione... Allora paghereste solo la vostra quota."

"Preferisco partire senza attendere."

"Me lo immagino... Ed è piú prudente, giacché se mutasse il vento... Vi siete messo in regola con quel figuro che hanno all'albergo?"

"Se si tratta dei cinque ducati che mi hanno estorti..."

"Questo non ci riguarda," disse sdegnosamente Jans Brunye, "le donne si arrangiano con lui per non aver noie a terra. Eh, Nicola," gridò al compagno, "ecco il passeggero!"

Un uomo fulvo dalla corporatura enorme venne fuori a metà da un boccaporto.

"È Nicola Bambeke," dichiarò il padrone. "C'è anche Michiel Sottens, ma è andato a cena a casa. Voi verrete a mangiare con noi alla *Colombella*? Lasciate pure qui i vostri bagagli."

"Mi serviranno per la notte," disse il medico, difendendo la propria borsa da Jans che voleva impossessarsene. "Sono chirurgo e porto con me gli strumenti," aggiunse per spiegare il peso della bisaccia che altrimenti poteva dar luogo a congetture.

"Il signor chirurgo si è provvisto di armi da fuoco," fece sarcastico il padrone, notando colla coda dell'occhio i due calci di metallo che spuntavano dalle tasche del medico.

"È un uomo prudente," disse Nicola Bambeke saltando giú dalla barca. "anche in mare capita di fare brutti incontri."

Zenone li seguí mentre risalivano verso la locanda. Giunto all'angolo del mercato, deviò facendo credere loro che si trattava solo di fare un goccio d'acqua. I due uomini continuarono a camminare discutendo animatamente, scortati dal cane e dal ragazzino che, correndo, disegnavano cerchi. Zenone girò intorno al mercato e si ritrovò poco dopo sulla spiaggia.

Scendeva la notte. A duecento passi una cappella semidiroccata era in parte invasa dalla sabbia. Guardò dentro. Una pozzanghera, residuo dell'ultima grande marea, riempiva la navata le cui statue erano corrose dal sale. Il priore vi si sarebbe certamente raccolto in preghiera. Zenone si sistemò sotto il portico appoggiando il capo sulla borsa. A destra si vedevano le sagome scure delle barche, con una lanterna accesa sulla poppa della *Quattro Venti*. Il viaggiatore pensò a ciò che avrebbe fatto in Inghilterra. Primo obiettivo era di non farsi scambiare per una spia papista travestita da rifugiato. Si vedeva errare per le vie di Londra in cerca di un posto di chirurgo su una nave o presso un medico a chiedere un incarico pari a quello che aveva occupato presso Jean Myers. Non parlava affatto inglese, ma una lingua s'impara presto, e del resto col latino si va lontano. Con un po' di fortuna avrebbe trovato da sistemarsi presso un gran signore curioso di afrodisiaci o di rimedi per la gotta. Aveva l'abitudine degli stipendi generosi ma non sempre pagati, della poltrona al centro o al fondo della tavola, a seconda dell'umore di Milord o di Sua Altezza, delle dispute coi medicastri locali, ostili al ciarlatano straniero. A Innsbruck o altrove aveva già fatto esperienza di tutto ciò. Bisognava anche ricordarsi di non parlar mai del Papa se non con esecrazione, come qui di Giovanni Calvino, e di trovare il re Filippo ridicolo come in Fiandra lo era la regina d'Inghilterra.

La lanterna della *Quattro Venti* si avvicinò oscillando nella mano d'un uomo in cammino. Il padroncino calvo si fermò davanti a Zenone, che si drizzò a metà.

"Ho visto il signore venire a riposarsi sotto il portico. Qui vicino è casa mia; se Vossignoria teme il sereno..."

"Sto bene cosí," disse Zenone.

"Senza voler apparire troppo curioso, posso chiedere a Vossignoria quanto prendono per l'Inghilterra?"

"Dovreste pur saperlo, il prezzo."

"Non che io li biasimi, Vostra Signoria. La stagione è corta: dopo i Santi bisogna che vi rendiate conto che non è sempre comodo salpare. Ma almeno siano onesti... Non vi immaginerete mica che per quel prezzo vi condurranno fino a Yarmouth? Nossignore, vi scambieranno in mare con i pescatori di laggiú, ai quali vi toccherà versare una somma."

"È un metodo come un altro," fece distrattamente il viaggiatore.

"Il signore non ha riflettuto che è un azzardo per chi non è piú giovane partire solo con tre pezzi d'uomini di quel genere? Ci vuol poco ad appioppare un colpo di remo. Rivendono bagagli e indumenti agli inglesi, e chi s'è visto s'è visto."

"Venite a propormi di condurmi in Inghilterra sulla *Quattro Venti*?"

"Nossignore, la mia barca non è adatta. Ed anche la Frisia è troppo lontana. Ma se si tratta solo di cambiar aria, il signore è senz'altro al corrente che la Zelanda è come se scivolasse via dalle mani del re. Brulica di Pezzenti laggiú da quando il signor di Nassau ha riconfermato il capitano Sonnoy... Io conosco le fattorie dove si riforniscono i signori Sonnoy e de Dolhain... Qual è la professione di Sua Signoria?"

"Curo i miei simili," disse il medico.

"Sulle fregate di quei signori avrete l'occasione di curare tutti i tagli e le ferite che vorrete. E si possono raggiungere in poche ore quando si sa approfittare del vento. Si può partire anche prima di mezzanotte; la *Quattro Venti* non ha bisogno di un gran pescaggio."

"Come eviterete le pattuglie di Sluys?"

"Conosco qualcuno, signore. Ho degli amici. Ma Vossignoria dovrà lasciare il suo bell'abito e vestirsi da povero marinaio... Se per caso qualcuno sale a bordo..."

"Non mi avete ancora informato dei vostri prezzi."

"Quindici ducati sarebbero troppi per Vossignoria?"

"Come prezzo è modesto. Siete sicuro nel buio di non far vela sul Vilvorde?"

L'ometto calvo fece una smorfia da dannato.

"Maledetto calvinista, va! Mangiamadonne! È stata la *Bella Colombella* a farvela credere, questa storia?"

"Dico quel che m'hanno riferito," fece laconicamente Zenone.

L'uomo se ne andò imprecando. Dopo dieci passi si voltò facendo roteare la lanterna. Il volto infuriato si era fatto di nuovo servile.

"Vedo che il signore sa le notizie," riprese untuosamente, "ma non bisogna lasciarsi ingannare. Sua Signoria mi scuserà d'essere stato un po' brusco, ma io non ho nessuna colpa per l'arresto del signor de Battenbourg. Non era nemmeno un pilota di qui... E poi, non c'è paragone nel guadagno: il signor de Battenbourg è un pezzo grosso. Il signore sarà al sicuro sulla mia barca come in casa della sua santa madre..."

"Basta," disse Zenone, "la vostra barca può salpare a mezzanotte; io posso cambiarmi d'abito a casa vostra che è poco distante, e il prezzo è quindici ducati. Adesso lasciatemi in pace."

Ma l'ometto non era di quelli che si scoraggiano facilmente. Obbedí solo dopo che ebbe assicurato a Sua Signoria che qualora si sentisse troppo stanco, poteva ristorarsi per pochi soldi a casa sua e partire la notte seguente. Il capitano Milo chiudeva un occhio; non era sposato a Jans Brunye. Rimasto solo, Zenone si chiese come avrebbe fatto a curare con premura quei furfanti se fossero stati ammalati, dato che li avrebbe ammazzati tanto volentieri sani e vegeti. Quando la lanterna ebbe ripreso il suo posto a poppa della *Quattro Venti*, si alzò in piedi. L'oscurità della notte celava i suoi movimenti. Fece lentamente un quarto di lega in direzione di Weenduyne, col fagotto sottobraccio. Probabilmente era dappertutto la stessa cosa. Era impossibile stabilire quale dei due mentiva o se per caso tutti e due dicevano il vero. Poteva anche darsi che mentissero entrambi, e altro non fosse che rivalità tra miserabili. Beato chi ci capiva qualcosa.

Una duna gli nascose le luci di Heyst, per quanto vicinissimo. Si scelse una buca al riparo dalla brezza, discosto dalla linea di alta marea che si indovinava anche al buio dall'umidità della sabbia. La notte estiva era tiepida. Ci sarebbe stato tempo alle prime ore del giorno per prendere una decisione. Si coprí colla casacca. La nebbia nascondeva le stelle, eccetto Vega vicina allo zenit. Il mare ripeteva il suo eterno rumore. Dormí un sonno senza sogni.

Il freddo lo svegliò prima dell'alba. Un biancore invadeva il cielo e le dune. La marea salendo gli lambiva quasi le scarpe. Rabbrividiva, ma quella frescura portava già in sé la promessa della bella giornata estiva. Massaggiandosi lentamente le gambe intorpidite dall'immobilità notturna guardò il mare informe generare le onde presto svanite. Il rumore che dura dal principio del mondo si ripeteva sempre. Fece scivolare fra le dita un pugno di sabbia. *Calculus*: con quella fuga di atomi iniziavano e finivano tutte le cogitazioni sui numeri. C'erano voluti, per sbriciolare cosí le rocce, piú secoli che tutte le giornate contemplate nei racconti della Bibbia. Fin dalla giovinezza la meditazione dei filosofi antichi gli aveva insegnato a guardare dall'alto quei poveri seimila anni che sono tutto ciò che Ebrei e Cristiani sono disposti a conoscere della venerabile antichità del mondo, misurata da loro secondo la breve durata della memoria umana. Certi contadini di Dranoutre gli avevano mostrato nelle torbiere enormi tronchi d'alberi che essi immaginavano portati lí dalle inondazioni del Diluvio, ma c'erano state altre alluvioni oltre quella cui si riferiva la storia d'un patriarca amante del vino, allo stesso modo che c'erano state altre distruzioni per opera del fuoco oltre la grottesca catastrofe di Sodoma. Darazi aveva parlato di miriadi di secoli che sono un momento del respiro infinito. Zenone calcolò che il ventiquattro febbraio prossimo, se fosse ancora in vita, avrebbe cinquantanove anni. Ma la stessa considerazione valeva per quegli undici o dodici lustri come per quel pugno di sabbia: ne emanava la vertigine dei grandi numeri. Durante piú di un miliardo e mezzo d'istanti, egli era vissuto qua e là sulla terra, mentre Vega girava intorno allo zenit e il mare faceva udire la sua voce su tutte le spiagge del mondo. Cinquantotto volte aveva veduto l'erba della primavera e il colmo dell'estate. Importava poco che un uomo di quell'età vivesse o morisse.

Il sole scottava già quando dall'alto della duna vide la *Bella Colombella* spiegare la vela e prendere il mare. Il tempo sarebbe stato bello per il viaggio. La pesante barca si allontanava piú velocemente di quanto si sarebbe immaginato. Zenone tornò a distendersi nel riparo di sabbia lasciando che il gradevole calore lo liberasse da ogni traccia dell'indolenzimento notturno, e intanto contemplava il proprio sangue rosso attraverso le palpebre chiuse. Valutava le proprie possibilità come se si trattasse di quelle d'un altro. Armato com'era, avrebbe potuto costringere il furfante seduto al timone della *Quattro Venti* a sbarcarlo su qualche spiaggia frequentata solamente dai Pezzenti di mare; altrimenti, avrebbe saputo fracassargli il cranio con una pistolettata se accennava a far rotta verso un bastimento del re. Si era servito senza pentirsene di questo stesso paio di pistole per uccidere un arnauta che una volta lo aveva assalito nella foresta bulgara; né piú né meno come quando aveva sventato l'agguato di Perrotin, dopo si era sentito piú uomo. Ma l'idea di dover far saltare le cervella di quel furfante oggi gli faceva ribrezzo. La decisione di arruolarsi in qualità di chirurgo negli equipaggi dei signori Sonnoy o de Dolhain era buona; da quella parte aveva indirizzato Han all'epoca in cui quei patrioti mezzo pirati ancora non godevano dell'autorità e delle risorse che avevano di recente acquisite grazie a nuovi disordini. Un posto presso Maurizio di Nassau non era da escludere: quel gentiluomo mancava sicuramente di uomini dell'arte al suo servizio. La condizione di partigiano o di pirata poco differiva da quella che aveva conosciuto negli eserciti di Polonia o a bordo della flotta turca. Nella peggiore delle ipotesi poteva sempre maneggiare per qualche tempo il cauterio o il bisturi fra le truppe del duca. E il giorno in cui la guerra gli fosse venuta a nausea, rimaneva la speranza di raggiungere a piedi un angolo del mondo dove momentaneamente non infierisse la piú feroce delle sciocchezze umane. Nulla di tutto ciò era impossibile. Ma bisognava ricordarsi che dopo tutto a Bruges forse nessuno l'avrebbe mai infastidito.

Sbadigliò. Quelle alternative non lo interessavano piú. Si tolse le scarpe appesantite dalla sabbia e affondò con soddisfazione i piedi nello strato caldo e fluido, cercando e trovando piú in basso la frescura marina. Si tolse gli abiti, per prudenza vi pose sopra il bagaglio e le pesanti scarpe e avanzò verso il mare. La marea già calava: con l'acqua fino a mezza gamba attraversò pozze luccicanti e si espose al moto delle onde.

Nudo e solo, le circostanze gli cadevano di dosso come i vestiti. Ridiventava quell'Adamo Cadmon dei filosofi ermetici, sito nel cuore delle cose, nel quale si chiarisce e si fa parola ciò che in qualsiasi altro luogo è ottuso e informulato. In quella immensità, nulla aveva nome: si astenne dal pensare che l'uccello che pescava, altalenando sulla cresta d'un'onda, era un gabbiano e lo strano animale che moveva in una pozza membra cosí dissimili da quelle dell'uomo una stella marina. La marea continuava a ritirarsi lasciandosi dietro conchiglie dalle spirali pure come quelle d'Archimede; il sole saliva insensibilmente accorciando l'ombra umana sulla sabbia. L'animo colmo di un riverente pensiero che lo avrebbe fatto mettere a morte su tutte le pubbliche piazze di Maometto o di Cristo, considerò che i simboli piú adeguati del congetturale Bene Supremo sono ancora quelli che assurdamente passano per i piú idolatri, e quel globo igneo il solo Dio visibile per creature che perirebbero senza di esso. Analogamente, il piú vero degli angeli era quel gabbiano che in confronto ai Serafini e alle potenze supreme aveva in piú l'evidenza dell'esistere. In questo mondo senza fantasmi la ferocia stessa era pura: il pesce che guizzava sotto l'onda fra un istante sarebbe diventato un buon boccone sanguinante nel becco dell'uccello pescatore, ma l'uccello non dava cattivi pretesti alla sua fame. La volpe e la lepre, l'astuzia e la paura abitavano la duna ove aveva dormito, ma l'uccisore non invocava leggi promulgate molto prima da una volpe sagace o da una volpe-dio; e la vittima non si credeva castigata per le sue colpe e morendo non dichiarava fedeltà al principe. La violenza del flutto era senza collera. La morte, sempre oscena fra gli uomini, era casta in quella solitudine. Ancora un passo su quella frontiera tra il fluido e il liquido, tra la sabbia e l'acqua, e per la spinta di un'onda piú forte delle altre non avrebbe toccato piú il fondo; quell'agonia tanto breve e senza testimoni si sarebbe presentata un po' meno violentemente di una vera morte. Un giorno avrebbe forse rimpianto questa fine. Ma questa possibilità, alla stregua dei progetti d'Inghilterra o di Zelanda, nati dai timori della vigilia o da pericoli futuri, inesistenti in quell'istante senza ombre, erano piani concepiti dalla mente e non necessità che s'impone all'essere. L'ora del trapasso non era ancora sonata.

Ritornò verso gli abiti e stentò a ritrovarli, ricoperti com'erano da un leggero velo di sabbia. Il mare ritirandosi in breve aveva mutato le distanze. La traccia dei suoi passi sulla spiaggia umida era stata assorbita immediatamente dall'onda; sulla sabbia asciutta il vento cancellava ogni segno. Il suo corpo lavato aveva dimenticato la fatica. Un'altra mattinata sul litorale veniva a collegarsi intimamente a questa, come se quel breve interludio di sabbia durasse da dieci anni: al tempo del soggiorno a Lubecca si era recato alla foce della Trave col figlio dell'orafo per raccogliere l'ambra baltica. Anche i cavalli erano entrati nell'acqua; liberi di sella e di gualdrappe, inzuppati d'acqua marina, erano ridiventati esseri esistenti per se stessi invece che pacifiche cavalcature di ogni giorno. Un frammento d'ambra conteneva un insetto immobilizzato nella resina; Zenone aveva guardato come attraverso una finestrella quella bestiolina racchiusa in un'età della terra di cui gli era precluso l'accesso. Scosse il capo come si fa per scacciare un'ape importuna: gli capitava troppo spesso di rivivere momenti ormai lontani del passato, non per rimpianto o per nostalgia, ma perché le pareti del tempo sembravano esplose. La giornata di Travemunde era imprigionata nella memoria come in una materia quasi imperitura, reliquia d'una stagione in cui era stato bello esistere. Se fosse vissuto altri dieci anni, lo stesso sarebbe accaduto della giornata presente.

Senza provarvi piacere tornò a rivestirsi del suo guscio di uomo. Un avanzo del pane di ieri e la borraccia con un po' d'acqua di cisterna gli ricordarono che il suo cammino sarebbe stato fino in fondo tra gli uomini. Bisognava mettersi al riparo da loro, ma anche continuare a riceverne i servigi e a renderne. Si mise la bisaccia in equilibrio sulla spalla e per concedersi piú a lungo il piacere di camminare a piedi nudi si appese per i lacci le scarpe alla cintura. Evitando Heyst che gli faceva l'effetto di un'ulcera sulla bella pelle della sabbia, s'avviò attraverso le dune. Giunto sulla piú vicina altura, si voltò per guardare il mare. La *Quattro Venti* era tuttora attraccata a ridosso del molo; altre barche si erano avvicinate al porto. Una vela all'orizzonte biancheggiava pura come un'ala; forse era la barca di Jans Brunye.

Camminò per un'ora lontano dai sentieri battuti. In un valloncello, tra due montagnole cosparse di erbe taglienti, si vide venire incontro un gruppo di sei persone: un vecchio, una donna, due uomini d'età matura e due giovani armati di bastoni. Il vecchio e la donna avanzavano a fatica nei pantani. Erano tutti vestiti da borghesi di città. Sembrava che preferissero tirare di lungo, senza attirare l'attenzione. Tuttavia risposero quando egli li apostrofò, subito rassicurati dall'interesse che portava loro quel cortese viaggiatore di lingua francese. I due giovanotti venivano da Bruxelles, erano patrioti cattolici che tentavano di raggiungere le truppe del principe d'Orange. Gli altri erano calvinisti: il vecchio un maestro di scuola di Tournai che fuggiva in Inghilterra insieme ai due figli; la donna che gli asciugava la fronte col fazzoletto era sua nuora. La lunga strada a piedi era piú di quel che il poveretto potesse sopportare; si sedette un momento sulla sabbia per riprender fiato; gli altri fecero cerchio intorno a lui.

A Eclo questa famiglia si era unita ai due giovani borghesi di Bruxelles: lo stesso pericolo e la stessa fuga accomunavano persone che in altri tempi sarebbero state nemiche. I giovanotti parlavano con ammirazione del signor de La Mark che aveva giurato di lasciarsi crescere la barba fino a che i conti non fossero stati vendicati; aveva preso la macchia con la famiglia e impiccava senza pietà gli spagnoli che gli cadevano nelle mani: erano uomini di quel genere che ci volevano nei Paesi Bassi. Dai fuggiaschi di Bruxelles Zenone apprese anche i particolari della cattura del signor de Battenbourg e dei diciotto gentiluomini del suo seguito, traditi dal nocchiero che li trasportava in Frisia: diciannove persone, che erano state incarcerate nella fortezza di Vilvorde e decapitate. I figli del maestro impallidirono a quel racconto, spaventati al pensiero di ciò che li attendeva in riva al mare. Zenone li tranquillizzò: Heyst pareva un luogo sicuro, purché si pagasse la decima al capitano del porto; comuni fuggiaschi correvano tanto pochi rischi di essere consegnati quanto dei príncipi. Si informò se quelli di Tournai fossero armati: lo erano; anche la donna aveva un coltello. Li avvertí di non separarsi: tutti assieme non avevano da temere di essere svaligiati durante la traversata; era comunque opportuno dormire con un occhio aperto alla locanda e sul ponte della barca. Quanto all'uomo della *Quattro Venti*, non era schietto, ma i due robusti giovanotti di Bruxelles sapevano loro come tenerlo a bada e, una volta in Zelanda, le probabilità d'incontrare le bande d'insorti dovevano essere senz'altro buone.

Il maestro si era faticosamente rimesso in piedi. A sua volta interrogato, Zenone spiegò che era un medico di quei posti e anche lui aveva pensato di attraversare il mare. Non gli fecero altre domande, i suoi affari non li interessavano. Nel separarsi consegnò al *magister* un flaconcino contenente alcune gocce che per un po' gli avrebbero dato il fiato per proseguire. Si congedò accompagnato da vivi ringraziamenti.

Li guardò procedere verso Heyst e ad un tratto decise di seguirli. In molti il viaggio era meno rischioso; per i primi giorni ci si poteva addirittura aiutare a vicenda sull'altra sponda. Fece un centinaio di passi dietro a loro, poi rallentò, lasciando che la distanza aumentasse tra sé e il gruppetto. L'idea di ritrovarsi di fronte a Milo e a Jans Brunye già lo riempiva di un fastidio insostenibile. Si fermò deciso e voltò verso l'interno.

Ripensava alle labbra blu e al respiro corto del vegliardo. Quel maestro di villaggio che abbandonava la sua povera condizione, sfidando la spada, il fuoco e la tempesta per professare a fronte alta la propria fede secondo la quale la maggior parte degli uomini è predestinata all'Inferno, gli parve un ottimo campione della demenza universale; ma al di là di queste dogmatiche follie dovevano pur esistere tra le inquiete creature umane repulsioni e odi scaturiti dal piú profondo della loro natura che, il giorno in cui non sarebbe piú di moda sterminarsi in nome della religione, troverebbero libero sfogo diversamente. I due patrioti di Bruxelles sembravano piú sensati, ma quei ragazzi che rischiavano la pelle per la libertà s'illudevano nondimeno d'esser leali sudditi del re Filippo; tutto sarebbe andato bene, secondo loro, appena ci si fosse sbarazzati del duca. Ma le infermità del mondo erano piú inveterate.

Non passò molto tempo che si ritrovò a Oudebrugge e questa volta entrò nel cortile della cascina. Vi trovò la stessa donna: seduta in terra, strappava l'erba per i conigli prigionieri in una grande cesta. Un bambino in gonnella le girava intorno. Zenone chiese un po' di latte e del cibo. La donna si alzò con una smorfia e lo invitò a tirar su la brocca del latte dal pozzo; le sue mani reumatiche facevano fatica a girare la manovella. Mentre manovrava la puleggia, la donna entrò in casa e ne riportò un po' di ricotta e una bella fetta di torta. Si scusò per la qualità del latte, che era mediocre e azzurrognolo.

"La vecchia vacca è quasi asciutta. È stanca di dare. Quando è condotta al toro, non lo vuole. Prima o poi dovremo mangiarcela."

Zenone domandò se il podere apparteneva alla famiglia Ligre. Ella lo guardò subito con diffidenza.

"Non sarete mica il fattore? Non dobbiamo nulla prima di San Michele."

La tranquillizzò: andava raccogliendo erbe per svago e stava rientrando a Bruges. Come aveva supposto, il podere apparteneva a Fililberto Ligre, signore di Dranoutre e di Oudenove, un pezzo grosso nel Consiglio delle Fiandre. Come spiegava la brava donna, la gente ricca ha tutta una sfilza di nomi.

"Lo so," disse. "Sono della famiglia."

Non sembrò credergli. Quel viaggiatore a piedi non aveva nulla di quel che si suol dire magnifico. Zenone disse di esser venuto una volta in quella cascina, moltissimo tempo prima. Tutto era quasi come se lo ricordava, ma piú piccolo.

"Se ci veniste, io c'ero," disse la donna. "Sono piú di cinquant'anni che non mi muovo da qui."

Gli sembrava proprio che dopo la colazione sull'erba, ne erano stati distribuiti gli avanzi ai villici, ma non ne ricordava i volti. Essa venne a sedersi vicino a lui sul banco; Zenone l'aveva messa sulla via dei ricordi.

"I padroni venivano qualche volta a quel tempo," continuò. "Io sono la figlia del vecchio contadino; c'erano undici mucche. In autunno mandavamo a casa loro a Bruges un carro pieno di vasi di burro salato. Adesso non è piú come prima, trascurano tutto... E poi, con queste mani non posso lavorare nell'acqua fredda."

Le teneva sulle ginocchia incrociando le dita deformate. Zenone le consigliò d'immergere ogni giorno le mani nella sabbia calda.

"Non è la sabbia che ci manca qui," disse lei.

Il bambino continuava a girare nel cortile come una trottola sillabando rumori incomprensibili. Forse era deficiente. Lei lo chiamò e una meravigiosa tenerezza le illuminò il volto sgraziato appena lo vide trotterellare verso di lei. Premurosa gli asciugò la saliva agli angoli delle labbra.

"Ecco il mio Gesú," disse con dolcezza. "Sua madre è a lavorare nei campi cogli altri due che allatta."

Zenone chiese chi era il padre. Era il padrone della *San Bonifacio*.

"La *San Bonifacio* ha avuto delle noie," fece lui con l'aria di chi è al corrente.

"Adesso tutto è sistemato," disse la donna, "va a lavorare per Milo. Deve pur guadagnare: di tutti i miei figli maschi, me ne restano solo due. Giacché ho avuto due mariti, signore," continuò, "e in tre abbiamo messo al mondo dieci figli. Otto sono al cimitero. Tanta fatica per nulla ... Il piú giovane fa qualche ora al mulino nei giorni di vento, di modo che non ci manca il pane. Ha diritto anche alla scopatura. La terra qui è povera per il grano."

Zenone guardava il fienile in rovina.. Sopra la porta qualcuno molto tempo prima aveva affisso, secondo l'usanza, un gufo forse abbattuto da una sassata e inchiodato vivo; le poche penne che ne restavano erano mosse dal vento.

"Perché avete suppliziato quell'uccello che vi era benefico?"

domandò additando il rapace crocifisso. "Questi animali mangiano i topi che divorano il grano."

"Non lo so, signore," disse la donna, "ma è l'usanza. E poi il loro grido annuncia la morte."

Egli non rispose. Era evidente che lei voleva chiedergli qualche cosa.

"Questi fuggiaschi, signore, che traghettiamo sulla *San Bonifacio*... Certo, è un guadagno per tutto il paese. Oggi stesso ho venduto da mangiare a sei di loro. E poi ce ne sono che fanno pena a vedersi... Ma qualcuno si domanda anche se questo è un traffico onesto. La gente non fugge senza motivo... Il duca e il re debbono pur sapere quel che fanno."

"Voi non siete tenuta ad informarvi chi sono quelle persone," disse il viaggiatore.

"Questo sí, è vero," fece lei scrollando la testa.

Egli aveva preso sul mucchio dell'erba qualche fuscello, lo infilava tra le stecche del cesto e i coniglietti subito lo masticavano.

"Se vi piacciono quelle bestiole, signore," continuò costei in tono compiacente, "sono grasse, tenere, mature... Noi le mangeremo domenica. Costano solo cinque soldi l'una."

"A me?" diss'egli sorpreso. "E voi che mangereste domenica a pranzo?"

"Signore," fece costei con occhio supplichevole, "non c'è solo il mangiare... Con questo e i tre soldi dello spuntino manderò mia nuora a prendere da bere alla *Bella Colombella*. Bisogna pur riscaldarsi dentro ogni tanto. Berremo un bicchiere alla vostra salute."

Non aveva il resto per cambiargli il fiorino, se l'era immaginato. Importava poco. La contentezza l'aveva ringiovanita: dopo tutto poteva esser lei quella ragazza di quindici anni che aveva fatto la riverenza quando Simone Adriansen le aveva dato qualche soldino. Prese la bisaccia e si diresse verso il recinto rivolgendo gli usuali complimenti.

"Non ve li scordate, signore," disse lei porgendogli la cesta. "Farà piacere alla vostra signora: non ce ne sono di uguali in città. E poiché siete un po' della famiglia, gli direte che ci riparino il tetto prima dell'inverno. Ci piove dentro tutto l'anno."

Uscí col paniere al braccio come un contadino che va al

mercato. La stradina entrò subito in un boschetto, poi sboccò nelle maggesi. Si sedette sul bordo del fosso e introdusse con cautela la mano nel canestro. Accarezzò a lungo, quasi voluttuosamente, le bestiole dal dolce pelame, dal dorso flessuoso, dai fianchi teneri sotto cui pulsavano i cuori con violenza. I coniglietti per nulla impauriti continuavano a mangiare; si chiedeva quale visione del mondo e di se stesso si specchiasse nei loro occhioni vivaci. Alzò il coperchio e lasciò che si sparpagliassero per i campi. Soddisfatto di vederli liberi, guardò sparire nei cespugli i conigli lascivi e voraci, gli architetti di labirinti sotterranei, le creature timide che ciononostante giocano col pericolo, disarmate, salvo nella forza e nell'agilità delle reni, indistruttibili solo per la loro inestinguibile fecondità. Se riuscivano a sfuggire ai lacci, ai bastoni, alle faine e ai falchi, avrebbero continuato ancora per qualche tempo a saltare e giocare; d'inverno la loro pelliccia sarebbe imbiancata sotto la neve; a primavera avrebbero ricominciato a nutrirsi di buona erba verde. Col piede spinse il cesto nel fosso.

Il resto del percorso fu senza avvenimenti. Quella notte dormì in un boschetto. L'indomani giunse di buon'ora alle porte di Bruges, e come sempre fu salutato rispettosamente dagli uomini del corpo di guardia.

Appena in città, l'angoscia momentaneamente soffocata risalì alla superficie; prestava suo malgrado orecchio ai discorsi dei passanti, ma non udiva nulla d'insolito a proposito di giovani monaci o sugli amori di una nobile e bella fanciulla. Nessuno parlava d'un medico che sotto falso nome aveva curato dei ribelli. Arrivò all'ospizio in tempo per aiutare frate Luca e frate Cipriano a far fronte alla calca degli ammalati. Il foglietto lasciato prima della partenza era ancora sul tavolo; lo spiegazzò tra le dita; sì, l'amico di Ostenda stava meglio. Quella sera alla locanda si concesse una cena piú lunga e piú ricca del solito.

La trappola

Piú di un mese trascorse senza inciampi. Era stato deciso che l'ospizio avrebbe chiuso i battenti poco prima di Natale, ma il signor Sebastiano Theus sarebbe ripartito, questa volta alla luce del sole, per la Germania dove a suo tempo era vissuto ed aveva esercitato. Senza menzionare pubblicamente quelle regioni acquisite al luteranesimo, Zenone si proponeva in cuor suo di risalire verso Lubecca. Gli avrebbe fatto piacere rivedere il giudizioso Egidio Friedhof e ritrovare Gerhart giunto all'età adulta. Forse sarebbe riuscito ad ottenere quel posto di rettore nell'ospedale di Santo Spirito che all'epoca il ricco orefice gli aveva quasi assicurato.

Da Ratisbona, il confratello alchimista Riemer, al quale Zenone aveva finito per comunicare sue notizie, gli annunciava una insperata fortuna. Un esemplare delle *Proteorie*, sfuggito al falò parigino, aveva fatto strada verso la Germania; un dottore di Wittemberg aveva tradotto l'opera in latino, e quella pubblicazione aveva suscitato fama intorno al filosofo. Il Sant'Uffizio se ne adombrava, come già la Sorbona, ma il dotto di Wittemberg e i suoi colleghi scoprivano al contrario in quei testi, inficiati d'eresia agli occhi dei cattolici, l'applicazione del libero esame; e gli aforismi che spiegavano il miracolo come effetto del fervore del miracolato sembravano insieme adatti a combattere le superstizioni papiste e ad appoggiare la dottrina della fede salvifica. Nelle loro mani le *Proteorie* divenivano uno strumento leggermente alterato, ma ci si deve aspettare tali distorsioni finché un libro esiste e agisce sulla mente degli uomini. Si trattava addirittura di proporre a Zenone, una volta rintracciato, una cattedra di filosofia naturale in quell'università sassone.

Quell'onore comportava qualche rischio ed era prudente rinunciare in favore di altri lavori piú liberi, ma il contatto diretto colle menti era una grossa tentazione dopo quel lungo ripiegamento su se stesso, e veder saltar fuori un'opera creduta morta faceva provare al filosofo in tutte le sue fibre la gioia d'una resurrezione. Allo stesso tempo il *Trattato del mondo fisico*, trascurato dopo la catastrofe sopravvenuta a Dolet, era riapparso presso un libraio di Basilea, dove sembravano dimenticate le prevenzioni e le acerbe dispute d'un tempo. La presenza fisica di Zenone diveniva quasi meno utile; le sue idee erano sciamate senza di lui.

Dopo il ritorno da Heyst non aveva piú sentito parlare del gruppetto degli Angeli. Evitava colla maggior cura di trovarsi a tu per tu con Cipriano, di modo che l'ondata delle confidenze era arrestata. Certi provvedimenti che Sebastiano Theus aveva desiderato far prendere al vecchio priore, per evitare guai a tutti quanti, si erano attuati da soli. Frate Floriano era in partenza per Anversa dove veniva ricostruito il suo convento bruciato poco tempo prima dai distruttori d'immagini; vi avrebbe affrescato le volte del chiostro. Pietro de Hamaere visitava diverse sedi secondarie della provincia in cui verificava i conti. La nuova amministrazione aveva commissionato alcuni lavori nei sotterranei del convento; ne erano state chiuse certe parti pericolanti il che toglieva agli Angeli il loro rifugio segreto. Le riunioni notturne erano quasi certamente cessate; le imprudenze scandalose ormai si erano forse ridimensionate in banali o furtivi peccati all'ombra del chiostro. Quanto agli appuntamenti di Cipriano e della Bella nel giardino abbandonato, la stagione vi si prestava poco, e Idelette si era forse procurata un ammiratore piú prestigioso d'un giovane monaco.

Per tutte queste ragioni forse, l'umore di Cipriano si era rabbuiato. Non cantava piú i suoi ritornelli di contadino mentre compiva con tristezza i suoi doveri. Sebastiano Theus aveva dapprima supposto che il giovane infermiere, proprio come frate Luca, fosse afflitto per la prossima chiusura dell'ospizio. Una mattina si accorse che il viso del ragazzo era rigato da tracce di lacrime.

Lo fece entrare nell'officina e chiuse la porta. Si trovavano lí a quattr'occhi come lo erano stati l'indomani della domenica di Quasimodo, all'epoca delle pericolose confidenze di Cipriano.

Zenone parlò per primo:

"È accaduta una disgrazia alla Bella?" fece bruscamente.

"Non la vedo piú," rispose il ragazzo con voce soffocata. "Rimane chiusa in camera con la moretta e si dichiara ammalata per non mostrare il proprio fardello."

Spiegò che le sole notizie che riceveva passavano per la bocca di una conversa, corrotta da regaletti ma anche intenerita dallo stato della Bella che elle aveva l'incarico di assistere. Ma era difficile comunicare attraverso quella donna semplice fino all'idiozia. I passaggi segreti d'una volta non esistevano piú e comunque le due ragazze, spaventate ormai anche da un'ombra, non avrebbero piú osato tentare sortite notturne. Frate Floriano, è vero, come pittore aveva libero accesso nell'oratorio delle Bernardine, ma di questa storia se ne lavava le mani.

"Abbiamo litigato," disse tetro Cipriano.

Le donne attendevano il parto d'Idelette all'incirca per la ricorrenza di Sant'Agata. Il medico calcolò che ci volevano ancora quasi tre mesi. A quell'epoca egli sarebbe già stato da tempo a Lubecca.

"Non disperate," disse sforzandosi di lottare contro l'avvilimento del giovane monaco. "L'ingegnosità e il coraggio delle donne sono grandi in queste circostanze. Se le Bernardine scoprono questa disavventura, non hanno nessun interesse a divulgarla. Ci vuol poco a mettere un neonato nella ruota e affidarlo alla carità pubblica."

"Questi orci e questi vasi sono pieni di polvere e di radici," disse agitato Cipriano. "La paura l'ucciderà se nessuno le viene in aiuto. Se Monsignore volesse..."

"Non vedete che è troppo tardi e che non ho accesso presso di lei? Non aggiungiamo a tanti disordini una sanguinosa sciagura."

"Il parroco d'Ursel ha gettato la tonaca ed è fuggito in Germania con la sua prediletta," fece improvvisamente Cipriano. "Non potremmo noi..."

"Con una ragazza di quel rango, e in quello stato, sareste riconosciuto ancor prima di uscire dal territorio del Franco di Bruges. Non ci pensate neppure! Nessuno invece si meraviglierà che un giovane Cordigliere vada in giro mendicando il pane. Partite da solo. Io posso fornirvi qualche ducato per il viaggio."

"Non posso," disse Cipriano singhiozzando.

Si era accasciato al tavolo, colla testa tra le mani. Zenone lo guardò con infinita pietà. La carne era una trappola in cui i due ragazzi erano caduti. Accarezzò affettuosamente la testa rasa del giovane monaco, e lasciò la stanza.

Il fulmine si abbatté piú presto del previsto. Verso la festa di Santa Lucia, Zenone si trovava alla locanda quando udí i vicini discutere una notizia con quei mormorii eccitati che non annunciavano mai nulla di buono, giacché si trattava sempre della sventura di qualcuno. Una giovinetta nobile che viveva presso le Bernardine aveva strangolato un bambino nato prematuramente, ma vivo, da lei dato alla luce. Il delitto era stato scoperto solo grazie alla servetta negra della damigella, la quale era fuggita spaventata dalla camera della padrona e aveva vagato come impazzita per le vie. Alcune brave persone, spinte anche da un'onesta curiosità avevano raccolto la moretta che, nel suo balbettio difficile da capire, aveva finito per spiegare tutto. Dopo di che non era stato piú possibile alle suore impedire che le guardie arrestassero la loro pensionante. Volgari battute sul calore del sangue delle giovinette nobili e sui piccoli segreti delle suore si frammischiavano ad esclamazioni indignate. Nella piatta esistenza della cittadina, ove persino l'eco dei grandi avvenimenti del giorno giungeva smorzata, questo scandalo era piú interessante di una storia risaputa di chiesa incendiata o di protestanti impiccati.

Quando Zenone uscí dalla locanda vide passare per la via Lunga Idelette, distesa in fondo alla carretta delle guardie. Era bianca del pallore di una puerpera, ma i pomelli e gli occhi le bruciavano di febbre. Alcune persone la guardavano impietosite, ma la maggior parte si accaniva a coprirla d'insulti; tra questi il pasticciere colla moglie. La gentucola del quartiere si vendicava degli splendidi vestiti e delle spese folli di quella bambola. Due delle meretrici della Zucca, che per caso si trovavano lí, erano tra le piú accanite, come se la signorina avesse loro rovinato la piazza.

Zenone raggiunse la propria camera con una stretta al cuore, come se avesse visto una cerva abbandonata ai cani inseguitori. Cercò Cipriano all'ospizio, ma il giovane frate non vi si trovava e

Zenone non osò informarsi di lui in convento per tema di suscitar sospetti.

Sperava ancora che Idelette, interrogata dal capo della polizia o dai cancellieri, avrebbe avuto la presenza di spirito d'inventarsi un innamorato immaginario. Ma quella bambina, che per tutta la notte si era morsa le mani per non gridare, temendo coi suoi gemiti di dare la sveglia, era allo stremo. Parlò e pianse abbondantemente, non nascondendo né gli appuntamenti con Cipriano in riva al canale, né i giochi e le risa dell'assemblea degli Angeli. Ciò che fece piú orrore agli scribi che ne registravano la confessione e poi al pubblico che avido ne ricevette gli echi, fu quel consumo di pane benedetto e di vino rubato all'altare, mangiato e bevuto alla luce di mozziconi di candela. Le abominazioni della carne sembravano aggravarsi di chissà quali sacrilegi. Cipriano fu arrestato l'indomani, poi toccò a Francesco de Bure, a Floriano, a frate Quirino e ai due altri novizi implicati. Matteo Aerts fu anch'egli arrestato ma immediatamente liberato in seguito a un verdetto d'errore di persona. Un suo zio era scabino al Franco di Bruges.

Durante alcuni giorni l'ospizio di San Cosma, già quasi chiuso e di cui si sapeva che il medico sarebbe partito per la Germania la settimana seguente, si riempí d'una folla di curiosi. Frate Luca faceva trovare la porta chiusa; rifiutava di credere a tutta quella storia. Zenone curava i malati rifiutandosi di rispondere alle loro domande. Una visita di Greta lo commosse fino alle lacrime: la vecchia si era contentata di scuotere il capo dicendo che tutto ciò era assai triste.

La trattenne tutta la giornata pregandola di lavargli e rammendargli la biancheria. Provocando irritazione, egli aveva fatto chiudere da frate Luca la porta dell'ospizio prima del tempo; la vecchia donna, cucendo o stirando vicino a una finestra, lo calmava ora col suo silenzio amico ora con parole soffuse di tranquilla saggezza. Gli raccontò fatterelli da lui ignorati della vita d'Enrico-Giusto, meschine spilorcerie, familiarità amorose con le serve, volenti o nolenti: per il resto era un brav'uomo che nei giorni migliori aveva lo scherzo pronto e i regali facili. Ella si ricordava i nomi e i volti di numerosi parenti di cui lui non sapeva nulla: era capace di sciorinare tutta una lista di fratelli e di sorelle tutti morti giovani, nati tra Enrico-Giusto e Hilzonde. Egli fantasticò brevemente su ciò che avrebbero potuto essere quei destini interrotti cosí presto, quei germogli dello stesso albero. Per la prima volta in vita sua ascoltò un lungo racconto concèrnente suo padre, di cui conosceva il nome e la storia, al quale però, durante l'infanzia, non aveva inteso fare che amare allusioni. Quel giovane cavaliere italiano, prelato per la forma e per soddisfare le proprie ambizioni e quelle della sua famiglia, aveva organizzato feste, aveva ostentato con arroganza per Bruges il mantello rosso e gli speroni d'oro, si era goduto una ragazza giovane come Idelette, ma in definitiva meno sfortunata di costei, e ne erano scaturiti quelle pene, quelle avventure, quelle meditazioni, quei progetti che duravano da cinquantotto anni. In questo mondo, il solo cui ci è dato di accedere, tutto è piú strano di quanto l'abitudine ci faccia credere. Alla fine si rimise in tasca le forbici, il filo e l'astuccio degli aghi e annunciò che la biancheria di Zenone era pronta per il viaggio.

Appena partita, egli accese la stufa per il bagno di acqua e di vapore da lui installato in un angolo dell'ospizio sul modello di quello che aveva avuto quando era a Pera, di cui però si era servito poco per i suoi ammalati spesso restii a tali cure. Fece lunghe abluzioni, si tagliò le unghie, si rase meticolosamente. In diverse circostanze, nell'esercito o sulle strade maestre per necessità, altrove per meglio rendersi irriconoscibile o per non sorprendere contravvenendo alla moda, si era lasciato crescere la barba, pur preferendo la pulizia di un viso rasato. L'acqua e il vapore gli ricordarono il bagno fatto come una cerimonia al suo arrivo a Frösö, dopo la spedizione in terra lappone. Sign Ulfsdatter lo aveva servito personalmente secondo l'uso delle dame di quel paese. Era stata di una dignità regale nelle sue premure di serva. Egli rivide nella memoria la grande tinozza dai cerchi di rame e il disegno degli asciugamani ricamati.

Fu arrestato il giorno seguente. Cipriano per evitare la tortura aveva confessato tutto ciò che gli domandavano e molto di piú. Ne risultò un mandato di comparizione contro Pietro de Hamaere che si trovava in quel momento a Audenarde. Quanto a Zenone la testimonianza del giovane monaco era tale da rovinarlo: il medico, a sentir lui, sarebbe stato fin dall'inizio confidente e complice degli Angeli. Avrebbe fornito lui a Floriano i filtri necessari per sedurre Idelette a favore di Cipriano, e quindi proposto pozioni malefiche per farle perdere il suo frutto. L'incolpato inventava tra sé e il medico un'intimità illecita. Zenone ebbe in seguito l'occasione di riflettere su quelle deposizioni che erano esattamente il contrario dei fatti: l'ipotesi piú semplice era che il ragazzo sconvolto avesse cercato di scagionarsi accusando un altro; o forse, avendo desiderato di ottenere da Sebastiano Theus favori e carezze, aveva finito col credere di averli ricevuti. Si cade sempre comunque in una trappola: tanto valeva che fosse quella.

Comunque Zenone si teneva pronto. Si consegnò senza resistere. Giunto alla cancelleria, sorprese tutti dichiarando il suo vero nome.

Parte terza

La prigione

Non è viltà, né da viltà procede
S'alcun, per evitar piú crudel sorte,
Odia la propria vita e cerca morte...
Meglio è morir all'anima gentile
Che supportar inevitabil danno
Che lo farria cambiar animo e stile.
Quanti ha la morte già tratti d'affanno!
Ma molti ch'anno il chiamar morte a vile
Quanto talor sia dolce ancor non sanno

                    GIULIANO DE' MEDICI

L'atto di accusa

Passò solo una notte nella prigione della città. L'indomani fu subito trasferito, non senza riguardi, in una camera prospiciente il cortile della vecchia cancelleria, munita di sbarre e di robusti catenacci, ma fornita piú o meno di tutte le comodità cui può aspirare un carcerato di rango. Recentemente, vi era stato trattenuto un borgomastro, accusato di malversazioni e, tempo addietro, un nobile passato a peso d'oro al partito francese; non v'era nulla di piú decoroso di quel luogo di detenzione. La notte trascorsa nella segreta era stata, del resto, sufficiente a Zenone per infestarsi di pidocchi e gli ci vollero diversi giorni a sbarazzarsene. Con sua sorpresa fu autorizzato a farsi portare la biancheria personale; dopo qualche giorno gli resero anche il servizio da scrivania. Però gli rifiutarono i libri. Poco dopo, ebbe il permesso di passeggiare quotidianamente nel cortile dal suolo ora gelato, ora fangoso, accompagnato da un briccone che aveva per secondino. Nondimeno, la paura di esser torturato non lo abbandonava. Che vi fossero uomini pagati per tormentare metodicamente i loro simili era parso sempre mostruoso a uno che aveva per mestiere quello di curare il prossimo. Da lunga data si era corazzato non contro la sofferenza, che in sé stessa non è peggiore di quella provata dal ferito operato da un chirurgo, ma contro l'orrore che essa sia consapevolmente inflitta. Si era via via abituato all'idea di aver paura. Se un giorno gli fosse accaduto di gemere o di accusare mendacemente qualcuno, come aveva fatto Cipriano, la colpa sarebbe stata di coloro che riescono a sconvolgere a questo punto la coscienza d'un uomo. Ma quella prova tanto temuta non si verificò. Evidentemente, erano intervenute delle potenti protezioni. Esse non impedirono che il terrore del cavalletto perdurasse in lui fino alla fine, obbligandolo a raffrenare un soprassalto ogni volta che si apriva la porta.

Qualche anno prima, giungendo a Bruges, aveva creduto che la memoria di sé fosse dissolta nell'ignoranza e nell'oblío. Su quella certezza aveva fondato la sua precaria sicurezza. Ma un suo fantasma aveva dovuto sopravvivere rannicchiato in fondo alla memoria della gente, ed ora emergeva, favorito da quello scandalo, piú concreto dell'uomo su cui ci si era imbattuti con indifferenza per tanto tempo. Improvvisamente si coagulavano vaghe dicerie legate alle grossolane immagini del mago, del rinnegato, del sodomita, della spia straniera, che aleggiano dovunque e sempre nella fantasia del popolo. Nessuno aveva riconosciuto Zenone in Sebastiano Theus; ma ora, retrospettivamente, lo riconoscevano tutti. Allo stesso modo, nessuno a Bruges aveva letto i suoi scritti in passato e non avevano certamente piú lettori oggi, ma sapere che erano stati condannati a Parigi e in sospetto a Roma permetteva ora a chiunque di denigrare quei pericolosi libri magici. Pochi curiosi, piú perspicaci, certamente avevano sospettato da subito la sua identità: Greta non era la sola ad avere occhi e memoria. Ma avevano taciuto, cosa che sembrava farne amici piuttosto che nemici; o forse, avevano atteso la loro ora. Zenone si domandò sempre se qualcuno avesse avvertito il priore dei Cordiglieri o al contrario se costui, invitando uno sconosciuto a salire nella sua carrozza a Senlis, sapesse già di avere a che fare con il filosofo di cui veniva bruciata sulla pubblica piazza un'opera fortemente controversa. Propendeva per la seconda alternativa, perché ci teneva a sentirsi il piú possibile in obbligo verso quell'uomo generoso.

Comunque stessero le cose, la sua catastrofe aveva mutato volto. Aveva cessato di essere l'oscura comparsa di un'orgia che implicava un gruppetto di novizi e due o tre cattivi frati; tornava ad essere il protagonista della sua propria avventura. I capi d'accusa si moltiplicavano; ma almeno non sarebbe stato l'insignificante personaggio spazzato via in fretta da una giustizia sbrigativa, come sarebbe avvenuto probabilmente di Sebastiano Theus. Il suo processo minacciava di protrarsi per via di spinose questioni di competenza. I magistrati borghesi giudicavano in ultima istanza i delitti di diritto comune, ma il vescovo ci teneva a pronunciare la parola definitiva in una causa complessa d'ateismo e di eresia. Era una pretesa irritante da parte di un uomo che era stato insediato di recente dal re in una città ove fino allora si era fatto a meno del vescovo, e che sembrava a molti un agente dell'Inquisizione insediato a Bruges a ragion veduta. In realtà, quel prelato si proponeva di giustificare prestigiosamente la propria autorità conducendo quel processo con equità. Il canonico Campanus, malgrado l'età avanzata, si prodigò in questo affare; propose e alla fine ottenne che due teologi dell'università di Lovanio, dove l'accusato aveva conseguito il diploma di diritto canonico, fossero ammessi in qualità di uditori; si ignorava se tale accomodamento fosse stato preso d'accordo col vescovo o contro di lui. Il punto di vista intransigente, condiviso da qualche estremista, era che un empio di cui era cosí importante confutare le dottrine fosse di diretta competenza del tribunale romano del Sant'Uffizio, e che era opportuno mandarlo sotto buona scorta a riflettere in qualche cella del convento di Santa Maria sopra Minerva a Roma. I cittadini sensati, al contrario, ci tenevano a giudicare sul posto quel miscredente nato a Bruges e ritornato sotto falso nome nella città, ove la sua presenza nel seno di una pia comunità aveva favorito disordini. Questo Zenone che aveva trascorso due anni alla corte di sua maestà svedese era forse una spia delle potenze del Nord; né era stato dimenticato che a suo tempo aveva soggiornato presso il turco infedele; si trattava di sapere se laggiú avesse rinnegato la sua fede come era corsa la voce. Ci si impegnava in uno di quei processi con vari capi d'accusa che minacciano di durare anni e servono da ascesso di fissazione agli umori d'una città.

In quel frastuono le deposizioni che avevano condotto all'arresto di Sebastiano Theus passavano in second'ordine. Il vescovo, contrario per principio all'accusa di magia, disprezzava la storia dei filtri d'amore che considerava una fandonia, ma certi magistrati borghesi vi credevano fermamente, e per il popolino il succo di tutta la storia era lí. A poco a poco, come in tutti i processi che per un certo tempo appassionano gli sfaccendati, si vedevano delinearsi su due piani due vicende stranamente differenti: la causa quale appare agli uomini della legge e agli ecclesiastici che hanno per mestiere di giudicare, e la causa quale l'inventa la folla che reclama mostri e vittime. Il luogotenente incaricato delle incriminazioni penali aveva subito scartato l'accusa di familiarità col gruppetto adamitico e beatifico degli

Angeli; le imputazioni di Cipriano erano contraddette dagli altri sei carcerati; costoro conoscevano il medico solo per averlo visto sotto il portico del convento o in via Lunga. Floriano s'illudeva di aver sedotto Idelette con promesse di baci, di dolci musiche e di carole in cui ci si tiene per mano, senza dover ricorrere alla radice di mandragola; lo stesso crimine d'Idelette infirmava la storia della pozione abortiva, che la damigella giurava santamente di non aver mai richiesta né di aver dovuto rifiutare; infine e soprattutto, per Floriano, Zenone era un tizio già attempato, dedito, è vero, alla stregoneria, ma ostile per pura malignità ai giochi degli Angeli; anzi, aveva cercato di distogliere Cipriano dalla loro compagnia. Da quelle affermazioni poco coerenti si poteva concludere tutt'al piú che il sedicente Sebastiano Theus aveva saputo dal suo infermiere qualcosa delle dissolutezze che avvenivano nel bagno a vapore, senza aver compiuto il proprio dovere di denunciarle.

Una intimità abietta con Cipriano era plausibile, ma la gente del quartiere portava alle stelle i retti costumi e le belle virtú del medico; c'era addirittura qualcosa di losco in una fama cosí eccezionale. Fu condotta un'inchiesta sul caso di sodomia che stuzzicava la curiosità dei giudici: a forza di cercare si pensò di aver trovato il figlio d'un paziente di Jean Myers col quale l'incolpato aveva stretto amicizia all'inizio del suo soggiorno a Bruges; ma si lasciò correre per rispetto verso una famiglia onorata e perché quel giovane cavaliere, rinomato per il suo bell'aspetto, da molto tempo si trovava a Parigi ove terminava gli studi. Tale scoperta avrebbe fatto ridere Zenone; i loro rapporti si erano limitati a scambi di libri. Rapporti del genere con gente piú umile, se ve n'erano stati, non avevano lasciato traccia. Ma il filosofo spesso aveva esaltato nei suoi scritti gli esperimenti con i sensi e la messa in opera di tutte le possibilità del corpo, e i piú loschi piaceri si possono dedurre da un simile precetto. Il sospetto permaneva, ma per mancanza di prove si ricadeva nel reato d'opinione.

Altre accuse erano, se possibile, piú immediatamente pericolose. Alcuni Cordiglieri imputavano addirittura al medico di aver fatto dell'ospizio un luogo di ritrovo per i fuggiaschi che si sottraevano alla giustizia. Frate Luca fu molto utile a questo proposito come per molti altri argomenti; la sua opinione era recisa: era tutto falso in quella storia. Erano state esagerate le dissolutezze nel bagno; Cipriano era un ingenuo che si era lasciato raggirare da una ragazza troppo bella; il medico era irreprensibile. Quanto ai fuggiaschi ribelli o calvinisti, se alcuni avevano attraversato la soglia dell'ospizio, non portavano un cartello appeso al collo, e chi lavora ha ben altro da badare che star a carpire i loro segreti. Avendo pronunciato con ciò il discorso piú lungo della sua vita, si ritirò, ma rese a Zenone un altro immenso servizio: rimettendo in ordine l'ospizio deserto, s'imbatté nel sasso a figura umana gettato tra i rifiuti dal filosofo, e lanciò nel canale quell'oggetto che non era il caso di lasciar in giro. L'organista invece fu di pregiudizio all'accusato; certo poteva dirne solo bene, ma era stato un colpo per loro, lui e sua moglie, il fatto che Sebastiano Theus non era Sebastiano Theus. La menzione piú dannosa fu quella delle profezie comiche di cui quelle due brave persone avevano riso tanto; furono ritrovate a San Cosma in un armadio a muro della libreria, e i nemici di Zenone seppero servirsene.

Mentre gli scribi ricopiavano con pieni e filetti i ventiquattro capi d'accusa raccolti contro Zenone, l'avventura d'Idelette e degli Angeli si avviava alla conclusione. Il delitto della damigella de Loos era patente e la sua punizione la morte; neppure la presenza del padre l'avrebbe salvata, e questi, trattenuto con altri fiamminghi come ostaggio in Spagna, apprese solo piú tardi la notizia della grave disgrazia. Idelette fece una buona e pia morte. L'esecuzione era stata anticipata di alcuni giorni per non cadere nelle festività di Natale. L'opinione pubblica si era girata a suo favore: commossi dal contegno pentito e dagli occhi sconsolati della Bella, tutti compiangevano quella fanciulla di quindici anni. Secondo la regola Idelette avrebbe dovuto esser arsa viva per infanticidio, ma la sua nobile nascita le valse di esser decapitata. Purtroppo il boia, intimidito da quel collo delicato, non ebbe la mano sicura: dovette rimettercisi tre volte e fuggí via, quando giustizia fu fatta, subissato dagli urli della folla e inseguito da una gragnuola di zoccoli e una pioggia di cavoli sottratti alle ceste del mercato.

Il processo degli Angeli durò piú a lungo: si cercava di ottenere confessioni atte a rivelare ramificazioni segrete risalenti forse fino a quella sétta dei Fratelli dello Spirito Santo, sterminata all'inizio del secolo, che, secondo alcuni, aveva diffuso e praticato simili errori. Ma quel pazzo di Floriano era intrepido; vanitoso persino durante la tortura, dichiarava di non dover nulla agli insegnamenti eretici d'un certo Gran Maestro Adamista Jacopo van Almagien, oltretutto ebreo, e morto circa cinquant'anni prima. Da solo e senza teologia aveva scoperto il puro paradiso delle delizie del corpo. Tutte le tenaglie del mondo non gli avrebbero fatto dire diversamente. Il solo che sfuggí alla sentenza di morte fu frate Quirino, che aveva avuto la costanza di fare ininterrottamente da matto, anche sotto la tortura, e di conseguenza fu internato come tale. Gli altri cinque condannati, come Idelette, affrontarono piamente la morte. Tramite il suo carceriere, che era abituato a quel genere di negozi, Zenone aveva pagato i boia affinché i giovani venissero strangolati prima di esser lambiti dal fuoco, piccolo accomodamento assai in uso, e che arrotondava molto opportunamente il magro salario dei carnefici. Lo stratagemma riuscí per Cipriano, Francesco de Bure e per uno dei novizi, ai quali fu evitata una morte peggiore senza che si fosse potuto risparmiar loro, beninteso, lo spavento che avevano precedentemente patito. Ma fallí invece per Floriano e per l'altro novizio, che il boia non ebbe il tempo di soccorrere segretamente; li si udì gridare per circa mezz'ora.

L'economo faceva parte del gruppo, ma era cadavere. Appena ricondotto sotto scorta da Audenarde e imprigionato a Bruges, si era fatto portare del veleno da amici che aveva in città ed era stato, secondo l'uso, cremato defunto giacché non si poté bruciarlo vivo. Zenone non amava affatto quell'astuto personaggio, ma si doveva riconoscere che Pietro de Hamaere aveva saputo prendere in mano il suo destino e finire da uomo.

Zenone seppe tutti questi particolari dal suo loquace carceriere; il furfante si scusava del contrattempo sopravvenuto nei riguardi dei due condannati; proponeva addirittura di restituire una parte del denaro benché non fosse stata colpa di nessuno. Zenone scrollò le spalle. Si era rivestito d'una indifferenza mortale: l'importante era di conservare fino in fondo le proprie forze. Quella notte tuttavia la trascorse insonne. Cercando nella sua mente un antidoto a quell'orrore, si immaginò che Cipriano o Floriano si fossero gettati tra le fiamme per salvare qualcuno:

l'atrocità era come sempre minore nei fatti che nella stupidità umana. All'improvviso, inciampò in un ricordo: da giovane aveva venduto all'emiro Nourreddin la sua formula di fuoco liquido che venne usato ad Algeri in una battaglia navale e forse, da allora, continuava ad essere impiegato. L'atto in se stesso era banale: qualsiasi artificiere avrebbe fatto altrettanto. Quell'invenzione che aveva bruciato centinaia di uomini era apparsa perfino un progresso nell'arte della guerra. Furore per furore, la violenza d'un combattimento in cui ciascuno uccide cosí come muore, non erano certo paragonabili al metodico abominio d'un supplizio ordinato nel nome di un Dio di bontà; nondimeno, era autore anche lui e complice d'oltraggi inflitti alla miserabile carne dell'uomo e c'erano voluti trent'anni perché si destasse in lui un rimorso che probabilmente avrebbe fatto sorridere ammiragli e príncipi. Tanto valeva uscir presto da quell'inferno.

Non ci si poteva lamentare che i teologi incaricati d'enumerare le proposizioni impertinenti, eretiche o francamente empie tratte dagli scritti dell'accusato, non avessero compiuto onestamente il loro dovere. Il Tribunale si era procurato in Germania la traduzione delle *Proteorie*; le altre opere si trovavano nella biblioteca di Jean Myers. Con immensa sopresa di Zenone, il priore possedeva le sue *Pronosticazioni delle cose future*. Riunendo tra loro quelle proposizioni, o piuttosto i passaggi censurati, il filosofo si era divertito a disegnare la mappa delle opinioni umane in quell'anno di grazia 1569, almeno per quanto concerneva le astruse regioni in cui il suo spirito aveva vagato. Il sistema di Copernico non era proscritto dalla Chiesa benché i piú ascoltati tra ecclesiastici e magistrati scotessero il capo con aria di chi la sa lunga, assicurando che non avrebbe tardato ad esserlo, ma l'asserzione che consiste a porre il sole e non la terra al centro del mondo, tollerata a condizione d'esser presentata come una timida ipotesi, offendeva pur sempre Aristotele, la Bibbia e piú ancora il bisogno dell'uomo di porre il nostro abitacolo al centro del tutto. Era naturale che una concezione che si discostava dalle prove vistosamente evidenti al buon senso non andasse a genio al volgo: senza andar oltre, Zenone sapeva da sé quanto il concetto d'una terra che si muove contrasti con le abitudini che ciascuno di noi si è fatto per vivere; s'era inebriato all'idea di appartenere a un mondo che non era piú soltanto la dimora dell'uomo; ai piú questo ampliamento procurava le vertigini. Peggio ancora dell'audacia di sostituire la terra col sole al centro delle cose, l'errore di Democrito, cioè la credenza nell'infinità dei mondi, che toglie al sole stesso il suo posto privilegiato e nega l'esistenza d'un centro, appariva alla maggioranza delle menti una vera empietà. Lungi dallo slanciarsi con gioia, come il filosofo, oltre il cielo delle stelle fisse, in quegli spazi ardenti e freddi, l'uomo ci si sentiva sperduto, e l'audace che si arrischiava a dimostrarne l'esistenza diveniva un transfuga. Le stesse regole valevano per il settore ancor piú scabroso delle idee pure. L'errore di Averroè, l'ipotesi d'una divinità che freddamente opera entro un mondo eterno, sembrava portar via al devoto la risorsa di un dio fatto a sua immagine e che prodiga agli umani le sue collere e le sue bontà. L'eternità dell'anima, errore di Origene, indignava perché riduceva a poca cosa l'immediatezza dell'avventura umana: l'uomo voleva certo che gli si aprisse davanti una immortalità felice o infelice di cui era il responsabile, ma non che si estendesse a ogni cosa una durata eterna in cui egli era pur non essendo. L'errore di Pitagora, che permetteva di attribuire alle bestie un'anima simile alla nostra per natura ed essenza, irritava ancor piú il bipede implume che ci tiene ad essere il solo vivente a durare sempre. L'enunciato dell'errore di Epicuro, cioè l'ipotesi che la morte è una fine, sebbene piú conforme a ciò che osserviamo nei cadaveri e nei cimiteri, feriva sul vivo non solo la nostra avidità di stare al mondo ma l'orgoglio che sciocamente ci assicura che meritiamo di restarvi. Tutte queste opinioni erano considerate offesa a Dio; in realtà si rimproverava loro soprattutto di attentare all'importanza dell'uomo. Era dunque naturale che esse conducessero in prigione o piú lontano chi se ne faceva banditore.

Bastava ridiscendere dalle idee pure ai sentieri tortuosi del comportamento umano, e la paura ancor piú dell'orgoglio diveniva il motore primo delle esecrazioni. L'ardire del filosofo che predica il libero gioco dei sensi e tratta dei piaceri carnali senza disprezzarli mandava in bestia la folla, soggetta in questo campo a molte superstizioni e ad una maggiore ipocrisia. Poco importava che l'uomo che vi si arrischiava fosse o no piú austero e talvolta anche piú casto dei suoi accaniti detrattori: le convenzioni volevano che nessun fuoco, nessun supplizio al mondo fossero sufficienti ad espiare una licenza cosí atroce, precisamente perché l'audacia dello spirito sembrava aggravare quella del corpo. L'indifferenza del saggio per il quale ogni paese è patria e qualsiasi religione è un culto a suo modo valido, parimenti esasperava quella folla di prigionieri; se quel filosofo rinnegato, che non rinnegava tuttavia alcuna delle sue vere credenze, rappresentava per tutti loro un capro espiatorio, era perché ciascuno, un giorno, segretamente o talora perfino senza accorgersene, aveva desiderato uscire dal cerchio in cui sarebbe morto rinchiuso. Il ribelle che si ergeva contro il proprio principe provocava nella gente ligia all'ordine costituito un moto di egual furia invidiosa: il suo no indispettiva il loro incessante sí. Ma i peggiori di quei mostri che pensavano col proprio cervello erano quelli che praticavano qualche virtú: facevano piú paura quando non si poteva disprezzarli completamente.

De Occulta Philosophia: l'insistenza di certi giudici sulle pratiche magiche alle quali si sarebbe dedicato in passato o di recente predispose il prigioniero che, per economizzare le proprie forze, non pensava quasi piú, a meditare su questo irritante argomento che lo aveva marginalmente preoccupato tutta la vita. In questo campo soprattutto le opinioni dei dotti contraddicevano quelle del volgo. Dalla massa bestiale il mago era insieme riverito e odiato per i suoi poteri ritenuti immensi: l'orecchio dell'invidia era ancora rivolto là. Provocò un certo disappunto il fatto che nella camera di Zenone si fosse trovata soltanto l'opera di Agrippa di Nettesheim, — anche il canonico Campanus ed il vescovo la possedevano, — e quella piú recente di Giovanni della Porta, che monsignore aveva sul tavolo anche lui. Poiché ci si ostinava su queste materie, il vescovo per equità si fece un dovere d'interrogare l'accusato. Mentre per gli sciocchi la magia era la scienza del soprannaturale, per il prelato al contrario quel sistema era preoccupante in quanto negava il miracolo. Zenone su questo punto fu quasi sincero. L'universo detto magico era costituito di attrazioni e di repulsioni obbedienti a leggi ancora misteriose, ma non necessariamente impenetrabili all'intelligenza umana. La calamita e l'ambra, tra le sostanze note, sembravano le sole a rivelare a metà quei segreti che nessuno aveva ancora esplorati e che un giorno forse avrebbero chiarito tutto. Il gran merito della magia, e dell'alchimia sua figlia, era di postulare l'unità della materia a tal segno che certi filosofi dell'alambicco avevano creduto di poterla assimilare alla luce e al fulmine. Ci si avviava cosí in una direzione che conduceva lontano ma di cui tutti gli adepti degni di questo nome riconoscevano i pericoli. Le scienze meccaniche di cui Zenone si era molto interessato, si apparentavano a quelle ricerche in quanto miravano a trasformare la conoscenza delle cose in potere sulle cose, e indirettamente sull'uomo. In un certo senso, tutto era magia: magia la scienza delle erbe e dei metalli che permette al medico d'influenzare la malattia e il malato; magia la malattia stessa che si impossessa del corpo e da cui questo talvolta non vuol guarire; magico il potere dei suoni acuti o gravi che perturbano l'anima o al contrario la placano; magia soprattutto la virulenta potenza delle parole quasi sempre piú forti delle cose, la quale spiega le asserzioni del *Sepher Yetsira*, per non dire del *Vangelo secondo San Giovanni*. Il prestigio che circonfonde i príncipi e che emana dalle cerimonie di chiesa è magia, e magia i neri patiboli e i lugubri tamburi delle esecuzioni che affascinano e atterriscono i curiosi ancor piú delle vittime. Magici infine l'amore, e l'odio, che imprimono nei nostri cervelli l'immagine di un essere dal quale acconsentiamo a lasciarci ossessionare.

Monsignore scosse pensoso la testa: un universo organizzato in quel modo non lasciava piú posto alla volontà personale di Dio. Zenone ne convenne, ben sapendo il rischio che correva. Quindi scambiarono qualche osservazione su ciò che è la volontà personale di Dio, attraverso quali intermediari essa viene esercitata e se è necessaria nell'operare i miracoli. Il vescovo, per esempio, non trovava nulla di increscioso nell'interpretazione che l'autore del *Trattato del mondo fisico* aveva dato delle stigmate di San Francesco, intese da lui come un estremo effetto del potente amore che in tutto modella l'amante a somiglianza dell'amato. La sconvenienza di cui il filosofo si era reso colpevole era di offrire questa spiegazione come esclusiva e non inclusiva. Zenone negò il fatto. Appropriandosi, per una forma di cortesia da dialettico, le tesi dell'avversario, monsignore ricordò allora come il piissimo cardinale Nicola da Cusa avesse a suo tempo scoraggiato l'entusiasmo per le statue miracolose e le ostie sanguinanti; quel venerabile scienziato (che aveva lui pure postulato un universo infinito) sembrava avesse accettato in anticipo la dottrina del Pomponazzi per il quale i miracoli sono intieramente l'effetto della suggestione come Paracelso e Zenone volevano che lo fossero le apparizioni della magia. Ma il santo cardinale, che a suo tempo aveva combattuto del suo meglio l'eresia degli Ussiti, oggi avrebbe forse taciuto concezioni tanto ardite per non fornir argomenti agli eretici e agli empi piú numerosi che allora.

Zenone non poté che convenirne: certo tirava un'aria meno che mai favorevole alla libertà d'opinione. Aggiunse perfino, restituendo al vescovo la cortesia dialettica, che dire d'un'apparizione ch'essa è tutta intera nell'immaginazione non significa ch'essa sia immaginaria nel senso volgare del termine: gli dei e i demoni che risiedono in noi sono ben reali. Il vescovo aggrottò le sopracciglia al primo di questi due plurali ma era uomo di lettere e sapeva che bisogna concedere qualcosa a coloro che hanno letto gli autori greci e latini. Già il medico continuava descrivendo la premurosa attenzione che aveva sempre rivolto alle allucinazioni dei suoi pazienti: la parte piú genuina dell'essere di ciascuno vi affiorava alla luce, e talora un autentico cielo o un vero inferno. Per ritornare alla magia e ad altre simili dottrine, non era contro la superstizione soltanto che bisognava lottare, ma contro il rozzo scetticismo che nega temerariamente l'invisibile e l'inspiegato. Su questo punto, il prelato e Zenone furono d'accordo senza riserve. Si accennò per finire alle chimere di Copernico: questo terreno assolutamente ipotetico era per l'accusato immune da rischi teologici. Al massimo, potevano incolparlo di presunzione per aver spacciato come la piú plausibile un'oscura teoria in contraddizione colla Sacra Scrittura. Senza eguagliare Lutero e Calvino nelle loro denunce d'un sistema che metteva in ridicolo la storia di Giosuè, il vescovo lo giudicava meno accettabile per i buoni cristiani di quello di Tolomeo. Vi fece del resto un obiezione matematica esattissima basata sulle parallassi. Zenone ammise che restavano da dimostrare ancora tante cose.

Appena fu solo, cioè in cella, sapendo benissimo che l'esito di quella malattia d'incarcerazione sarebbe stato fatale, Zenone stanco di sottigliezze s'ingegnò di riflettere il meno possibile. Era meglio offrire allo spirito occupazioni meccaniche che gli avrebbero evitato di abbandonarsi al terrore o al furore: era lui il paziente che si trattava di sostenere e di non scoraggiare. La conoscenza delle lingue gli venne in aiuto: aveva imparato le tre o quattro lingue dotte studiate a scuola e strada facendo nel corso della vita si era familiarizzato alla meglio con una buona mezza dozzina di differenti lingue parlate. Si era spesso doluto di trascinarsi dietro quel bagaglio di parole che non usava piú: c'era qualcosa di grottesco nel sapere il suono o il segno che designano l'idea di verità o l'idea di giustizia in dieci o dodici lingue. Quel groviglio divenne un passatempo: compilò liste, formò gruppi, paragonò alfabeti e regole di grammatica. Si divertí parecchi giorni col progetto d'un idioma logico, netto come le note musicali, capace di esprime ordinatamente tutti i fatti possibili. Inventò linguaggi cifrati, come se avesse qualcuno al quale indirizzare messaggi segreti. Anche la matematica gli fu utile: congetturava oltre il tetto della prigione la declinazione degli astri; rifece minuziosamente i calcoli concernenti la quantità d'acqua bevuta ed evaporata giornalmente dalla pianta che senza dubbio s'era seccata nel suo laboratorio.

Ripensò a lungo alle macchine volanti e subacquee, alla registrazione dei suoni per opera di meccanismi imitanti la memoria umana di cui Riemer e lui avevano un tempo disegnato i dispositivi, e che gli accadeva ancora di schizzare sui taccuini. Ma fu colto da diffidenza per quelle prolunghe artificiali da aggiungere alle membra dell'uomo: importava poco che ci si potesse immergere nell'oceano sotto una campana di ferro e di cuoio finché il nuotatore ridotto alle sue sole risorse sarebbe affogato nei flutti; oppure che si salisse in cielo per mezzo di pedali e di macchine finché il corpo umano seguitava ad essere quella massa pesante che cade come una pietra. Poco importava soprattutto che si trovasse il mezzo di registrare la parola umana, che già riempiva fin troppo il mondo col suo strepito di menzogna. Frammenti di tavole alchimistiche apprese a memoria a León uscirono bruscamente dall'oblio. Auscultando ora la propria memoria, ora il proprio raziocinio, si obbligò a ritracciare punto per punto certe sue operazioni chirurgiche: la trasfusione del sangue, per esempio, che aveva tentato due volte. Il primo tentativo era riuscito al di là dell'attesa, ma il secondo aveva provocato la morte improvvisa, non di colui che versava il sangue bensí di chi l'aveva ricevuto, come se veramente ci fossero stati tra i due liquidi rossi, provenienti da individui differenti, odi e amori di cui non siamo istruiti. Le stesse corrispondenze e le stesse repulsioni spiegavano molto probabilmente la sterilità o la fecondità delle coppie. Quest'ultima parola gli richiamò alla mente suo malgrado Idelette condotta via dalle guardie. Qualche breccia si apriva nelle sue difese cosí bene erette: una sera, seduto al tavolo, guardando vagamente la fiamma della candela, si ricordò tutt'a un tratto dei giovani monaci gettati sul rogo, e l'orrore, la pietà, e una collera presto mutatasi in odio con sua vergogna lo fecero piangere a dirotto. Non sapeva bene per chi o per che cosa piangesse cosí. La prigione lo indeboliva.

Al capezzale dei malati aveva spesso avuto l'occasione di udir raccontare dei sogni. Anch'egli aveva sognato in vita sua. Ci si accontentava quasi sempre di trarre da quelle visioni presagi talvolta veri, poiché essi rivelano i segreti del dormiente, ma considerava che quei giochi della mente abbandonata a se stessa avrebbero potuto soprattutto informarci sulla maniera in cui l'anima percepisce le cose. Enumerava le qualità della sostanza vista in sogno: leggerezza, impalpabilità, incoerenza, totale libertà dalle leggi del tempo, la mobilità delle forme della persona tale che ciascuno è molti e che i molti si riconducono ad uno, il sentimento quasi platonico della riminiscenza, il senso quasi insopportabile d'una necessità. Queste categorie fantomatiche rassomigliavano assai a ciò che gli ermetici pretendevano sapere dell'esistenza d'oltretomba, come se per l'anima il mondo della morte avesse continuato il mondo della notte. Intanto la vita, vista da un uomo pronto a lasciarla, acquistava anch'essa la strana instabilità e il bizzarro ordine dei sogni. Egli passava dall'uno all'altro, come dalla sala del tribunale ove lo interrogavano alla cella ben inchiavata, e dalla cella al chiostro della prigione coperto di neve. Si vide sulla porta d'una stretta torretta dove Sua Maestà Svedese lo aveva fatto alloggiare a Vadstena. Davanti a lui, immobile e paziente come le bestie che attendono aiuto, era un grande alce che il giorno prima il principe Erik aveva inseguito nella foresta. Sognando sentiva che toccava a lui nascondere e salvare quell'animale selvatico, ma non sapeva con quali mezzi gli avrebbe fatto varcare la soglia di quel rifugio dell'uomo. L'alce era d'un nero lucido e bagnato, come se fosse giunto fin lí attraverso un fiume. Un'altra volta Zenone era in una barca che dalla foce d'un fiume era spinta verso il largo. Era una bella giornata assolata e ventilata. Centinaia di pesci guizzavano e nuotavano intorno alla prora, trascinati dalla corrente che essi a loro volta superavano andando dall'acqua dolce verso le acque amare, e quella migrazione e quella partenza erano piene di gioia. Ma sognare diventava inutile. Le cose, prendevano da sé quei colori che hanno solo nei sogni e che ricordano il verde, la porpora e il bianco, colori puri delle nomenclature alchimistiche: un'arancia che un giorno gli ornò lussuosamente la tavola, brillò a lungo come un globo d'oro; il suo profumo e il suo sapore furono anch'essi un messaggio. A diverse riprese credette di udire una musica solenne che somigliava a quella degli organi se quella degli organi avesse potuto diffondersi in silenzio; lo spirito piuttosto che l'udito riceveva quei suoni. Sfiorò col dito le lievi asperità d'un mattone coperto di lichene ed ebbe la sensazione di esplorare dei mondi. Un mattino, girando nel cortile col guardiano Gilles Rombaut, vide sul selciato sconnesso uno strato di ghiaccio trasparente sotto cui correva e palpitava una vena d'acqua. Il sottile rigagnolo cercava e trovava la pendenza.

Almeno una volta egli fu l'ospite d'una apparizione diurna. Un fanciullo bello e triste d'una decina d'anni era entrato nella sua camera. Tutto vestito di nero, aveva l'aria d'un infante uscito da uno di quei castelli stregati che si visitano in sogno, ma Zenone l'avrebbe creduto reale se non si fosse improvvisamente e silenziosamente trovato lí senza aver dovuto né entrare né camminare. Quel bambino gli rassomigliava pur non essendo quello che era cresciuto in via dei Lanaioli. Zenone frugò nel suo passato che conteneva poche donne. Aveva usato precauzioni con Casilda Perez, perché non voleva rimandare in Spagna quella povera ragazza incinta per opera sua. La prigioniera sotto le mura di Buda era morta poco dopo che l'aveva presa, e se ne ricordava solo per questo motivo. Le altre erano state baldracche tra le cui braccia l'avevano spinto le combinazioni del viaggiare: aveva apprezzato poco quei fagotti di gonne e di carne. Ma la dama di Frösö si era mostrata differente: ella lo aveva amato al punto da desiderare di offrirgli una stabile dimora; da lui aveva voluto un figlio; egli non avrebbe mai saputo se quell'aspirazione, che va al di là del desiderio del corpo, si era realizzata o no. Era mai possibile che quel getto di seme, attraversando le tenebre, avesse dato origine a quella creatura, prolungando e forse moltiplicando la sua sostanza grazie a un essere che era e non era lui? Provò un senso d'infinita stanchezza e, suo malgrado, un certo orgoglio. Se cosí era, sarebbe stato coinvolto anche lui, lo era già per i suoi scritti e per le sue azioni; dal labirinto non sarebbe uscito prima della fine dei secoli. Il figlio di Sign Ulfsdatter, il figlio delle notti bianche, possibile tra i possibili, contemplava quell'uomo sfinito coi suoi occhi sorpresi ma gravi, come pronto a rivolgergli domande per le quali Zenone non aveva risposte. Sarebbe stato difficile dire quale dei due guardasse l'altro con maggior pietà. La visione svaní d'un tratto come si era formata, il bambino forse immaginario scomparve. Zenone si impose di non pensarci piú; forse non era che un'allucinazione di prigioniero.

Il guardiano notturno, un certo Hermann Mohr, era un uomo taciturno, grande e grosso, che dormiva con un occhio solo in fondo al corridoio e sembrava non avesse altra passione al mondo che di oliare e lustrare i catenacci. Ma Gilles Rombaut era un simpatico briccone. Aveva girato il mondo, poiché aveva fatto il mercante girovago e la guerra; con la sua parlantina inesauribile informava Zenone di quel che si diceva o si faceva in città. Era lui che disponeva dei sessanta soldi giornalieri assegnati al prigioniero, come a tutti i prigionieri di condizione onorevole se non nobile e lo rimpinzava di vivande giacché sapeva benissimo che il pensionante le avrebbe appena assaggiate e perciò quei pasticci e quei salumi sarebbero finiti sulla tavola dei coniugi Rombaut e dei loro quattro figli. Quell'abbondanza di cibo e la biancheria lavata abbastanza bene dalla moglie di Rombaut non entusiasmavano il filosofo che aveva intravisto l'inferno della galera comune, tuttavia era sorta una certa confidenza tra lui e quell'uomo vigoroso e gioviale, come non manca mai quando un uomo porta a un altro i pasti, lo conduce a passeggio, gli fa la barba e gli vuota il bugliolo. Le riflessioni di quella sagoma erano un gradevole antidoto allo stile teologico e giudiziario: Gilles non era molto sicuro che esistesse un Buon Dio visto in che brutto stato era questo basso mondo. Le disgrazie d'Idelette gli strappavano una lacrima: era peccato che non si fosse lasciata vivere una cosí bella giovinetta. Trovava ridicola l'avventura degli Angeli, pur dichiarando che ognuno si distrae come può e che gusti e colori non sono da giudicare. Quanto a lui, gli piacevano le ragazze, il che è un piacere meno pericoloso; ma costava caro e ciò gli provocava ogni tanto dei guai in famiglia. Dei pubblici affari se ne infischiava. Zenone e lui giocavano a carte; Gilles vinceva sempre. Il medico somministrava medicine alla famiglia Rómbaut. Una grossa fetta di torta di pasta sfoglia che Greta consegnò per Zenone alla cancelleria il giorno dell'Epifania, diede nell'occhio al mascalzone che la confiscò a vantaggio dei suoi, il che del resto non era mal fatto, poiché il prigioniero aveva comunque troppo da mangiare. Zenone non seppe mai che Greta gli aveva dato quella timida prova di fedeltà.

Quando venne il momento, il filosofo si difese abbastanza bene. Certe accuse ascrittegli tra le ultime erano insulse: era certo che in Oriente non aveva abbracciato la fede di Maometto, e tanto meno era circonciso. Discolparsi di aver servito il barbaro infedele quando le sue flotte e i suoi eserciti combattevano l'Imperatore era compito meno agevole; Zenone fece valere che, figlio di un fiorentino, ma stabilitosi a esercitare in quel momento in Linguadoca, si considerava allora suddito del Re Cristianissimo, il quale intratteneva buoni rapporti con la Porta Ottomana. L'argomento non era dei piú solidi, ma su quel soggiorno in Levante si diffusero favole assai propizie all'accusato. Zenone sarebbe stato uno degli agenti segreti dell'Imperatore in paese barbaresco, e solo per discrezione teneva la bocca chiusa. Il filosofo non contraddisse questa versione né qualche altra non meno romanzesca per non scoraggiare amici sconosciuti che, evidentemente, le mettevano in giro. I due anni passati presso il re di Svezia erano ancora piú dannosi perché, essendo piú recenti, nessun fumo di leggenda poteva abbellirli. Si trattava di sapere se era vissuto da cattolico in quel paese considerato riformato. Zenone negò di aver abiurato, ma non aggiunse che era andato alla predica, del resto il meno possibile. Ritornò sul tappeto il capo di accusa di spionaggio a favore dello straniero, l'accusato si mise in cattiva luce argomentando che se si fosse preoccupato di apprendere e di trasmettere qualcosa a qualcuno, si sarebbe stabilito in una città meno lontana dai grandi affari di quanto non era Bruges.

Ma precisamente quel lungo soggiorno di Zenone nella sua città natale sotto falso nome faceva corrugare la fronte ai giudici: vi si scorgeva chissà quale mistero. Che un miscredente condannato dalla Sorbona si fosse nascosto qualche mese presso un suo amico chirurgo-barbiere, che certo non si era distinto per pietà cristiana, era ammissibile; ma che un uomo di valore che aveva avuto clienti di condizione regale avesse optato cosí a lungo per l'esistenza grama d'un medico d'ospizio era troppo strano per apparire innocente. Su questo punto l'accusato restò senza risposta: lui stesso non capiva piú perché si fosse attardato a Bruges per tanto tempo. Per delicatezza non fece allusione all'affetto che lo aveva legato sempre piú strettamente al defunto priore: era un motivo che sarebbe sembrato tale solo a lui. Quanto alle abominevoli relazioni con Cipriano, l'accusato le negava recisamente, ma ognuno si accorse che al suo parlare mancava quella virtuosa indignazione che sarebbe stata d'obbligo. Non si ritornò sull'imputazione che avesse curato e ristorato fuggiaschi a San Cosma; il nuovo priore dei Cordiglieri giustamente stimando che il suo convento aveva già sofferto troppo per tutta quella faccenda, insistette affinché intorno al medico dell'ospizio non si rinfocolassero le voci di slealtà. Il prigioniero, che fino allora si era comportato benissimo, si infuriò allorché Pietro Le Cocq, procuratore di Fiandra, riportando la discussione sul vecchio argomento delle influenze illecite e magiche, fece notare che l'infatuazione di Gian Luigi de Berlaimont per il medico poteva spiegarsi con un maleficio. Zenone, dopo aver esposto al vescovo che in un certo senso tutto è magia, era furioso per l'umiliazione inflitta all'attività tra due spiriti liberi. Il reverendissimo vescovo non rilevò la visibile contraddizione.

In materia di dottrina l'accusato fu tanto abile quanto può esserlo un uomo avvolto in potenti tele di ragno. La questione dell'infinità dei mondi preoccupava particolarmente i due teologi invitati in qualità di uditori; si disputò a lungo se infinito e illimitato significhino la stessa cosa. A proposito dell'eternità dell'anima o della sua sopravvivenza solamente parziale o temporanea, che equivarrebbe in pratica per il cristiano a una mortalità pura e semplice, il dibattito durò ancora di piú. Zenone citò con ironia la definizione delle parti dell'anima in Aristotele, sulla quale avevano in seguito sottilizzato intelligentemente i dottori arabi. Veniva postulata l'immortalità dell'anima vegetativa o dell'anima animale, dell'anima razionale o dell'anima intellettiva, e in fine dell'anima profetica, o quella d'una entità che tutte le sorregge? A un dato momento, egli fece notare che in definitiva certe sue ipotesi si rifacevano alla teoria ilemorfica di San Bonaventura, la quale implica una certa corporeità delle anime. Ne fu negata la dipendenza, ma il canonico Campanus che assisteva al dibattito e si ricordava di aver insegnato tanto tempo prima al suo allievo quelle sottigliezze scolastiche, al sentir quell'argomentazione provò una vampa d'orgoglio.

Fu nel corso di quella seduta che vennero letti, un po' troppo a lungo a parere dei giudici che pensavano di saperne già abbastanza per emettere la sentenza, i quaderni in cui Zenone quarant'anni prima aveva trascritto citazioni di autori pagani o atei notori, o dai Padri della Chiesa in contraddizione tra loro. Purtroppo Jean Myers aveva conservato con cura quell'arsenale di scolaro. Quegli argomenti alquanto triti impazientirono quasi altrettanto l'accusato e monsignore, ma i non teologi ne furono indignati piú che per le arditezze delle *Proteorie*, troppo astruse per esser facilmente comprese. Finalmente in un lugubre silenzio si passò alla lettura delle *Profezie grottesche* con le quali Zenone aveva per l'innanzi divertito l'organista e sua moglie che le prendevano per indovinelli inoffensivi. Quel mondo, grottesco come quello che si vede nei quadri di certi pittori, mostrò improvvisamente la sua carica minacciosa. Col disagio che si prova di fronte alla follia, fu ascoltata la storia dell'ape spogliata della sua cera per onorare morti privi di occhi, davanti a cui invano si consumano ceri, e che sono anche senza orecchie per udire le suppliche e senza mani per dare. Bartolomeo Campanus stesso impallidí al sentir nominare popoli e principi d'Europa in lacrime e gemiti ad ogni equinozio di primavera per un ribelle condannato tanto tempo fa in Oriente, e quando fu il turno degli impostori e dei visionari che minacciano o promettono nel nome del Signore invisibile e muto di cui essi si dicono senza prove i ministri. Né si rise all'immagine dei santi innocenti sgozzati e infilzati ogni giorno a migliaia malgrado i loro pietosi belati, né a quella degli uomini addormentati su piume d'uccelli e trasportati nel cielo dei sogni, né a quella degli ossicini dei morti che decidono la fortuna dei vivi su tavole di legno macchiate di vino, e meno ancora dei sacchi forati alle due estremità, appollaiati su trampoli e che spandono sulla gente un ventaccio di parole mentre colla pancia digeriscono la terra. Al di là dell'intenzione blasfema visibile in piú di un punto nei riguardi delle istituzioni cristiane, si sentiva in quelle elucubrazioni un diniego ancora piú totale che lasciava in bocca una certa nausea.

Anche al filosofo quella lettura faceva l'effetto di un rigurgito amaro; la sua suprema malinconia fu che gli uditori si fossero indignati contro l'audace che svelava quanto fosse assurda la misera condizione umana e non contro questa stessa condizione che essi avevano in piccola parte il potere di mutare. Avendo il vescovo proposto che si lasciassero perdere quelle frottole, il dottore in teologia Gerolamo van Palmaert, che evidentemente odiava l'accusato, ritornò alle citazioni scelte e raccolte da Zenone e opinò che l'astuzia consistente a estrarre da autori antichi opinioni empie e nocive era piú malvagia ancora d'una affermazione diretta. Monsignore trovò eccessiva questa argomentazione. Il volto apoplettico del dottore s'infiammò ed egli urlò per chiedere perché lo avessero scomodato a dare il proprio parere su errori in materia di costumi e di dottrina che non avrebbero fatto esitare un istante un giudice di villaggio.

Durante quella seduta si verificarono due incidenti molto pregiudizievoli all'imputato. Una donna alta, dai lineamenti rozzi, si presentò tutta agitata. Era la serva di Jean Myers; si era stancata presto di stare a servire i vecchi infermi ospitati da Zenone nella casa del Quai-au-Bois, e adesso lavava i piatti dalla Zucca. Costei accusò il medico di aver avvelenato Jean Myers coi suoi farmaci; accusando se stessa per danneggiare il prigioniero, confessava di aver aiutato Zenone in quella operazione. Quel perverso le aveva acceso i sensi servendosi di pozioni venefiche, in modo che anima e corpo essa era stata sua schiava. Non la finiva piú coi prodigiosi particolari del suo commercio carnale col medico; bisognava ammettere che la nuova familiarità colle signorine e i clienti della Zucca nel frattempo l'avevano istruita assai. Zenone negò con fermezza di aver avvelenato il vecchio Jean, ma ammise di aver praticato due volte quella donna. La deposizione di Caterina, accompagnata dalle urla e le escandescenze della stessa, ravvivò subito l'interesse languente dei giudici; enorme fu l'effetto sul pubblico che si accalcava all'ingresso della sala; tutte le voci sinistre concernenti lo stregone ne furono quanto mai confermate. Ma la sudiciona lanciata a fondo non la smetteva piú; fu fatta tacere; vomitando insulti contro i giudici, fu gettata fuori e spedita tra le pazze ove poté scatenarsi a suo agio. I magistrati però rimanevano perplessi. Che Zenone non avesse conservato l'eredità del chirurgo-barbiere mostrava il suo disinteresse e toglieva ogni movente al delitto; d'altro canto quella condotta poteva essergli stata ispirata dal rimorso.

Mentre se ne discuteva, giunse ai giudici per lettera anonima una denuncia ancor piú pericolosa data la situazione dei pubblici affari. Il messaggio proveniva evidentemente dai vicini del vecchio fabbro Cassel. Vi si affermava che per due mesi il medico si era recato ogni giorno dal fabbro per curarvi un ferito che non era altri che l'assassino del capitano Vargaz; lo stesso medico avrebbe molto abilmente provveduto all'evasione dell'uccisore. Fortunatamente per Zenone, Josse Cassel, che avrebbe potuto parlare su molti punti, si trovava in Gheldria al servizio del re, nel reggimento del signor de Landas sotto i cui ordini si era da poco arruolato. Il vecchio Pietro, lasciato solo, aveva messo la chiave sotto la porta e se ne era ritornato in un villaggio ove possedeva dei beni, ma nessuno sapeva esattamente dove. Zenone negò, come era opportuno, e trovò inaspettatamente un alleato nel prevosto che aveva a suo tempo trascritto sui suoi registri la morte dell'assassino di Vargas in un fienile e non ci teneva affatto che si venisse ad accusarlo di aver istruito con negligenza quell'affare già lontano. L'autore della lettera non fu scoperto e i vicini di Josse, interrogati, dettero risposte ambigue: nessuna persona sensata avrebbe ammesso di aver atteso due anni prima di denunciare un crimine siffatto. Ma l'accusa era grave e aggiungeva peso a quella di aver soccorso dei fuggiaschi nell'ospizio.

Per Zenone il processo non era piú che l'equivalente di una di quelle partite a carte con Gilles, che per distrazione o indifferenza egli perdeva regolarmente. Proprio come i rettangolini di cartone variopinti che rovinano o arricchiscono i giocatori, ogni atto del gioco legale aveva un valore arbitrario; esattamente come alla lotteria era stabilito che si dovesse stare in guardia, mischiare le carte, passare il gioco, coprirsi e fingere. La verità, se fosse stata detta, avrebbe del resto disturbato tutti quanti. Essa si distingueva pochissimo dalla menzogna. Là ove diceva il vero, quel vero includeva il falso: non aveva abiurato né la religione cristiana né la fede cattolica, ma lo avrebbe fatto se fosse stato necessario, in tutta tranquillità di coscienza, e sarebbe forse diventato luterano una volta tornato, come aveva sperato, in Germania. Negava a ragione le relazioni carnali con Cipriano, ma una sera egli aveva desiderato quel corpo ora dissolto; in un certo senso, le deposizioni di quell'infelice ragazzo erano meno false di quanto Cipriano stesso pensava nel farle. Nessuno lo accusava piú d'aver proposto a Idelette una pozione abortiva ed egli aveva onestamente negato di averlo fatto, ma con la riserva mentale che l'avrebbe soccorsa se ella lo avesse implorato a tempo e che si doleva di non averle potuto risparmiare quella pietosa fine.

D'altro canto, laddove i suoi dinieghi erano letteralmente menzogna, come a proposito delle cure date a Han, la pura verità avrebbe nondimeno mentito. I servizi resi ai ribelli non provavano che egli avesse abbracciato la causa di quest'ultimi: nessuno di quei fanatici avrebbe compreso la sua fredda dedizione di medico. Le scaramucce coi teologi avevano avuto il loro fascino, ma egli sapeva benissimo che non esiste accomodamento durevole tra coloro che cercano, pesano, analizzano e si onorano di essere capaci di pensare domani diversamente da oggi, e coloro che credono o affermano di credere, e obbligano colla pena di morte i loro simili a fare altrettanto. Una fastidiosa irrealtà regnava su quei colloqui in cui domande e risposte non corrispondevano. Gli accadde di addormentarsi durante una delle ultime sedute; uno spintone di Gilles, che gli stava a fianco, lo richiamò all'ordine. A dire il vero anche uno dei giudici dormiva. Quel magistrato si risvegliò credendo la sentenza di morte già emessa, il che fece ridere tutti, compreso l'accusato.

Non solo in tribunale, ma anche in città, le opinioni si erano fin dall'inizio inquadrate secondo schemi complicati. La posizione del vescovo non era chiara, ma egli incarnava evidentemente la moderazione, se non l'indulgenza. Essendo monsignore *ex officio* uno dei sostegni del potere regio, molti di coloro che occupavano una buona posizione ne imitavano l'atteggiamento; Zenone diventava quasi il protetto del partito dell'ordine. Ma alcuni dei capi d'accusa contro il prigioniero erano cosí gravi che la moderazione nei suoi confronti comportava dei pericoli. I parenti e gli amici che Filiberto Ligre aveva a Bruges esitavano: tutto considerato, l'accusato apparteneva alla famiglia, ma costoro si domandavano se ciò costituiva una ragione per schiacciarlo o per difenderlo. Quelli, al contrario, che avevano avuto a patire delle dure manovre dei banchieri Ligre, includevano Zenone nel loro rancore: quel nome metteva loro il morso in bocca. I patrioti, numerosi nella borghesia e oriundi della parte migliore del popolo, avrebbero dovuto esser solidali con quell'infelice che passava per aver soccorso i loro simili; alcuni cosí fecero, ma la maggior parte di quegli entusiasti propendeva per le dottrine evangeliche e detestava piú d'ogni altra cosa il solo sospetto d'ateismo o di dissolutezza; inoltre, odiavano i conventi, e questo Zenone sembrava che fosse stato tutt'uno coi frati di Bruges. Solo pochi uomini, amici sconosciuti del filosofo, legati a lui da simpatie il cui motivo era per ciascuno di essi differente, si sforzavano con discrezione di servirlo, senza attirarsi addosso l'attenzione della Giustizia, di cui quasi tutti avevano buone ragioni di diffidare. Costoro non lasciavano passare nessuna occasione d'imbrogliare le cose, contando sulla confusione per ottenere qualche vantaggio a pro del prigioniero, o almeno per mettere in ridicolo i suoi persecutori.

Il canonico Campanus si ricordò a lungo che all'inizio di febbraio, poco prima della fatale udienza in cui aveva fatto irruzione Caterina, i Signori Giudici si erano trattenuti un momento sulla soglia della cancelleria a scambiarsi i punti di vista dopo l'uscita del vescovo. Pietro Le Cocq, che in Fiandra era il factotum del duca d'Alba, fece osservare che si erano perse sei settimane attorno a delle inezie, quando sarebbe stato tanto semplice applicare le sanzioni della legge. Nondimeno si rallegrava che quel processo, assolutamente privo d'importanza poiché non si collegava a nessuno dei grandi interessi del giorno, offriva con ciò stesso al pubblico un utilissimo diversivo; il popolino di Bruges si preoccupava meno di quel che accadeva a Bruxelles al Tribunale dei Disordini, giacché si appassionava sul posto pel signor Zenone. Inoltre non era male nel momento in cui da ogni parte veniva rimproverata alla giustizia la sua arbitrarietà, mostrare che in Fiandra in materia legale si sapevano ancora osservare le forme. A bassa voce aggiunse che il reverendissimo vescovo aveva saggiamente fatto uso della legittima autorità che alcuni a torto gli contestavano, ma era il caso di distinguere tra la funzione e l'uomo: c'erano in monsignore scrupoli di cui avrebbe dovuto disfarsi se voleva continuare ad esercitare il mestiere di giudice. Il volgo ci teneva molto a veder bruciare quel tizio ed è pericoloso negare a un mastino l'osso che gli è stato prima agitato sotto gli occhi.

Bartolomeo Campanus non ignorava che l'influente procuratore era gravemente indebitato con quella che a Bruges si continuava a chiamare la banca dei Ligre. L'indomani spedí un messaggero a suo nipote Filiberto e a donna Marta, sua moglie, chiedendo loro di indurre Pietro Le Cocq a escogitare qualche scappatoia favorevole al prigioniero.

Una bella dimora

La sontuosa residenza di Forestel era stata fatta costruire di recente da Filiberto e sua moglie alla moda italiana; vi si ammiravano una fuga di sale dal pavimento lucido e alte finestre sul parco; quella mattina di febbraio vi cadevano pioggia e neve. Pittori che avevano studiato nella penisola avevano coperto il soffitto dei saloni da cerimonia con belle scene della storia profana e della favola: la generosità d'Alessandro, la clemenza di Tito, Danae inondata dalla pioggia d'oro e Ganimede che ascende in cielo. Uno studio fiorentino intarsiato d'avorio, di diaspro e di ebano, al quale cioè i tre regni avevano contribuito, era adorno di colonnine a tortiglione e di nudi muliebri moltiplicati dagli specchi; molle ben congegnate ne aprivano i cassetti segreti. Ma Filiberto era troppo accorto per affidare i documenti di stato a quelle trappole complicate come il fondo d'una coscienza, e quanto alle lettere d'amore egli non ne aveva mai scritte, né ricevute, giacché le sue passioni, del resto assai moderate, andavano a belle ragazze alle quali non si scrive mai. Nel camino decorato da medaglioni rappresentanti le virtú cardinali, ardeva il fuoco tra due freddi e lucidi pilastri; i grossi ceppi raccolti nella foresta vicina erano in quello splendore i soli oggetti naturali che non fossero stati levigati, limati, lucidati da mano artigiana. Allineati su una credenza, alcuni volumi mostravano il dorso di pergamena o di bazzana stampigliato in oro fino; erano opere di devozione che nessuno apriva; da molto tempo Marta aveva sacrificato *L'Institution chrétienne* di Calvino, poiché quel libro eretico, come le aveva fatto notare Filiberto, era troppo compromettente. Filiberto poi possedeva una collezione di trattati genealogici e, in un cassetto, un bell'Aretino che mostrava ogni tanto agli ospiti, mentre le dame discorrevano di gioielli o dei fiori delle aiole.

Un ordine perfetto regnava in quelle stanze appena riassettate dopo il ricevimento del giorno precedente. Il duca d'Alba e il suo aiutante di campo Lancelot de Berlaimont di ritorno da un'ispezione alla regione di Mons, avevano acconsentito a cenare e pernottarvi; essendo il duca troppo stanco per salire lo scalone senza affaticarsi, gli era stato preparato un letto in una delle sale inferiori, sotto una tenda di arazzo, che lo proteggeva dalle correnti d'aria, sostenuta da picche e da trofei d'argento; non restava già piú traccia di quel letto d'eroico riposo in cui l'ospite d'onore aveva purtroppo dormito male. A cena la conversazione era stata insieme seria e prudente; si era parlato dei pubblici affari sul tono di chi vi partecipa e sa a che cosa attenersi; del resto per buon gusto non si era insistito su nulla. Il duca si mostrava pienamente fiducioso per quel che concerneva la situazione nella Germania Inferiore e in Fiandra: i disordini erano domati; la monarchia spagnola non aveva da temere che le fossero tolte Middlebourg o Amsterdam, e neppure Lilla o Bruxelles. Poteva pronunciare il suo *Nunc dimittis*, e implorava il re di dargli un sostituto. Non era piú giovane, e il colore della pelle accusava ch'era malato di fegato; la sua mancanza d'appetito obbligò gli ospiti ad alzarsi da tavola non sazi. Lancelot de Berlaimont tuttavia mangiava disinvolto, fornendo particolari sulla vita militare. Il principe d'Orange era battuto; era solo increscioso per la disciplina che le truppe fossero pagate con tanta irregolarità. Il duca aggrottò le sopracciglia e sviò la conversazione; gli pareva poco strategico rivelare in quel momento le piaghe pecuniarie della casa reale. Filiberto, che sapeva perfettamente a quanto ammontava il deficit, preferiva lui pure che non si parlasse di denaro a tavola.

Appena ripartiti gli ospiti sotto una grigia aurora, Filiberto, poco soddisfatto di aver dovuto distribuire complimenti cosí mattutini, era risalito in camera e si era rimesso a letto, ove lavorava di preferenza per via della gamba gottosa. Per sua moglie invece, che si alzava ogni giorno all'alba, quell'ora non aveva nulla di insolito. Marta camminava con passo eguale nelle stanze vuote, aggiustando qua e là su una credenza un soprammobile d'oro o d'argento leggermente spostato da un domestico, o grattando con l'unghia un'impercettibile goccia di cera su una consolle. Poco dopo un segretario le portò dal piano superiore la lettera dissigillata del canonico Campanus. Era accompagnata da una breve nota ironica di Filiberto, per indicarle che vi avrebbe trovato notizie del loro cugino e di un suo fratello.

Seduta davanti al camino, dal cui fuoco troppo vivo la proteggeva uno schermo ricamato, Marta prese conoscenza di quella lunga missiva. I fogli ricoperti di una scrittura nera e minuta scricchiolavano nelle sue mani magre, sporgenti dai polsini di pizzo. Presto si interruppe per riflettere. Bartolomeo Campanus le aveva annunciato l'esistenza di quel fratello uterino fin dal suo arrivo in Fiandra in qualità di sposa novella; il canonico le aveva anche raccomandato di pregare per quell'empio, non sapendo che Marta si asteneva dal pregare. La storia di quel figlio illegittimo era stata per lei una macchia di piú su sua madre già tanto disonorata. Non le era stato difficile identificare il filosofo-medico che si era reso celebre per le cure prodigate agli appestati di Germania nell'uomo vestito di rosso che aveva ricevuto al capezzale di Benedetta, e che l'aveva cosí stranamente interrogata a proposito dei genitori defunti. Proprio come Benedetta sul letto di morte, egli l'aveva vista nuda: aveva intuito il vizio mortale che portava con sé, la viltà, invisibile a quanti la prendevano per una donna forte. Il pensiero della sua esistenza era per lei una scheggia nella carne: era stato quel ribelle che ella non aveva potuto essere; mentre lui errava per le strade del mondo, lei si era appena spostata da Colonia a Bruxelles. Ora, era caduto in quella buia prigione che un tempo ella aveva temuta per sé; il castigo che lo minacciava le pareva giusto: era vissuto a modo suo; i rischi che correva se li era voluti.

Voltò il capo, disturbata da una corrente d'aria: il fuoco ai suoi piedi non riusciva a scaldare che una piccola parte del salone. Quel freddo di gelo era quello che si sente, dicono, al passaggio di un fantasma: tale era sempre stato per lei quell'uomo ormai cosí vicino alla fine. Ma dietro a Marta non c'era altro che il salone magnifico e vuoto. Lo stesso vuoto sontuoso aveva regnáto nella sua vita. I soli ricordi un po' dolci le venivano da quella Benedetta che Iddio le aveva ripresa, supponendo che ci fosse un Dio, e che lei non aveva nemmeno saputo assistere fino alla fine; quella fede evangelica divampata in gioventú era stata da lei soffocata sotto il moggio e ora gliene restava un'immensa cenere. Da oltre vent'anni la certezza della dannazione non l'aveva piú lasciata; era quanto conservava di quella dottrina che non aveva osato professare apertamente. Ma la nozione del proprio inferno aveva finito col prendere qualcosa di stantio e di flemmatico: sapeva che si sarebbe dannata come sapeva di essere la moglie d'un uomo ricco al quale aveva unito la sua fortuna, e madre d'uno scervellato buono al massimo a duellare e a trincare in compagnia di nobilotti coetanei, o anche come era indubitabile che Marta Ligre un giorno sarebbe morta. Non era stato uno sforzo essere virtuosa, non avendo mai avuto spasimanti da mettere alla porta; i deboli ardori di Filiberto avevano smesso di rivolgersi a lei dopo la nascita dell'unico figlio di maniera che non le era neppure toccato di aver parte ai piaceri leciti. Lei sola conosceva i desideri che talvolta le erano serpeggiati sotto la pelle; piú che domarli, li aveva curati ignorandoli, come si fa con le indisposizioni passeggere. Era stata per suo figlio una madre giusta, senza riuscire a domare l'insolenza naturale di quel ragazzo né a farsi amare da lui; la dicevano dura fino alla crudeltà coi servi e le domestiche, ma bisognava pur farsi rispettare da quella gentaglia. Il suo comportamento in chiesa edificava tutti, ma nell'intimo ella disprezzava quelle pagliacciate. Se quel fratello che aveva visto una volta sola aveva passato sei anni sotto falso nome, nascondendo i propri vizi e praticando finte virtú, era poca cosa in paragone a ciò che aveva fatto lei per tutta la vita. Prese la lettera del canonico e salí da Filiberto.

Come sempre allorché entrava nella camera del marito, increspò le labbra con disdegno nel constatarne le mancanze sia nel comportamento sia nella dieta. Filiberto era sprofondato tra molli guanciali che gli erano dannosi per la gotta, né la confettiera a portata di mano lo era di meno. Ebbe il tempo d'infilare sotto il lenzuolo un Rabelais che si teneva vicino per distrarsi tra una dettatura e l'altra. Ella sedette, col busto eretto, su un sedile un po' discosto da lui. Marito e moglie si intrattennero un momento sulla visita del giorno prima; Filiberto lodò Marta della maniera impeccabile con la quale era stato imbandito il pranzo, che sfortunatamente il duca aveva appena gustato. Entrambi ne compiansero la brutta cera. Rivolgendosi indirettamente al segretario che raccoglieva le carte prima di andare a copiare nella stanza attigua, il grosso Filiberto osservò reverentemente che si parlava molto del coraggio dei ribelli giustiziati per ordine del duca (di cui, oltre a tutto, si raddoppiava il numero), ma non abbastanza del vigore di quell'uomo di stato e di guerra che si sfiniva fino alla morte, nel mestiere delle armi per il suo re. Marta annuí.

"Gli affari pubblici mi sembrano meno sicuri di quanto non creda o voglia far credere il duca, " aggiunse egli seccamente appena la porta fu chiusa. "Tutto dipenderà dal polso del successore."

Marta invece di rispondere gli chiese se trovava necessario di sudare sotto tante imbottite.

"Ho bisogno dei buoni pareri di mia moglie su un'altra cosa che i miei guanciali," disse Filiberto su quel tono di leggera derisione che usava con lei. "Avete letto la lettera di nostro zio?"

"È una storia poco pulita," fece Marta esitando.

"Sono tutte cosí le storie in cui mette il naso la giustizia, che le rende tali anche se non lo sono," disse il consigliere. "Il canonico, che prende la cosa molto a cuore, forse trova che sono troppe due esecuzioni pubbliche in una famiglia."

"Tutti sanno che mia madre è morta a Münster vittima dei disordini," disse Marta i cui occhi si fecero neri di collera.

"È tutto quanto occorre che si sappia, ed è ciò che io ho consigliato di fare incidere sulla parete di una chiesa," ribatté Filiberto con mite ironia. "Ma in questo momento vi sto parlando del figlio di quella madre irreprensibile... Certo il procuratore di Fiandra è registrato per una grossa somma sui nostri libri, cioè su quelli degli eredi Tucher, e potrebbe gradire che si cancellino certe scritture... Ma il denaro non risolve tutto, almeno non cosí facilmente come s'immagina chi, al pari del canonico, ne ha poco. Ho l'impressione che la faccenda sia già molto compromessa, e Le Cocq avrà le sue buone ragioni per andare in fondo. La cosa vi addolora molto?"

"Sapete bene che non conosco quell'uomo," disse Marta con freddezza, mentre si ricordava perfettamente il momento in cui quel forestiero nel buio vestibolo di casa Fugger si era tolto la maschera regolamentare di medico della peste. Ma era vero che ne sapeva piú lui su di lei che viceversa, e comunque quell'angolo del suo passato era di quelli che contavano per lei sola; Filiberto non vi aveva diritto di accesso.

"Notate che non ho nulla contro mio cugino e vostro fratello, anzi mi piacerebbe molto averlo qui a curarmi la gotta," riprese il consigliere assestandosi nei cuscini. "Ma che idea gli è venuta di andarsi a cacciare a Bruges come una lepre sotto la pancia dei cani e addirittura con un falso nome che inganna solo i semplicioni... Il mondo ci chiede appena un po' di discrezione e di prudenza. A che serve pubblicare opinioni che dispiacciono alla Sorbona e al Santo Padre?"

"Il silenzio è pesante da portare," fece improvvisamente Marta quasi a malincuore.

Il consigliere la guardò con beffarda meraviglia.

"Benissimo," disse, "aiutiamo questo tizio a cavarsela. Ma badate che se Pietro Le Cocq acconsente, gli sarò obbligato io invece di esserlo lui a me, e se per caso non acconsente, mi toccherà di ingoiare un *no*. Può darsi che il signor de Berlaimont mi sia grato di evitare una fine scandalosa a un uomo già protetto da suo padre, ma, o io m'inganno, o costui si cura poco di quel che avviene a Bruges. Cosa propone la mia cara moglie?"

"Nulla di ciò che potreste rimproverarmi dopo l'accaduto," fece lei seccata.

"Cosí va bene," disse il consigliere con la soddisfazione di colui che vede allontanarsi la probabilità d'un litigio. "Giacché la gotta m'impedisce di tener la penna, voi avrete la compiacenza di scrivere per me a nostro zio raccomandandoci alle sue sante preghiere..."

"Senza accennare all'argomento principale?" fece Marta a proposito.

"Nostro zio è abbastanza perspicace per intendere un'omissione," annuí inclinando il capo. "Il corriere non dovrà ripartire a mani vuote. Avete certamente delle cibarie da mandare per la Quaresima (i pâtés di pesce andrebbero benissimo), e qualche telo di stoffa per la sua chiesa."

Marito e moglie si scambiarono uno sguardo. Lei ammirava Filiberto per la sua circospezione, come altre donne ammirano il loro uomo per il coraggio o la virilità. Tutto andava cosí bene che egli ebbe l'imprudenza di aggiungere:

"Tutto il male viene da mio padre che fece allevare quel nipote bastardo come un figlio. Cresciuto in una famiglia oscura e senza andare a scuola..."

"Parlate da uomo esperto sull'argomento dei bastardi," disse lei con pesante sarcasmo.

Egli poté sorridere a suo agio giacché la moglie gli volgeva le spalle e si avviava verso la porta. Il figlio naturale che aveva avuto da una fantesca (e che del resto forse non era neanche suo) aveva facilitato i rapporti coniugali invece di turbarli. Lei batteva sempre su quel solo torto e ne lasciava passare altri piú gravi senza dir parola e chissà, senza neppure accorgersene. Egli la richiamò.

"Vi riserbo una sorpresa," le disse. "Ho ricevuto stamane qualcosa di meglio della posta di nostro zio. Ecco le lettere di convalida dell'erezione della terra di Steenberg in viscontea. Sapete che ho fatto sostituire Steenberg a Lombardia, giacché quel titolo portato da un figlio e nipote di banchieri rischiavano di far ridere."

"Ligre e Foulcre suonano abbastanza bene ai miei orecchi," ribatté lei con freddo orgoglio, francesizzando al solito il nome dei Fugger.

"Fanno pensare un po' troppo a etichette su sacchi di scudi," disse il consigliere. "Viviamo in un'epoca in cui un bel nome è indispensabile per introdursi in una corte. Bisogna andare col vento che tira, cara moglie."

Quando fu uscita, egli allungò una mano verso la confettiera e si riempí la bocca. Non si sbagliava sul suo disprezzo dei titoli: tutte le donne amano le apparenze. Qualcosa gli guastava un po' il gusto dei confetti. Peccato che non si potesse far nulla per quel disgraziato sodomita senza compromettersi.

Marta ridiscese lo scalone d'onore. Quel titolo nuovo di zecca le ronzava suo malgrado piacevolmente alle orecchie; il loro figlio ad ogni modo ne sarebbe stato grato a entrambi un giorno. Al confronto la lettera del canonico perdeva d'importanza. La risposta che doveva scrivere era un'incombenza non da poco; ricominciò a pensare con amarezza che in definitiva Filiberto faceva sempre a modo suo, e lei non sarebbe stata altro per tutta la vita che la ricca governante d'un uomo ricco. Per una strana contraddizione, quel fratello che abbandonava al suo destino le era in quel momento piú vicino del marito e dell'unico figlio: con Benedetta e con sua madre, faceva parte d'un mondo segreto in cui rimaneva chiusa. In un certo senso ella si condannava in lui. Fece chiamare il maggiordomo per dargli l'ordine di adunare i regali da consegnare al corriere che si rimpinzava nelle cucine.

Il maggiordomo aveva un piccolo affare di cui avrebbe voluto parlare a sua Signoria. Si presentava un'occasione straordinaria. Come la signora certamente sapeva, i beni del signor de Battenbourg erano stati confiscati dopo la sua esecuzione. Erano ancora sotto sequestro, poiché la vendita a profitto dello stato poteva aver luogo solo dopo il pagamento dei debiti ai privati. Non si poteva dire che gli spagnoli non facessero le cose in regola. Ma tramite l'ex-custode del condannato, egli era venuto a sapere dell'esistenza d'un lotto di arazzi che non figuravano sull'inventario e di cui si poteva disporre a parte. Erano degli splendidi Aubusson rappresentanti episodi della Storia sacra, L'Adorazione del Vitello d'oro, Il Rinnegamento di San Pietro, L'Incendio di Sodoma, Il Capro espiatorio, Gli Ebrei gettati nella fornace ardente. Il meticoloso maggiordomo si rimise la noticina nel taschino. Sua Signoria aveva appunto manifestato che le sarebbe piaciuto rinnovare la tappezzeria del Salone di Ganimede. E comunque quei drappi aumentavano di valore col tempo.

Ella vi rifletté un istante e annuí col mento. Non erano soggetti profani, come quelli di cui Filiberto si compiaceva un po' troppo. E credeva proprio di averle viste una volta quelle tappezzerie nella residenza del signor de Battenbourg, dove facevano un nobilissimo effetto. Era un affare da non perdere.

La visita del canonico

Nel pomeriggio che seguí la condanna di Zenone il filosofo apprese che il canonico Bartolomeo Campanus l'attendeva nel parlatorio della cancelleria. Scese giú accompagnato da Gilles Rombaut. Il canonico chiese al guardiano di lasciarli soli. Per maggior sicurezza, Rombaut andandosene dette un giro di chiave alla porta.

Il vecchio Bartolomeo Campanus era pesantemente seduto in una poltrona a schienale alto vicino a un tavolo; i due bastoni giacevano a terra al suo lato. In suo onore era stato acceso un bel fuoco nel caminetto, e il bagliore suppliva la luce avara e fredda di quel pomeriggio di febbraio. La faccia larga del canonico, solcata da centinaia di leggerissime rughe, in quella luce sembrava quasi rosa, ma Zenone ne notò gli occhi arrossati e il tremolio contenuto delle labbra. I due uomini esitavano sul modo di avviare il discorso. Il canonico fece un vago movimento per alzarsi, ma l'età e l'infermità escludevano quella cortesia, e non era sicuro che non fosse sconveniente rendere un simile omaggio a un condannato. Zenone restò a distanza di qualche passo.

"*Optime pater*," disse, riprendendo un appellativo di cui si era servito per il canonico ai tempi di scuola, "vi ringrazio dei favori piccoli e grandi che mi avete usati durante la prigionia. Ho subito indovinato da dove venivano quelle attenzioni: una delle quali è la vostra insperata visita."

"Perché non vi siete aperto prima!" fece il vecchio con affettuoso rimprovero. "Voi avete avuto sempre meno fiducia in me che in quel chirurgo-barbiere..."

"Vi meravigliate che io abbia diffidato?" replicò il filosofo.

Si stropicciava metodicamente le dita intorpidite. La sua camera, benché situata al piano superiore, era di una umidità insidiosa con quel tempo invernale. Si sedette su un sedile che era vicino al fuoco e tese le palme.

"*Ignis noster,*" fece dolcemente, impiegando una formula alchimistica che Bartolomeo Campanus era stato il primo ad insegnargli.

Il canonico fu percorso da un fremito.

"La parte mia nei favori che si è tentato di farvi si riduce a poca cosa," disse, sforzandosi d'impostare la voce. "Vi ricorderete forse che una grave controversia aveva opposto non molto tempo fa monsignore al defunto priore dei Cordiglieri. Ma quelle due sante persone avevano finito con lo stimarsi a vicenda. In punto di morte, il povero priore vi raccomandò al reverendissimo vescovo. Monsignore ha tenuto a che foste giudicato con equità."

"Lo ringrazio," fece il condannato.

Il canonico sentí in quella risposta una punta di ironia.

"Ricordatevi che non toccava solo a monsignore emettere il verdetto. Fino all'ultimo ha raccomandato l'indulgenza."

"Non è forse la consuetudine?" disse Zenone con una certa asprezza. "*Ecclesia abhorret a sanguine.*"

"Era sincero quella volta," disse il canonico offeso. "Ma, disgraziatamente, i delitti di ateismo e d'empietà sono patenti e voi avete voluto che cosí fosse. In materia di diritto comune, nulla, grazie a Dio, è stato provato contro di voi, ma sapete quanto me che dieci indizi equivalgono a una convinzione per il volgo, e anche per la maggior parte dei giudici. Le accuse di quel misero ragazzo di cui non voglio nemmeno ricordare il nome in principio vi hanno nociuto molto..."

"Ma voi mi ci vedevate partecipare alle risa e ai giochi nel bagno a vapore alla luce di ceri rubati?"

"Nessuno se lo è immaginato," disse gravemente il canonico. "Non dimenticate che vi sono altre specie di complicità."

"È strano che per noi cristiani i cosiddetti disordini della carne costituiscano il male per eccellenza," disse Zenone meditabondo. "Nessuno punisce con rabbia e disgusto la brutalità, l'efferatezza, la barbarie, l'ingiustizia. Non passerà per la mente a nessuno domani di trovare oscene le brave persone che verranno a guardare i miei contorcimenti tra le fiamme."

Il canonico si coprí il volto con una mano.

"Scusatemi, padre," disse Zenone, "*Non decet*. Non commetterò piú l'indecenza di voler mostrare le cose come sono."

"Oserei dire che quel che confonde nella vicenda di cui siete vittima è la strana solidarietà del male." fece il canonico quasi a voce bassa. "L'impurità sotto tutte le sue forme, bambinate forse intenzionalmente sacrileghe, la violenza contro un innocente neonato, e infine la violenza contro se stesso, la peggiore di tutte, perpetrata da quel Pietro de Hamaere. Confesso che in principio tutta questa losca storia mi era parsa smisuratamente ingrandita dai nemici della Chiesa, se non proprio inventata da essi... Ma... un cristiano, un monaco che si dà la morte è un cattivo cristiano e un cattivo monaco, e questo delitto non è certamente il primo da lui commesso... Non mi do pace di ritrovare il vostro grande sapere coinvolto in tutto ciò."

"La violenza commessa contro la propria creatura da quella sventurata rassomiglia assai a quella di un animale che si strazia un membro per sottrarsi alla trappola in cui la crudeltà degli uomini l'ha fatta cadere," disse amaramente il filosofo. "Quanto a Pietro de Hamaere..."

Per prudenza s'interruppe, giacché si rendeva conto che la sola cosa che avrebbe trovato da lodare in quel defunto era appunto la morte volontaria. Nella privazione totale in cui la condanna lo aveva precipitato, gli restava ancora una possibilità da conservare con cura e un segreto da custodire.

"Non siete venuto qui per rifare davanti a me il processo di quegli sventurati," disse. "Usiamo meglio questi momenti preziosi."

"La governante di Jean Myers anche lei vi ha fatto molto danno," riprese tristemente il canonico con l'ostinazione dei vecchi. "Nessuno onorava quel malvagio, che del resto ritenevo completamente dimenticato. Ma il sospetto di veleno l'ha riportato su tutte le bocche. Mi faccio scrupolo a consigliare la menzogna, ma sarebbe stato meglio negar d'aver avuto commercio carnale con quella domestica sfrontata."

"Mi sorprende che una delle azioni piú pericolose della mia vita sia l'essere stato a letto due notti con una serva," disse Zenone beffardo.

Bartolomeo Campanus sospirò: quell'uomo che egli amava teneramente sembrava barricato contro di lui.

"Voi non saprete mai quanto mi pesi sulla coscienza il vostro naufragio," azzardò tentando un altro approccio. "Non parlo dei vostri atti, di cui so ben poco, e che voglio credere innocenti, benché il confessionale m'insegni che azioni peggiori possono allearsi a virtú come le vostre. Parlo di quella fatale rivolta dello spirito che trasformerebbe in vizio la perfezione stessa, e di cui io forse misi in voi, senza volerlo, i germi. Come è cambiato il mondo, e come sembravano benefiche le scienze e l'antichità al tempo in cui studiavo le lettere e le arti... Quando penso che fui il primo ad insegnarvi quella Scrittura di cui vi beffate, mi domando se un maestro piú inflessibile o piú istruito di me..."

"Non vi affliggete, *optime pater*," disse Zenone. "La rivolta che vi angustia era in me, o forse nel secolo."

"I vostri disegni di bombe volanti e di carri mossi dal vento che provocavano le risa dei giudici mi hanno fatto pensare a Simon Mago," disse il canonico levando su di lui uno sguardo inquieto. "Ma ho pensato anche alle chimere meccaniche della vostra gioventú, che hanno prodotto solo turbamento. Ahimè! Fu in quel giorno che ottenni per voi dalla reggente la garanzia di un posto che vi avrebbe aperto una carriera di onori..."

"Probabilmente mi avrebbe condotto allo stesso punto per altra via. Ne sappiamo meno noi sul corso e il traguardo della vita d'un uomo che non gli uccelli sulle loro migrazioni."

Bartolomeo Campanus rivide con gli occhi dell'immaginazione lo studente di vent'anni. Era quello stesso del quale avrebbe voluto salvare il corpo, o almeno l'anima.

"Non attribuite maggior valore di me a quelle fantasie meccaniche che in se stesse non sono né faste né nefaste," riprese sdegnosamente Zenone. "Sono come le trovate dell'alchimista: distraggono dalla scienza pura, eppure, talora essa ne è spronata o fecondata. *Non cogitat qui non experitur*. Perfino nell'arte medica, alla quale soprattutto mi sono dedicato, l'invenzione vulcanica e alchimistica svolge una funzione. Ma, dato che il genere umano resterà quello che è forse alla fine dei secoli, è un errore mettere dei pazzi in condizione di rovesciare il meccanismo delle cose, e permettere ai furiosi di levarsi nel cielo. Quanto a me, e nello stato in cui il Tribunale mi ha messo," aggiunse con un riso secco che fece rabbrividir Bartolomeo Campanus, "sono arrivato al punto di biasimare Prometeo per aver dato il fuoco ai mortali."

"Sono vissuto ottant'anni senza immaginarmi fino a dove giungesse la malignità dei giudici," disse indignato. "Gerolamo van Palmaert si rallegra che siate mandato a esplorare i vostri mondi infiniti, e Le Cocq individuo abietto, propone per scherno che vi si mandi a combattere Maurizio di Nassau su un bombardiere celeste."

"Ha torto di riderne. Queste chimere si realizzeranno il giorno in cui la specie umana vi si dedicherà con lo stesso accanimento con il quale si dà a costruire i Louvres e le cattedrali. Scenderà dal cielo il Re dello Spavento, con i suoi eserciti di cavallette e i ludi d'ecatombe... O bestia crudele! Nulla resterà sulla terra, sotto terra o nell'acqua che non sia perseguitato, guastato, distrutto... Apriti, eterno abisso, e inghiotti finché sei in tempo la razza sfrenata..."

"Come?" disse il canonico allarmato.

"Nulla," fece distrattamente il filosofo. "Mi recitavo una delle mie *Profezie grottesche*."

Bartolomeo Campanus sospirò. Troppo intensa era stata l'angoscia per quel cervello pur solido. L'avvicinarsi della morte lo faceva delirare.

"Avete perduto ogni fiducia nella sublime eccellenza dell'uomo," disse scrollando tristemente il capo. "Si comincia col dubitare di Dio..."

"L'uomo è un'istituzione che ha contro di sé il tempo, la necessità, la fortuna e l'imbecille e sempre crescente supremazia del numero," disse piú pacatamente il filosofo. "Gli uomini uccideranno l'uomo."

Cadde in un lungo silenzio. Quella prostrazione parve buon segno al canonico che temeva piú d'ogni altra cosa l'intrepidezza d'un'anima troppo sicura di sé, preclusa sia al pentimento che alla paura. Poi, riprese con precauzione:

"Debbo dunque credere, come avete detto al vescovo, che la Grande Opera non ha per voi altro scopo che quello di perfezionare l'anima umana? Se è cosí," continuò su un tono involontariamente deluso, "ci saresti piú vicino di quanto monsignore ed io osassimo credere, e quei magici arcani che non ho mai contemplato se non di lontano si riducono a ciò che la Santa Chiesa quotidianamente insegna ai suoi fedeli."

"Sí," disse Zenone. "Da milleseicento anni."

Il canonico fu in dubbio se quella risposta non contenesse

una punta di sarcasmo. Ma i momenti erano preziosi. E lasciò perdere.

"Mio caro figlio," disse, "vi immaginate forse che io sia venuto per intraprendere con voi un dibattito che non è piú attuale? Ho piú valide ragioni per trovarmi qui. Monsignore mi fa osservare che nel vostro caso non si tratta propriamente di eresia, come per quegli odiosi settari che ai nostri giorni fanno la guerra alla chiesa, ma di dotte empietà il cui pericolo in definitiva è palese solo alle persone colte. Il reverendissimo vescovo mi assicura che le vostre *Proteorie*, condannate appunto per aver degradato i nostri santi dogmi al rango di volgari nozioni diffuse perfino tra i peggiori idolatri, potrebbero benissimo servire a una nuova *Apologetica*: basterebbe che le stesse proposizioni additassero nelle nostre verità cristiane il coronamento delle intuizioni infuse nell'umana natura. Voi sapete come me che dipende tutto dalla direzione..."

"Credo di capire dove tende questo discorso," disse Zenone. "Se la cerimonia di domani fosse sostituita con quella di una ritrattazione..."

"Non sperate troppo," disse il canonico prudente. "Non vi si offre la libertà. Ma monsignore si lusinga d'ottenere la vostra detenzione *in loco carceris* in una casa religiosa di sua scelta; le vostre comodità dipenderanno dalle garanzie che avrete saputo dare alla buona causa. Sapete che le prigioni perpetue son quelle da cui si riesce quasi sempre ad uscire."

"I vostri soccorsi giungono troppo tardi, *optime pater*," mormorò il filosofo. "Sarebbe stato meglio far tacere prima i miei accusatori."

"Non ci siamo illusi di ammansire il procuratore di Fiandra," disse il canonico, inghiottendo l'amarezza causatagli dal vano tentativo compiuto presso i Ligre. "Un uomo di quel genere condanna, come un cane si avventa sulla preda. Siamo stati costretti a rispettare la procedura, pronti ad usare in seguito i poteri di cui disponiamo. Gli ordini minori che riceveste tanto tempo fa vi espongono alle censure della Chiesa, ma vi garantiscono anche certe protezioni che la volgare giustizia secolare non offre. Ho tremato, è vero, fino alla fine temendo che faceste per sfida qualche rivelazione irreparabile..."

"Eppure sareste stato costretto ad ammirarmi, se l'avessi fatto per contrizione."

"Vi sarei grato di non confondere il tribunale di Bruges con le assise della penitenza," disse il canonico spazientito. "Ciò che qui conta è che l'indegno frate Cipriano ed i suoi complici si siano contraddetti, che noi ci siamo sbarazzati dalle infamie della sguattera rinchiudendola in manicomio, e che i maligni che vi accusano di aver curato l'assassino d'un capitano si siano eclissati... I delitti relativi a Dio sono di nostra competenza."

"Tra i misfatti includete le cure prestate a un ferito?"

"Il mio parere qui è fuori luogo," disse evasivo il canonico. "La mia opinione, se la volete, è che ogni servizio reso al prossimo debba esser giudicato meritorio, ma nel vostro caso vi rientra una ribellione che non lo è mai. Il defunto priore, che talvolta prendeva degli abbagli, avrà approvato fin troppo questa carità sediziosa. Rallegriamoci comunque che non se ne sia potuta produrre la prova."

"Sarebbe stato facile ottenerla se i vostri buoni offici non mi avessero risparmiato la tortura," disse il prigioniero con una scrollata di spalle. "Di ciò vi ho già ringraziato."

"Noi ci siamo attenuti all'adagio *Clericus regulariter torqueri non potest per laycum*," fece il canonico con aria di trionfo. "Ricordatevi tuttavia che su certi punti, come quello dei costumi, permane vivo su di voi il sospetto, e che avreste da ricomparire *novis survenientibus inditiis*. Lo stesso in materia di ribellione. Pensate quel che vi pare dei poteri di questo mondo, ma considerate che gli interessi della chiesa e quelli dell'ordine continueranno ad esser tutt'uno finché i ribelli saranno gli alleati dell'eresia."

"Capisco," fece il condannato chinando il capo. "La mia precaria sicurezza dipenderebbe intieramente dalla buona volontà del vescovo, il cui potere può diminuire o il punto di vista cambiare. Nulla garantisce che fra sei mesi io non mi ritrovi esattamente cosí vicino alle fiamme come ora."

"Non è un timore che avreste dovuto avere per tutta la vita?" disse il canonico.

"Ai tempi in cui m'insegnavate i rudimenti delle lettere e delle scienze, un tizio riconosciuto colpevole d'un delitto vero o falso fu arso a Bruges, e un nostro domestico me ne raccontò il supplizio," disse il prigioniero a mo' di risposta. "Per aumentare l'interesse dello spettacolo era stato legato al palo con una lunga catena, ciò che gli permise di correre in preda alle fiamme fino a che cadde col viso contro il suolo, o per dir meglio, sulla brace. Io mi sono spesso detto che un simile orrore potrebbe servire per simboleggiare la condizione d'un uomo che sia lasciato quasi libero."

"Credete che non ci troviamo tutti nella stessa situazione?" disse il canonico. "La mia esistenza è stata tranquilla e, oso dire, innocente, ma non si vivono ottant'anni senza sapere che cosa sia la costrizione."

"Tranquilla sí," disse il filosofo. "Innocente, no."

Il colloquio dei due riprendeva senza posa, loro malgrado, il tono quasi astioso degli antichi dibattiti tra maestro e allievo. Il canonico, deciso a sopportare tutto, intimamente pregò che gli venissero le parole atte a convincere.

"*Iterum peccavi*," disse finalmente Zenone con voce piú pacata. "Ma non vi meravigliate, padre mio, che le vostre bontà possano apparire insidiose. I miei rari incontri col reverendissimo vescovo non mi hanno rivelato l'uomo di pietà."

"Non è che il vescovo vi ami e che Le Cocq vi detesti," disse il canonico soffocando le lacrime. "Io solo... Ma pur essendo voi una pedina nella partita che si gioca tra di loro," continuò su un tono piú ponderato, "monsignore non è sprovvisto d'umana vanità e si onora di ricondurre a Dio un empio atto a persuadere i suoi simili. La cerimonia di domani sarà per la chiesa una vittoria piú clamorosa di quanto non sarebbe stata la vostra morte."

"Il vescovo deve rendersi conto che le verità cristiane avrebbero in me un apologista gravemente compromesso."

"E lí che v'ingannate," ribatté il vecchio. "Le ragioni che un uomo ha di ritrattarsi sono presto dimenticate, mentre i suoi scritti restano. Già certi vostri amici interpretano il vostro sospetto soggiorno a San Cosma come l'umile espiazione d'un cristiano che si pente d'esser vissuto male e cambia nome per dedicarsi alle opere buone senza mettersi in mostra. Dio mi perdoni," aggiunse con un lieve sorriso, "se non ho citato l'esempio di Sant'Alessio tornato a vivere travestito da povero nel palazzo in cui era nato."

"Sant'Alessio rischiava a ogni istante d'esser riconosciuto dalla sua pia sposa," disse il filosofo scherzando. "La mia forza d'animo non sarebbe giunta a tanto."

Bartolomeo Campanus aggrottò le sopracciglia, di nuovo

offeso da quella impertinenza. Zenone lesse su quel vecchio volto una pena che lo mosse a pietà. Allora lentamente rispose:

"La mia sorte sembrava sicura e non mi restava altro che trascorrere alcune ore *in summa serenitate...* supponendo ch'io ne sia capace," proseguí con un cenno amichevole del capo che al canonico sembrò insano, ma che si indirizzava a qualcuno che passeggiava intento a leggere Petronio in una via di Innsbruck. "Ma voi mi tentate, padre: mi vedo mentre spiego con la massima sincerità ai miei lettori come quel villano che rideva all'idea d'avere tanti corpi di Cristo nel suo campo di grano è un soggetto atto allo scherzo, ma che il briccone sarebbe sicuramente un cattivo alchimista, o magari che i riti e i sacramenti della Chiesa hanno altrettante virtú, se non di piú, dei miei rimedi di medico. Non vi dico che io abbia la fede," fece prevenendo un moto di gioia del canonico; "dico che il semplice *no* ha cessato di sembrami una risposta, il che non significa che io sia pronto a pronunciare un semplice *sí*. Chiudere l'inaccessibile principio delle cose all'interno d'una persona foggiata sul modello umano mi pare ancora una bestemmia eppure sento mio malgrado non so qual dio presente in questa carne che domani non sarà che cenere. Oserei dire che è questo dio che mi obbliga a dirvi di no. Eppure, ogni dogma poggia su fondamenti arbitrari: e perché non i vostri? Ogni dottrina che s'impone alle folle offre qualche pegno dell'umana stupidità: lo stesso sarebbe se per caso Socrate prendesse un giorno il posto di Maometto o di Cristo. Ma se cosí fosse," disse passandosi la mano sulla fronte con improvvisa stanchezza, "perché rinunciare alla salvezza del corpo e ai godimenti che nascono dal comune sentire? Mi sembra già qualche secolo che ho considerato e riconsiderato tutto ciò."

"Lasciate che vi guidi," fece quasi teneramente il canonico. "Dio solo sarà giudice del grado d'ipocrisia che conterrà domani la vostra ritrattazione. Non potete esserlo voi stesso: ciò che prendete per menzogna è forse un'autentica professione di fede che si formula a vostra insaputa. La verità possiede mezzi segreti per insinuarsi in un'anima che non si barrica piú contro di essa."

"Dite pure lo stesso dell'impostura," osservò il filosofo con calma. "No, ottimo padre, talvolta ho mentito per vivere, ma comincio a non sentirmi piú atto a mentire. Tra voi e noi, tra le idee di Gerolamo van Palmaert, quelle del vescovo e le vostre da un lato, e le mie dall'altro, c'è qualche analogia, spesso è possibile un compromesso, ma non c'è mai un rapporto costante. Esse sono come quelle curve tracciate a partire da un piano comune, l'intelletto umano, che subito divergono per poi riavvicinarsi, quindi di nuovo si allontanano o si confondono, al contrario, su un segmento di quest'ultime, ma nessuno sa se si incontrano o no in un punto che è al di là del nostro orizzonte. È menzogna dichiararle parallele."

"Voi dite *noi*," mormorò il canonico con un certo spavento. "Eppure siete solo."

"Infatti," disse il filosofo. "Per fortuna non ho liste di nomi da fornire a chicchesia. Ognuno di noi è guida a se stesso e suo unico discepolo. L'esperienza si rifà ogni volta a partire dal nulla."

"Il defunto priore dei Cordiglieri, che pur essendo troppo indulgente, era un buon cristiano e un religioso esemplare, non ha potuto sapere in quale abisso di rivolta avevate scelto di vivere," disse quasi con acredine il canonico. "Gli avrete mentito molto e spesso."

"Vi sbagliate," fece il prigioniero lanciando uno sguardo quasi ostile a quell'uomo che aveva voluto salvarlo. "Al di là delle contraddizioni noi ci ritrovavamo."

Si alzò come se toccasse a lui di dare il congedo. Il dolore del vecchio si mutò in collera.

"La vostra ostinazione è una fede sacrilega di cui vi credete martire," disse indignato. "Sembra che vogliate costringere il vescovo a lavarsene le mani..."

"Avete scelto un'espressione poco felice," osservò il filosofo.

Il vecchio si sporse per raccogliere i due bastoni che gli servivano da grucce, trascinando rumorosamente la sua poltrona. Zenone si chinò e glieli porse. Il canonico si mise in piedi a fatica. Il carceriere Hermann Mohr che stava all'erta nel corridoio, avvertito dal rumore dei passi e delle sedie rimosse, girò la chiave nella serratura, credendo terminato il colloquio, ma Bartolomeo alzò la voce e gli gridò di aspettare un momento. La porta semiaperta si richiuse.

"Ho fallito la missione che m'ero proposto," disse il vecchio prete con improvvisa umiltà. "La vostra costanza mi fa orrore, perché equivale a insensibilità totale nei confronti della vostra anima. Che lo sappiate o no, è falso amor proprio quello che vi fa preferire la morte alla pubblica accusa che precede la ritrattazione..."

"Col cero acceso, e risposta in latino al discorso latino di monsignore," fece con sarcasmo il prigioniero. "Sarebbe stato, lo ammetto, un brutto quarto d'ora da passare."

"Anche la morte," disse il vecchio accorato.

"Vi confesso che a un certo grado di follia, o al contrario di saggezza, sembra poco importante che sia io o il primo venuto ad esser arso vivo," disse il prigioniero, "e che questa esecuzione abbia luogo domani o fra due secoli. Non mi illudo che sentimenti cosí nobili resistano all'apparato del supplizio: vedremo fra poco se ho veramente in me quell'*anima stans et non cadens* com'è definita dai nostri filosofi. Ma forse si attribuisce troppa importanza al grado di fermezza di cui fa prova un morente."

"La mia presenza non fa che indurirvi," disse addolorato il vecchio canonico. "Nondimeno, prima di lasciarvi, tengo ad informarvi di un vantaggio legale che vi abbiamo accuratamente riservato e di cui forse non vi siete accorto. Non ignoriamo che fuggiste da Innsbruck dopo essere stato segretamente avvisato di un mandato d'arresto spiccato contro di voi dal tribunale vescovile del luogo. Manteniamo il riserbo su questo fatto che vi porrebbe, se fosse noto, nella posizione disastrosa di *fugitivus*, e vi renderebbe ardua se non impossibile, la riconciliazione con la chiesa. Non dovreste dunque avere il timore di fare certi atti di sottomissione inutilmente... Avete ancora per riflettere tutta una notte davanti a voi..."

"Ciò mi dimostra come per tutta la vita io sia stato spiato piú di quanto credessi," notò malinconicamente il filosofo.

Si erano avvicinati alla porta che il carceriere aveva riaperta. Il canonico accostò il viso a quello del condannato.

"Per quanto rigurda le sofferenze fisiche," disse, "posso promettervi che non avrete nulla da temere. Monsignore ed io abbiamo preso tutte le disposizioni..."

"Ve ne rendo grazie," fece Zenone ricordandosi con amarezza di aver fatto inutilmente lo stesso favore a Floriano e a uno dei novizi.

Una grande stanchezza si era impossessata del vegliardo. Gli balenò alla mente l'idea di far fuggire il prigioniero; ma era assurdo; non c'era neppure da pensarci. Avrebbe voluto dare a

Zenone la sua benedizione, ma temeva che non fosse gradita e per la stessa ragione non osava abbracciarlo. Zenone da parte sua fece il gesto di baciare la mano del vecchio maestro, ma si trattenne, temendo che in quel gesto vi fosse qualcosa di servile. Il vecchio, con tutti i suoi tentativi per salvarlo, non era riuscito a farsi amare.

Per recarsi alla cancelleria con quel tempaccio, il canonico si era servito di una portantina; i portatori intirizziti attendevano fuori. Hermann Mohr ci tenne a che Zenone risalisse in cella prima che il visitatore fosse riaccompagnato sulla soglia. Bartolomeo Campanus vide il suo ex-allievo salire le scale in compagnia del carceriere. L'usciere della cancelleria aprí e chiuse una dopo l'altra una serie di porte, quindi aiutò l'ecclesiastico a entrare nella portantina e ne tirò la tendina di cuoio. Bartolomeo Campanus, colla testa appoggiata a un cuscino, si mise a recitare con fervore le preghiere degli agonizzanti, ma quel fervore era solo meccanico; le parole gli rotolavano sulle labbra senza che il pensiero potesse accompagnarle. Il percorso del canonico attraversava la Piazza Grande, dove l'esecuzione avrebbe avuto luogo l'indomani se nel frattempo la notte non avesse portato consiglio al prigioniero, ciò di cui Bartolomeo Campanus dubitava, conoscendo quell'orgoglio satanico. Gli sovvenne che il mese prima i sedicenti Angeli erano stati giustiziati fuori città, nei pressi di Porta Santa Croce, essendo i delitti carnali considerati tanto abominevoli che la loro punizione doveva esser tenuta quasi segreta; ma la morte d'un uomo colpevole d'empietà e d'ateismo era al contrario uno spettacolo pienamente edificante per il popolo. Per la prima volta in vita sua quei provvedimenti, dovuti alla saggezza degli antenati, parvero discutibili al vegliardo.

Era la vigilia del martedí grasso; gente allegra percorreva già le vie, facendo e dicendo le solite impertinenze. Il canonico non ignorava che l'annuncio di un supplizio avrebbe accresciuto in simile frangente il fermento della canaglia. Due volte i festaioli fermarono la portatina e aprirono la tendina per guardare all'interno, certamente delusi di non trovarvi qualche bella dama da spaventare. Uno di quei burloni portava una maschera da rubicondo ubriacone e subissò Bartolomeo Campanus di grida sconvenienti; un altro infilò muto tra le tendine una faccia livida di spettro. Dietro a questi, un tizio a testa di porco procedeva zufolando un motivetto.

Giunti davanti all'ingresso di casa, il vecchio fu ricevuto con premura dalla nipote adottiva, Wiwine, che aveva presa come governante alla morte del curato Cleenwerck. Ella lo attendeva come sempre nello stretto passaggio a volta della loro abitazione ben riscaldata, sorvegliando da uno spioncino il ritorno dello zio per la cena. Si era fatta grassa e sciocca come a suo tempo la zia Godeliève, dopo aver avuto anche lei la sua parte delle speranze e delle delusioni di questo mondo: era stata fidanzata sul tardi a un suo cugino chiamato Nicolas Cleenwerck, signorotto dei dintorni di Caestre, con ricchi beni al sole e l'ottimo posto di luogotenente generale al tribunale di Fiandra; ma per disgrazia quel fidanzato così vantaggioso era annegato poco prima delle nozze nell'attraversare lo stagno di Dickebusch all'epoca del disgelo. Il senno di Wiwine ne aveva ricevuto un colpo irreparabile, ma era pur sempre una massaia diligente, abile cuoca, come un tempo era stata sua zia; nessuno la eguagliava nei vini cotti e nelle confetture. In quei giorni il canonico aveva tentato invano di farla pregare per Zenone; non lo ricordava piú, ma l'aveva persuasa a preparare di tanto in tanto un paniere per un povero prigioniero.

Rifiutò la cena di arrosto di manzo che gli aveva preparato e salí subito a coricarsi. Tremava dal freddo; ella accorse premurosa con uno scaldaletto pieno di buona cenere calda. Ci mise molto tempo ad addormentarsi sotto l'imbottita ricamata.

La fine di Zenone

Quando la porta della cella gli fu richiusa alle spalle con fragore di ferraglia, Zenone pensoso tirò fuori lo sgabello e sedette davanti al tavolo. Era ancora giorno, l'oscura cattività delle allegorie alchimistiche era nel suo caso una prigione assai chiara. Attraverso la fitta rete dell'inferriata che proteggeva la finestra, un biancore plumbeo saliva dal cortile coperto di neve. Gilles Rombaut, prima di cedere il posto al guardiano notturno aveva lasciato, come sempre, su un vassoio la cena del prigioniero; quella sera era ancora piú copiosa del solito. Zenone la respinse: sembrava assurdo e quasi osceno trasformare quegli alimenti in chilo e in sangue che non avrebbe mai utilizzato. Ma distrattamente si versò qualche sorso di birra in un bicchiere di stagno e bevve il liquido amaro.

Il colloquio col canonico aveva posto fine a quella che per lui era stata, dopo il verdetto del mattino, la solennità della morte. La sua sorte, creduta definitiva, oscillava di nuovo. L'offerta che aveva rifiutata, restava ancor valida per alcune ore: uno Zenone capace di finire col dire di sí era forse rintanato in un angolo della sua coscienza, e la notte che stava per calare poteva dare a quel codardo il sopravvento su di lui. Bastava che sussistesse una probabilità su mille: l'avvenire cosí breve e per lui tanto fatale ne acquistava, nonostante tutto, un elemento d'incertezza che coincideva con la vita, e, per una strana dispensa che aveva notata anche al capezzale dei suoi malati, la morte conservava cosí una specie d'ingannevole irrealtà. Tutto era fluido, e tale sarebbe stato fino all'ultimo respiro. Eppure, la sua decisione era presa: egli lo riconosceva non tanto dai segni sublimi del coraggio e del sacrificio quanto da una ottusa forma di diniego che sembrava chiuderlo come un blocco alle influenze esterne, e quasi persino alle sensazioni. Insediato nella propria fine, era già Zenone *in aeternum*.

D'altro canto, e posta per cosí dire in disparte dietro la risoluzione di morire, ce n'era un'altra, piú segreta, e che al canonico aveva gelosamente nascosto, quella di morire di propria mano. Ma anche qui gli restava ancora un'immensa e schiacciante libertà: egli poteva liberamente attenersi a quella decisione o rinunciarvi, fare il gesto che termina tutto o al contrario accettare la *mors ignea* per nulla differente dall'agonia d'un alchimista che si appicchi il fuoco alla lunga veste venuta inavvedutamente a contatto colle braci del proprio athanor. La scelta tra l'esecuzione o la fine volontaria, sospesa fino all'ultimo a una fibrilla della sua sostanza pensante, non oscillava piú tra la morte e una specie di vita, come era accaduto per l'accettare o il rifiutare di ritrattarsi, ma concerneva il mezzo, il luogo e il momento esatto. Spettava a lui decidere se sarebbe finito sulla Piazza Grande tra gli schiamazzi o tranquillamente tra quei muri grigi. A lui, quindi, di ritardare o di affrettare di qualche ora l'azione suprema, di scegliere, se lo voleva, di veder sorgere il sole d'un certo 18 febbraio 1569, o di finir oggi stesso prima che fosse notte fonda. Coi gomiti sulle ginocchia, immobile, quasi sereno, guardava davanti a sé nel vuoto. Come quando in mezzo a un uragano scende minacciosa la calma, né il tempo né lo spirito si muovevano piú.

La campana di Notre-Dame suonò: contò i rintocchi. Improvvisamente si produsse una rivoluzione: la calma cessò, spazzata via dall'angoscia come da un vento turbinoso. Briciole d'immagini si contorcevano in quella tempesta, sottratte dall'autodafè d'Astorga trentasette anni prima, ai recenti particolari del supplizio di Floriano, agli incontri fortuiti con gli orrendi residui della giustizia esecutiva agli incroci delle città attraversate. Era come se la notizia di ciò che stava per accadere avesse improvvisamente raggiunto in lui l'intendimento del corpo, fornendo a ogni senso la propria parte d'orrore: egli vide, sentí, fiutò, udí quel che sarebbero stati domani sulla piazza del mercato i momenti della propria fine. L'anima carnale, prudentemente tenuta lóntana dalle deliberazioni dell'anima razionale, apprendeva ad un tratto e dall'interno ciò che Zenone le aveva nascosto. Qualcosa in lui si spezzò come una corda; gli si inaridí la saliva; i peli dei polsi e del dorso della mano si drizzarono; batteva i denti. Questo disordine mai provato nella sua persona lo spaventò piú di tutto il resto della sua sventura; stringendosi colle mani le mascelle, respirando profondamente per frenare il cuore, riuscí a reprimere quella specie di insurrezione del corpo. Cosí era troppo: si trattava di finirla prima che un collasso della carne o della volontà lo avesse reso incapace di por rimedio ai propri mali. Rischi fino allora imprevisti e che minacciavano di impedirgli una fine razionale, gli affollarono la mente tornata lucida. Gettò sulla propria situazione l'occhiata del chirurgo che cerca intorno a sé gli strumenti e va soppesando le probabilità.

Erano le quattro; il pasto gli era stato servito, ed avevano spinto la cortesia fino a lasciargli la solita candela. Il carceriere che aveva serrato l'uscio al ritorno dalla sala della cancelleria non sarebbe ricomparso prima del coprifuoco, per ripassare poi all'alba. Sembrava dunque che avesse la scelta tra due lunghi intervalli durante i quali compiere l'opera. Ma quella non era una notte come le altre: dal vescovo o dal canonico poteva giungere un messaggio importuno tale da render necessario che si riaprisse la porta; una feroce pietà destinava talvolta al fianco del condannato un fratuccio qualunque o un membro d'una Confraternita della Buona Morte incaricato di santificare il morente convincendolo a pregare. Poteva anche darsi che qualcuno prevenisse la sua intenzione; forse da un momento all'altro sarebbero venuti a legargli le mani. Tese l'orecchio a scricchiolii o passi nel corridoio; tutto era calmo, ma gli attimi erano piú preziosi di quanto fossero mai stati durante le partenze forzate d'un tempo.

Con mano ancora tremante sollevò il coperchio del servizio da scrivania che era sul tavolo. Tra due tavolette sottili che sembravano una sola si trovava tuttora il tesoro che vi aveva nascosto: una lama flessibile e sottile, lunga meno di due pollici, che aveva portata prima sotto la fodera della giubba, poi trasferita in quel nascondiglio dopo che l'astuccio regolarmente perquisito dai giudici gli era stato reso. Venti volte al giorno si era accertato della presenza di quell'oggetto che in altre circostanze non si sarebbe degnato di raccogliere da terra. Fin dall'arresto nell'officina di San Cosma, poi due volte, dopo la morte di Pietro de Hamaere e quando Caterina aveva rimesso in discussione l'argomento dei veleni, era stato perquisito per sequestrargli fiale o pillole sospette, ed egli si rallegrava di aver prudentemente rinunciato a portarsi dietro quelle sostanze inestimabili, ma deteriorabili o fragili, che è quasi impossibile conservare addosso o dissimulare a lungo in una cella nuda, e che avrebbero immancabilmente denunciato il suo progetto di darsi la morte. Ci perdeva il privilegio di una di quelle fini fulminee che sono le sole misericordiose, ma quel frammento di rasoio accuratamente affilato gli avrebbe evitato di dover lacerare la biancheria per formar nodi talora inefficaci o di adoperarsi probabilmente invano con un coccio di vasellame infranto.

La paura subita gli aveva sconvolto i visceri. Andò al bugliolo che era in un angolo della camera ed evacuò. L'odore delle materie macerate e rifiutate dalla digestione umana gli empí per un istante le narici, ricordandogli ancora una volta le intime connessioni fra la putredine e la vita. Con mano ferma si aggiustò le stringhe. Il brocchetto sulla mensola era pieno d'acqua gelata; se ne inumidí il volto, trattenendone una goccia sulla lingua. *Aqua permanens*: per lui era l'acqua per l'ultima volta. Quattro passi lo ricondussero al letto su cui aveva dormito o vegliato settanta notti: tra i pensieri che vorticosamente gli attraversavano la mente c'era quello che la spirale dei viaggi l'aveva ricondotto a Bruges, che Bruges si era ristretta al perimetro di una prigione, e che alla fine la curva terminava su quello stretto rettangolo. Dietro di lui un mormorio uscí dalle rovine d'un momento del suo passato piú disprezzato e piú cancellato degli altri, la voce rauca e dolce di Fray Juan mentre parlava latino con accento castigliano in un chiostro invaso dall'ombra: *Eamus ad dormiendum, cor meum*. Ma non si trattava di dormire. Mai aveva sentito piú vigili il corpo e l'anima: l'economia e la rapidità dei suoi gesti erano quelle dei suoi grandi momenti di chirurgo. Dispiegò la ruvida coperta di lana, spessa come feltro, e ne formò per terra, lungo il letto, una specie di bacinella destinata a trattenere e ad assorbire almeno in parte il liquido versato. Per maggior sicurezza, raccolse la camicia del giorno avanti e la arrotolò ponendola a mo' di cuscinetto sotto la porta. Bisognava evitare che un rigagnolo sull'impiantito leggermente in pendenza raggiungesse troppo presto il corridoio, e che Hermann Mohr sollevando per caso la testa da sopra il banco da lavoro notasse sul pavimento una chiazza nera. Senza far rumore, si tolse quindi le scarpe. Tanta precauzione non era necessaria, ma il silenzio sembrava una difesa.

Si distese sul letto, e si aggiustò la testa sul duro guanciale. Tornò col pensiero al canonico Campanus che tale fine avrebbe riempito di orrore, e che tuttavia era stato il primo a fargli leggere gli antichi: gli eroi classici morivano cosí; ma l'ironia crepitò alla superficie del suo spirito senza distrarlo dal suo unico scopo. Rapidamente, con quella destrezza di chirurgo-barbiere di cui aveva sempre menato vanto fra le qualità piú apprezzate e piú incerte del medico, si piegò in due, sollevando leggermente le ginocchia, e tagliò la vena tibiale sul lato esterno del piede sinistro, in uno dei punti abituali per il salasso. Poi, sveltissimo, si raddrizzò e, ritrovato l'appoggio sul guanciale, affrettandosi per prevenire la sincope sempre possibile, cercò e si aprí sul polso l'arteria radiale. Il breve e superficiale dolore causato dalla pelle incisa fu appena percepito. Le fontane zampillarono; il liquido sgorgò fuori come sempre fa, ansioso, per cosí dire, di sfuggire dai labirinti oscuri ove circola prigioniero. Zenone lasciò penzolare il braccio sinistro per favorire il flusso. La vittoria non era ancora completa; poteva accadere che qualcuno entrasse per caso e che l'indomani lo trascinassero sanguinante e bendato al rogo. Ma ogni minuto che passava era un trionfo. Diede un'occhiata alla coperta già nera di sangue. Ora comprendeva che una concezione elementare facesse di questo liquido l'anima, poiché l'anima e il sangue fuoriuscivano insieme. Quegli antichi errori contenevano una verità semplice. Considerò, sorridendo in cuor suo, che era una bella occasione per condurre a termine gli esperimenti di un tempo sulla sistole e la diastole del cuore. Ma ormai le conoscenze acquisite non contavano piú del ricordo degli avvenimenti o delle creature incontrate; si ricongiungeva ancora per pochi momenti al delicato filo della persona, ma la persona ormai alleggerita del carico dell'anima non si distingueva piú dall'essere. Si rizzò a fatica, non perché gli importasse di farlo, ma per verificare che quel movimento era ancora possibile. Gli era accaduto tante volte di riaprire una porta, semplicemente per accertarsi che non l'aveva chiusa per sempre dietro di sé, di voltarsi verso un passante appena lasciato per negare che quel distacco fosse definitivo e cosí dimostrare a se stesso la sua angusta libertà d'uomo. Questa volta, l'irrevocabile era compiuto.

Il cuore gli batteva a grandi colpi; regnava nell'esser suo un'attività violenta e disordinata come in un paese in rotta, dove non tutti i combattenti hanno deposto le armi; era pervaso da una certa tenerezza, per quel corpo che lo aveva servito bene, che avrebbe potuto vivere, tutto considerato, ancora una ventina d'anni, e che distruggeva cosí, senza potergli spiegare che in quel modo gli risparmiava mali peggiori e piú indegni. Aveva sete, ma nessun mezzo di spegnere quella sete. Come i tre quarti d'ora trascorsi da quando era rientrato in quella stanza erano stati colmati da un'infinità di pensieri, di sensazioni e gesti che era impossibile analizzare e si erano succeduti come lampi, lo spazio di pochi cubiti che separava il letto dal tavolo si era dilatato al pari di quello che si misura tra le sfere: il bicchiere di stagno fluttuava quasi fosse in fondo a un altro mondo. Ma quella sete sarebbe cessata presto. Moriva come uno di quei feriti che implorano da bere al margine d'un campo di battaglia, e lo immedesimava a sé con la stessa fredda pietà. Il sangue della vena tibiale ormai usciva a tratti: a fatica, come chi solleva un peso enorme, riuscí a spostare il piede per farlo pendere fuori dal letto. La mano destra che ancora stringeva la lama era leggermente tagliata, ma non sentiva la ferita. Le dita si agitavano sul petto, cercando disordinatamente di sbottonare il collo della giubba; si forzò di reprimere quell'agitazione inutile, ma le contrazioni e l'angoscia era un buon segno. Un brivido glaciale lo attraversò come al principio di una nausea: cosí andava bene. Attraverso il fragore di campane, di tuono, lo stridio di uccelli di ritorno al nido che colpiva all'interno le sue orecchie, egli percepí all'esterno il suono distinto d'uno sgocciolio: la coperta satura non tratteneva piú il sangue che traboccava sul pavimento. Cercò di calcolare il tempo che sarebbe occorso alla pozzanghera rossa per raggiungere e superare la porta, spandendosi oltre la barriera di stoffa. Ma poco importava: era salvo. Anche se per sfortuna Hermann Mohr avesse aperto di lí a poco quella porta dai lenti catenacci, la sorpresa, la paura, il correre giú per le scale in cerca di aiuto avrebbero lasciato all'evasione il tempo di compiersi. L'indomani avrebbero bruciato un cadavere.

L'immenso brusio della vita in fuga continuava: una fontana a Eyoub, il gorgogliare d'una sorgente zampillante dal suolo a Vaucluse in Provenza, un torrente fra Ostersund e Frösö si pensarono in lui senza che egli avesse bisogno di ricordarne i nomi. Poi, in tutto quel frastuono distinse un rantolo. Respirava a grandi e rumorose inspirazioni superficiali che non gli empivano il torace; qualcuno che non era piú del tutto lui, ma sembrava un po' in disparte a sinistra, considerava con indifferenza quelle convulsioni d'agonia. Cosí respira un corridore sfinito nel raggiungere il traguardo. Era calata la notte, senza che egli potesse distinguere se in lui o nella stanza tutto era buio. Anche la notte si moveva; le tenebre si scansavano per far posto ad altre, abisso dopo abisso, strato oscuro su strato oscuro. Ma quel nero, diverso da quello che si vede cogli occhi, vibrava di colori originati, per cosí dire, dalla loro stessa assenza: il nero tendeva al verde livido, poi si mutava in bianco puro; il bianco pallido inclinava al rosso oro senza che tuttavia venisse meno il nero originario, proprio come la luce degli astri e l'aurora boreale trasaliscono nella notte comunque nera. Per un istante che gli parve eterno, un globo scarlatto palpitò in lui o fuori di lui, sanguinò sul mare. Come il sole estivo nelle regioni polari, la sfera sfavillante sembrò esitare, pronta a scendere di un grado verso il nadir, poi con impercettibile sussulto risalí verso lo zenit e alla fine si dissolse in un giorno abbagliante che era allo stesso tempo notte.

Non vedeva piú, ma i rumori ancora lo raggiungevano. Come non molto tempo prima a San Cosma, nel corridoio risuonarono passi precipitosi: era il carceriere che aveva notato sul pavimento una chiazza nerastra. Un momento prima il terrore avrebbe afferrato l'agonizzante all'idea di esser ripreso e costretto a vivere e a morire qualche ora di piú. Ma l'angoscia ormai era cessata: era libero; l'uomo che veniva verso di lui poteva esser solo un amico. Fece o credette di fare uno sforzo per sollevarsi, senza saper chiaramente se lo soccorrevano o se al contrario era lui che portava aiuto. Il cigolar delle chiavi nella toppa e dei catenacci non fu per lui che un rumore acutissimo di porta che si apre. Non oltre è dato andare nella fine di Zenone.

ALS ICH KAN

Nota dell'autore

Il presente romanzo prende l'avvio da un racconto d'una cinquantina di pagine, *D'après Dürer*, che fu pubblicato da Grasset nel 1934 con due altre novelle a sfondo storico, anch'esse nel volume *La Morte guida il carro*. Questi tre racconti, legati e allo stesso tempo contraddistinti da titoli trovati in un secondo tempo (*D'après Dürer, D'après Greco, D'après Rembrandt*) costituivano a loro volta tre frammenti isolati d'un enorme romanzo, concepito e in parte febbrilmente composto tra il 1921 e il 1925, cioè tra i miei diciotto e ventidue anni. Da quel che avrebbe dovuto essere un ampio affresco romanzato che si spiegava su piú secoli e su vari gruppi umani, uniti fra loro da legami sia di sangue che di spirito, il primo capitolo consisteva di una quarantina di pagine, inizialmente intitolate soltanto *Zenone*. Questo romanzo troppo ambizioso per qualche tempo avanzò di pari passo con i primi abbozzi d'un'altra opera che poi divenne le *Memorie di Adriano*. Rinunciai provvisoriamente all'uno e all'altra verso il 1926, e i tre frammenti già citati costituirono da soli *La Morte guida il carro,* e furono pubblicati quasi immutati nel 1934, con l'aggiunta, per quanto riguarda l'episodio di Zenone, di una decina di pagine molto piú recenti, breve schizzo dell'incontro fra Enrico-Massimiliano e Zenone a Innsbruck nell'attuale *Opera al nero*.

La Morte guida il carro fu subito accolta con molto favore dalla critica; a rileggere alcuni articoli mi sento ancora piena di gratitudine. Ma l'autore d'un libro ha le sue buone ragioni per essere piú severo dei suoi giudici: egli vede da vicino le manchevolezze; è il solo a sapere ciò che avrebbe voluto e dovuto fare. Nel 1955, qualche anno dopo aver portato a termine le *Memorie driano*, ripresi quei tre racconti con l'intenzione di ritoccar-, in vista d'una ristampa. Il personaggio del medico filosofo e alchimista tornò ad imporsi alla mia attenzione. Il capitolo *La conversazione a Innsbruck*, che è del 1956, fu il primo risultato della ripresa di contatto; il resto dell'opera fu composto definitivamente tra il 1962 e il 1965. Una dozzina di pagine al massimo delle cinquanta preesistenti sussistono modificate e come sbriciolate nel lungo romanzo attuale, ma l'intreccio che conduce Zenone dalla nascita illegittima a Bruges fino alla morte in un carcere della stessa città, è rimasto nelle sue grandi linee inalterato. La prima parte dell'*Opera al nero* (*La vita errante*) segue abbastanza da vicino il piano di *Zenone-D'après Dürer* del 1921-1934; la seconda e la terza parte (*La vita immobile* e *La prigione*) sono integralmente ricavate dalle ultime sei pagine di quel testo di oltre quarant'anni fa.[1]

Non ignoro che indicazioni come queste possono riuscire sgradite, quando provengono dall'autore mentre è ancora in vita. Mi sono tuttavia decisa a fornirle per i pochi lettori che s'interessano alla genesi di un libro. Ciò che mi preme soprattutto di sottolineare qui è che l'*Opera al nero*, come le *Memorie di Adriano*, è stata una delle opere intraprese nella prima gioventù, tralasciate, e riprese, secondo le circostanze, in compagnia delle quali l'autore ha vissuto tutta la sua vita. La sola differenza, puramente accidentale, è questa: che un abbozzo di ciò che doveva essere l'*Opera al nero* fu pubblicato trentun anni prima che il testo definitivo fosse compiuto, mentre le prime stesure delle *Memorie di Adriano* non hanno avuto questa fortuna o sfortuna. Per il resto, e allo stesso modo, i due romanzi si sono venuti costruendo nel corso degli anni grazie ad apporti successivi, fino a che, nell'uno e nell'altro caso, l'opera fu composta e ultimata di getto. In altra sede ho espresso ciò che penso, almeno per quel che mi riguarda, dei vantaggi derivanti dai lunghi rapporti d'un autore con un personaggio scelto o imma-

[1] Il titolo del 1934, come del resto quelli delle altre due novelle della raccolta, aveva il torto di presentare quei racconti alla stregua di imitazioni sistematiche dell'opera di tre pittori, il che non era. *D'après Dürer* era stato scelto in considerazione dell'illustre *Melancholia* nella quale un personaggio tenebroso che è senza dubbio il genio umano, medita amaramente circondato dai suoi strumenti, ma un lettore di spirito letterale mi fece notare che la storia di Zenone era più fiamminga che tedesca. Questa osservazione è più esatta oggi che allora, poiché la seconda e la terza parte allora inesistenti, si svolgono tutte in Fiandra e i temi del disordine e dell'orrore del mondo propri del Bosch e del Bruegel pervadono l'opera, ciò che non facevano nella primitiva stesura.

Il presente titolo si ispira ad una formula che gli alchimisti francesi traducono così dal latino o dal greco.

ginato fin dall'adolescenza, che però ci rivela tutti i suoi segreti solo quando entriamo nella maturità. È un metodo comunque adottato molto di rado, il che giustifica l'inserimento dei pochi particolari che precedono, non foss'altro che per evitare certe confusioni bibliografiche.

Assai piú di quel che conviene con un personaggio reale — liberamente ricreato — che ha lasciato la sua traccia nella storia, come l'imperatore Adriano, l'invenzione d'una figura "storica" fittizia come Zenone sembra potersi esimere da testimonianze documentarie. In realtà, le due operazioni sono paragonabili sotto diversi aspetti. Nel primo caso, il romanziere, per tentare di rappresentare in tutta la sua ampiezza il personaggio quale fu, non studierà mai con sufficiente minuzia e passione tutti i dati che riguardano il suo eroe, raccolti dalla tradizione storica; nel secondo caso, per imprimere realtà specifica al personaggio immaginario, condizionata dal tempo e dal luogo, senza di che il "romanzo storico" non è che un ballo in maschera piú o meno riuscito, egli può disporre solo dei fatti e delle date della vita passata, cioè della Storia.

Zenone, che supponiamo nato nel 1510, avrebbe avuto nove anni all'epoca in cui il vecchio Leonardo si spegneva nell'esilio di Amboise, trentuno alla morte di Paracelso di cui lo faccio emulo e talvolta avversario, trentatré a quella di Copernico, il quale pubblicò solo in punto di morte la grande opera le cui teorie circolavano però manoscritte da lunga data in certi ambienti dalle idee avanzate, il che spiega come io mostri il giovane studioso al corrente di esse fin dai banchi di scuola. All'epoca della esecuzione di Dolet da me presentato come suo primo "libraio-editore", Zenone avrebbe avuto trentasei anni e quarantatré a quella di Serveto, medico al par di lui e come lui intento a ricerche sulla circolazione del sangue. Contemporaneo dell'anatomista Vesalio, e quasi coetaneo del chirurgo Ambroise Paré, del botanico Cesalpino, del matematico e filosofo Gerolamo Cardano, muore cinque anni dopo la nascita di Galileo, un anno dopo quella di Campanella. Al momento del suicidio di Zenone, Giordano Bruno, destinato a perire sul rogo trentun anni dopo, avrebbe avuto circa venti anni.

Pur non trattandosi di comporre meccanicamente un personaggio sintetico, cosa che un romanziere coscienzioso non consentirebbe mai a fare, esistono numerosi punti di sutura tra il filosofo immaginario e quelle personalità autentiche che si dispongono a brevi intervalli lungo lo stesso secolo, e lo legano altresí ad altre che vissero nei luoghi stessi, ebbero avventure analoghe e cercarono di raggiungere identici fini. Pertanto segnalerò qui appresso certi accostamenti, talora consapevolmente voluti affinché servissero da stimolo all'immaginazione, talora al contrario annotati dopo a mo' di verifica.

Cosí la nascita illeggittima di Zenone e la sua educazione indirizzata alla carriera ecclesiastica non può non evocare la nascita e la formazione di Erasmo, figlio di un uomo di chiesa e di una borghese di Rotterdam, che cominciò la sua vita d'uomo sotto l'abito del monaco agostiniano. I disordini provocati dall'installazione di un telaio perfezionato presso artigiani rurali ricordano fatti analoghi prodottisi verso la metà del secolo fin dal 1529, a Danzica, ove il costruttore d'una macchina del genere fu — pare — messo a morte, e poi nel 1533 a Bruges, ove i magistrati vietarono un nuovo procedimento per tingere le lane, e un po' piú tardi a Lione con il perfezionarsi dei torchi da stampa. Certi aspetti violenti del carattere del giovane Zenone, potrebbero far pensare a Dolet: l'uccisione di Perrotin, per esempio, ricorda, seppur di lontano, quella di Compaing. Il tirocinio del giovane chierico presso l'abate mitrato di San Bavon a Gand, che qui si suppone interessato all'alchimia, quindi presso il marrano Don Blas de Vela, rassomiglia da un lato alle istruzioni che Paracelso ricevette dal vescovo di Settgach e dall'abate di Spanheim, d'altro lato agli studi cabalistici di Campanella sotto la direzione del Giudeo Abraham. I viaggi di Zenone, la sua triplice carriera d'alchimista, di medico e di filosofo, e perfino le difficoltà incontrate a Basilea, si rifanno molto da vicino a ciò che si sa o che si racconta di Paracelso; l'episodio del soggiorno in Oriente, quasi di prammatica nella biografia dei filosofi ermetici, trae ispirazione dalle peregrinazioni autentiche o leggendarie del grande chimico svizzero di lingua tedesca. La storia della prigioniera riscattata ad Algeri ricalca episodi assai noti dei romanzi spagnoli dell'epoca; quella di Sign Ulfsdatter, la dama di Frösö, tiene conto della fama di guaritrici e di erboriste che circondava allora le donne scandinave. La vita di Zenone alla corte svedese si basa in parte su quella di Tycho-Brahe alla corte di Danimarca, e in parte su quanto è noto d'un certo dottor Theofilo Homodei che una generazione dopo la sua fu medico di Giovanni III di Svezia. L'operazione chirurgica compiuta su Han è ricavata dal resoconto d'un intervento dello stesso genere contenuto nei *Mémoires* di Ambroise Paré. In un campo piú segreto, forse vale la pena di annotare che il sospetto di sodomia (e talvolta la sua realtà, tenuta nascosta il meglio possibile e all'occorrenza negata) ha avuto la sua parte nella vita di Leonardo da Vinci e di Dolet, di Paracelso e di Campanella, proprio come lo introduco io in quella, immaginaria, di Zenone. Parimenti le precauzioni del filosofo alchimista in cerca di protettori, ora presso i riformati ora addirittura in seno alla Chiesa, si ritrovano in quell'epoca in numerosi atei o deisti piú o meno perseguitati. Ad onta di ciò, nei dibattiti tra la Chiesa e la Riforma, Zenone, come tanti altri spiriti liberi del suo secolo, come Bruno che pur morirà condannato dal Santo Uffizio, o come Campanella nonostante i trentun anni di prigione inquisitoriale, resta piuttosto sul versante cattolico.[1]

Sul piano delle idee il nostro Zenone, influenzato ancora dalla scolastica e in reazione ad essa, a mezza via tra il dinamismo sovversivo degli alchimisti e la filosofia meccanicistica cui sarebbe toccato l'avvenire immediato, tra l'ermetismo che pone un Dio latente all'interno delle cose e un ateismo che osa appena pronunciare il proprio nome, tra l'empirismo materialista del medico e l'immaginazione quasi vittoriosa dell'allievo dei cabalisti, fonda il proprio pensiero su autentici filosofi o uomini di scienza del suo secolo. Le sue ricerche scientifiche sono state immaginate in larga parte in base ai *Quaderni* di Leonardo: cosí è in particolare per gli esperimenti sul funzionamento del muscolo cardiaco, che preludono a quelli di Harvey. Quelli concernenti il moto ascendente della linfa e i "poteri d'imbibizione" della pianta, anticipando i lavori di Hales, si fondano su un'osservazione di Leonardo ed avrebbero rappresentato, da parte di Zenone, il tentativo di verificare una teoria formulata alla stessa

---

[1] Non è questa la sede per discutere le ragioni di tale atteggiamento, ammirabilmente analizzato da LÉON BLANCHET in *Campanella*, Parigi 1920, per quanto concerne gran numero di filosofi del '500. Il libro di J. Huizinga su Erasmo, partendo da un punto di vista totalmente differente, mostra in un caso particolare gli stessi effetti delle stesse cause. Diciamo solamente che il priore dei Cordiglieri non ha torto quando, nelle critiche rivolte da Zenone a Lutero, ravvisa un attacco indiretto contro il cristianesimo stesso.

epoca dal Cesalpino.[1] Le ipotesi sui mutamenti della crosta terrestre provengono anch'esse dai *Quaderni*, ma bisogna pur dire che, ispirate dai filosofi e dai poeti antichi, meditazioni di questo genere sono quasi banali nella poesia del tempo. Le opinioni sui fossili sono molto vicine a quelle espresse non solo da Leonardo ma da Fracastoro fin dal 1517, e da Bernard Palissy una quarantina d'anni dopo. I progetti idraulici del filosofo, le sue "utopie meccaniche," in particolare i disegni di macchine volanti e infine l'invenzione d'una formula di fuoco liquido utilizzabile nelle battaglie navali, imitano naturalmente invenzioni analoghe di Leonardo e di qualche altro ricercatore del '500; testimoniano la curiosità e le ricerche d'un certo tipo di menti per nulla rare in quell'epoca che hanno attraversato il Rinascimento, in segreto, piú vicine al tempo stesso al Medio Evo e ai tempi moderni, e già presaghe dei nostri trionfi e dei nostri pericoli.[2] Gli ammonimenti contro il cattivo uso delle invenzioni tecniche da parte del genere umano, che rischiano oggi di apparire premonitori, abbondano nei trattati alchimistici; li incontriamo, in contesti completamente diversi, in Leonardo e in Cardano.

In alcuni casi l'espressione stessa d'un sentimento o d'un pensiero è stata derivata da storici contemporanei del personaggio, nell'intento di autenticare il fatto che opinioni simili non sono fuori luogo nel '500, Erasmo ci ha fornito una riflessione sulla follia della guerra, un'altra ne abbiamo trovata in Leonardo da Vinci. Il testo delle *Profezie grottesche* ricalca le *Profezie* di Leonardo ad eccezione di due righe che son tratte da una quartina di Nostradamus. La frase sulla identità della materia della luce e del fulmine riassume due curiosi passi di Paracelso.[1]

---

[1] Per gli esperimenti di medicina e di chirurgia di Zenone, cfr. *Les Dissections anatomiques de Léonard de Vinci*, di E. BELT; *Léonard de Vinci biologiste*, di F.S. BODENHEIMER, in *Léonard de Vinci l'expérience scientifique au XVI siècle*, Presses Universitaires de France, 1953. Per l'enunciato della teoria del Cesalpino e in generale per le ricerche dei botanici del Rinascimento, si legga tra le altre cose la prima parte dell'opera di E. GUYÉNOT, *Les sciences de la vie aux XVII et XVIII siècles*, Parigi, 1941.

[2] Circa il "fuoco liquido," che per tanto tempo fu l'arma segreta di Bisanzio e poi contribuí alla conquista mongola, la sua interdizione in Occidente proclamata dal Concilio Laterano II (1139) fu rispettata anche perché la nafta, materia prima indispensabile, era quasi introvabile per gli ingegneri militari occidentali; la polvere da sparo lo relegò in seguito e fino ai nostri giorni tra i "progressi" dimenticati. L'invenzione di Zenone dovette quindi consistere nel riprendere la vecchia formula bizantina e nell'associarla a procedimenti balistici nuovi. Si veda a questo proposito R.J. FORBES, *Studies in Ancient Technology*. vol. I, Leyden, 1964.

[1] PARACELSO, *Das Buch Meteororum*, edizione di Colonia, 1566, citato da B. DE TELEPNEF, *Paracelsus*. Saint-Gell, 1945.

La discussione sulla magia si rifà ad autori del tempo quali Agrippa Nettesheim e Giovanni Della Porta, che del resto vengono nominati via via. Le citazioni latine di formule alchimistiche si trovano quasi tutte in tre grandi opere moderne sull'alchimia; Marcelin Berthelot, *La Chimie au Moyen Age*, 1893; C. G. Jung, *Psychologie und Alchemie*, 1944 (ed. riveduta e corretta, 1952), e J. Evola, *La tradizione ermetica*, 1948, ciascuna da un punto di vista diverso, rappresentano insieme una utile introduzione al campo tuttora enigmatico del pensiero alchimistico. La formula l'*Opera al nero* data come titolo al presente libro designa nei trattati alchimistici la fase di separazione e di dissoluzione della sostanza ed era, pare, la parte piú difficile della Grande Opera. Si discute tuttora se tale espressione venisse applicata ad audaci esperimenti sulla materia o se si riferisse simbolicamente al travaglio dello spirito nell'atto di liberarsi dalle abitudini e dai pregiudizi. È probabile che sia servita a indicare alternativamente o simultaneamente l'uno e l'altro.

Nell'arco di sessant'anni circa entro i quali è racchiusa la storia di Zenone si verificarono alcuni avvenimenti che tuttora ci riguardano: la scissione di quel che restava verso il 1510 dell'antica cristianità medievale in due partiti teologicamente e politicamente ostili; il fallimento della Riforma divenuta protestantesimo e la sconfitta totale di quella che si potrebbe chiamare la sua ala sinistra; l'insuccesso parallelo del cattolicesimo costretto per quattro secoli nel busto di ferro della Controriforma; le grandi esplorazioni intese sempre piú a spartire il mondo; il balzo in avanti dell'economia capitalista di pari passo coll'era nascente delle monarchie. Questi fatti, troppo vasti per essere interamente visibili ai contemporanei, influiscono indirettamente sulla storia di Zenone e piú direttamente forse sulla vita e il comportamento dei personaggi secondari, piú di lui immersi nella mentalità comune del secolo. Bartolomeo Campanus è stato tratteggiato sul modello ormai desueto dell'uomo di chiesa del secolo precedente, per il quale la cultura umanistica non presentava problemi. Il generoso priore dei Cordiglieri per forza di cose ha purtroppo ben pochi personaggi che esplicitamente gli corrispondono nella storia del XVI secolo, ma si ispira in parte a qualche santo personaggio dell'epoca che visse un'esperienza mondana prima di entrare nella carriera ecclesiastica, o in un convento. Il lettore riconoscerà nelle sue osservazioni contro la tortura un argomento, del resto profondamente cristiano, tolto da Montaigne *ante litteram*. Il dotto e politico vescovo di Bruges è stato immaginato sul modello di altri prelati della Controriforma, senza per altro contraddire a quel poco che ci è noto del vero titolare di quegli anni. Don Blas de Vela è stato concepito a imitazione di un certo César Brancas, abate di Sant'Andrea di Villeneuve-lez-Avignon, gran cabalista, che fu espulso dai suoi monaci verso il 1597 sotto l'accusa di "giudaismo." La figura volutamente attenuata di Fray Juan richiama quella di fra Pietro Ponzio, che fu amico e discepolo di Tommaso Campanella giovane.

I ritratti di banchieri e d'uomini d'affari, Simone Adriansen prima della conversione all'anabattismo, i Ligre e la loro ascesa sociale, Martin Fugger, personaggio inventato lui pure ma innestato sulla famiglia autentica che governò nell'ombra l'Europa del Cinquecento, sono tutti molto vicini ai loro modelli reali nella storia finanziaria del tempo, sottesa dietro la storia *tout court*. Enrico-Massimiliano appartiene a una legione di gentiluomini letterati e avventurosi, muniti d'un modesto bagaglio di saggezza umanistica, che non v'è bisogno di rammentare al lettore, d'una specie destinata purtroppo ad estinguersi verso la fine del secolo.[1] Infine Colas Gheel, Gilles Rombaut, Josse Cassel e i loro compagni di più umile condizione sociale sono stati delineati seguendo per quanto possibile gli scarni documenti riguardanti l'esistenza dell'uomo del popolo, in un'epoca in cui cronisti e storiografi si sono preoccupati quasi esclusivamente della vita borghese o di quella di corte. Analoga riflessione si potrebbe azzardare per i personaggi femminili, dato che, generalmente le figure di donne dell'epoca, tranne rare principesse, restano in ombra a paragone delle fisionomie virili.

Più di un quarto delle comparse che attraversano questo libro sono per altro riprese tali e quali dalla storia o dalle cronache locali: il nunzio Della Casa, il procuratore Le Cocq, il professor Rondelet che effettivamente mise a rumore Montpellier facendo sezionare in sua presenza il cadavere del figlio, il medico Giuseppe Ha Cohen e, naturalmente, fra tanti altri,

---

[1] Il frammento 99 di Petronio, come è citato da Enrico-Massimiliano, porta l'aggiunta di poche righe inventate che qui, per le esigenze del romanzo, si suppongono composte non già dall'inventivo Nodot del XVII secolo, ma da qualche appassionato umanista del Rinascimento, forse dallo stesso Enrico-Massimiliano. *In summa serenitate* è un nobile apocrifo.

l'ammiraglio Barbarossa e il ciarlatano Ruggieri. Bernardo Rottmann, Jan Matthyjs, Hans Bockhold, Knipperdolling, principali attori del dramma di Münster, sono tratti da cronache contemporanee e, benché il racconto della rivolta anabattista sia stato redatto unicamente dagli avversari, i casi di fanatismo e le psicosi da assedio sono troppo numerosi ai nostri tempi perché non si accetti come plausibile la maggior parte dei particolari della loro atroce avventura. Il sarto Adriano colla moglie Maria sono personaggi delle *Tragiques* di Agrippa d'Aubigné; le belle senesi e i loro ammiratori francesi sono in Brantôme e in Montluc. La visita di Margherita d'Austria a Enrico-Giusto è immaginaria come lo stesso Enrico-Giusto, ma non lo sono le transazioni di quella principessa coi banchieri, né l'affetto che costei portò al pappagallo "L'Amant Vert", di cui un poeta cortigiano pianse la morte, né il suo attaccamento a Madame Laodamie, secondo quanto riferisce il Brantôme; il curioso commento sugli amori tra donne che qui accompagna il ritratto di Margherita d'Austria si riferisce a un'altra pagina dello stesso cronista. Il particolare della padrona di casa che allatta il proprio figlioletto durante una visita principesca è preso dalle *Memorie* di Margherita di Navarra, che visitò le Fiandre una generazione piú tardi. L'ambasciata di Lorenzaccio in Turchia al servizio del re di Francia, il suo passaggio a Lione nel 1541 con un seguito che conteneva almeno un "morisco" e il tentato assassinio di cui fu vittima in quella città, sono dati forniti dai documenti dell'epoca. L'episodio della peste a Basilea e a Colonia si giustifica con la frequenza di quel male quasi endemico nell'Europa del XVI secolo, tuttavia l'anno 1549 è stato scelto per le esigenze del racconto e senza riferimento a una recrudescenza, di cui si abbia notizia, nei paesi renani. La menzione che fa Zenone nell'ottobre del 1551 dei rischi incorsi dal Serveto (giudicato ed arso vivo nel 1553) non è prematura come si potrebbe credere, ma tiene conto dei pericoli che da lunga data minacciavano il medico catalano sia presso i cattolici che presso i riformati, i quali si trovavano d'accordo se non altro per destinare alle fiamme quello sfortunato uomo di genio. L'allusione a un'amante del vescovo di Münster è priva di fondamento, ma il nome di costei echeggia quello dell'amante d'un celebre vescovo di Salisburgo dello stesso secolo. Ad eccezione di due o tre, i nomi dei personaggi inventati sono tutti desunti da archivi o da alberi genealogici, talvolta da quelli dell'autore. Alcuni nomi ben noti, per esempio quello del duca d'Alba, sono stati trascritti secondo la loro ortografia rinascimentale.

I capi d'accusa raccolti contro Zenone dalle autorità civili ed ecclesiastiche e i dettagli giuridici del suo processo sono stati ricavati, *mutatis mutandis*, da una mezza dozzina di cause celebri od oscure della seconda metà del '500 e degli inizi del '600, piú particolarmente forse dai primi processi del Campanella nei quali le imputazioni di carattere secolare si trovano affiancate a quelle di empietà e di eresia.[1] Il conflitto larvato che pone il procuratore Le Cocq contro il vescovo di Bruges, e rallenta e complica il processo di Zenone, è inventato come del resto tutto l'episodio, ma trova una giustificazione nell'ostilità violenta allora esistente nelle città fiamminghe contro le prerogative amministrative dei nuovi vescovi insediati sotto Filippo II. L'osservazione faceta del teologo Gerolamo van Palmaert, che mandava Zenone ad esplorare i suoi mondi infiniti, fu realmente fatta da Gaspar Schopp, campione tedesco della Controriforma, in occasione dell'esecuzione di Giordano Bruno; pure di Schopp è la battuta che consiste nel proporre di mettere il prigioniero (in quel caso Campanella) in condizione di combattere l'eretico su bombardieri volanti di sua invenzione. La maggior parte dei dettagli di procedura penale propri di Bruges, menzionati negli ultimi capitoli, come il supplizio descritto da Zenone al canonico Campanus, che ebbe luogo a Bruges nel 1521 per un delitto non indicato nei documenti, la pena del fuoco per infanticidio e il rogo eretto fuori le mura per i condannati ritenuti colpevoli di costumi illeciti, sono presi dal libro di Malcolm Letts, *Bruges and Its Past*,[2] ottimamente documentato sugli archivi giudiziari di Bruges. L'episodio del martedí grasso è stato immaginato secondo quanto era accaduto un secolo prima in quella stessa città al momento dell'esecuzione dei consiglieri dell'imperatore Massimiliano. Quello del giudice che dorme durante l'udienza e

---

[1] Si vedano, per le complesse questioni di procedura metà ecclesiastica metà civile, gli immensi verbali raccolti da LUIGI AMABILE, *Fra' Tommaso Campanella*, Napoli, 1882, 3 voll.
[2] Desclée de Brouwer, Bruges, e A. G. Berry, London, 1926.

si sveglia credendo la sentenza di morte già pronunciata, ripropone quasi immutato un aneddoto noto a quell'epoca su Jean Hessele, giudice presso il Tribunale del Sangue.

Alcuni episodi storici, tuttavia, sono stati lievemente modificati affinché rientrassero nel quadro del presente racconto: l'autopsia praticata dal dottor Rondelet su un figlio in realtà morto ancora bambino è stata anticipata di qualche anno, e il figlio spostato alle soglie dell'età adulta affinché potesse diventare quel "bell'esemplare della macchina umana" su cui medita Zenone. Effettivamente Rondelet, presto famoso per i sui lavori d'anatomia (sezionò anche il cadavere della suocera) era poco piú anziano del suo allievo immaginario. I soggiorni di Gustavo Vasa nei castelli di Uppsala sono dovuti soprattutto al desiderio di dare in poche righe un'idea possibilmente adeguata degli spostamenti del monarca e dei suoi impegni d'uomo di stato. La data delle prime nomine ufficiali conferite ai capitani dei "Pezzenti di Mare" è autentica, ma le gesta e la fama di quei partigiani sono forse un po' anticipate. La storia del "custode" del conte Egmont fonde insieme l'esecuzione di Jean de Beausart d'Armentiéres, uomo d'armi di Egmont, e la tortura straordinaria inflitta a Pierre Col, portiere del conte di Nassau, che effettivamente rifiutò di cedere una pittura di Bosch non al duca d'Alba, come dice il priore dei Cordiglieri, bensí a Juan Bolea, capitano di giustizia e gran prevosto dell'esercito spagnolo; l'ipotesi che quella pittura fosse destinata alle collezioni del re, di cui è nota la simpatia per le opere di Bosch, è di mia invenzione e mi pare sostenibile. L'episodio della mancata fuga del signor de Battenbourg coi gentiluomini che lo accompagnavano e della loro esecuzione a Vilvorde è stato leggermente abbreviato come durata. Due o tre volte nel corso del racconto lo stato d'animo del personaggio che parla introduce nei fatti un elemento d'inesattezza: Zenone a venti anni, in cammino verso la Spagna, ne parla come del paese d'Avicenna perché è tramite la Spagna che la filosofia e la medicina arabe sono state tradizionalmente trasmesse all'Occidente cristiano, e non si cura che quel filosofo medico del X secolo sia nato a Bokhara e morto a Ispahan. Nicola da Cusa fu per molto tempo, se non fino all'ultimo, piú conciliante verso gli Ussiti di quanto non dica il vescovo di Bruges, ma questi, discutendo con Zenone piú o meno consapevolmente, trasferisce l'ecumenico prelato del XV secolo su posizioni piú intolleranti quali potevano essere al tempo della Controriforma.

Una variazione piú rilevante è quella che concerne la data dei due processi di costume intentati a due gruppi di religiosi agostiniani e cordiglieri fiamminghi e che si conclusero col supplizio di tredici monaci di Gand e dieci di Bruges. Questi due processi si tennero nel 1578, dieci anni dopo il momento in cui sono collocati, nel momento in cui gli avversari degli Ordini monastici, che si ritenevano devoti alla causa spagnola, ebbero per breve tempo il sopravvento in quelle due città.[1] Anticipando i processi per fare del secondo di quei due casi clamorosi una delle cause determinanti la catastrofe di Zenone, ho nondimeno tentato di mostrare su uno sfondo di politica locale necessariamente diverso ma altrettanto tenebroso, lo stesso furore settario nei nemici della chiesa, unito al timore provato dalle autorità ecclesiastiche d'aver l'aria di soffocare uno scandalo, dal che scaturivano identiche atrocità legalizzate. Non ne consegue che quelle accuse fossero necessariamente calunniose. Le riflessioni di Bartolomeo Campanus sul suicidio di Pietro de Hamaere (veramente avvenuto, ma a Gand, giacché quel condannato apparteneva al gruppo dei monaci di quella città e non a quello di Bruges) sono di mia invenzione. Questa morte volontaria, fatto assai raro in quell'epoca, considerato dalla morale cristiana un peccato senza remissione o quasi, induce a pensare che l'incolpato avesse potuto contravvenire anche ad altre prescrizioni prima di sfidare quella. Messo da parte il vero Pietro de Hamaere, il gruppo dei monaci brugesi è stato da me ridotto a sette personaggi, e la stessa damigella de Loos, di cui s'innamora Cipriano, è anch'ella immaginaria. Egualmente inventata l'ipotesi di un legame, sospettato da Zenone e ricercato da giudici, tra i sedicenti "Angeli" e alcuni superstiti delle sétte, sterminate e quindi dimenticate da oltre un secolo, come gli Adamiti e i Fratelli e Sorelle del Libero Spirito, sospettati di analoghe promiscuità sessuali e di cui certi eruditi, troppo sistematicamente forse, hanno creduto di poter trovare traccia nell'opera di Bosch. Le abbiamo evocate per mostrare, dietro l'allineamento dottrinale del Cinquecento, l'eterno ribollire delle antiche ere-

---

[1] Per questo "affare" come per molti tra gli episodi citati al capoverso precedente, si vedano le *Mémoires anonymes des troubles des Pays-Bas,* edizione curata da J.B.Blaes, Heussner, 1859-1860, 2 voll.

sie sensuali che traspare anche in altri processi dell'epoca. Si sarà notato inoltre che il disegno inviato per derisione a Zenone da frate Floriano non è altro che la copia piú o meno esatta di due o tre gruppi di figure appartenenti al *Giardino delle Delizie terrestri* di Hieronymus Bosch, oggi al museo del Prado, che era nel catalogo delle opere d'arte di proprietà di Filippo II sotto il titolo: *Una pintura de la variedad del Mundo*.

Indice

Parte prima
La vita errante

pagina   9   *La strada maestra*
         16   *L'infanzia di Zenone*
         30   *Svaghi estivi*
         38   *La festa a Dranoutre*
         47   *La partenza da Bruges*
         52   *La voce pubblica*
         55   *La morte a Münster*
         72   *I Fugger di Colonia*
         88   *La conversazione a Innsbruck*
        110   *La carriera di Enrico-Massimiliano*
        116   *Gli ultimi viaggi di Zenone*

Parte seconda
La vita immobile

        125   *Il ritorno a Bruges*
        136   *L'abisso*
        159   *La malattia del priore*
        182   *I disordini della carne*
        202   *La passeggiata sulla duna*
        223   *La trappola*

Parte terza
La Prigione

        233   *L'atto di accusa*
        256   *Una bella dimora*
        264   *La visita del canonico*
        277   *La fine di Zenone*
        287   *Nota dell'autore*

Stampa Grafica Sipiel
Milano, luglio 2001